易飞掰诗

当代诗人佳作解读

易飞 ◎ 著

四川民族出版社

图书在版编目(CIP)数据

易飞掰诗：当代诗人佳作解读 / 易飞著. -- 成都：
四川民族出版社，2024.5
ISBN 978-7-5733-1961-6

Ⅰ. ①易… Ⅱ. ①易… Ⅲ. ①诗歌评论-中国-当代
Ⅳ. ①I207.22

中国国家版本馆 CIP 数据核字(2024)第 106437 号

易飞掰诗——当代诗人佳作解读

YI FEI BAI SHI DANG DAI SHI REN JIA ZUO JIE DU

易 飞 著

出 版 人	泽仁扎西
责任编辑	伍丹莉
助理编辑	果基伊辛
责任印制	谢孟豪
出版发行	四川民族出版社
地　　址	四川省成都市青羊区敬业路 108 号
邮政编码	610091
印　　刷	四川科德彩色数码科技有限公司
成品尺寸	145mm×210mm
印　　张	12.5
字　　数	380 千字
版　　次	2024 年 5 月第 1 版
印　　次	2024 年 5 月第 1 次印刷
书　　号	ISBN 978-7-5733-1961-6
定　　价	78.00 元

自序

易　飞

　　清人赵翼言："天予老且闲，使之作诗人。"按赵翼的说法，成为一个老人和闲人，方可"作诗人"。我差不多可以了。

　　写了几十年小说，没写出名堂，老了，发现还是喜欢诗歌多一点。

　　于是吃回头草。

　　也不知道怎么撞上了《诗人名典》，加了总编微信；也不知道怎么聊着，说开一个诗歌评论专栏。但清楚地记得，取名字的时候有一番折腾，我想到了"掰"字，信不足，最后是大学同学一锤定音。

　　先写着玩，不定期，后总编希望定期，要一周一期。这时候，我感到有朋友喜欢了——现在成了《诗人名典》主打品牌。其中约有三分之一在媒体公开发表过，并获得 2022 年湖北文艺评论奖和湖北省文艺项目资助。

　　我当然知道原因：不打妄语——每一个字都是我自己感受到的。从一个写手的角度去读一首诗。不装。不惟名气，只惟文本。我不能确定的地方，尽量使用"也许""可能""似乎"。别的没有什么。

　　很欣慰。绝大部分国内一线诗人，对我的努力（可能有点儿创新）给予认同和鼓励，并表现出兴趣，在一定程度上进行参与、修正、完善、讨论。

本书在订正的时候进行了删减，干掉一些废话和朋友间的调侃，干掉一些过于拔高的地方——尽量再客观一些。

重读自己掰的诗——王婆卖瓜一下：如果你是初学者，有必要一读——好读，有一定的操作性。

朋友小聚，言必及掰诗。此事有趣，有管窥之乐，还将继续。

限于字数，此辑只掰扯了 74 位诗人的作品。

一并致谢。

2023 年 7 月 3 日于武昌东湖

目录

001　胡　弦　　蛇

007　张执浩　　减压阀

012　叶　舟　　边界

019　韩　东　　温柔的部分

023　陈先发　　苹果

029　汤养宗　　纸上生活

033　李　琦　　被冻住的船

037　傅天琳　　日出

042　娜　夜　　先生——张澜故居

047　大　解　　夸父

051　雷平阳　　养虎

057　沈　苇　　沙

062　李元胜　　我想和你虚度时光

067　荣　荣　　亡我之心

072　路　也　　晚秋

077　王小妮　　月光白得很

082　刘　川　　如果用医院的 X 光机看这个世界

087　杨　黎　　撒哈拉沙漠的三张纸牌

093　于　坚　　作品 57 号

100　芒　克　　阳光中的向日葵

105　西　川　　暮色

109　臧　棣　　作为一个签名的落日丛书

113　毛　子　　偶然

117　剑　男　　平衡术

121　林　白　　过程

126　余笑忠　　最后一课

131　杨　克　　我在一颗石榴里看见了我的祖国

139　马　拉　　致老子书

146　霍俊明　　另一个尘世

151　李少君　　神降临的小站

157　卢卫平　　分离

162　车延高　　一掰荷花

165　魔头贝贝　掩映者

172　江　非　　过桥的人

176　安　琪　　风过喜马拉雅

181　谈　骁　　口信

186　华万里　　我的母亲

191　张新泉　　看一个牛仔脸上的刀疤

196　龚学敏　　九十九只藏马鸡飞翔过的天空

200　林　莽　　把大海关上

205　阿　信　　玉米地

209　杨　键　　陀螺

214　胡晓光　　榫卯

220　梁　平　　在某个夜里突然失踪

225　李　云　　也学刻舟

231　王单单　　清明书

236　阿　毛　　经318国道回故乡

243　涂　拥　　麻雀

248　离　离　　琴键一样的羊排

253　韩文戈　　去车站接朋友

258　邱红根　　悬空寺

262　陆　岸　　未钓者

266　王家新　　一碗米饭

274　张文捷　　向日葵

281　阎　安　　在绝顶上

286　傅元峰　　读经

291　唐小米　　剃须刀

296　吕德安　　父亲和我

302　杜　涯　　在低处

307　草　树　　惭愧

311　张远伦　　顶点

316　沈浩波　　　男人的曲线

321　陆　健　　　我又一次跌入了自己的深渊

326　刘益善　　　小镇

331　向天笑　　　远方的绵羊

336　飞　廉　　　伊犁，祭三舅

341　张泽雄　　　异名者

349　陈巨飞　　　河流本纪

353　周所同　　　风中的蟋蟀

360　何冰凌　　　献诗

365　梁文涛　　　一根线头

369　沉　河　　　镉碗

377　林东林　　　双向奔赴

383　李龙炳　　　小环境

蛇

胡　弦

爱冥想
身体在时间中越拉越长

也爱在我们的注意力之外
悄悄滑动，所以
它没有脚，
不会在任何地方留下足迹

当它盘成一团，像处在
一个静止的涟漪的中心
那一圈一圈扩散的圆又像是
某种处理寂寞的方式

蜕皮。把痛苦转变为
可供领悟的道理：一件挂在
树枝上晃来晃去的外套。又一次它从
旧我那里返回，抬起头

眺望远方……也就是眺望
我们膝盖以下的部分。
长长的信子，像火苗，但已摆脱了
感情的束缚

偶尔，追随我们的音乐跳舞
大多数时候不会

与我们交流。待在
洞穴、水边，像安静的修士，

却又暴躁易怒。被冒犯的刹那
它认为：牙齿
比所有语言都好用得多

【作者简介】 胡弦，诗人、散文家，著有诗集《定风波》《葱茏》
《水调歌头》、散文集《风的嘴唇》等。曾获《诗刊》《星星》等杂志年
度诗歌奖，花地文学榜年度诗歌奖金奖、十月文学奖、鲁迅文学奖等。

　　我的阅读有限，当代新诗的写作者，写得最认真最讲究的人，我以
为是胡弦。每一个诗人心中大概都是敬畏文字的，但行诸于具体的写作
中，大凡很难做到，有时不免炫技、弄玄，有的还陷入油滑。胡弦是那
种把真诚和技巧结合得近乎完美的诗人。
　　本诗共七节。

　　　爱冥想
　　　身体在时间中越拉越长

　　胡弦是怎样起笔的？"爱冥想"，似乎有些突然，又有些不经意。你
会这样开篇吗？一般的写作者会怎样写？可能会这样：

　　　它安静地趴在草丛里，爱冥想
　　　它安静地盘在树干上，爱冥想

　　胡弦用简洁的方式直达，没有场景介绍或环境交代，就这么直接出
场了，但"爱冥想"不是蛇独有的方式。

　　　身体在时间中越拉越长

蛇的特征出来了吧？但还不能全部确定。这两句是实的还是虚的？是虚的，也是实的。

一般的写作者可能会这样写：

身体越拉越长

很正确，蛇的身体是伸缩的，是越拉越长的。胡弦在里面巧妙"楔"进了"时间"。自然吗？我以为自然，并且有意味，有一条蛇的成长史在里面，有历史感和动物的归属感在里面。

这条蛇是从时间里游来的，让人感觉它不是一条轻飘飘的蛇，好像有了厚重感。胡弦在任何不起眼的地方都可以发力，并且力道自然，不会用力过猛。

第二节：

也爱在我们的注意力之外
悄悄滑动

一般的写作者可能会这样写：

它爱悄悄滑动

其实，不管你有没有注意，它都会滑动，这是它的习性。胡弦的所指在于"爱在我们的注意力之外/悄悄滑动"。这条非同凡响的蛇，似乎与人有了某种互通，它的滑动，不想在我们的注意力之内。这很有意味——是不是我们打扰了它的滑动？它不想吸引人的注意，这里面是不是有某种对立与伤害？至少它不乐于见人。

它没有脚，
不会在任何地方留下足迹

读到这两行，我们基本可以确认它是蛇了。它没有脚依然可以行走，靠的是滑动，所以不会留下足迹。这两句也不是那么简单，稍微延展一想，觉得要出事：没有脚却可以行走，不留下足迹，似乎有一种特殊本领——无迹可寻。诡异吧？有没有这样的其他的族类？无迹可寻的事情、无迹可寻的动物是不可捉摸的。像一个人悄无声息地蛰伏在你身边，小惊悚，感觉有些邪乎，还有点儿微凉。

第三节：

> 当它盘成一团，像处在
> 一个静止的涟漪的中心
> 那一圈一圈扩散的圆又像是
> 某种处理寂寞的方式

继续呈现蛇的特点。"盘成一团"是蛇常有的习性，但成为一个"静止的涟漪的中心"，一般的写作者不会这样推演。"静止的"怎么会出现"涟漪"？后者是动态造成的形状，或为风和雨的推动。这说明不是完全的"静止"。圆在一圈一圈扩散，像是某种处理寂寞的方式。这条蛇要处理"寂寞"。能够感受到寂寞的东西一定是有神性的吧？而"盘成一团"，是不是像某种打坐的姿态，抑或是像修行？

读到这里，这条蛇似乎成了一个怪物，它只是一条蛇吗？

看下面，胡弦还要让它拔萃到极致：

> 蜕皮。把痛苦转变为
> 可供领悟的道理：一件挂在
> 树枝上晃来晃去的外套。又一次它从
> 旧我那里返回，抬起头

这早已不是一般意义上的蛇，它的蜕皮，是自省，是领悟，是对往事的观照，是摒弃旧我的扬新。褪掉的蛇皮成为"树枝上晃来晃去的外套"，这鲜活而准确的意象，非常人可以捕得，且实且虚。"外套"有意味，它褪掉的只是形式吗？它的内心还停留在过去的日了里吗？请注意

"它从/旧我那里返回，抬起头"，其有所指，因为它"抬起头"。蛇抬起头是一个很自然的动作，但这里已不只是"抬起头"，它可能要与过去某个时段的自己告别或决裂。

第四节成为一个转折。前四节都是写蛇的"静"，如果只有"静"，它就不是蛇了，成了一条死蛇。

第五节：

> 眺望远方……也就是眺望
> 我们膝盖以下的部分。
> 长长的信子，像火苗，但已摆脱了
> 感情的束缚

这条蛇终于抬起头来了，它要"眺望远方"。"眺望远方"多好，但胡弦突然一转——"我们膝盖以下的部分"。蛇"眺望远方"与"我们膝盖以下的部分"有什么关联？说实话，读到这一句，我的膝盖有些发冷，腿有些发抖，小时候在乡下突然碰到蛇的惊恐场面再现。胡弦从来不会温柔地流转，总是下手很重。

这一条看起来安静的蛇，一旦动起来，也是够吓人的，其"长长的信子，像火苗"，并且"摆脱了感情的束缚"。它长期在压抑中度日吗？是谁给它造成的困境，让它终于摆脱束缚，不得不伸出"长长的信子"？它要冲出禁锢的樊笼！

> 偶尔，追随我们的音乐跳舞
> 大多数时候不会
> 与我们交流。待在
> 洞穴、水边，像安静的修士

蛇固然有攻击的本性，也有舞者的天性，否则就浪费了它天生的好身材，但是它自己不能窈窕起舞吗？为何一定要"追随我们的音乐"？这说明它不是主动的。它能听懂"我们的音乐"，说明被人训导过，也许就是在某个笼子里被训导的。它本来是个"安静的修士"，不得不"追随我们的音乐跳舞"，是谁干扰了它的生活？是谁禁锢了它的自由？这是它不可逃脱的命运，还是造物主制造的"物设"？所有的生灵都要被人操控宰割，但蛇依然会强烈地反抗，像所有不甘屈服于自己命运的物种一样。

最后一节：

> 却又暴躁易怒。被冒犯的刹那
> 它认为：牙齿
> 比所有语言都好用得多

它不可遏制的愤怒聚集于锋利的牙齿，终于像海啸般喷涌而出，掀起冲天的巨浪，这是对冒犯者的谴责，也是冒犯者要付出的代价。

前四节它是多么安静，安静到可以打坐修行；后三节突然一波甚于一波，最后渐至狂躁，安静的性格终于衍变成"暴躁易怒"。"牙齿/比所有语言都好用得多"，这是对愤怒到极致的描写，它不得不用锋利的牙齿来解决问题。其背后的深层原因是什么？是不屈从于命运的奋力反抗。

胡弦用七节诗完成了一条蛇嬗变的历程，完成了动与静的交响与回旋，读来触目惊心，余味深沉。

诸君，它仅仅是一条蛇吗？

减压阀

张执浩

先是工贸，后来是中百仓储，最后是国美
就为了一口不自爆的高压锅
先是她，然后是你，后来是你们
品牌，说明书，介绍人，谁信这些？
世道令人困惑，同样是五月
花枝颤抖，谁相信这里吹着春风？
"每一样新东西都有危险性。"
"可是，旧的，就值得一用再用？"
商榷，争吵，拂袖而去
如假包换的生活被煨成了
排骨藕汤或排骨萝卜汤
牙齿决定着生活的质量，所谓婚姻
就是，花两个小时准备饭菜
五分钟吃完；花一天时间调整心情
为了晚上那一刻的身不由己
"都一样，可是，不尽然。"
你不是我，我知道，每一口高压锅
只配一种型号的减压阀
一样的蒸汽，薄雾，忧愁
我确信眼前的这口锅里正在炖
一种从未见过的事物，我确信
此刻压力太大
但我不会跑开

【作者简介】张执浩,武汉市文联专业作家,武汉文学院院长,湖北省作家协会副主席。曾获得第七届鲁迅文学奖、第十二届华语文学传媒大奖年度诗人奖等奖项。

这是写诗,还是说话?都是。张执浩的文字都像随口蹦出的,也就那么一说,爱信不信,即物成诗,看似不经意,却暗藏玄机。工贸、中百仓储、国美,这样的大卖场,不仅武汉有,别的地方也有,所以有普适性,这个经验大家都有。

有一点武汉的地域特色是否更好?我不知道,也许更有贴近性,但在这首诗里也许没那么重要。它另外的所指更重要,"就为了一口不自爆的高压锅",跑工贸、中百仓储、国美,是不是有点费劲?有点被折腾的味道。开笔两行看起来似乎没什么大不了的,但请注意"不自爆"的语设,恐怕不啻是高压锅的"自爆",生活中"自爆"的场景也很多,这是形而下的,还有形而上的。张执浩在悄悄做局,先把你绕进去再说。你是不经意被绕进去的,因为太有生活场景感了,自然得不能再自然,这是张执浩的功夫。他是一个运动员,在球场上会盘带,三下两把就把球传到他想抵达的地方了。

先是她,然后是你,后来是你们
品牌,说明书,介绍人,谁信这些?

作品很自然,很自如地流转到"她""你""你们",让一口不自爆的高压锅与不同的人发生了关联。高压锅是我们日常生活中随处可见的生活用品,但当诗人将其与"她""你""你们"关联后,味道就有些不一样了。它可能成了某个代指。这里又来一次"先""后""后来",读完全诗,再来回味这个开头,你会发现它也不是那么简单,时间和人的演变有了某种况味,产生了生活的梯度感和交错感。

品牌,说明书,介绍人,谁信这些?

这几句有点不耐烦的口气,也是由于一时搞不清楚状况而下意识发出的提问，但符合主体的特征，再一次加重了生活气息和真实感，似乎情绪上已经产生了一种不信任。

> 世道令人困惑，同样是五月
> 花枝颤抖，谁相信这里吹着春风？

"世道令人困惑"，这是顺着语感来的，这口烦人的高压锅，不知道毛病出在哪里，但始终存在隐患，所以让人困惑，世道也是这样。如此轻轻勾连，往上提，没有觉得牵强。接下来，渐渐出离本物（实物），继续洞宽——"花枝颤抖，谁相信这里吹着春风"，质疑放大，连吹着的春风也不相信。

> "每一样新东西都有危险性。"
> "可是，旧的，就值得一用再用？"

这两句打了引号。谁说的？没有注明。作者？名人名言？格言？表示强调或加重语气？这些都不是主要问题。这两句如某种箴言，可能是本诗之魂。"每一样新东西都有危险性"，这样的生活让我们心怀敬畏，新和旧是相对的，不能因为有危险而拒绝新的东西，但用新的东西就可能有危险，这里面有惶惑、困顿甚至不堪。

> 商榷，争吵，拂袖而去
> 如假包换的生活被煨成了
> 排骨藕汤或排骨萝卜汤

"商榷，争吵，拂袖而去"是一种表象，深层次的东西藏在里面。"如假包换的生活被煨成了排骨藕汤或排骨萝卜汤"，还是没有脱离主体（高压锅），高压锅煨排骨藕汤或排骨萝卜汤很正常，生活气息很浓，但前面楔进了"如假包换的生活"，把抽象的生活"煨"成了具体的可感、可触、可尝的排骨藕汤或排骨萝卜汤，这就有意思了。生活成了一锅排骨藕汤或排骨萝卜汤，味道咋样呢？真的可以"如假包换"吗？

牙齿决定着生活的质量，所谓婚姻
就是，花两个小时准备饭菜
五分钟吃完；花一天时间调整心情
为了晚上那一刻的身不由己

到这里，这首诗已经悄悄改变了方向，特别自然。从食物说到牙齿，加上前面家居生活细节的铺垫，自然地转到家庭生活的核心——婚姻。只用一个词"所谓"，有贬义，不是很看好吧？有点儿消极吧？接下来就是对"所谓"的补充描述。"牙齿"也是有意味的，牙齿要咬高压锅里的东西，不一定什么食物味道都好、都可口，碰到难吃的、不适应的，只怕也要用"牙齿"来解决。这几句对婚姻的描述是通过时间来表示的——"两个小时""五分钟""花一天时间""为了晚上那一刻"，四个表示时间概念的表述，概括了婚姻的现状，透露出的是乏味、无趣、烦恼和某种动物性。

"都一样，可是，不尽然。"
你不是我，我知道，每一口高压锅
只配一种型号的减压阀
一样的蒸汽，薄雾，忧愁

作者用一行带引号的话完成了转折和补充，灵活巧妙。生活中总有"不尽然"的东西，共性不能包含所有个性，这是生活的本真和不可改变的事实。

你不是我，我知道，每一口高压锅
只配一种型号的减压阀

我喜欢这两行，有丰富的意趣和暗示性。"你不是我"不仅有语气的流转变化，也并不完全是实指，强调"我"的经验——"每一口高压锅/只配一种型号的减压阀"，说的是高压锅，还是婚姻？都是！两者早已成为一体。配对了型号会怎样？配错了又会怎样？我们就是那形形色色的高压锅，适合我们的型号的那一种减压阀在哪里呢？有吗？

　　一样的蒸汽，薄雾，忧愁

　　作者继续补充。上面两行比较硬，这一句软了，软硬互搭，且有浓浓的生活气息和场景感。两实一虚，"蒸汽""薄雾"中现出了"忧愁"，也很贴切。
　　最后的收官——

　　　我确信眼前的这口锅里正在炖
　　　一种从未见过的事物，我确信
　　　此刻压力太大
　　　但我不会跑开

　　"眼前的这口锅"，我们跑不掉，它在我们的眼前炖，现实是这样凌厉，不可回避，压力始终在。要把"一种从未见过的事物"炖好，让它比人生更活色生香，"从未见过"是预述吗？充满不确定感，未来让我们仓皇、空落，甚至有隐隐的担忧、恐慌，被时代裹胁之后我们的自信心和活力都在消退，但我们能逃离吗？不能！压力再大，"但我不会跑开"。它仅仅是指婚姻生活吗？高压锅无处不在，生活的压力也无处不在，我们始终要面对各种各样的高压锅，面对现实。每个人都要通过不同的途径找到属于自己的减压阀，不让其爆炸。
　　否则我们的生活，难以为继。

边界

叶 舟

这里的落日，像一眼佛窟，
照着水草、游牧、谣唱和弯刀。
这里的城堞，埋着一只法螺，
需要足够的悲伤、隐忍与偈语去诠释。
这里有焰火，当香音神下凡，赠予了
锄头、连枷和草籽，一切将大为改观。
有时候，山下的八百里急递，并不
说明太子有恙，而仅仅为了新鲜的樱桃。
这里的月光，宜于诵经，因为
黑暗落潮，众山仿佛一群缄默的罗汉。
这里的集市，一般在午夜时开张，
有的兜售亡灵，大多数却谈议妓女的诚实。
这里秋风正紧，十二只天鹅分头
而散，去传布第一场暴风雪的坏消息。
有时候，我在窗下抄经，身后
是天竺，眼前却是此生中最坚硬的大气。

【作者简介】 叶舟，著有《敦煌本纪》《大敦煌》《边疆诗》《叶舟诗选》《敦煌诗经》《引舟如叶》《丝绸之路》《自己的心经》《月光照耀甘肃省》《漫山遍野的今天》《漫唱》《西北纪》《叶舟小说》《我的帐篷里有平安》《第八个是铜像》等诗文集。曾获第六届鲁迅文学奖、人民文学奖小说奖、人民文学年度诗人奖、十月文学奖、《钟山》文学奖等。

叶舟一直是让我惊奇的。我十几年前见过他本人，当然更多看到的是他简介中的照片，总体来说，他应该是文弱的——可是，这一介兰州的文弱书生，硬是以自己的文学作品，生成了强大的筋骨和血肉。一个看起来瘦弱的身体，为何有如此充沛的创作力，可以建立一个雄健伟岸的文学王国？这真是一件很值得研究的事。寸手搦管，在边疆之域叱咤风云，以弹丸之身，立巨人之姿，思通千载，抚控万里，我以为叶舟先生是矣！

　　叶舟本质上是诗人，出道于 20 世纪 80 年代，是以诗人的面目走向文坛的。虽然他走上文学之巅是因为其短篇小说获得鲁迅文学奖，但据我观察，这么多年来，他一直坚持写诗，并且写得相当出色，形成了特有的语调和气质。题材虽然大体可以归为边塞诗，但其实这是无意义的，也是陈旧的——每个时代都有自己的文学表达方式，文本也需要与时俱进，诸多框架性的定义，正在失去意义。叶舟的诗可以理解为具有某种区域性特征的写作，但他的写作也早已突破所有的地域和题材的局限，其高蹈的诗学品质和卓异的纵深感，已茁壮地生长出自己的诗学认知和精神谱系，形成了他似乎唯一的、铺天盖地的抒情基调和边疆情怀，绝非粗浅的直抒胸臆。

　　　　这里的落日，像一眼佛窟，
　　　　照着水草、游牧、谣唱和弯刀。
　　　　这里的城堞，埋着一只法螺，
　　　　需要足够的悲伤、隐忍与偈语去诠释。
　　　　这里有焰火，当香音神下凡，赠予了
　　　　锄头、连枷和草籽，一切将大为改观。
　　　　有时候，山下的八百里急递，并不
　　　　说明太子有恙，而仅仅为了新鲜的樱桃。

　　此诗没有分行，汪洋恣肆冲决而下，但从语气上看，我觉得还是可以分的。因为结尾最后两行的语气是"有时候"，所以我暂且也掐在这里，勉强分为第一部分，便于掰扯。

　　　　这里的落日，像一眼佛窟，
　　　　照着水草、游牧、谣唱和弯刀。

好语调! "大漠孤烟直,长河落日圆",这是边塞黄昏之时的景致。历代优秀的诗人都喜欢从边塞的落日着笔,大概黄昏时落日的苍茫和悲壮,是极为瑰丽且撼动人心的,因而成为优秀诗人乐于抓取的恢宏场景和意象。"这里的",体现出诗人的一种"在场"和欣赏,也许诗人正立于祖国某个边域,观看苍茫的落日,发天地思古之幽情。"像一眼佛窟",写出了禅心。伟大祖国的西部,由于地理位置的特殊性,很早就融入了中亚佛教圈,佛窟应该随处可见。落日和佛窟,本体和喻体之间,其实也充满趣味,一个表达时间,一个表达空间。我所见的大多数佛窟,感觉方的居多,当然圆的也有,在这里我们就取其圆吧,是否准确并不重要,它蕴含的意味才是重要的。落日如佛窟,苍茫的落日如金碧辉煌的佛窟,两者都可以发光,前者是外在的光亮,后者是内心的光亮。它们一起"照着水草、游牧、谣唱和弯刀"。水草、游牧、谣唱和弯刀,四个具体的和抽象的意象,全是边塞的,由此可以确定,这一定是一首边塞诗,一首大气磅礴的边塞诗,无疑!

诗句一开篇呈现的是西部边塞的意境,苍茫深邃,把我们带到了辽远的祖国边疆。金黄的落日、辉煌的佛窟,带着神秘的禅心,在双重光芒的照射下,连绵的边塞意象出场了,让我们感受到了某种神秘的力量,内心产生了深刻的波动。

我一直固执地认为,现代汉语诗歌最好的开头,是在时间和空间的拉伸中,实现情与景的深度交融,为阅读者带来对某种特定气质的认定,带来无尽的惆怅和苍茫之感。叶舟的诗,深深契合了我的认知。

此处的"谣唱",作为意象出现。顺便说一句,很多人认为,叶舟的诗有"谣唱"的风格,我以为也有。此文先付之阙如。

> 这里的城堞,埋着一只法螺,
> 需要足够的悲伤、隐忍与偈语去诠释。

城堞,指城上的矮墙或城墙,唐代元稹写有"片月低城堞"(《欲曙》),为边塞常见的景致。边疆之地,历来战事频发,留下的断垣残壁自然很多,但是为什么需要足够的悲伤、隐忍与偈语去诠释?一只法螺,也许可以消解我们的困惑与惶惑。

法螺，就是海螺，做鸣器吹奏于宗教仪式中，或用于宗教法事，泛称"法螺"。作为法器的海螺，属于海中软体动物门腹足纲，大抵属于体型较大、壳质坚硬、可吹出声且声音能传至远方者，或者壳质坚硬、可镂刻雕饰，或光泽鲜白、可以作为珍贵法器供奉。印度教、佛教、耆那教等地区皆会使用法螺。印度、藏传佛教等地区，俗称其为白法螺，也称印度铅螺。

第一句做足了功课，第二句就迎刃而解了。"悲伤""隐忍""偈语""诠释"，全是带有佛性的词语，每一句都指向内心。残酷的历史中有慈悲，因为在城堞里，"埋着一只法螺"。

> 这里有焰火，当香音神下凡，赠予了
> 锄头、连枷和草籽，一切将大为改观。

香音神是我们在敦煌壁画上经常看到的"飞天"仙子。他们自由地飞翔在天空中，美丽动人的舞姿、婀娜的体态，令人神往。据说，香音之神以花供奉佛陀，佛陀为他们讲佛法，并授记她们将在以后修成佛，名字叫"妙花"。锄头、连枷、草籽，这些意象指向的是劳动和收获，这些是飞天"赠予"的，飞天仙子的美好形象在此也得到了升华与拓展——香音神虽然和我们心目中的仙子形象没什么差别，但其故乡在印度，他们是伴随着佛教向东传播，才飞到中国大地的。飞天修成佛后被称为"妙花"，在美好中又包含了佛性的加持，所以我们的劳作更有非凡的意义——"一切将大为改观"。

> 有时候，山下的八百里急递，并不
> 说明太子有恙，而仅仅为了新鲜的樱桃。

这两行陈述了一个历史事实，初以为是杨贵妃，细究才发现非矣，贵妃喜欢的是荔枝。并且文本中写得很清楚，是太子。这位太子是李世民，严格地说，他是二太子，因为他上面还有哥哥李建成，真正的太子是被他一箭射死的。李世民喜欢吃樱桃，还写过一首《赋得樱桃》：

华林满芳景，洛阳遍阳春。

朱颜含远日，翠色影长津。

乔柯啭娇鸟，低枝映美人。

昔作园中实，今来席上珍。

显然，这里提示的是历史的冷酷与权力的贪婪，虽然李世民不失为一个有作为的帝王，但依然有历史的局限性，他一面展示着自己作为当权者的雄才大略，一面为所欲为。从语气上看，诗人对李世民这种行为并无指责，他只是提供了历史真实的一隅，以洞见历代王朝集权的命运。李世民在中国历史上有独特的地位，可以称为一代明君，还可以称为情商最高的皇帝，在他治下，出现万邦来朝、八方来仪的盛世，堪称中国历史的奇迹，所以李世民的代喻是有说服力的——一个李世民尚且如此，遑论其他?!

再看本诗的第二部分：

这里的月光，宜于诵经，因为

黑暗落潮，众山仿佛一群缄默的罗汉。

这里的集市，一般在午夜时开张，

有的兜售亡灵，大多数却谈议妓女的诚实。

这里秋风正紧，十二只天鹅分头

而散，去传布第一场暴风雪的坏消息。

有时候，我在窗下抄经，身后

是天竺，眼前却是此生中最坚硬的大气。

在月光下诵经，别有一番意味，月光皎洁如水，和经书一样，可以洗濯我们的心灵。诵经是一件很庄严的事，需要一定的仪式感，也许月光下是最好的选择。而西部的月亮似乎更大、更明亮，因为广袤和荒凉，人们更需要在心中升起一轮明月，在祈求中祛除苦难，止祸得福，使"黑暗落潮"，使每一座山岭，像虔诚的罗汉，聆听教示。罗汉又称阿罗汉，在佛系中，是基本的教众，也称五百罗汉，低于佛、菩萨，为第三等。罗汉者皆身心六根清净，无明烦恼已断，已了脱生死，证入涅槃。在小乘佛教中，罗汉是佛陀得法弟子修证最高的果位。此一掰扯方知，众山可不一般，它们的佛性与修为，可以与五百罗汉并列。神奇的边塞之地啊，起伏连绵的群山，都有了非凡的佛性。

> 这里的集市，一般在午夜时开张，
> 有的兜售亡灵，大多数却谈议妓女的诚实。

此节更有人间烟火气。叶舟笔力苍劲，一个在午夜开张的集市，兜售的居然是"亡灵"，"大多数却谈议妓女的诚实"，可见，这个所谓的集市，鬼怪魅影幢幢，尽是行尸走肉，一些人已经没有躯壳，只剩下"亡灵"，一部分不是"亡灵"的人却在"谈议妓女的诚实"——这是一个荒唐的所在。这其实不是现实的场景，联系上文我们更会感觉到作者是在虚写，在写历史的某个片段，昏暗坍塌的某些时刻。当然，也有对现实的强烈省察和隐而不露的批判意识。

> 这里秋风正紧，十二只天鹅分头
> 而散，去传布第一场暴风雪的坏消息。

"十二只天鹅"比较麻烦，似乎是安徒生童话里的，格林童话里也有，当代诗人西川也写过一首《那闪耀于湖面的十二只天鹅没有阴影》，"十二只天鹅"大概是小公主救人的故事，又有说是一个小公主和十一只天鹅的故事，又有一说为十二把乐器，等等。"这里秋风正紧"，十二只天鹅"分头而散"，要去传播"第一场暴风雪的坏消息"。总体来看，感觉处于某种紧张的状态——第一场暴风雪要来了，这的确是一个坏消息。在这个世上存活的人，要面对即将到来的严寒和极端恶劣的自然气候，而边塞永远是每个国家的极地之境——荒凉闭塞，自然条件、交通条件和生存条件恶劣，风沙漫天，冰雪千里，似乎所有的国界线都远离繁华与优裕。"十二只天鹅"带来的消息，不仅是在向我们报告自然的严酷，更是对某种危险命运的唤醒与警示。

> 有时候，我在窗下抄经，身后

是天竺，眼前却是此生中最坚硬的大气。

结尾硬气，因为心有所定、心有所倚——"我在窗下抄经，身后/是天竺"——天竺为古代中国以及其他东亚国家对当今印度和其他印度次大陆国家的统称，大概相当于古印度，或者印度河的辐射区域，也可以理解为佛教的发源之地。尼泊尔也在印度河流域，至于佛教的创始人释迦牟尼的家乡是在尼泊尔还是在印度，这是一个被长期争论的问题，此处不涉，对文本的表达无碍。总之，"身后"的天竺肯定是一种深厚的佛性背景，而成为某种信念和精神的强大支撑。边疆的困厄和苦难，正因为有这坚定、坚强的托付，才有了"戒""定""慧"，由戒生定，由定发慧，让我们看清善恶与正邪，从而获得"正见"，获得觉悟的大智慧，给了我"此生中最坚硬的大气"，方能明四谛——"苦""集""灭""道"，照见五蕴皆空，度一切苦厄。

我注意到，上一部分的"有时候"与此处的"有时候"，在分行上大体是并列的，语气是完全一致的。此诗中真正出场的人只有两个。有意思的是，上一部分的"有时候"之后，出现的是太子李世民；此处的"有时候"之后出现的或许是作者，或许是我们每一个平凡人——这样一对位，我笑了——有意思！妄测作者的意图，也是一件很有趣味的事情！

其实两大部分基本对等，作者在狂放奔涌中，在蜂拥而来的意象中，在铺天盖地的抒情中，依然大体保持了文本的节制和工整，众多的意象表达了众多的意味，整体上都归入了相应的框架，始终在预设的轨道上运行，且语气上始终前后呼应。

叶舟的掌控力不可谓不出色。文本在历史的跨度和空间的延伸上，实现了如期的纵深，丰沛的意象如骤雨击打，连绵起伏，其奇诡悠远、佛意盎然的氛围，令人久久萦怀。此诗还适合低吟浅唱，令诸君不由生豪迈家国之情怀，涌澎湃之热血，得人生之大悟。

温柔的部分

韩　东

我有过寂寞的乡村生活
它形成了我生活中温柔的部分
每当厌倦的情绪来临
就会有一阵风为我解脱
至少我不那么无知
我知道粮食的由来
你看我怎样把清贫的日子过到底
并能从中体会到快乐
而早出晚归的习惯
捡起来还会像锄头那样顺手
只是我再也不能收获些什么
不能重复其中每一个细小的动作
这里永远怀有某种真实的悲哀
就像农民痛哭自己的庄稼

【作者简介】韩东，毕业于山东大学哲学系，1985 年与于坚等创办诗刊《他们》。其代表作有《有关大雁塔》《你见过大海》等诗，及长篇小说《扎根》，曾与李亚伟等发起先锋派诗歌运动，曾获第八届鲁迅文学奖。

韩东是多文体作家，并没有专注于写诗，兴趣来了，还涉足过电影，可见其多才。大概是有感觉了，他才会来那么几首诗，但是他的诗有辨识度，是韩东式的，语言飘忽，沉潜涵泳，很有质感，可以理解为一种跨越文本后的诗歌表达风格。我认为他的诗不是纯诗歌的，如果止于纯诗歌，便不会这么有个性。韩东不炫技，他情感的浓度不允许，也不需要。他的诗和语词，有着天然的亲和力和传播性，与读者们保持着亲密的关系，不需要被仰视，他就像一个大朋友，把沉淀在感情深处的东西，似乎不经意地说了出来。

这首诗很有代表性。

> 我有过寂寞的乡村生活
> 它形成了我生活中温柔的部分

"我有过寂寞的乡村生活"，我喜欢这样的开头，它一下子带来了迷人的格调，让我生发出某种不能释怀的思绪。

韩东对乡村生活的概括是"寂寞"。"寂寞"没什么，乡下生活不"寂寞"才怪，远离喧嚣繁华，无灯红酒绿和朋友之扰，清净、安静。有意思的是他的第二句——"它形成了我生活中温柔的部分"。一般的人待在乡下，恐怕难以为继，无酒肉之欢，无损友之趣，如今的乡野更是多清寒、荒凉，村里少有人烟，田畴尽凋落，想要久待，实在是件不容易的事。但韩东的结论是"它形成了我生活中温柔的部分"，说明这样的乡村是韩东所需要的，虽然凋萎破败，清冷如斯，却可能暗合了诗人伤感的天性和悲悯的情怀，更有诗人的固执气质。这种"温柔的部分"，只有乡村生活可得。它有着丰富的潜台词：乡村作为我们的母体一直存在，它是故乡的代指，我们世世代代从这里出发，远行。回到乡村，我们便回到了初始的怀抱，所以我们应当有敬畏之心。宁静的乡村消解了我们的浮躁和戾气，土地之重和父母之殇，让我们懂得感恩和铭记，我们理当变得温顺。

> 每当厌倦的情绪来临
> 就会有一阵风为我解脱

这种情绪一定是离开乡村以后产生的。这几行干净利落，不华丽，却厚重，如砸在坑里，十分有力。我们经常会有"厌倦的情绪"，生活不如意十之八九，这个时候却有"一阵风为我解脱"。这一阵来自乡野的清风，吹散了"我"生活中的苦与疼，舒解了"我"的厌倦。这阵风为什么有这么神奇的力量？因为它不同寻常。

> 至少我不那么无知
> 我知道粮食的由来
> 你看我怎样把清贫的日子过到底
> 并能从中体会到快乐

一阵来自乡村的风如何能让"我"解脱？因为"至少我不那么无知/我知道粮食的由来"。"粮食"是提喻，不只是粮食，其他也是，但粮食最有分量，让人活命，粒粒皆辛苦。知道了粮食的由来，便也知道了生活多么不易。万物都有来由，粮食是土里长出来的，是乡村生活的见证、产物、结晶。某种意义上，粮食就是生命，它很神圣，它对我们的哺育和滋养所带来的情感根深蒂固。一个人连粮食的由来都搞不清楚，一定很无知。知道了粮食的珍贵，粮食便造就了一种精神和执念——"把清贫的日子过到底"。因为诗人觉得"从中体会到快乐"。快乐来自哪里？知足、守节、感恩、回报等等。"你看我怎样"，这是韩东的语气，开头就是这样子说话的，亲切的语气，敦厚的语气，把你当朋友的语气，要让你来评鉴的语气——其实是不想让你犹豫，要把你彻底带入的口气。好一个温情动人的韩东！

> 而早出晚归的习惯
> 捡起来还会像锄头那样顺手

早出晚归是乡村人的习惯，勤扒苦做是他们的秉性。为了果腹的粮食，像一个老农一样日出而作、日落而息，多年以来，我们都是这样。多好啊，简单而富足，生活得那么踏实而自在，没有过多的奢求，而"我"永远具有这样的遗传和秉性，"捡起来还会像锄头那样顺手"。这种勤劳、朴诚的品质已经沉淀到"我"的骨子里，成为"我"的品格和习惯的一部分，对"我"的人生产生影响，随时随地。

> 只是我再也不能收获些什么

不能重复其中每一个细小的动作

这里永远怀有某种真实的悲哀

就像农民痛哭自己的庄稼

我读到"这里永远怀有某种真实的悲哀，就像农民痛哭自己的庄稼"时，觉得真好，味道好极了！"这里永远怀有某种"是韩东的语调，"某种"有不确定性，不强下结论，尊重读者，深含谦恭，也体现出弹性和张力，是哪种？你自己想去，但语气至此提起来了，立起来了，有了"真实的悲哀"。下一句很折磨人——"就像农民痛哭自己的庄稼"。农民为什么要"痛哭自己的庄稼"？没种好？没收成？作者在这里的自省意识明显。"我"在寂静的乡村，感受了温柔的部分，它消解了"我"的疲惫困顿，"我"懂得喂养我们的粮食来之不易，从而对这片土地心怀敬畏，然而"我"虽然在形式上有了某种勤劳的习惯，但"我"并不曾真正理解它的深厚与博大，"不能重复其中每一个细小的动作"，"我"停留在某一个浮躁的层面，并没有以谦卑之心、虔诚之态，在自己的庄稼地里辛勤耕作，用自己每个细小的动作，去赢得收获，去体现"粮食"的深层含义。到如今，"我"已不是一个好的农民，"我"对自己种植的庄稼，对自己的播撒和付出，都是失望和悲观的，因为"我"没有真正承继那些美好的东西，它可能丢失在了乡村的某条小路上，或是某个河塘边。

请注意，到这里，一开始出现的"我"早已不是"我"了，是你我他，是一类人，是一个群体，或是一种现象。是啊，这样的庄稼，我们每个人都在种，天天在种。想成为一个好农民，有真正的收获，我们要修正和摒弃的东西还有很多，要忠于和坚守的东西还有很多。

这才是我们"真实的悲哀"！

苹果

陈先发

今夜，大地的万有引力欢聚在
这一只孤单的苹果上。
它渺茫的味道
曾过度让位于我的修辞，我的牙齿。
它浑圆的体格曾让我心安。
此刻，它再次屈服于这个要将它剖开的人：
当盘子卷起桌面压上我的舌尖，
四壁也静静地持刀只等我说出
一个词。
是啊，"苹果"，
把它还给世界的那棵树已远行至天边

而苹果中自有惩罚。
它又酸又甜，包含着对我们的敌意。
我对况味的贪婪
慢慢改变了我的写作。
牛顿之后，它将砸中谁？
多年来
我对词语的忠诚正消耗殆尽
而苹果仍将从明年的枝头涌出

为什么每晚吃掉一只而非一堆？
生活中的孤证形成百善。
我父亲临死前唯一想尝一尝的东西，
甚至他只想舔一舔

这皮上的红晕。
我知道这有多难，
鲜艳的事物一直在阻止我们玄思的卷入。
我的胃口是如此不同：
我爱吃那些完全干枯的食物。
当一个词干枯它背后神圣的通道会立刻显现：
那里，白花正炽
泥沙夹着哭声的建筑扑上我的脸

【作者简介】 陈先发，曾获鲁迅文学奖、华语文学传媒大奖、十月诗歌奖、英国剑桥大学银柳叶奖、中国桂冠诗歌奖、诗刊年度奖暨陈子昂诗歌奖等数十种奖项。2015 年其与北岛等十位诗人一起获得中华书局等单位联合评选的百年新诗贡献奖。其作品已被译成英、法、俄、西班牙、希腊等多种文字。

解读陈先发是困难的，找到一首我完全可以感受到的他的诗也是困难的。其诗中某种玄学气质和精微的哲思，增加了神秘感，也增加了靠近的难度。哲思到一定的高度，加以表达的收缩和缅紧，往往让想进入的人有心理障碍。但是阅读一些有障碍的诗，对于一个想提高诗艺的人来说，似乎也很重要。品读陌生的，甚至艰涩的诗，往往有意想不到的收获。解读永远是个人化的，所以难免隔靴搔痒，也就听之任之吧。

让我们回到文本中来。

今夜，大地的万有引力欢聚在
这一只孤单的苹果上。

苹果与万有引力之间的故事，大家是知道的。由于苹果偶然掉落，牛顿发现了万有引力。"万有引力"是一种抽象的概念，它"欢聚"在一只苹果上，并且是一只"孤单的苹果"，具象与抽象糅合在一起，这两行要表达什么意思？要想准确地说出来，肯定是困难的。我觉得不说更好。但是你得承认，他起笔不凡——"今夜""欢聚""孤单"这儿个词是有意味的，其确定了叙述的格调、品格，以描述隐喻性场景进入，使之呈现模糊、开放性的诗意，成为张力的预设，可谓高迈，让你我的心悬浮起来。

> 它渺茫的味道
> 曾过度让位于我的修辞，我的牙齿。
> 它浑圆的体格曾让我心安。

　　一只孤单的苹果的味道是"渺茫的味道"，"渺茫的味道"是什么味道？"渺茫"在这里是一种对时间的表述，也是一种对情绪的表述，是偏失望性的表述。"让位于我的修辞，我的牙齿"，前者虚，后者实。"我的修辞"不一定代指写作，转喻到哪里，或许有更多，毕竟我们对生活的所有修饰都是一种修辞。牙齿对苹果是正常对位，通过牙齿"我"品出了"渺茫的味道"。"浑圆的体格"是苹果的形态，但也可能是对别的同样饱满、充满活力的事物的一种指代，它让"我"的内心平静充实。

> 此刻，它再次屈服于这个要将它剖开的人：
> 当盘子卷起桌面压上我的舌尖，
> 四壁也静静地持刀只等我说出
> 一个词。
> 是啊，"苹果"，
> 把它还给世界的那棵树已远行至天边

　　这个时候，出现了第二个人——"要将它剖开的人"（他），但也许他就是我或是你，此处可三者合一——行为的发出者可抽象。削皮吃苹果是一个常规动作，"屈服"一词，产生了被动感与同情心。吃苹果很正常，人的基本动作就是这样，削、切、啃、咬，但提升到"剖开"有点把动作放大的味道，显得煞有其事，使切的动作有了某种仪式感。它现在可能已经不只是一只苹果了。陈先发要把仪式感推到极致：现在要对一个苹果动手了。四周安静下来，盘子卷起，舌尖压上，持刀者不要动，要等"我"的指令——说出一个词：苹果。陈先发用五行诗渲染剖开苹果前的准备动作，更多的是心理方面的准备。大概这只怪异的苹果我们是没吃过的——哪有这么麻烦？我们在切或削一只苹果的时候，没有想到"剖开"这个词，因为这个词背后的东西让人不能面对——会是什么？我想到的词有伤、痛、分裂、肢解之类，都是有痛感的词。也许这几行诗所有的仪式感，都是为最后一句："把它还给世界的那棵树已远行至天边"。由苹果想到了树，没有苹果树不可能有苹果。把苹果还给世界后，苹果之源、苹果之母"已远行至天边"。剖开一只苹果，让我们想到了因果、源流、馈赠或者远方。现在这只苹果还不能准确地被定义，但我们有预感，它有可能把我们带入某种不为人知的境地，也有可能让我们陷入某种情感的漩流。

> 而苹果中自有惩罚。
> 它又酸又甜，包含着对我们的敌意。
> 我对况味的贪婪
> 慢慢改变了我的写作。

　　苹果的生长有人为的因素，但作为一种植物，一种客观景象，它没有自主性，又酸又甜，是苹果的固有属性，何尝"包含着对我们的敌意"？这是人的主观感受添加上去的。苹果本身不会存在敌意，只是吃苹果的人心理上的变化造成的对自身的惩罚。"况味"是一种什么味道？可以肯定，"况味"已经转提为一种习惯或审美倾向，它有某种迷人之处，否则"我"不会"贪婪"，也许是一种精神依赖也未可知。它"慢慢改变了我的写作"，应该不只是写作，一定还有别的。

> 牛顿之后，它将砸中谁？
> 多年来
> 我对词语的忠诚正消耗殆尽
> 而苹果仍将从明年的枝头涌出

　　可以肯定，砸中牛顿这件事一定是件幸运的事，因为牛顿由此发现了万有引力，但语词走到这里，已经拐了几个弯，苹果现在砸中谁，能肯定是一种幸运吗？从本诗的情绪走向看，不太像是一件幸运的事情。承接上面的，"我"是一个写作者，始终在维护意象的统一性、协调性，"我对词语的忠诚正消耗殆尽"，是一个现在进行时，表达的是忠诚之后的热情消退，筋疲力尽，隐含着一种失落，对自己常年自守的一种东西的放弃，也有对自己的失望，甚至某种遗恨、悲怆。但"沉舟侧畔"仍有"千帆过"，一茬一茬的苹果不会因为你的纠结而感伤，依然"从明年的枝头涌出"。

> 为什么每晚吃掉一只而非一堆？
> 生活中的孤证形成百善。

读到这里，我觉得基本上可以把握了。"生活中的孤证形成百善"，这样的表述是陈先发式的，得出的结论也是。每晚只吃掉一只，而非一堆，由此顺势拎起"生活的孤证"，这样的拔起是否过于陡峭？我不知道，但前面已有分说，可以接受吧。

> 我父亲临死前唯一想尝一尝的东西，
> 甚至他只想舔一舔
> 这皮上的红晕。

这几行我想感性地解读。真好！我为之感动。多好的细节——"唯一""舔一舔""皮上的红晕"。父亲临死前唯一想尝的东西是苹果，他甚至只是想舔一舔苹果皮上的红晕。这个要求高吗？难以做到吗？应该不难，但恰恰是难以达到的。这里面有贫穷的生活，有执念，有梦想，也有"红晕"的明丽之慰，很快有了下面的诗句：

> 我知道这有多难，
> 鲜艳的事物一直在阻止我们玄思的卷入。
> 我的胃口是如此不同：
> 我爱吃那些完全干枯的食物。

"我知道这有多难"，一个简单的愿望就是实现不了，每一件事都有讲究，不容易。下面三行又有了新的伸展。父亲的困惑转到了"我们"，由个体转到了一群，"苹果仍将从明年的枝头涌出"，鲜艳的事物层出不穷，但"一直在阻止我们玄思的卷入"。这个"玄思"指的是什么？费解。"玄思"，百度解释为"不切实际的空想"。"玄"为"深奥，不易理解"。到了下面两句，可以算是解释——"我的胃口是如此不同：我爱吃那些完全干枯的食物"。"完全干枯"，这词儿用的！这人不正常吧？食物干枯了，食之有味吗？还能食吗？但是"我爱吃"。这里的"我"一定有毛病了，反常识、反常规、反普通，有不良嗜好，是心理问题、认知问题还是经验问题？怎么会养成这样怪异的口味？还停留在自己多年所养成的某种毛病某种自我的桎梏中，难以自拔，甚至不可救药。

看来，干枯的不只是食物，"我"也差不多了。我感觉这里有绝望、孤愤、自谴。

> 当一个词干枯它背后神圣的通道会立刻显现：
> 那里，白花正炽
> 泥沙夹着哭声的建筑扑上我的脸

当食物干枯，词也干枯之后，"我"想大地和河流也差不多了，人世间的风景不过如此。这之后会突然出现"神圣的通道"吗？会让我们格去过往，重获新生，获得救赎吗？是啊，后面出现了凄惶的场景——"白花正炽，泥沙夹着哭声的建筑扑上我的脸"。

似乎有一种催逼和驱使，到最后，我们接受的竟是一只苹果带给我们的教育——想要饱满鲜亮地呈现，不至于干枯，我们要有和过去诀别的勇气，要有净身自新的能力，以避免我们过早地陷入"干枯"。

纸上生活

汤养宗

在纸上挖山，种树，开河流，当建筑师
也陪一些野兽睡觉，当中，还喜欢
看夕阳西沉，怀想谁与谁不在眼前
便又涂改两三字。至此
一张纸才真正进入黑夜
更多时候，我绕着纸上的城堡跑
在四个城门都做下记号
为的是让时光倒流，也为了可以
活得更荒芜些。我借此相信
一个人有另一座坟地、另一个故乡
并可以活得与谁都无关
这一捅就破的生活，为什么要一捅就破
真是命如纸薄，每当我无法无天
像个边远的诸侯，过得真假难辨
便知道，这就叫纸包着火
我又要撕了这一张，在人前假惺惺地再活一遍

【作者简介】 汤养宗，闽东首府霞浦人。主要作品有诗集《去人间》《制秤者说》《一个人大摆宴席：汤养宗集 1984—2015》《三人颂》及散文集《书生的王位》等。曾获人民文学年度诗歌奖，中国年度最佳诗歌奖，《诗刊》年度诗人奖，丁玲文学奖诗歌成就奖，储吉旺文学奖，鲁迅文学奖等奖项。

汤养宗才华横溢，从这首诗的语势看，有一气呵成的感觉。必须承认这首诗诗味十足，灵动跳跃，但我有一点隐隐的担心，才华横溢也是

危险的，会不会过于随性，溢出来太多？我不知道。以前我读过汤养宗很多诗，感觉他总能在悬崖边勒马。这才是高手。其实，对才华横溢的人来说，要做到这一点是很难的，因为他们总会在下意识中炫技，且不自知。没有办法，因为他们太有才了！

这首诗刚开始读得挺顺，但我很快在"一张纸才真正进入黑夜"卡住了。以前读东西，读不懂，读不明白，卡在那里了，我就不理它，先丢在那里，但有时一丢就是很多年，再想见时也不能相认，甚至再也无见面的机会，直到我读到另一位才华横溢的作家徐则臣谈创作和读书的体会时，方才改变方式。徐则臣说，前面有一块石头拦住了我们，有人选择绕道，有人选择回避，他选择的是"硬"过。"虽然过相很难看，但我还是过了。"这句话让我醍醐灌顶，要是早看到这句话多好，这么多年我就一直躲着，过不去的坎儿都找理由回避，一旦躲成了习惯，就会停留在某一个点上，再也没有向上的能量和勇气。

所以，我现在的解读都是"硬过"，"过"得很难看也要过，不这样逼自己，有些东西是刨不出来的。

> 在纸上挖山，种树，开河流，当建筑师
> 也陪一些野兽睡觉，当中，还喜欢
> 看夕阳西沉，怀想谁与谁不在眼前
> 便又涂改两三字。

这是奇特的开篇。纸上的人是以文字为生的人，作者带上了明显的身份痕迹，这首诗也是在纸上呈现的。挖山，种树，开河流，很有动感，也有气势，三个动作连起来，挖、种、开，有点改造大自然、人定胜天的感觉，但都是在"纸"上发生的，是纸上风景。这样大兴土木创造的纸上风景，肯定是别开生面的。我以为不是天才写不出这样的开头。因为他已经给你建构了一个完全虚拟的世界，纸上世界，其中有山、有水、有树，你可以感觉到某种碰撞的声音，开拓的气势，生龙活虎的味道，整个儿就是折腾，在纸上一派盎然，有点自得其乐的自恋，也有点与世疏离的名士意味。

"当建筑帅"这一句就有些虚了，像是对前面的总结性表述。"也陪一些野兽睡觉"，这个"野兽"指什么东西？非常规的、出格的，在纸上"我"与各色人等、各种事物打交道，做一些另类、出格甚至荒唐的事情也是可能的。"也陪"，"我"不排斥，似乎还愿意，可能还有某种喜欢。"还喜欢看夕阳西沉"，这是诗人气质的体现，暗合了某种心境。至于"怀想谁与谁不在眼前，便又涂改两三字"，有种呼之欲出的率性。像"我"这样以文字为生，在纸上生活的人，只能盘点几个文字，但也足够爽利，谁与谁不在眼前，想与不想，提笔改上两三个字即可，"我"以文字怀想朋友，拉远或拉近，凭"我"兴致。

> 至此
> 一张纸才真正进入黑夜

这里的"黑夜"指什么？让人费解。"黑夜"肯定不是一个温暖的词，没有光亮。也许是纸上生活陷入了困顿，或者黑夜是寂静的，是诗人个性化的空间，可以在丰富的个人世界里徜徉——黑夜是诗人纸上生活最惬意、最理想的自恰状态，可以尽情表现自我释放自我，又或者是"黑夜"另有所指，纸上生活的"我"只有在黑夜里才看清人间世态，体会到社会的不公和人间的龌龊，使一张纯净的白纸沾染了世间的黑。

> 更多时候，我绕着纸上的城堡跑
> 在四个城门都做下记号
> 为的是让时光倒流，也为了可以
> 活得更荒芜些。

读到这几句，我觉得汤养宗的纸上生活很快活，也可以佐证我上面的第二种解读比较靠谱。"我绕着纸上的城堡跑"，这是天才的表述。纸上有城堡、有城门，我可以乱跑，到处留下记号，纸上生活多么动人啊，多么惬意啊！这样的日子太好了，活得太滋润了，我要"让时光倒流"，"活得更荒芜些"。因为这样的生活有些虚假，纸上生活究竟掩盖了什么？隐藏了什么？

> 我借此相信
> 一个人有另一座坟地、另一个故乡
> 并可以活得与谁都无关

　　纸上生活是与谁都无关的自我状态。诗人从这种状态中自悟：在这种封闭的自我陶醉的纸上生活中，"我"获得的是"另一座坟地、另一个故乡"，获得精神的回归，并且"与谁都无关"，"我"可以自得其乐，不需要别人引领，这是"我"心甘情愿的选择，这是诗人对品格的自守和坚持。

> 这一捅就破的生活，为什么要一捅就破
> 真是命如纸薄，每当我无法无天
> 像个边远的诸侯，过得真假难辨
> 便知道，这就叫纸包着火
> 我又要撕了这一张，在人前假惺惺地再活一遍

　　这是诗人的自悟、自省。虽然纸上生活在"我"的掌控下，风生水起，烽烟连天，风光无限，但"我"可能只是纸上生活的一个躯壳，生活原来"一捅就破"，人世间"命如纸薄"，纸上的生活并非真相。每当"我"失去对生活的敬畏之心，"无法无天"，"过得真假难辨"，失去对事物、对人世的基本判断，浮躁虚幻，生活总是让"我"认清真相，翻出底牌———切并不如纸上般轻狂肤浅。很多时候，"我"都是在自己欺骗自己，对生活的凌厉视而不见，"我"陶醉在个人的纸上生活里，让"纸包着火"，维系着自己个人化的虚拟的纸上生活，然而，在无情的现实面前"我"也无能为力，或者是懒于挣扎，只能：

> 我又要撕了这一张，在人前假惺惺地再活一遍

　　日子在不断重复，"我"日复一日地重复着这种假惺惺的纸上生活，深怀对自己的失望，也深怀对人世间不堪的痛。

被冻住的船

李 琦

那些船，被冻在松花江边
一声不响，看上去
像一群逆来顺受的人

它们用整个冬天来回忆
那在大江里航行的感觉
仲春和风，盛夏艳阳，深秋的星夜
当船头划开波浪，那种姿态，那种声音

作为船，比起南方的同伴
它的体验更为多元，甚至接近深邃
肃立严冬，知晓季节的威力
那被形容为波光粼粼、随风荡漾的大江
一到冬天，把心一横，竟坚硬如钢铁
任凭汽车，人流在冰面行走
而骄傲的船只，它的浮力此刻毫无意义
只能接受冬天的苦役
如老僧入定，一动不动

寂静的松花江之岸，北风料峭
行人稀少，只有那些冻住的船只
在回忆，冥想，闭关修炼
漫长的冬天，让它有机会
一遍遍体会自由的含义
它必须耐心，在此扩大自己的心量
等待轮回，静候冰消雪融

【作者简介】李琦，哈尔滨人，写作四十余年，曾出版诗集《李琦近作选》《这就是时光》《山顶》以及散文集《白菊》等多部著作。曾获鲁迅文学奖、中国女性文学奖、草堂诗歌奖等文学奖项。

大概十五年前，我和湖北省文联的艺术家去东北采风，在冰冻三尺的松花江上坐雪橇，看太阳岛上雪雕晶莹，这首诗又把我带回到那样的场面。我的家在湖北监利市，临长江，就是"东方之星"号游轮在长江沉没的地方。作为荆南水乡的人，我见过的船并不少，但记忆中下雪的日子是越来越少了，一条被冻住的船偶尔也是有的，但在故乡这种场景似乎多年未有了。

我的记忆不重要，这首诗写得有画面感、代入感，写得坚实、饱满、动人才重要。

> 那些船，被冻在松花江边
> 一声不响，看上去
> 像一群逆来顺受的人

"像一群逆来顺受的人"，那些船一出场，就被作者赋予了人性，屈从于命运，一声不响。松花江是我国最北边的大江之一，一进入冬天，那片地域就变成了雪国，迟子建和阿城的小说中多有描述。估计整个冬天，松花江上的船都会泊在那里。客观条件是时令的寒冷，造成了这些船被冻住，但在诗人的眼中，客观意象通过内心的"织物"后，主观意象呈现为："像一群逆来顺受的人"。

> 它们用整个冬天来回忆
> 那在大江里航行的感觉
> 仲春和风，盛夏艳阳，深秋的星夜
> 当船头划开波浪，那种姿态，那种声音

李琦的诗清脆、利索、干净，春夏秋都写了，然后"用整个冬天来回忆/那在大江里航行的感觉"。这是对第一段的补足、增厚，但这里写出了姿态和气息，如风、艳阳、星夜、波浪、姿态、声音。从行文的感情色彩看，那些被冻住的船对春夏秋时的航行是迷恋的，因为描述是动人的，令人神往的，所以，它们愿意用一个冬天来回忆这种美好的感觉。

> 作为船，比起南方的同伴
> 它的体验更为多元，甚至接近深邃
> 肃立严冬，知晓季节的威力
> 那被形容为波光粼粼、随风荡漾的大江
> 一到冬天，把心一横，竟坚硬如钢铁
> 任凭汽车，人流在冰面行走

　　中国地域之大，季节的差异必定会带来江河湖泊的差异，而行驶的船同样会以自己的方式体现出来。这一段进行了南北的对比。显然，比起江南水乡的船只，松花江上的船"体验更多元"，如果说春夏秋季，它们的命运和功能与南方船只差别不大，但到了冬天，它们的使命就结束了，只能接受被"冻住"，而此时在南方的江南小镇上，依然小桥流水，船行如梭。如此看来，这些被冻住的船，因为经历了冬天的严寒与肃杀，更能体会季节的严酷，所以，定会接近深邃，知晓威力，也更能体会到解冻后的欣喜、束缚过的开放、压抑过的奔放、苦过的甜。从一起笔开始，在李琦笔下，这些江、船就已蜕变成人了，不是吗？"那被形容为波光粼粼、随风荡漾的大江/一到冬天，把心一横，竟坚硬如钢铁/任凭汽车，人流在冰面行走"，北方的大江把心一横，如此决绝，坚硬如铁。这些大江就是一条条东北大汉吧，一到冬天便发出了掷地有声的誓言。"坚硬"是一个重要的词，它可以承载很多东西，有气节，有使命感。

> 而骄傲的船只，它的浮力此刻毫无意义
> 只能接受冬天的苦役
> 如老僧入定，一动不动

　　从"像一群逆来顺受的人"到"把心一横，竟坚硬如钢铁"到"如老僧入定，一动不动"，这些句子太精彩了，太贴切了，太形象了，太自然了！读的过程中，我没有感到任何不适，简直像无形的水流进来，如饮甘泉！哪里有晦涩？哪里有先锋？哪里有纷繁？哪里有套路？甚至哪里有技巧？李琦的诗就是这样的，他写作的魅力就是这样的——如温水泡茶，自然平实，清奇动人，绝不虚张声势，绝不高高在上。

船的功能或作用就是展示自己的"浮力"，一旦失去"浮力"，就只能接受现实，接受"冬天的苦役"。这和开篇的"像一群逆来顺受的人"是一样的低姿态，仍是屈从、接受，这里有所加深——"苦役"。"如老僧入定，一动不动"是一种境界，也是一种无奈，它曾经骄傲过，但现在只能趴着，等待属于它的季节，还有一种让人油然而生的敬畏。在注定的命运中，它一言不发，没有反抗，也没有愤怒，甚至没有表情，这才让人肃然起敬。

一条船对命运的理解，如此深刻，如此安静，如此平和，如此接纳，它给我们昭示了什么？在残酷的寒冷的冬天，一条船可以左右自己的命运吗？抗争、不屈、愤怒有意义吗？船即人，多少人在本该蛰伏的阶段折腾自己的命运，在不合时宜的季节与生活奋力抗争，违背自然的规律，超前、强行，殊不知，暂时的搁浅只是命运的短暂停歇，是为再次出发积蓄能量，是在韬光养晦。

> 寂静的松花江之岸，北风料峭
> 行人稀少，只有那些冻住的船只
> 在回忆，冥想，闭关修炼
> 漫长的冬天，让它有机会
> 一遍遍体会自由的含义
> 它必须耐心，在此扩大自己的心量
> 等待轮回，静候冰消雪融

答案自然浮出冰面——"等待轮回，静候冰消雪融"。"漫长的冬天，让它有机会一遍遍体会自由的含义，它必须耐心，在此扩大自己的心量"，这是箴言，是神示，在船的引领下认识命运——屈从、等待、修炼、耐心、自由。

松花江上的这些船，这些在冬天被冻住的船，以它们在冬天的寂然淡定，默默承受着季节与命运的安排，像神一样地排在江岸，注视着芸芸众生，解读着人世沧桑。

日出

傅天琳

一切都是最好的安排
寅时、月亮、露水、敖包、经幡
隐隐的哒哒哒的蹄声
一轮红日
踏着红云扬起红鬃骑着一匹红骏马来了

来了
大草原的日出
上苍之手加持过的日出

现在我想把它看成是一个老人的日出
如果可以
这花、这草、这亮晶晶的水就是我的
这一座天空也是我的

如果可以
我就看见了血胎中的自己
正发出崭新的婴儿一样的心跳

如果可以
我生命里的能量
就有可能多一些，更多一些
因为加进了奶茶、篝火、青草、星星
爱和太阳

我必须感恩并牢牢记住这个瞬间

余生最年轻的一天

就从科尔沁

从 5 点 15 分的日出开始

【作者简介】傅天琳（1946 年 1 月 24 日—2021 年 10 月 23 日），生于四川省内江市资中县，中国著名诗人，曾任重庆市作家协会荣誉副主席、《银河系》诗刊主编，曾获重庆出版社编审、全国新诗（诗集）奖及鲁迅文学奖诗歌奖。

读到傅天琳的这首诗，我被这位老诗人的笔力和气度所吸引。这一轮日出，苍劲雄浑，大气磅礴，何其恢宏，何其壮美！

一切都是最好的安排

老诗人心满意足，对一切都满意。时间、地点、景点都是可以人为安排的，敖包、经幡是地域性标识，也带有神性的特质，但是有些东西是大自然安排的，也可以看成是上天安排的，比方说"一轮红日"。这一轮红日的出场很是华丽："寅时、月亮、露水、敖包、经幡/隐隐的哒哒哒的蹄声"。寅时是夜与日的交替之时，在早上三点至五点。老诗人早起，月亮还没有完全隐退或刚刚隐退，露水沾衣，白色的敖包在熹微的晨光中现出朦胧的轮廓，敖包上的五色经幡在晨风吹动下，像飞扬的旗帜，似乎可以听见草原上奔跑的骏马"隐隐的哒哒哒的蹄声"。时逢草原上的一轮红日喷薄而出，这一轮日出着上了火红的盛装，这些即将奋蹄的骏马，像是踩着鲜红的地毯而来，所以它们都"着红云""扬起红鬃""骑着一匹红骏马来"。在一句诗中，三"红"连出，简直"红得发紫"了，老诗人的欣喜、赞美、激越、豪迈之情溢于言表。

这一轮日出何其讲究，极有仪式感，而这种仪式感，非大草原不能有、不会有。一切都是那么自然贴切。傅天琳在第一节里极度渲染了这光彩夺目的"红"，而发出这种"红"的主体是太阳——光之神、之源，所以它是恢宏的，瑰丽的，温暖的，带来鲜活生命气息的，它不仅预示着一天的开始，也代表万物苏醒之时、光芒开启之时，也是生命一个个走上舞台呈现活力之时。这里有声响、色彩、节奏、动感，如一首日出协奏曲。

诗人通过这一节，在我们心中烙下了深刻的"红"，带入了宏阔的气场，如挥之不去的光芒，直抵内心。她要让我们凝神注目，这一轮韶光的降临。于老诗人而言，它更是生命之光，丰盈之光，幸福之光。

> 来了
> 大草原的日出
> 上苍之手加持过的日出

在我们的仰望和等待中，大草原的日出如期而至，它不是寻常的日出，是"上苍之手加持过的日出"。何以此言？上文中已有说道，它一定是神光的拂临，神力的加持，所以才会发出如此强大的光。

> 现在我想把它看成是一个老人的日出
> 如果可以
> 这花、这草、这亮晶晶的水就是我的
> 这一座天空也是我的

诗人忍耐了两节，早已控制不住，虽然恨不得将这一轮红日"据为己有"，但语言依然是克制的、谦虚的，却有点儿可爱的小"霸道"和不由分说的语气。虽然称"如果可以"，但最后表明"也是我的"，其实是毫不客气地照单全收。这是什么样的气度？我无法用境界、情怀一类的词来述说，如果实在要说，用"气质"是否更好？我不知道。读到这几句，你一定会惊愕，要知道这是一位老诗人在快八十岁时发出的声音。此处用"豪言"我觉得还不足以表达，用"誓言"是不是更好？我不知道。现在，如果可以，就让我们将这一轮红日全部赠予老诗人吧。现在，她可以怀揣这一轮红日，充实丰盈，福祉如海，禁不住发出感叹："这花、这草、这亮晶晶的水就是我的/这一座天空也是我的"。就让可爱的老诗人再贪心一点吧！这些亮晶晶的水和整个天空都是她的，就让她宽阔的怀抱拥抱红日朗照下的一切，让巨大的幸福如光如热降临到她身上吧！

> 如果可以
> 我就看见了血胎中的自己
> 正发出崭新的婴儿一样的心跳

这里出现第二个"如果可以"，谦逊的口气中，饱含了诗人的自愿和祈求。这是一轮独属于老人的日出，"我"当然只是一种象征。

"我"的日出你们已经认可了，好，那"我"就可以回忆，"看见了血胎中的自己"，"我"是多么激动啊，衰老中的老人竟看见了自己"正发出崭新的婴儿一样的心跳"。这是一种生命的倒溯、观照，"我"把红日"看成是一个老人的日出"之后，便看到了自己的前世今生，漫漫人间长路上，"我"迎来过多少日出，领略过多少风景？"我"不断成长，走过少年、中年，现在来到老年，生命和生活给了"我"多少教示？"我"的生命之源和活力之源在何处？

> 如果可以
> 我生命里的能量
> 就有可能多一些，更多一些
> 因为加进了奶茶、篝火、青草、星星
> 爱和太阳

这里出现第三个"如果可以"，老诗人的谦卑和敬畏之心令人敬佩，她不像当下的年轻诗人，动不动就将人间万物据为己有，以神的口吻站在云端为我们开示，仿佛日月光芒、山川河流都是他们家的玩物，任其信手拈来。这里的"如果可以"，是承接上面的两个"如果可以"而来的。如果没有上面的铺垫，这样的要求一定是不合理的、过分的，但有了上面的，就十分自然了。第三个"如果可以"才真正表达了诗人的诉求：一切都是为了"我生命里的能量"，这也是一个老人最根本的生命力之所在。这些加进去的能量——"奶茶、篝火、青草、星星/爱和太阳"，虽然有实有虚，但都是伴随着一轮红日的升起带来的。一切的改变，都是在《日出》之后发生的。

> 我必须感恩并牢牢记住这个瞬间
> 余生最年轻的一天
> 就从科尔沁
> 从 5 点 15 分的日出开始

这个瞬间当然要被记住，不仅是诗人自己，我们也要为尊敬的老诗人记住这动人的瞬间，因为这是她"余生最年轻的一天"，而这一天"就从科尔沁/从 5 点 15 分的日出开始"。

这是如此值得被铭记的幸福的一天，年轻的一天！我们都感受到了这一轮红日的加持和温暖，我们也获得了生命的能量和精神力的提升。感谢傅天琳把我们带到了神性的科尔沁草原，让这一轮瑰丽的红日，长久地朗照在我们心头！

先生——张澜故居

娜 夜

有掌声回荡在山谷
那是时间之手　还将越来越响

早安先生
你的布衫棉袍真好看

大地涌动着草香
露珠里的太阳清凉

我鞠躬　对一个奇迹：
你人生的每一步都是对的

包括在错误和灾难来临之前
让生命成为一尊铜像

现在我来到你身后　想看看
怎样背着手　会让一个人拥有

引领低矮事物上升的力量……先生
你头顶的祥云　故居的灰瓦

从民国开来的梅花　也好看

【作者简介】娜夜，毕业于南京大学中文系，曾出版诗集《起风了》
《个人简历》《神在我们喜欢的事物里》等，曾获第三届鲁迅文学奖，中
宣部"四个一批"人才称号。

当我从阅读中了解到，娜夜美女曾经是一个跳高冠军的时候，我禁不住笑了。一个南京大学中文系的才女，中学时代有着极好的运动天赋，似乎联系不起来，这是很有意思的事，似乎也有所关联，诗作者写作到一定的时候，也面临精神力量的跃升。面临一个临界点的时候，我们能跨过去吗？我一直认为一个人的成功不是单一的，如果是单一的，也可能不会长久。所以，只要挖掘这些成功者，他们肯定还有许多我们不为人知的长处和业余爱好。

关于娜夜的这首诗，我要多说几句，因为我在反复选择的过程中，折腾了娜夜老师。我总不确定该写哪一首好，似乎都想写。

那首《跳舞吧》我在网上总是下载不了，我这个人轴，凡是要我下载软件的，我都立马关了。软件下载过多，我担心我的电脑承受不了。我只好求助娜夜："我不死心，还是想把那首诗再看一下。"如此三番，好在娜夜知道我是认真在做这件事，充分理解。我可能对大家公认的好诗，无话要说；而有的诗没有引起大家的注意，我倒是看出了一些别人没注意的地方。我喜欢做这样的事，有点"发现"的小成就感吧。

反复比较了娜夜的《春天》《之前》《跳舞吧》《先生》四首诗后，我最终选定了《先生》。老实说，我对民主革命家张澜有印象，但不至于深，其人其事在我的记忆里，似乎可以忽略，但读到这首漂亮的诗后，我为之一动。

张澜，清末举人，四川省南充市西充县莲池乡观音堂张罐沟人，伟大的民主革命家，1917 年任四川省省长；1926 年任国立成都大学（今四川大学）校长；1949 年任中央人民政府副主席，参加了中华人民共和国开国大典；1955 年 2 月 9 日，病逝于北京。

如果仅凭这些，显然不足以写出一首好诗。

再细搜：1943 年，作为民盟中央主席的张澜发文《中国需要真正民主政治思想》，同时拒绝出席国民参政会；1949 年宣布拒绝参加国民党的国民大会。这一段很重要，可以体现张先生的个性——是一个识大体、明是非、有风骨的人。

有掌声回荡在山谷
那是时间之手　还将越来越响

这样的开头是令人愉悦的，不仅有音响，还有绵长的历史的承续感。是谁的掌声？是什么样的山谷？诗人说是"那是时间之手"，是"时间之手"在拍，但动作是人发出的吧？是一群人，应该是后来的一群人，为历史见证着昨天和精彩；是时间之河的淘洗和检验，为历史做出了判断。"山谷"是具体的，也是抽象的；是实的，也是虚的；是历史的，也是人间的。时间之手也是客观之手、公允之手，它经得起时间的考验，时间越长，弥久闪光，所以"还将越来越响"。

这样的开头定了调——这位先生不是一般人，一定有不同于凡人的精彩。

> 早安先生
> 你的布衫棉袍真好看

诗人应该是早上去参观的张先生故居，一句"早安先生"不仅是文本转换语气的跳跃，对张先生的钦佩和喜欢之情脱口而出，溢于言表，还表现出女诗人的细心和温婉。下一句更可爱："你的布衫棉袍真好看"。布衫棉袍是民国时代的一种代表性衣着，"真好看"，哈！这一句真来劲，率性的诗人仅仅是在说服饰吗？不只是吧，"真好看"里面有内容，甘的味道，醇的味道。

> 大地涌动着草香
> 露珠里的太阳清凉

"涌动"，多有动感。这是清晨的景色，"露珠里的太阳清凉"，可以想见诗人的心境多么愉悦，眼中的景色多么迷人。这是一个多么美好的早上。"大地"应该也是有意味的，这片承载过苦难与辛酸的土地，如果没有宁和安详，也不会带来诗意的"草香"。我以为这里面也有历史的厚重感。大地是一个象征，是哪些人让我们足下的这片大地获得了生命的气息，带来了人间的生气，从而有了草香、露珠、清凉？

> 我鞠躬　对一个奇迹：

你人生的每一步都是对的

　　就是因为诗人的这一句，我做了很多工作。谁敢说"你人生的每一步都是对的"？真如此岂不是圣人？在我的印象中，我只知道有一个人对自己的一生是满意的，没有遗憾，这个人是美国著名演员秀兰·邓波儿。她是美国电影学会百年来最伟大的演员之一，美国历史上第一位女礼宾司司长，是首位公开自己乳腺癌病史的名人，后成为美国驻加纳大使。她从天才童星到政界精英，从光辉岁月到平凡人生，从幼年到老年，秀兰·邓波儿从未放弃过自己心中的梦想。数年前，我看过电视台采访她的节目，她说她的人生虽然经历过两次婚姻，但总体而言，没有太大的遗憾，每件事的出现都是刚刚好。她戏演得好，息影后做外交官也做得很好，后来的丈夫也好，家庭也好，反正什么都好。她说人生如果可以再来一遍，还是愿意这样走一遍。我估计生活中这样的人应该没有，至少我是没见过的，所有的人都似乎对自己不满意，对自己的选择不满意，如果人生再来一遍，一定会做出新的选择。但可能这个世上真有这样的人，上天就是宠爱他（她），把他（她）想要的一切都给了。

　　回头看诗人的表达："你人生的每一步都是对的"，请记住这是诗人的感觉和表达，不是秀兰·邓波儿式的自说——这大不一样。至于张澜先生对自己的人生怎么评价，那就不得而知了，但诗人对先生的评价是极高的，高出了我们可能的预设。有了这样的评价，有了这样的奇迹，"我鞠躬"那就再自然不过了。

　　包括在错误和灾难来临之前
　　让生命成为一尊铜像

　　这里面有故事。张先生在一生中面临过很多次重大的选择，从前面的史料中就可以看出来。他的很多次选择其实带有很大的危险性，甚至面临生命的威胁。前述中张先生"一次发文两次拒绝"，说明先生是一位爱国护国的忠勇之士，敢说敢做，还敢鼓与呼。在那个岁月动荡的年代，以张先生的身份与做派，随时都处于旋涡之中、危险之中，"让生命成为一尊铜像"可能是一瞬间的事吧。

> 现在我来到你身后　想看看
> 怎样背着手　会让一个人拥有
>
> 引领低矮事物上升的力量……先生
> 你头顶的祥云　故居的灰瓦

　　这里的叙述有了一点变化，我把两节合在一起说，诗作呈现出有松有紧、上下勾连的灵活姿态。我没去过张先生的故居，那里应该有一尊他"背着手"的铜像吧？或者说诗人也"背着手"（似乎不重要），沉思着转到先生身后。我以为"背着手"不是一个人的自然状态，有点逆受的感觉，结合当时的时代，应该是被逆的感觉，其实就是受压制、被压抑，不畅、不平之类。先生在逆境中、在困厄中，依然可以爆发惊人的力量，这种力量显然是正义的力量，因为它可以"引领低矮事物上升"，引领民主和正义，引领信仰和精神，引领前进和跨越，引领一个崭新的新中国。

　　　从民国开来的梅花　也好看

　　这样的结尾，你怎么看？有点女性化，但很精彩，多好啊！第一次出现的是先生的"布衫棉袍真好看"，这次不一样了，是"从民国开来的梅花/也好看"，仅仅只是呼应吗，回扣吗？我不知道娜夜是怎样抓住这一句的，还是这一句抓住了她，一定是神遇吧。梅花，历来被认为是民国的国花，其寄托了多少复杂的情感。一个"从"字，让历史的纵深感毕现。这一树梅花是献给先生的，至于先生与梅花之间的关联，想必不用我饶舌，想想梅花的品格吧，只一个"高洁"就让人不禁生出崇敬和景仰。

　　可是，这一束高洁的梅花只是献给张先生的吗？不尽然吧！我想，所有为共和国的明天奋斗过、奉献过、流过泪、流过血，特别是那些付出过生命的先行者们，他们受之当然！

夸父

大　解

终于等到了这样的时辰：
晚霞起飞，夕阳变成气泡，
沉不下去。跟在我身后的影子
长成了巨人。

风从地下浮起，
黄河飘起来，远山向后滑行。

我曾经躲闪，
顾左右而言他，不敢说出
我的前身。

现在不必了。
山河重新排序。
白昼的大限正在降临。
赤子找到了燃烧的黄昏。

时辰已到，出发吧。
没有丝毫犹豫，
一个灵魂，
从我体内冲出，向落日狂奔。

【作者简介】大解，原名解文阁，河北青龙县人，毕业于清华大学水电工程系。主要作品有长诗《悲歌》、小说《长歌》、寓言集《傻子寓言》。曾获《诗刊》《人民文学》《星星》等年度文学奖，曾获第六届鲁迅文学奖。

我最初喜欢这首诗是因为它的第二段：

风从地下浮起，
黄河飘起来，远山向后滑行。

特别是"黄河飘起来"，一下子让我的心升腾起来了！

啊，黄河飘起来了，这条浩瀚的母亲河，如此大的体量，为何在诗人的笔下，成了一条挥舞的绸带？大解先生真"大"啊，真是大先生，你可以当这条黄河巨龙的指挥，来一曲夸父逐日的瑰丽交响。风是从地下浮起来的，随着黄河的漂动，一座座远山像是"向后滑行"。这是何其强烈的画面感，何其雄浑的自然交响。浮、漂、滑，前者是上升的，后两者是平行的或是有向下的趋势，总之，有动感是显然的，但不是一般的动感，因为在大解的笔下，写的都是"大"东西，这些"大"东西在"动"，所以才触目惊心，气壮山河。大东西一般因为占有的空间和地域大，显得静穆，但只要一动，就是大情况、大风景、大情怀。因为它突破了阅读者正常的认知，让我们的内心"嘎啦"一下，又如伤筋动骨般，便有了厚重感。能够让黄河飘起来的诗人，注定了卓识不凡。

且回到开始的第一段：

终于等到了这样的时辰：
晚霞起飞，夕阳变成气泡，
沉不下去。跟在我身后的影子
长成了巨人。

"终于等到了这样的时辰"，一直在等，没有放弃，这就是夸父，所有行进在路上的追求者都是夸父。等待了多长时间呢？你可以想象，一定不是一个短的概念，一定是漫长的，经过了长期等待的，因为一出现就是"终于"，等待这样的时候已经很久了啊！还有一点庆幸，因为总算等到了"这样的时辰"。"这样的时辰"多么美丽而又壮观，是"晚霞起飞"的时候。接着，"夕阳变成气泡"，诗人一下子把大东西说小，夕阳是落在海上还是落在湖上？昏黄的夕阳在水的映衬下，像气泡一样消散弥尽。此时，太阳落下，黑暗登场，应该是一个比较伤感的时刻，悲壮的时刻。然而，在诗人心中，现在出发并不太晚，虽然夕阳渐渐消逝，太阳之光将尽，但诗人让它"沉不下去"，"跟在我身后的影子"，"长成了巨人"，追寻者无比执着和坚定，没有停止脚步，不因为出发的早晚和时间的迫近。这个"我"所指是谁？我以为是"太阳""光"类似的东西，还有可能是诗人自己，他也在追寻的队伍当中，并且处在领先的位置。诗人有一种担当和使命，是探索未知和真理，还可以缩小一点，在诗歌的道路上，诗人永不停歇地追求，为寻求诗歌的真谛，做一个朝圣的信徒，去跋涉，去奉献。

要思考的是，夸父是和太阳赛跑，追赶的是太阳，我们追赶的又是什么？每个人心中的答案都不一样，每个人心中都有一个自己的"太阳"，于是出现了上述第二段的精彩。接下来：

> 我曾经躲闪，
> 顾左右而言他，不敢说出
> 我的前身。

这里的"我"是"我"，也不是"我"，是我们，是他们，也是所有人，但我还是愿意将其看成是诗人自己，这样更有自省意识和批判精神，毕竟批评自己才是比较好的，是恰当的，也是谦逊和修为的表现。读者和其他诸君如何理解但请自便。往往大诗人在这种情况下都是向内思索的，至于这个世界和人间有什么问题，先拷问自己才是必须的，也是让人敬重的美德。

也许每个人都有让人不堪的"前世"，为了理想、为了生活，我们都曾心怀杂念和侥幸，我们在道路上彷徨、困惑甚至退缩"躲闪"，而虚荣和回避成为我们的习性，正因为我们贻误了太多的时光，枉费了多少青春梦想，所以我们不敢碰"我的前身"，那是隐痛，那是伤痕，那是悔恨。

> 现在不必了。
> 山河重新排序。

> 白昼的大限正在降临。
> 赤子找到了燃烧的黄昏。

虽然有过太多悔恨和伤感，贻误了太多机遇和时光，诗人在此，还是昂起了不屈的头，并乐观地发出誓言："赤子找到了燃烧的黄昏。"一句"现在不必了"，过往不再叙，统统成云烟，俱往矣，"山河重新排序"，一切美好如初。我仿佛看见诗人大手一挥，遥指远方，前方就是落日，"我"依然要将其收入怀抱。"山河重新排序"中的"山河"，不只是指自然之物，更多的是指向我们内心的"山河"。是啊，我们该好好清理一下我们的内心了，我们要为重新出发清空杂念，排除畏难，祛去流弊，振作精神，重新寻找诗和远方，况且时不我待，"白昼的大限正在降临"，留给我们的韶华已经不多。

> 时辰已到，出发吧。
> 没有丝毫犹豫，
> 一个灵魂，
> 从我体内冲出，向落日狂奔。

最后，诗人非常决绝，如夸父般拥有坚定的信念和不可动摇的目标，并不遗余力。夸父想要把太阳摘下，开始逐日，和太阳赛跑，在口渴时喝干了黄河、渭水之后，在奔向大泽的路途中渴死，手杖化作桃林，身躯化作夸父山。其反映了中国古代先民了解自然、战胜自然的愿望。

此时，灵魂已经从体内冲出，所有的犹豫彷徨都不复存在，追赶"落日"是"我"的唯一目标，"狂奔"是一种笃定的姿态。很显然，诗中的"逐日"有了更多的内涵，"日"已经成为一个抽象的目标。人人心中都有一个"日"，一个追赶的目标，一个奔跑的方向。

奔跑吧，兄弟!

养虎

雷平阳

天空中有人在赶路
养虎的和尚抬起头，放下手里
用面团揉成的羊羔，匆忙的
脚步声令他不安，就仿佛
他也在赶路，或被人带走了
揉了这么多年的面牛面狗
注入了太多的心血，它们都有命
用它们养虎，他深感罪孽深重
不堪的是，老虎的眼里
面团揉成诗人、揉成鬼神，仍然是
面团。老虎越来越讨厌欺骗
它最想吞下的，其实就是
这个穿着袈裟的光头
是该有一种食品，一咬就喊叫
一咬就出血，一咬就在挣扎与反抗中
死去。老虎的愿望无可厚非
只要和尚以身饲虎，便可拯救和
自救。但是，对峙仍在天空里续接
——老虎想吃和尚，和尚
一如既往将面团扔进虎口
耗着，斗争着，绝望着
老虎与和尚，身体的地下室里
都还养着另一只老虎，都在怒吼
高过生死的欲望比万物
还要古老，还要持久

【作者简介】雷平阳，曾获《诗刊》华文青年诗人奖、人民文学诗歌奖、十月诗歌奖、华语文学大奖诗歌奖、鲁迅文学奖等奖项。

雷平阳是一位能够旷日持久地坚持在写作中保持精神难度和写作难度的诗人。他对母语、地方性有着个人式的偏执和"土著"式的虔敬。读雷平阳的诗是有难度的，因为他写得很用力。甫一进入，如不仔细分辨，很可能误入岔道。特别是雷平阳近年的作品，跋涉在现代汉语诗歌的某种极致和穿顶，似乎想在汉语诗歌的天空刨出一个洞，飞升至某个不可知的领空或神的界面。其探索精神难能可贵。

这是一首超验主义的诗，取材于佛经里面佛陀"以身饲虎"的典故。

先简单介绍下佛陀"以身饲虎"的故事。

古时南瞻部洲有一大国萨垂那，国君育有三子，最小的太子摩诃萨埵，生性慈悲，是释迦牟尼之前身。

一日，王与妃携三子率群臣出游。忽见一雌虎哺二幼虎。雌虎饥饿，羸弱枯瘦，意欲吞噬幼虎。

小王子见而问兄："雌虎羸瘦将死，欲食子矣？"

兄云："倘雌虎饿死，幼虎无哺，亦必死。"

小王子云："何能令雌虎勿食幼虎？"

兄曰："当以鲜肉及血饲之。"

小王子问："以人之血肉饲之，可否？"

兄曰："虎当可活，人死不能复活尔！"

三子同行，小王子假言托故，独返饿虎崖上，跃身而投虎口，然饿虎闭嘴，不忍食之。王子觅尖锐木枝戳破己身，鲜血汩汩。虎见鲜血流，振精神而舐之，继而，食王子肉。

后来成佛的释迦牟尼说："我因舍身饲虎，得以升天。"

故事介绍完了，一句话可以总结：为了挽救老虎的生命，佛祖舍身饲虎。

佛祖可以舍身饲虎，何况人乎？

这首诗没有分节，为了掰扯得方便，我大致梳理一下。

天空中有人在赶路

赶路的人在天空中，我读了这一句，脑海里歪想，能不能写成"天空下有人在赶路"？芸芸众生都生活在天空之下，都行走在大地上，但诗人写的是天空中，人都飞翔起来了，在云彩中行走。诗的起句就带着我们离开了地面，注定了这首诗的超验和神视的角度。人都升到了天空中，他们是人还是神？我不知道。我想，大概是要上演一部神剧了吧。虽然出现了"匆忙的脚步声"，但仔细比对和品味，"天空中"比"天空下"更具神性。

> 养虎的和尚抬起头，放下手里
> 用面团揉成的羊羔，匆忙的
> 脚步声令他不安，就仿佛
> 他也在赶路，或被人带走了
> 揉了这么多年的面牛面狗

和尚为什么要养虎？古代修行者认为，"道高龙虎伏，德重鬼神钦"。只有道道高深、功德厚重的神仙才能让龙虎猛兽拜服，让鬼怪神灵钦佩，进而能用自身通过修行得来的道高德重，感化它们通灵悟道。如此说来，这位养虎的和尚是通过养虎来生发自己的慈悲心和道行吗？他捏的是面团，以面团揉成的羊羔，以及后面的"面牛面狗"，都是他揉出来的。这位和尚是用这些他"揉"出来的东西在"饲虎"。"饲虎"的目的是什么？上面有述，我觉得这样理解可能有些片面。作为一个新闻人，我的脑海中浮现出一些画面：有的寺院为了招揽顾客，也会饲养一些动物，老虎、狮子、藏獒、孔雀、金雕等等。曾有某和尚在陕西终南山当住持，号称是南怀瑾的弟子、少林寺禅僧。他喜欢饲养各种野生珍稀动物，以此来吸引游客参观，并编造"南山狮子吼"的神话，以增加别人对他的崇拜和寺院知名度。据说南大师知道后对其进行痛斥，说他"生性顽劣习气太重"，"喜欢与禽兽为伍"。

如果属于此种，那这和尚养虎与佛祖"以身饲虎"，简直就有天壤之别了。这位和尚担心这些在天空中赶路的人带走了他的"面牛面狗"，这是滑稽的，也是超越现实的。赶路的人对这些"面牛面狗"有兴趣吗？这种没来由的担心是在述说一种被忽视感、不安全感。此处还有一个有意味的词——"这么多年"。他揉了这么多年"面牛面狗"以及"面羊"，下的功夫很深啊，就为豢养这只老虎。啥意思呢？他费老鼻子劲做这些事，意欲何为？

> 揉了这么多年的面牛面狗
> 注入了太多的心血，它们都有命
> 用它们养虎，他深感罪孽深重
> 不堪的是，老虎的眼里
> 面团揉成诗人、揉成鬼神，仍然是
> 面团。

"他深感罪孽深重"，真的假的？读到这里，我起了疑心。"它们"指的是"面牛面狗"和"面羊"，这些他揉出来的东西"都有命"，他怜惜它们献出了一条条"命"来饲虎。我感觉有点儿作。然而，老虎并不买账，在老虎的眼里，它们只是面团，而不是别的什么。此处，和尚有些一厢情愿，这只虎似乎也挺有胃口，不太好招呼。

> 老虎越来越讨厌欺骗
> 它最想吞下的，其实就是
> 这个穿着袈裟的光头

果然，这只老虎的理想可不一般——"它最想吞下的其实就是/这个穿着袈裟的光头"。读到这里，我们发现这只老虎太过分了，它一闪身变成了主体，还有一种不屑的味道："我要吃有生命的东西，你不用拿这些面团捏成的牛、狗、羊来糊弄我——这对我是一种欺骗。"它甚至赤裸裸地表达，自己"最想吞下的，其实就是/这个穿着袈裟的光头"。

回到前述，这只老虎可能了解历史，知道"佛祖饲虎"的故事，所以它认为，它的要求不过分："既然你想借我证明自己发慈悲以修福德，让人以为你道高德重，那就来个彻底的奉献吧。"何必假模假式?!

是该有一种食品，一咬就喊叫
一咬就出血，一咬就在挣扎与反抗中
死去。老虎的愿望无可厚非
只要和尚以身饲虎，便可拯救和
自救。

"老虎的愿望无可厚非"，诗人用反讽的口吻说道。虽然这只老虎不知恩图报，不知好歹，贪得无厌，但和尚此举也让人生疑。这里写出了老虎嗜血的本质，要"一咬就出血，一咬就在挣扎与反抗中/死去"。如此说来，和尚以无血无肉的面团饲虎，就是糊弄，有叶公好龙之嫌。这种重形不入里的修持，如何能加持福慧，使其成为高僧大德？可以说，诗人在这里的完全转向，有一种决绝式的劝导——要想拯救和自救，就满足老虎的愿望吧，那些虚头巴脑的东西，老虎是看不上的。如果再承接开头的佛祖故事——不如成全自己，以身饲虎吧，别让老虎小看你涅槃成仙的信仰和力量。

但是，对峙仍在天空里续接
——老虎想吃和尚，和尚
一如既往将面团扔进虎口
耗着，斗争着，绝望着

诗人劝没有用，我们劝也没有用。"老虎想吃和尚，和尚/一如既往将面团扔进虎口/耗着，斗争着，绝望着"，像进入到一场拉锯战，互不相让。这里再次出现"天空"，"对峙仍在天空里续接"，和开头一样，在一个系统里延续。这一场老虎和和尚的神剧，总是在天空上进行的。老虎和和尚都在天上待着，想自己的心事。

让他们耗着吧，这不是一下能调解的。

老虎与和尚，身体的地下室里
都还养着另一只老虎，都在怒吼

高过生死的欲望比万物
还要古老，还要持久

　　就让老虎和和尚在天空上斗法吧，把他们丢到一边去。现在到我们了。如果将老虎和和尚换成我们自己又会如何？其实，上面所谈的老虎和和尚，难道不就是我们彼此吗？生活中我们那么多虚头巴脑的仪式感，究竟想表达什么？我们的爱和恨都怀着某种虚假和形式主义，也许有不为人知的隐痛，也许被生活改造或所迫，我们成了那个揉面团的和尚。"多年以来"我们一直供奉着我们心中的老虎，只是我们的爱和恨都有限，我们心中总在犹疑，我们总有舍不出去的执念——因为我们不可能是佛祖，我们依然在人间，要面对凡尘的一切世俗，我们依然六根未净，六尘不绝……

　　对此，我们身体里"养着"的另一只老虎，能否苏醒，冲破樊笼，发出本真的仰天"怒吼"？也许有一天我们终会接近真理，产生"高过生死的欲望"。

沙

沈　苇

数一数沙吧

就像你在恒河做过的那样

数一数大漠的浩瀚

数一数撒哈拉的魂灵

多么纯粹的沙，你是其中一粒

被自己放大，又归于细小、寂静

数一数沙吧

如果不是柽柳的提醒

空间已是时间

时间正在显现红海的地貌

西就是东，北就是南

埃及，就是印度

撒哈拉，就是塔里木

四个方向，汇聚成

此刻的一粒沙

你逃离家乡

逃离一滴水的跟随

却被一粒沙占有

数一数沙吧，直到

沙从你眼中夺眶而出

沙在你心里流泻不已……

【作者简介】沈苇，浙江传媒学院教授，曾获鲁迅文学奖、华语文学传媒大奖、十月文学奖、刘丽安诗歌奖等奖项。

最近我在读鸠摩罗什《金刚经》的图说版本，感觉他优美的汉语表达，矗立起另外一座语言的佛塔。事有凑巧，因为《金刚经》中的恒河之沙给我留下太深刻的印象，所以当我看到这首诗的第一句时，我就睁大了眼睛。

> 数一数沙吧
> 就像你在恒河做过的那样

"如恒河中所有沙数，如是沙等恒河""恒河沙数三千大世界""以恒河沙等身命布施""如恒河沙中所有沙"——《金刚经》中，这样的表述不少，都是围绕沙子来展开话题。《金刚经》本身就是讲述话题的。我们知道，佛陀一生说法的主要地区在恒河，恒河支流众多，而佛度化众生的脚步踏遍恒河两岸。佛总是以沙来形容数量庞大得难以计算。这样看来，佛陀说法与恒河之沙就始终成为说法的一种依存，两者互喻。如此，"沙"就带上了浓厚的佛性。

生命也是一粒沙。生命留得住吗？佛说：一切诸相，皆是非相。

诗人一开篇，要你去数恒河的沙。这里的"你""恒河""沙"都应是虚指，因为日常生活中的人也很难有机会去恒河，也没有必要去，除非你是虔诚的信徒，更没有必要去数沙。只有佛陀在恒河潜心做这样的事，得出的结论是：沙不可数。

读者诸君，你心中的恒河是什么样的，里面有多少"沙"？

> 数一数大漠的浩瀚
> 数一数撒哈拉的魂灵

沙还没数完，诗人又带你来到了沙漠。沙子可以是实的，也可以是虚的，可数又不可数；"浩瀚"和"魂灵"是虚的，怎么数？从河流到沙漠，诗人把你带到了不寻常的地方，但始终围绕的是沙。沙就在我们身边，或者说我们困在沙中了。我们的生活也许是一粒沙子，或是一把沙子、一片沙子，也不可数，它的确"浩瀚"，但"魂灵"在哪里？此中要注意，"撒哈拉"在哪里？它是非洲大沙漠。显然，这首诗不是站在我们的地盘上说事儿，而是站在一个特定的视角，下面的伸展也证明如此。

> 多么纯粹的沙，你是其中一粒
> 被自己放大，又归于细小、寂静

　　沙如人，人如沙，沧海之一粒。它的大小，全是一种感知。你觉得自己很大吗？也许吧，但终归于"细小"。被风吹过、雨淋过后，你作为一粒沙，能留下什么？一定会回归"寂静"。你发出再大的声音，也只是一粒沙的声音，始终渺小，始终微弱，略等于无。

　　这是一个令人伤感的感觉，但也是事实。作为一个人，其实也只是天地中的一粒沙，无论多么纯粹，再怎么放大自己，你也只有那么大的能量与气场。

> 数一数沙吧
> 如果不是柽柳的提醒
> 空间已是时间

　　这是第二次"数一数沙吧"。这里出现一个物象——柽柳。
　　柽柳，别名垂丝柳，西河柳，西湖柳、红柳、阴柳；柽柳的嫩枝叶是中药材，产于中国各地，可鲜用或干用。柽柳枝条细柔，姿态婆娑，开花如红蓼，颇为美观，常被栽种在庭园中，作为观赏植物。诗人在新疆生活了很多年，写这首诗的时候也应该在新疆。新疆我去过多次，如果写成"红柳"是不是更日常化一点？我们可以马上"共情"。因为这样写的话，我就知道我见过这种漂亮的树了。似乎在西藏、新疆旅行的时候，红柳在路边、河畔随处可见，在草丛中，在激流旁，特别是在沙漠中，鲜艳的红色带来无限生机。它的生命力极强，否则难以在沙漠中生存。
　　跳入眼帘的柽柳，是这片广袤土地上的植物的一种象征，它提醒我们"空间已是时间"。在这里，空间和时间对等了吗？大漠千里，墟上孤烟，混沌一片，时间和空间化为静寂，时间在空间中凝固了吗？有了

柽柳的提醒，空间和时间就拉开了。一株惹人怜爱的柽柳重构了这里的
生态，让时间和空间有了层次感，而红柳更多地展示了空间感，所以另
一个维度的时间感自然显现出来了。

> 时间正在显现红海的地貌
> 西就是东，北就是南
> 埃及，就是印度
> 撒哈拉，就是塔里木
> 四个方向，汇聚成
> 此刻的一粒沙

请注意，这里出现的先是与亚洲相关的地名与河流，主要在西亚、
东亚，后面延伸到了非洲。诗人并没有写到欧美、写到全世界去，我
想，这还是因为"沙"，因为这样一个亚洲文化圈或者说佛教文化圈的
缘故。沙作为一种象征或者文化，有它的局限性。如果它是一种神器，
大概只有具有东方文化情结的人才能感受到。埃及和撒哈拉虽然地处非
洲，但其紧邻土耳其，只隔了一条苏伊士运河，所以也可以将其看成亚
洲文化的延伸部分。如果不这样理解，是否可以质疑：诗人为什么将聚
焦点全放在这一隅？他并没有写出全方位的东南西北，只是用这一隅作
了代指，因为这"四个方向，汇聚成/此刻的一粒沙"。

> 你逃离家乡
> 逃离一滴水的跟随
> 却被一粒沙占有

虽然我知道"水"和"沙"的属性和代指，但还是不能确定诗人为
何这样表述。"逃离一滴水的跟随"，前一句是"逃离家乡"，可以确认
这一滴水是故乡之水，生你养你的故乡之水。在每个人的心中，故乡都
是美好的回忆。故乡水哺育你长大，所以你的身上一定沉淀了故乡之
水，为什么要"逃离"？也许是你感到了厌倦，这种故乡的气息与味道
让你不再适应，也许你心中的故乡有着令你不堪忍受的残留与封闭，也

许它始终如影随形地侵蚀着你、消磨着你。

　　水和沙的属性其实是差不多的，甚至水的流动性更强。水沙相伴，有水的地方差不多也有沙，特别是西亚，多大漠、高原，由于其特殊的土壤和地理构成，往往黄沙千里，飞沙走石。沙其实就是这一带生态的一种标识和符号，也是一种生命的符号。所以，你"逃离一滴水的跟随，却被一粒沙占有"，再正常不过了。此处有悲怆：你逃离了一滴水，却沦为了一粒沙。你的命运不过是一滴水和一粒沙，毫不起眼，芸芸众生也不过是一滴水或一粒沙而已。

　　　数一数沙吧，直到
　　　沙从你眼中夺眶而出
　　　沙在你心里流泻不已……

　　这是第三次"数一数吧"，也是最后一"数"。诗人发出了浩叹：在这片浩瀚的星空下，我们不过是细细的小小的一粒沙而已，数来数去，这个结果不可改变。这是宿命，必须面对。即使有沙在你眼中"夺眶而出"，那也只是生命扬起的微尘，就让它随风而去，珍惜当下，好好地、细细地品味这人生的一粒沙，即使小到、轻到微不足道，依然可以成为一种风景，并"在你心里流泻不已"。

我想和你虚度时光

李元胜

我想和你虚度时光，比如低头看鱼
比如把茶杯留在桌子上，离开
浪费它们好看的阴影
我还想连落日一起浪费，比如散步
一直消磨到星光满天
我还要浪费风起的时候
坐在走廊发呆，直到你眼中乌云
全部被吹到窗外
我已经虚度了世界，它经过我
疲倦，又像从未被爱过
但是明天我还要这样，虚度
满目的花草，生活应该像它们一样美好
一样无意义，像被虚度的电影
那些绝望的爱和赴死
为我们带来短暂的沉默
我想和你互相浪费
一起虚度短的沉默，长的无意义
一起消磨精致而苍老的宇宙
比如靠在栏杆上，低头看水的镜子
直到所有被虚度的事物
在我们身后，长出薄薄的翅膀

【作者简介】李元胜，诗人、博物旅行家、重庆文学院专业作家、重庆市作家协会副主席，曾获鲁迅文学奖、诗刊年度诗人奖、人民文学奖、十月文学奖。

《我想和你虚度时光》为李元胜打上了标签。这是多么好的一个标题，多么亲切动人的语调。通常说，我们希望珍惜每分每秒，不要虚度时光，但李元胜提出"我想和你虚度时光"，这是他的某种发明，也是他的聪明，更是他的才华。这样的诗题一下抓住了读者，诗人为何一反生活的常态，提出要和你"虚度时光"呢？这里面掩藏了什么样的机锋？究竟想表达什么？

　　这首诗的题目创造了不一样的代入感，诗人真的是想让你虚度时光吗？如果虚度时光是一件很美好的事情，是一件与道德、与勤劳无关的事情，那么它将不被谴责，成为一个中性词甚至一个褒义词，这样可能突破了我们长期以来的某种认知，颠覆了某种墨守成规的理念，但它可能是一种迭代、一种改变，给人带来一种全新的感受与幸福。也就是说，虚度时光可能不只是理念上的改变甚至颠覆，它本身就是一件很美好的事情。人生很短，有时也很长，有些时间注定要浪费，如果你每分每秒都要去追求、去学习、去工作，那么你可能会出人头地，但注定不会有人生的丰盈沉淀，更不可能有幸福感。何况，诗人所谓"虚度时光"只是一种正话反说，先抑后扬。如果李元胜描写的这番景象也算虚度，那么我相信，如我一样的芸芸众生，都不如去虚度一把好了，那多么令人神往啊！

　　全诗大致可以分为三个部分。

　　　　我想和你虚度时光，比如低头看鱼
　　　　比如把茶杯留在桌子上，离开
　　　　浪费它们好看的阴影
　　　　我还想连落日一起浪费，比如散步
　　　　一直消磨到星光满天
　　　　我还要浪费风起的时候
　　　　坐在走廊发呆，直到你眼中乌云
　　　　全部被吹到窗外

　　第一个"虚度时光"在干什么？低头看鱼。没有说看鱼的地点，也许在湖泊、河流等自然的流水旁，也许在人工鱼池旁，怎么理解都行，有意味的是"我"和"你"在一起看。"我"怎么才能和"你"一起看呢？首先我们得起意，有这样一个想法，然后我们相约，也可能来到某个景点游玩，"你"可以是女性，也可以是男性。一起"低头看鱼"一定是让人愉快的事情，如后面抬头看星一样，是一件雅事，可以想见彼此的关系很好，情趣相投，因为我们可以共度这样的时光。

> 比如把茶杯留在桌子上，离开
> 浪费它们好看的阴影

只有日常性的写作，才能引发我们的共情。假如作者所写为我们一起看某个稀罕之物，超出我们的生活经验之外，那这首诗就会大打折扣，就是要观照我们身边的日常之物，比方说当你正端着喝茶的茶杯，泡好了茶之后，一个电话的邀约，你就马上可以放下，茶可以放置不喝，浪费掉它"好看的阴影"。生活中肯定有值得你浪费的事物，比如几片茶叶，让它的清香独自绽放，离开是因为另一种邂逅，浪费也是一种美好的期待，如吐着芬芳的茶叶等着主人归来。这是一种境界，你感受到一种美好的氛围了吗？

> 我还想连落日一起浪费，比如散步
> 一直消磨到星光满天
> 我还要浪费风起的时候
> 坐在走廊发呆，直到你眼中乌云
> 全部被吹到窗外

落日，美好的黄昏，继续浪费吧！在霞光满天的黄昏落日里，"我"与"你"一起散步，我们沿着落日行走，一直走到"星光满天"，我们一定有很多共同的话题，一定在不知不觉中，走了很长很长的路，彼此慢慢消磨时光，心旷神怡。我们也许谈了很多，也许什么也没有谈，彼此静默，但依然迷醉于这种"消磨"，毕竟生活中能够与自己一起"消磨"的人，数不出几个。还是让一位好友陪着你"消磨"吧，"风起的时候"，"坐在走廊发呆"，这也是一个美好的场面吧？清风一起，吹开

"你"的思绪，荡起"你"内心的涟漪，这样的时候真的值得"浪费"。"直到你眼中乌云/全部被吹到窗外"，相较而言，前面都偏重于实写，鱼、茶杯、散步、星光、风、阴影、走廊等等，这句更多虚写："你眼中的乌云全部被吹到窗外。"到此时，"你"眼中已经无一丝云翳，心情一定清朗，这样的虚度是多么好啊！让我们也来浪费"落日""星光"和"风"吧！有比这更美好的人生景象吗？

> 我已经虚度了世界，它经过我
> 疲倦，又像从未被爱过
> 但是明天我还要这样，虚度
> 满目的花草，生活应该像它们一样美好
> 一样无意义，像被虚度的电影
> 那些绝望的爱和赴死
> 为我们带来短暂的沉默

这一节写出了力量感和沧桑感。"我"的生活并没有前面"想"的那么美好，"我已经虚度了世界，它经过我/疲倦，又像从未被爱过"。前面的场面是多么美好啊，落日和星光下，我们的爱在月光下熠熠生辉，有足够的爱够我们好好消磨，可是到这里，"它经过我/疲倦，又像从未被爱过"。这可能是生活的真实，也是我们日常生活的情感写照。美好的东西只能在憧憬中体会和获得，这是一种失落，现代人普通的失落，但即使是这样，生活还要继续，"明天我还要这样，虚度/满目的花草"。也许我有过荒唐的岁月，愧对生活的厚爱与赠予，愧对"满目的花草"，此时"我"陷入空无了吗？生活一样美好却一样无意义吗？诗人在自问，自省。我们也一定有过"绝望的爱和赴死"，那些苦痛、困惑、迷乱，我们并不能厘清，在"短暂的沉默"之后，为我们带来生活的感悟，留下多少生活的伤痛！

> 我想和你互相浪费
> 一起虚度短的沉默，长的无意义
> 一起消磨精致而苍老的宇宙

比如靠在栏杆上，低头看水的镜子
直到所有被虚度的事物
在我们身后，长出薄薄的翅膀

这一节写出了大气象，展示了一个大诗人的襟怀。与朋友消磨、与知己消磨、与佳人消磨，都是日常性的消磨，可是"一起消磨精致而苍老的宇宙"，就相当牛了，日常性的平静表达中，平缓的水波一直在流动，这时却突然刮起飓风，掀起狂澜。"短的沉默，长的无意义"，在时间的伸缩中，这种消磨其实也是没有意义的，我们短暂的人生，只有这种令人愉悦的消磨，带给我们对生活的热爱和迷恋，不必在意时间的长短。这个宇宙"精致而苍老"，有时间的纵深感，也有空间和情感的演绎，这个精致的世界是世道人心打磨的，我们一直处在其中。最后的结尾"低头看水"与前面第一句"低头看鱼"，有前后呼应的意味，意义的层面早已有了临池一跃。"靠在栏杆上"，这时的状态似乎更加闲适，说明作者的心态更加裕如，似乎看穿了宇宙万物人世流变。此时，水成了一面镜子，折射出我们的内心：

直到所有被虚度的事物
在我们身后，长出薄薄的翅膀

我们虽然在虚度时光，但被我们虚度的事物，在我们身后长出"薄薄的翅膀"。如此看来，这种虚度肯定不是一般的虚度，是格物之度，嬗变之度，涅槃之度。我们在"虚度"中体会到生命的精髓、人生的真谛，我们所经历的生活中的所有的苦与痛，正破茧成蝶，长出薄薄的翅膀，开始心灵的放飞。

亡我之心

荣　荣

揽镜时分她陡起杀心：

干掉这双脚，前脚之深后脚之渊。
干掉这双手，这霜打之枝，
不久前还在触摸云彩。
干掉这个身体，它在旧衣裤里窝藏了
无边的虚空，居无定所之心。

干掉她，干掉这镜中之人。
她嘴唇荒凉，眼神冷漠，
仿佛已死过几回。
下一刻还将去涉险：
晚来雨急，野渡舟横，
她危险的腰身里装满了自戕之酒。

风大了不打旗，月黑了好出手。
干掉她，当死亡也是一种依靠
干掉她，趁她仍在镜中。
人到半百，她想干掉的正是她之所爱，
她厌倦的一切与她的面目相称。

【作者简介】荣荣，本名褚佩荣，1964 年出生于宁波，中国著名女诗人，现为《文学港》杂志主编，宁波市作协主席，浙江省作家协会副主席，出版过多部诗集及散文随笔集等，曾获全国第四届鲁迅文学奖等多种国内诗歌奖项。

　　荣荣随和，她的诗可一点也不随和，第一句就写出了要杀人的句子：

　　　　揽镜时分她陡起杀心

　　很显然，主人公是"她"；如果是"他"或是我，估计就没有中年之后揽镜的情致了，偶尔照一下镜子还是有的，"揽"则是女人的专利吧，男人大多不可能活得那么精致，只有女人才对镜中呈现的形象分外关注。为何"陡起杀心"？她看到了什么呢？我不知道，但可以想象，一定是不堪、衰败、凋落，还有很多词可以续上，一定是让心中有所恨，所以才起"杀心"。读者诸君可不要理解为真的要杀人，不是的，这是女人的语调，痛恨的语调，天生爱美、惜美、叹美的语调，不必当真，不就是韶华已逝，物是人非吗？物是永恒的时间，人是流动的过客，伤感喟叹也没用，但是，作为主体的女人得叹，因为叹也是一种美，一种优雅，一种迷人的风度。

　　于是这首诗，也有了质感和风度，变得抓人。只有有情怀的诗人，才有这样细腻敏感的神经，才有这样感时伤怀的忧郁气质。

　　　　干掉这双脚，前脚之深后脚之渊。
　　　　干掉这双手，这霜打之枝，
　　　　不久前还在触摸云彩。
　　　　干掉这个身体，它在旧衣裤里窝藏了
　　　　无边的虚空，居无定所之心。

　　说杀人就杀人，步骤一个个接着来了。再次提醒你，诗人杀人的过程，也是展示忧伤和美的过程。

　　这首诗的神奇之处在于，句子如刀，很吓人，但你的心里却有一股温情甚至暖流在潜涌，岁月的逝去、斯人的憔悴并没那么可怕，相反，故意夸大的事实，折射出的是主人公敏感的内心和多情的感怀，空念流水，情付远山，慨叹蹉跎，有一种感伤的美萦绕其间。

> 干掉这双脚，前脚之深后脚之渊。

前脚和后脚的相续竟成了深渊，这双脚里有时间之纵深、生活之历程，"后脚之渊"是"前脚之深"带来的，它们有因果。一双脚艰辛地在这个世界上行走，历经多少人世的劫难。作为女性，她付出和承受的更多，她下脚之深，体会生活之重，显然多于男性，对生活的体悟也更深。这里呈现的生活的深渊，其实也有身体沦陷的深渊。干掉自己，为何先从脚开始？脚在大地上行走，它是生命的移动与过程，人来到这个世上，要想去远方，先从脚下出发吧。

> 干掉这双手，这霜打之枝，
> 不久前还在触摸云彩。

这双手，这双女性珍视的手，现在已是"霜打之枝"，霜打过后的枝条是什么样的？没精打采，容颜褪尽，圆润已被褶皱取代，丰华已被凋敝取代。"霜"字，既实也虚，自然之霜与时间之霜，但这双手"不久前还在触摸云彩"，是一个美好的画面，说明不久前还青春靓丽，但瞬间已被岁月之刀重新雕刻。

> 干掉这个身体，它在旧衣裤里窝藏了
> 无边的虚空，居无定所之心。

手脚都被干掉了，那就直接干掉这个身体吧。这个身体一直包裹在旧衣服里，"旧衣服"借指一种旧生活，没有开悟的生活，或者在一种顽固的习性中沿袭自我，重复自我。"无边的虚空"指一种没有目标和终点的生活。那些消逝的往日，"我"浑浑噩噩，无所追求，无所不追求，世界在"我"面前一片虚无，"我"的心也"居无定所"，无所依，无所倚，一片空荡。

> 干掉她，干掉这镜中之人。
> 她嘴唇荒凉，眼神冷漠，

仿佛已死过几回。
下一刻还将去涉险:
晚来雨急,野渡舟横,
她危险的腰身里装满了自戕之酒。

上一段是从脚到手再到全部,一节一节地干掉自己,这里就是直接
"干掉她"——这个照镜子的女人。她也历经过许多苦痛与失望,"嘴唇
荒凉",内心荒芜,心硬如铁,有过生与死的折磨,对这个世界只有冷
漠的眼神和注视。虽然她不再怀有期望和梦想,但"下一刻还将去涉
险",她有不甘屈服的命运与使命,无法逃避,她时刻准备着为自己的
虚度与荒唐,走向自我审判的刑场,这是一种精神的自省和升华。也许
在未来的行程里,我们每个人都应该准备一杯这样的自戕之酒,孤独地
饮下。

风大了不打旗,月黑了好出手。
干掉她,当死亡也是一种依靠
干掉她,趁她仍在镜中。
人到半百,她想干掉的正是她之所爱,
她厌倦的一切与她的面目相称。

这个女人一直对着镜子自照,自怜。到这里,她显然已经不耐烦
了,对自己不耐烦了,她要马上"干掉她",与镜中那个让人讨厌的
"我"彻底决裂。只要能尽快地结束那个旧我,再大的阻拦也不是问题,
风大月黑正好出手,快快了结吧,这不堪忍受的镜中之残、之衰,来一
个全新的自我,没有旧死哪有新生?没有涅槃哪有出离?"她想干掉的
正是她之所爱",说明她原来所钟情、所向往的,都要抛弃,不要让一
切的旧知、习性、观念、爱好始终泛滥在时间的沉渣里,不能自拔。眼
前的镜子照出了过去的病陋,镜中的影印正是对过去生活的写照,容颜
只是一个人外表的展示,内心的苍老与心气的衰减,才是致命的困顿。

她厌倦的一切与她的面目相称。

这一句成了结语。的确，她在镜中看到的一切，一切外表上的变化，其实是她内心侵蚀的写照。镜中令她厌倦的一切，就是眼前这个中年女人，也许发福了，不再有青春的容颜。她讨厌的不只是自己容颜的改变，而是自己的内心也在发生改变，信念在坍塌，信心在退却，过多在意外表而忽视内心与行为的残酷现实，使她产生了深重的危机，在不可阻拦的衰落和沉沦之前，终于决定对自己痛下杀手——消灭旧世界。

这首诗处处透出主人公对自己的狠与恨，用词尖利，态度决绝，无回旋余地，毫不留情地肢解镜中的主人公和她的过往。镜中容颜的枯萎只是生发诗人慨叹的一个契机，但诗人巧妙地捕捉到，并用稳、准、狠的写法，让读者触目惊心，和主人公一起进入了慌乱之境。我们本来对岁月的流逝没有那么深切的感受，这首诗突然聚焦于此，且又不留情面，下刀如斫，大砍大伐，我们似乎听到了内心的断裂声。

好一个女诗人，够狠！

晚秋

路 也

这晚秋的萧索和淡漠
犹如世态炎凉

河底石头，露出了真相
山林静寂，仅剩溪水的潺潺和落叶的簌簌
一只灰喜鹊的扑棱吓我一跳

偶见一个荷锄老汉独行，身后的小狗
眼神落寞

所有搂抱都松开了
大地的遗言，挂在老柿树上
垄上一排晚栽的高粱
在冷风里放弃了抽穗的打算

秋天的末了，辉煌的尽头
洗劫一空的后院
绝交式的凋零多么宽广

背影越来越远，漂泊已经启程
西北风有必胜的意志

仅剩下几棵白杨，奉献纯金
为整个山野提色，为一个王朝壮行

这晚秋犹如世态炎凉
在山间行走，只要别停，别停下来
悲伤就无法把我压倒

【作者简介】路也，执教于济南大学文学院，曾获《诗刊》华文青年诗人奖、《诗刊》新世纪十佳青年女诗人奖、星星年度诗人奖、"诗探索奖"杰出成就奖、扬子江诗刊奖、天问诗人奖、2011 年度人民文学奖、2021 年度人民文学奖、第八届鲁迅文学奖等奖项。

这首诗是路也发表在《人民文学》（2021 年第 3 期）杂志上的组诗《养蜂场》中的一首。

　　这晚秋的萧索和淡漠
　　犹如世态炎凉

第一段比较平常，但在语气和切入方式上，让阅读者产生了期待，诗人的个人气质也开始体现。这一段基本都是虚的，对晚秋发出一阵喟叹，但直接写到"犹如世态炎凉"，还是让我心头一紧——这位女诗人不是那么简单。从自然界的生态凋落一下子直达世态的炎凉，可见快捷、大气、卓尔。"这"的语气是有意味的，代入感很强。

　　河底石头，露出了真相
　　山林静寂，仅剩溪水的潺潺和落叶的簌簌
　　一只灰喜鹊的扑棱吓我一跳

冷水泡茶，精彩开始了。"河底石头，露出了真相。"这一句真好，简洁、朴素，词与物精准，虚实相间，饶有意味。晚秋时节，河水退去，露出了平常被水遮住的石头。真相是石头露出来了，也是事物露出了真相，大自然的严峻给"我"带来了精神上的压抑和肃杀之感。"山林静寂，仅剩溪水的潺潺和落叶的簌簌/一只灰喜鹊的扑棱吓我一跳"，诗人开始对大自然进行简笔勾勒，这需要功夫，因为可写的物象太多，诗人只选取了"山林""溪水""落叶""灰喜鹊",而这四者是互相关联的。用溪水和落叶印证"山林静寂",这里有两个叠音词"潺潺""簌簌",极准极佳,有动感,有声响,且画面感十足。诗人灵感所至,随兴抓起了"一只灰喜鹊",其打破寂静,"扑棱吓我一跳",意外中凸现了现场感和情绪的波动,以偶尔的动写非常的静。它是如此贴近当时的写作场景,也许诗人正在晚秋的树下踟蹰徘徊,伤秋感怀,情不自禁,埋头行走中,不小心打搅了这只可爱的灰喜鹊,虽然"扑棱吓我一跳",但感觉还是很美好的,这种惊吓是一种晚秋气息的流贯,真实而有趣,使本诗具有了强烈的气息感。

> 偶见一个荷锄老汉独行,身后的小狗
> 眼神落寞

除了"我"之外,这里出现了"一个荷锄老汉",还有他"身后的小狗",两者均"眼神落寞"。此段在染色、加宽、加厚晚秋的成色,氛围感越来越浓,语言干净利索。

> 所有搂抱都松开了
> 大地的遗言,挂在老柿树上
> 垄上一排晚栽的高粱
> 在冷风里放弃了抽穗的打算
>
> 秋天的末了,辉煌的尽头
> 洗劫一空的后院
> 绝交式的凋零多么宽广

这两段放到一起,不是因为意义上的某种关联,请注意一头一尾两句,"所有搂抱都松开了""绝交式的凋零多么宽广",能读到这样的现代诗诗句,真是一个读者的幸福啊!我,作为一个即兴的"掰诗人",激动得不得不站起来。老实说,当时我就在网上搜索路也的资料和照片,我盯着她的照片看:她怎么能写出这么好的句子啊!如此贴切,如此传神，如此富含况味，如此机智，如此如此，唉！真是太好了！

　　"所有搂抱都松开了"是一种放弃吗？是一种分离吗？还是在严酷的大自然和现实面前，我们不得不做出的某种姿态？和谁搂抱？你、我、他、人与人、物与物、人与物、人与自然、与天地、与上苍，与所有的"搂抱"，都松开了，这是多大的怀抱，多大的视野，多高远的襟怀！"大地的遗言，挂在老柿树上"，大地留下了什么遗言？此处苍凉感毕现，老柿树也抵挡不了晚秋的落寞和凋零，它的承受力十分有限。"垄上一排晚栽的高粱/在冷风里放弃了抽穗的打算"，依然在表达放弃，"冷风"是晚秋的风，也是吹过心塬的风。

> 秋天的末了，辉煌的尽头
> 洗劫一空的后院
> 绝交式的凋零多么宽广

　　在这么多的放弃之后，我们看到晚秋最后的情景，"辉煌"到了尽头。"辉煌"并不是反喻，在诗人看来，凋零和放弃本身也是一种"辉煌"，任何事物走到尽头都会面临蜕变、涅槃重生，把凋败进行到极致，就是一种推进或变革，死亡的尽头就是新生。"后院"是我们的家产吗？是我们精神的住所吗？在晚秋的扫荡下，我们被"洗劫一空"，满目疮痍，但诗人发出了"绝交式的凋零多么宽广"这样的感叹，晚秋的肃杀多么严酷，它使我们的身心都经受洗礼，再破败的晚秋也必将过去，这一派深刻的荡涤之后，我们定会迎来"多么深广"的一切。

> 背影越来越远，漂泊已经启程
> 西北风有必胜的意志
>
> 仅剩下几棵白杨，奉献纯金
> 为整个山野提色，为一个王朝壮行

　　这两段开始对晚秋进行告别。"一个王朝"，指时令，也指现实的处境，也指心境，对这样的一个王朝，不能过于悲观，更不能过于迷恋，一味地抒发忧郁和伤情，那不是一个好诗人。提供新鲜的审美感受和生命的亮色，是必然的走向。虽然"西北风有必胜的意志"，任性肆虐，但也只有"几棵白杨，奉献纯金"，而这种奉献，诗人以为是为"山野提色"，为其壮行。

> 这晚秋犹如世态炎凉
> 在山间行走，只要别停，别停下来
> 悲伤就无法把我压倒

"这晚秋犹如世态炎凉"，这是开篇的语气和底色，作者在结尾自然地进行了呼应。可以想象作者一直在山林中行进，边走边在凝思，心情怅然。进入之时，给我们带来的是晚秋的凋敝和一些令人扼腕的放弃，气氛沉郁，其所见、所听、所感，都是晚秋的一派肃杀之气。其精准的物象选择、细节抓取，足见功夫；其现代汉语诗歌的优美表达，让人目不暇接，且不失自然、简洁、朴素，这才是大师风范。然后，诗人在现实的物象和心理的困扰中，一层层地进行推演剥离，让读者与其一起，在不堪忍受的晚秋氛围中，奋勇而出，发出低沉、自勉而执着的声音：

> 在山间行走，只要别停，别停下来
> 悲伤就无法把我压倒

路也说——
这组诗歌评论，渗透了你个人的生命经验，摸到了我的脉搏，且如此精准——这是一个生命对另一个生命的呼应。我在想引起共鸣的原因，一定是个人之诗里面写出了"普遍法则"（康德语）。

月光白得很

王小妮

月亮在深夜照出了一切的骨头。

我呼进了青白的气息。
人间的琐碎皮毛
变成下坠的萤火虫。
城市是一具死去的骨架。

没有哪个生命
配得上这样纯的夜色。
打开窗帘
天地正在眼前交接白银
月光使我忘记我是一个人。

生命的最后一幕
在一片素色里静静地彩排。
月光来到地板上
我的两只脚已经预先白了。

【作者简介】 王小妮，满族，其作品除诗歌外，还涉及小说、散文、随笔等，曾多次获奖。

月亮在深夜照出了一切的骨头

我的两只脚已经预先白了

这是开头一句和结尾一句，非常凌厉——翻生命的底牌。

朱辉先生认为最好的作家是雌雄同体：男作家往女作家的方向写，有细腻；女作家往男作家的方向写，有力量。我读到这首诗，想起了朱先生的话，有理！

我注意到作者写这首诗的时间是 2003 年，时间已经过去了 20 年。王小妮生于 1955 年，当时的她还不到 50 岁，何以对老去有如此强烈的感受？

掰这首诗之前，我要提王小妮的另一首诗，也许可以从另外一个侧面看出她的才气和锐气，也看出她与他良好的生活状态。

徐敬亚和王小妮这一对夫妻，在中国诗坛如何有影响，对写诗的人来说，是一句废话，但王小妮调侃老徐的一首小诗，得说一说，因为有趣，智性。

"在台风登陆前/徐敬亚这家伙睡着了。/现在的徐变得比一匹布还安静/比一个少年还单纯。""徐真的睡了/疯子们湿淋淋撞门/找不到和他角力的对手。""一张普通木板/就轻松地托起一个人。/我隔着雨看他在房中稳稳地腾云。""如果他一直睡着/南海上就不生成台风了。/如果他一直不睡/这世上的人该多么累。"

诗评家唐明和草鹤认为，这首诗以坦坦荡荡的口吻，以一种女性的特殊视角切入，凭一个妻子浪漫慈航般的心怀，将一种母鸡欣赏小鸡似的心态，扣在静谧酣睡的丈夫身上，憨态可掬，饶有意味。这首诗反映出诗人良好的心态和生活状态。

回到本诗：

> 月亮在深夜照出了一切的骨头。

第一句起笔如此陡峭，非大手笔不能为。

月亮，多么美好的事物，古今中外的文人墨客笔下，生发了多少美丽的诗篇，它已经被贴上了"美好"的标签，成为"大众文化"的共识，更是美好爱情的象征。可是到了王小妮的笔下，月色依旧纯白，但照临到这样的人间，似乎映出了惨白，甚至这样的月光也是瘆人的。柔和的月光之下，本该有多少美丽的事儿呈现，多少浪漫的情节展开，可是可是——这里只是"照出了一切的骨头"。"一切",这个视角够大,人也是其中之一种。

　　一个不平凡的起笔,让我们屏住了呼吸。诗人的第一句如此"出位",让我凛然一惊,并且这第一句成为一行,独立成一节,有点不由分说的意思。决绝的诗人在深夜丢下一个硬生生的东西,转身就走,管你能不能接受,能不能消化。你不用怀疑,也不用和"我"讨论,"我"眼里的月亮就是"照出了一切的骨头",这世上行走的有骨头的动物都是,你也不能幸免。是不是感到有一种悲剧气息?我不知道,应该是有的。反复地读这一句,我确定,我也有骨头,顿时觉得此间有了寒气。诗人把绝大多数人心中的月亮碾碎了,让美好温暖的一切转向为一种寒冷彻骨。这样的写作,需要多大的勇气!你能做到吗?这就是我们看到的"杀人的句子"吗?是否用力过猛?我不知道。我以为本诗还是一种结构性的写法,以月亮之白,纯白,与人身的"青白"甚至不白,进行对位,形成某种张力。而月光之白和骨头之白其实是不一样的:前者是纯白,后者是肉白、青白,也就没那么纯,甚至可能走向白的反面。

> 我呼进了青白的气息。
> 人间的琐碎皮毛
> 变成下坠的萤火虫。
> 城市是一具死去的骨架。

　　果然,写到骨头,死亡如期而至。一切活物在月光下都显出了骨头,"我"也是其中之一。"我"有呼吸,作为活物之一种——人,"我"呼出的是"青白的气息"。接下来的一句,又有了让人惊悚的力量:"人间的琐碎皮毛/变成下坠的萤火虫。"我在想,这样的一句,诗人是站在哪个视角写的?是在天空中,鸟瞰所有人类的生灵,还是寰宇中?我们都有一具人间的琐碎皮毛,作为一种活物的外形,其实是渺小的、琐碎的,这里不只是实指吧,其实它又小又轻,如同"下坠的萤火虫",也就那么一点光亮。在惨白的月光之下,我们不过是一只轻飘飘的萤火虫,这只渺小的萤火虫还在"下坠",此处的"下坠"一定不是一个暖词，是不是意味着萤火虫正滑向不可捉摸的暗夜甚至深渊？我不知道，总之，是悲凉的意味。

城市是一具死去的骨架。

这句形象又生动。现代化的城市越来越大，各种高速公路、立交桥、隧道、地铁等等都长成了现代城市的骨架。在诗人眼里，城市只是一具"死去的骨架"，城市的繁华与丰满，也是没有意义的。透过喧嚣，她看到的依然是骨架、坟茔，或者资本逐利下的白骨。透过城里人的光鲜与浮华，透过冷冰冰的钢筋水泥，城市就是一具"死去的骨架"。我们丢掉了很多贵重的东西，丢掉了城市之魂，只剩下一个躯壳，毫无生气的躯壳。

没有哪个生命
配得上这样纯的夜色。
打开窗帘
天地正在眼前交接白银
月光使我忘记我是一个人。

王小妮的诗，纯粹、厚重、典雅，从一种简洁中提炼出诗歌的奥义与神秘，展示精神上的能见度。

诗人此时发出感叹："没有哪个生命/配得上这样纯的夜色。"是啊，和皎洁纯净的月光比起来，人间的生命凡体，总有六根六尘，甚至一切活物，都不可能出尘。大凡活物在世上行走，都是脏器吧，更何况作为高级动物的人，更是身心蒙尘，与"纯的夜色"相较，遑论相配?！诗人兴之所至，"打开窗帘"，看到"天地正在眼前交接白银"，这是什么时刻？是月亮落在地上之时吗？此时的月亮成了"白银"，发着银质的光，诗人想在这种光中出离，"月光使我忘记我是一个人"，"我"愿意让今晚的白银之光带走"我"，让"我"身心洁净，抛却凡念，实现精神和人格的提纯升华。

生命的最后一幕
在一片素色里静静地彩排。
月光来到地板上
我的两只脚已经预先白了。

写这首诗时，诗人并不老，说"生命的最后一幕"还太早。如果按照现在的标准来看，王小妮还属于中青年诗人，只不过她心智的成熟和诗人特有的气质，使她更加沧桑、更加忧郁、更加洞见，或者更加直接、更加残忍，所以喜欢过早地去翻生命的底牌——杰出诗人总是有不同凡响的悲剧意识和预见力。

生命的最后一幕
在一片素色里静静地彩排

这两句承上启下。生命在月光朗照下的纯净色彩里进行彩排学习，获得素洁的馈赠和生命的释然。

月光来到地板上
我的两只脚已经预先白了

结尾太触目惊心了！实虚兼有。月光落到地板上，首先是脚感觉到了，这是实的。我马上想到了人之老，白发白胡子，还有一句：人老先老腿。如果前面没有"生命的最后一幕"这一句，也许我不会想到。如此，沐浴在纯净的月光之中，却有了一份生命将老的苍凉。然而，它还有更深的意味在里面：月从脚下白，"我"要投身到纯白的月光里，洗涤自己，荡尽生命的尘埃，感受纯净的月之韶华。

这是月光之白，也是生命之白。有一种食物，比方说盐，也是白的，有味道的，诗中有此意吗？我不知道，我们不要节外生枝。

如果用医院的 X 光机看这个世界

刘　川

　　并没有一群一群的人
　　只有一具一具骨架
　　白刷刷
　　摇摇摆摆
　　在世上乱走
　　奇怪的是
　　为什么同样的骨架
　　其中一些
　　要向另外一些
　　弯曲、跪拜
　　其中一些
　　要骑在
　　另一些的骷髅头上
　　而更令人百思不解的是
　　为什么其中一些骨架
　　要在别墅里
　　包养若干骨架
　　并依次跨到
　　它们上面
　　去摩擦它们那块
　　空空洞洞的胯骨

　　【作者简介】刘川，1975 年生，出版诗集《刘川诗选》《拯救火车》《大街上》等五部，曾获得徐志摩诗歌奖、人民文学奖、辽宁文学奖、中国当代诗歌奖、新世纪中国诗歌十大名作奖等奖项。

刘川的诗，辨识度很高，盖因异于常人的进入方式，或者用摄影术语来打个比方更贴切：取位。他的取位是刘川式的，他的镜头架在哪里呢？每首诗都是不一样的，天上的、地下的、侧面的、反面的、背后的、正的（几乎没有）、反的、预设的、推演的……有一点要说，他的题材是日常的，取位却是非日常的，或者是超验的——我以为这一点很重要，假如题材也是超验的、非日常的，那就不是刘川了。那样的诗，注定了内容的小众和艺术水准的高冷。

题目《如果用医院的 X 光机看这个世界》也是刘川式的。一看此诗题，就给人一种反常感。有谁想过用 X 光机去看这个世界呢？ X 光机是一种医疗设备，对患者的身体部位进行投照和透视，以查出病症、病源。用 X 光机去对这个世界进行投照和透视，是因为这个世界病了吗？为何有此举？诗人为何产生此举？——此举太反常了！有些不可思议，但此举又是卓越天才之举，大有深意——这个世界经得起 X 光机的投照和透视吗？此处还要问，这个世界的主人是谁？投照和透视的主体又是谁？——啊，我们一直标榜我们是这个世界的主人，原来用 X 光机去对这个世界进行投照和透视，其实面对的是我们自己，有些不寒而栗了吧？诗人的力量掩藏在深处。我们为结果担心，因为那个结果与我们每个人息息相关，不仅与人对位，与历史、与时代也对上了位，想想，这首诗有多厉害！——刘川用这首诗给我们演绎了多维结构。

> 并没有一群一群的人
> 只有一具一具骨架
> 白刷刷
> 摇摇摆摆
> 在世上乱走

在 X 光机下这样一照，所有的动物都原形毕露了。X 光机下呈现的是客观公正的结果，是科学的呈现，没有任何人为的成分，所以诗中的句子便有了公信力。其实在 X 光机下看这个世界，有很多东西可以观照，但诗人一开篇就聚焦在"人"身上，毕竟人是这个世界的主体。"并没有一群一群的人/只有一具一具骨架"，在 X 光下，这是一种正常的呈现，因为其投照和透视的都是部位，不是整体，所以就成了"一具一具骨架"，然而将"一群一群的人"与"一具一具骨架"对位，事实上产生了碎裂的效果，等于牌桌刚支开，诗人就掏出了底牌——不跟你拐弯抹角去绕，刘川从来不搞这一套，他总是直取、迅捷、逼视、不可回避。假如你有一个脓包，"刘大夫"会不打麻药，直接切开，以最快的速度让你产生痛感。

"白刷刷"这个词用在这里，极好，极准确，骨头不就是白的吗？人死以后骨头更白，虽然惊悚，却是事实。在 X 光机的透视下，人都成了一个个部分，一个部分一个部分地拼接起来的人，在行走的时候才会"摇摇摆摆"。这些白骨之人，在世上"摇摇摆摆"地行走，不是一群鬼吗？也许就是。再往深处想，为何是？因为 X 光机的透视无情地呈现了人的短处，所有的短处：自私、残忍、狭隘、仇恨、破坏……所以，人之鬼在世上大行其道。

> 奇怪的是
> 为什么同样的骨架
> 其中一些
> 要向另外一些
> 弯曲、跪拜
> 其中一些
> 要骑在
> 另一些的骷髅头上

在 X 光的聚光灯下，各种乱象丛生，诗人开始诘问。在诗人看来，这些作为人的骨架，应该是平等的，在世界上行走，应该是平行的，没有人有特权，不存在优越感，但"奇怪的是/为什么同样的骨架/其中一些/要向另外一些/弯曲、跪拜"？我相信读者读到这里，已经感受到作者的整体构思之精巧了。"同样的骨架"，一些人向另一些人"弯曲""跪拜"，是这个世界的日常，常态，或者说是生存的基本法则——但这些也都是人折腾出来的，当然，动物也是这样玩的，需要头领、组织来协调。我不知道植物有没有这个玩法，即使有，应该也不存在有向对方

"弯曲""跪拜"的可能性。只有人，将此发挥到极致，自古以来就将人分成三六九等，官位职级，形形色色。人是一种高级动物，也是一种最工于心计的动物，可以将权力、控制做到极致，然后产生垄断、专利和贪欲，以此获得压榨和优越于同类的快感。想想我们不短的一生，有过多少次向另一个人"弯曲"的经历，领导不用说了，碰上好一点的，你的腰可以挺得直一点；碰上个变态的，你的腰基本上直不了。我们调动工作，小孩上学，就业……凡此种种，在这个世界上行走，遇十事怕有九事需要托人相帮，不仅要时常"弯曲"，紧要处只怕是"折腰"也是有的。"弯曲"与"跪拜"不可读得太实，是身体上的，也是精神上的。

　　还有更厉害的："其中一些/要骑在/另一些的骷髅头上"。这样的情况不少见，古今中外比比皆是。这里的骨头已经换成了"骷髅头"，更加触目惊心，人性的丑陋被演绎到极致，一些人要骑在另一些人的骷髅头上。一个"骑"字，动感中带着虐感，不是"坐"，是要当马骑，驾驭你，掌控你，抽打你，一副随心所欲、理所当然的样子。那些人已经成了"骷髅"还要"骑"另一些"骷髅"，连"死亡"也要榨干、榨尽，其心之恶，其心之毒，非人所不能为！

> 而更令人百思不解的是
> 为什么其中一些骨架
> 要在别墅里
> 包养若干骨架
> 并依次跨到
> 它们上面
> 去摩擦它们那块
> 空空洞洞的胯骨

　　很显然，诗在一层一层地推进。前面只是"奇怪"，现在则是"令人百思不解"。"要在别墅里/包养若干骨架"，前面已述，一些人将权力、控制做到极致，然后产生垄断、专利和贪欲，以此获得压榨和优越于同类的快感。此处进行了细节化，或者说举一例说明之。可以看出，这个人是男人，因为他在"包养"，这只是对权力的一种具体呈现，是男人最容易泛滥也最难掌控的一种欲望，最能暴露一个男人的自私、贪婪、丑陋、凶残。当然也可不读作男人，更广义一些，所有人皆可，女人也可以包养男人嘛！

我以为这首诗不失为现代诗的一首杰作，甚至不失为一首伟大的作品。虽然在 X 光下呈现的是作为这个世界的主体的人的阴暗的一面，但是，每个被分割的部分，在残酷的检视下，都难逃不堪的真实，成为一地鸡毛——这是由前述的"取位"决定的。我以为，这也是诗人匠心的体现。

世上当然有很多美好，但文学作品的功能不是赞美，而是检省、烛照、洞见、唤醒、引领。即使那样的场面不可能呈现，也可以换一个角度看人间，给我们以警醒，让我们有所警觉，有所舍弃，有所鄙视，有所规避，有所坚持，让我们的骨架注入阳光和雨露，让心智光明，身体康健，不再有强权和压迫。

也许，只有让我们每个人自带光明和爱，这个世界才是另一番样子，才是诗人和我们的内心想看到的那个样子！

撒哈拉沙漠的三张纸牌

杨　黎

一张是红桃 K

另外两张

反扣在沙漠上

看不出是什么

三张纸牌都很新

它们的间隔并不算远

却永远保持着距离

猛然看见

像是很随便地

被丢在那里

但仔细观察

又像精心安排

一张近点

一张远点

另一张当然不近不远

另一张是红桃 K

撒哈拉沙漠

空洞而又柔软

阳光是那样的刺人

那样发亮

三张纸牌在太阳下

静静地反射出

几圈小小的

光环

【作者简介】杨黎，成都人，自20世纪80年代开始写作，曾与万夏、于坚、李亚伟、韩东等开创第三代诗歌运动，是这个运动的发言人和主要代表诗人之一。

坦率地讲，我愚笨，这首诗我一直没有读懂，但这首诗的名气，让我对它充满好奇。我几次想过放弃，因为于我，的确有一些困难，但最后，我看了大量的不知所云的讨论评点之后，决定涉险。

杨黎提倡废话写作，但我认为这首诗中没有一句废话。当然如果你没有走进去，或者没有兴趣，那这些就是废话。

《撒哈拉沙漠的三张纸牌》，我以为就这个题目，在当代新诗中就堪称惊艳了。撒哈拉沙漠是世界上最大的沙漠，面积只比美国小一点，在非洲北部，人口稀少，干旱，可以肯定那是一个不发达的地区。诗人选取此处，盖因它是世界上最大的沙漠。我国也有很多沙漠，为什么要舍近求远，恐怕原因还是上述。选取这样一个沙漠之地，然后还放上三张纸牌，这样的构思肯定是卓尔不凡的。他想给我们展示一个什么样的场景和画面呢？可以肯定，诗人要展示的一定是一个精神性的场景，因为在现实中，撒哈拉沙漠中出现三张纸牌的可能性很小，也是无意义的，其所指一定是精神层面的。撒哈拉沙漠气候条件非常恶劣，是地球上最不适合生物生存的地方之一。"撒哈拉"是阿拉伯语的音译，意思就是大沙漠，源自当地游牧民族图阿雷格人的语言，在其语言中"撒哈拉"意为"大荒漠"。如此，似乎感受到此诗的脉搏了，那就是：精神的荒漠。诗人的视野是广阔的，是没有国界的，撒哈拉沙漠是一片广袤的荒漠，人类的精神看起来丰满，其实贫瘠，对世界和生命的认知相当肤浅，也是一片荒漠。三张扑克牌不过是诗人精神寄托的灵感触发器。

为掰这首诗，我在网上反复看了有关三张扑克牌的魔术视频，魔术师总是可以在神不知鬼不觉中，改变牌的顺序。也许在别人看来，我做这样的功课毫无必要，我却乐此不疲。因为每次我都有一点细小的、新奇的发现。三张扑克牌的魔术，牌都是反扣着的，目的是让观众感到魔术师也是看不见牌的，以增加这种魔术的真实性。好了，这三张扑克牌也是反扣在沙漠上的，本来这三张牌是在桌面上玩的，现在诗人让它换了场景，一个如天才设计的别出心裁的场景。至此，读者诸君应该能想到，这个游戏是多么奇特甚至荒谬了。这在现实生活中几乎不可能，谁会在一片沙漠上去做这样的游戏？不会是神经病吧。所以，这再一次提示了这是精神层面的指向，让我们带上人生所有的密码箱，来到广袤的撒哈拉沙漠，做一场惊天的游戏吧。

很多人以为这首诗是无法解读的，它甚至是当代新诗无法破译的一个密码，甚至可能诗人本人，也无法解读，因为这是他下意识的天才性的写作。

> 一张是红桃 K
> 另外两张
> 反扣在沙漠上
> 看不出是什么

这四行说的就是三张纸牌的游戏，它的奇崛在于玩这个纸牌的地点。这三张纸牌本应被反扣在桌上，现在却被反扣在沙漠上，由此产生了此诗的无限可能性，也产生了出离和卓异。

> 三张纸牌都很新
> 它们的间隔并不算远
> 却永远保持着距离

看过或玩这个游戏的人知道，牌一般都是新牌，因为旧牌容易被人作假，出老千。摆放在桌上的牌，一般是并行的，似乎这是很自然的动作，不可能将某一张放得很远，如果放得很远，就会感觉有猫腻，藏着诡计，但前述动作应该是自然发生的，此处为何刻意强调"永远保持着距离"？纸牌本来就要求是新的，此处为何还要强调"都很新"？是因为换了地点吗？是因为牌桌被支在了世界上最广阔最荒凉的沙漠中了吗？所以强调，是让其有一定的仪式感，也让读者觉得，这一张旷世牌桌，这一场亘古的游戏，发生在这个星球上最蛮荒、最贫穷、最蚀骨铭心的地方。这三张神奇的扑克牌，带着"永远"的魔咒，究竟赋予了多少象征意味啊！三张扑克牌的距离其实是很近的，可是有些距离是很远的，因为它们可以经常互换角色，可能地理距离不大，但其他的距离可就与其有天壤之别了！

> 猛然看见
> 像是很随便地
> 被丢在那里
> 但仔细观察
> 又像精心安排
> 一张近点
> 一张远点
> 另一张当然不近不远
> 另一张是红桃K

      显然，只有牌桌支在沙漠上，那几张牌才"像是很随便地/被丢在那里"，如果在常规的牌桌上，那几张一定是被精心放在那里的。在沙漠这样空旷阔大的地方，那些牌受到很多偶然因素的影响，比方说风、流沙什么的，都可能造成移动和位置的变化，所以，"一张近点/一张远点"本来也正常。然而这里绝不只是物理位置的移动那么简单吧，可能诗人在强调偶然性和不可掌握。因为这个博大的游戏场，派生了万千气象和风景，也是人生舞台的一种置换。游戏变得扑朔迷离起来。

> 另一张是红桃K

      我之所以把这一句拎出来，是我没有完全搞清楚作者写这一句的意图。本来只有三张扑克牌，作者却强调说："另一张是红桃K"。从三张纸牌的游戏规则看，这显然是不可能的。三张纸牌一定是不一样的，不可能重复，否则游戏不可能成立，但此处作者却强调："另一张是红桃K"，为何？从常理上说不通嘛！我从上一句中"另一张当然不近不远"中找到一点端倪。其实每一张都是一样的吧，如影随形，虽然"红桃K"自有它的象征意味。此时的三张牌游戏早已虚幻起来——也许，这个星球上的每物、每人、每景、每种生灵，都只是一张差别不大的扑克牌，随时可以被移动、置换和变更，一切都在某种神灵的掌控下。我以为，此处有虚无，有空，也有万物，还有弥合、安然与顺从。

> 撒哈拉沙漠
> 空洞而又柔软
> 阳光是那样的刺人
> 那样发亮
> 三张纸牌在太阳下
> 静静地反射出
> 几圈小小的
> 光环

　　结尾处，最精彩的句子出现："撒哈拉沙漠/空洞而又柔软"。这一句我以为是全诗之魂，可以统领全诗——让人空洞而又柔软的撒哈拉沙漠啊，我们可能只是飘荡在你广袤之上的几张纸牌，在感受你的荒凉与贫穷、辽阔与深邃、偶然与无常、博大与渺小。在你的面前，我们是那么的空洞，无有一物，不值一提，只有深刻的虚无萦绕此间，只有深切的悲伤绵延不绝。然而，作者的表达也不止于虚无与伤悲，客观面对洪荒与贫瘠、渺小与无常，是作为宇宙中人之所必需，承认渺小，方能伟大；承认贫瘠，方能丰厚；承认无常，方能从容。沙漠上的阳光依然"是那样的刺人"，"那样发亮"，这样的阳光让我们感到灼热，也感到严酷，但"三张纸牌在太阳下/静静地反射出/几圈小小的/光环"。三张纸牌指代的一切，在太阳的直射下，一定面临着严酷的生存环境，所有的不幸都可能会降临在这一片沙漠上，然而三张纸牌也并不是那么简单、脆弱，面对被风雨摧残、被烈日烤灼的命运，在沙漠茫茫的荒凉与困厄中，它们依然坦然面对，从容应对，傲然生存下来，其"反射出/几圈小小的/光环"，面对无常，寄托无限，表达了不屈和从容，其间也有抵抗与忍受、坚韧与执着。

　　显然，这首诗是另类的，可能也是无法解读的，其无疑为多元的当代诗歌提供了一种新的文本和美学可能。我的掰诗只是提供了一种可能性，与诗人心中所寄可能相去甚远，这也无妨。

杨黎说——

1986 年我写了三类诗，一是《怪客》，一是《冷风景》，一是《高处》。它们分别代表我对诗歌的理解，以及对诗歌现实的拓展。关于叙述的叙述，关于叙述的还原，关于叙述的声音，换句话说，诗歌的艺术，也就是叙述的处理。《撒哈拉沙漠上的三张纸牌》，属于叙述的叙述，并很到位地完成了对叙述事件的呈现。当然，这非常专业，不为一般人明白。

但我是一个张扬的人，我喜欢掸花子。用沙漠和纸牌碰撞，是超越普通的想象力。这种结构设计，远比比喻的想象要高出好多，所以一般人不懂。他们的表现是没有激动，那太好了。

我喜欢高智商游戏，虽然我的智商不高。

还有就是时代性。那是一个形而上的时代，真正的诗人，不关心形而下的问题。但是，作为高手，我们不做科幻玄谈和社会埋怨。语言意识与生命实践，引领了我们的诗歌好多年。

也就这些，关于这首诗，你们都说得比我好，而我写得也很干净。抱拳。

作品 57 号

于　坚

我和那些雄伟的山峰一起生活过许多年头
那些山峰之外是鹰的领空
它们使我和鹰更加接近
有一回我爬上岩石垒垒的山顶
发现故乡只是一缕细细的炊烟
无数高山在奥蓝的天底下汹涌
面对千山万谷　我一声大叫
想听自己的回音　但它被风吹灭
风吹过我　吹过千千万万山岗
太阳失色　鹰翻落　山不动
我颤抖着贴紧发青的岩石
就像一根被风刮弯的白草
后来黑夜降临
群峰像一群伟大的教父
使我沉默　沿着一条月光
我走下高山
我知道一条河流最深的所在
我知道一座高山最险峻的地方
我知道沉默的力量
那些山峰造成了我
那些青铜器般的山峰
使我永远对高处怀着一种
初恋的激情
使我永远喜欢默默地攀登
喜欢大气磅礴的风景

在没有山岗的地方

我也俯视着世界

【作者简介】于坚，生于昆明，写作近五十年，著书四十多部，曾获鲁迅文学奖、德国第十届"感受世界"亚非拉文学评选第一名等奖项。

于坚的形象和他的诗是一致的，大力士。

于坚成名很早，可以说20世纪80年代的诗人，很多都生活在他的阴影之下。当我们写诗为发表发愁的时候，于坚已经汪洋恣肆在各大文学刊物的版面上，像云南立起的一面山，坚不可摧。于坚50年来在诗的形式和内容上，始终站在风口，并不因年龄的增大或老去而消磨掉其诗歌的锐气和锋芒，相反，越来越老辣和深潜。

这首诗是于坚早期的作品，可以充分体现其大开大阖、雄浑豪迈的诗歌风格。

我和那些雄伟的山峰一起生活过许多年头

那些山峰之外是鹰的领空

它们使我和鹰更加接近

我不知道这样的开头有多少诗人可以写出，也许很多诗人不以为然。近十年来，现代诗涌现出很多优秀的诗人，各种题材、各种表达已经几乎触摸到现代汉语诗歌呈现的穹顶，但无论技术层面达到何种地步，气质性的写作依然具有不可替代的特质。于坚提供的就是这样一种范例。技术层面在于坚的笔下，已经不再重要。

我读到第一句，就忍不住站起来，像是对于坚，也是对"雄伟的山峰"的一种回应。于坚和我们一起生活在地平线上，但他的诗是盘旋在云端的，翻起在"鹰的领空"。现在的摄影技术很发达了，但是于坚写这首诗的年代，应该是21世纪初，那时还鲜有航拍机。我在想，当时于坚是坐飞机在家乡的上空鸟瞰云南的群山簇拥，还是在斗室里的地图前做出的此番遐想呢？

易飞
朔清
——当代诗人佳作解读

把"我"和"雄伟的山峰"并列，是于坚的手法和气度，也许有人想得到，但不一定写得出来，或者说不一定敢这么想。没有气质性的挺拔，没有强大的精神强度，是不能支撑起这样一个宏大的场面的。也许有的诗人能写出一两句，但后面接不上来。就像一位歌手憋着唱男高音歌曲，他憋着唱出了前两句，但他本身可能是一个男中音或者男低音，后面就上不去了。所以，于坚的声调，别人是很难学的。

此诗起笔浩大，一般的诗人不可能有这样的肺活量，也难有跟进的力度。它决定了这首诗可能是一个重量级的"铁人三项"式的写法。一般的诗人根本启动不了，也玩不起。

这样的出场是牛的，也是自信的。这些"雄伟的山峰"一直陪着"我"过日子，这是一种什么样的伴侣？多少年来，它们默默地在"我"身边，是守护，是支撑，也是信仰。这些挺拔高耸的山峰，提升了我的人生高度，拔高了我的精神视野，它们不是动物，也不是植物，而是大自然的山和水。这是一种特殊的陪伴，也是一种精神的陪伴。由于有了"雄伟的山峰"，"它们使我和鹰更加接近"，是群山的托举，让"我"靠近了"鹰"。显然，后者也是一种象征。鹰击长空，穿越关山，进入高远，"我"自然被赋予了鹰的气质与品格。

> 有一回我爬上岩石垒垒的山顶
> 发现故乡只是一缕细细的炊烟
> 无数高山在奥蓝的天底下汹涌

有了这样的高度和着眼点，在山顶上回望故乡，"故乡只是一缕细细的炊烟"。这是一种很真实的画面，假如你有机会在高山之上回望故乡。但不是所有人都有这样的机会，比如我所在的江汉平原、长江之北的监利市，最高的山包也不到两百米，于山顶极目，也只是平视广袤的江汉平原，肯定看不到老家升起的炊烟。没有一定的高度和距离，是感受不到"细细的炊烟"的。云南多山，且多高山，所以诗中所写的自然景物，也属于真实，显示出诗人的诚实与敬畏。诗中的"奥蓝"为什么不用"湛蓝"，仅仅是为了陌生化吗？我不敢确定，专门在网上查了一下，似乎没这个说法，当为"湛蓝"吧（我独创之词，深邃而神秘的

蓝。——于坚），或为笔误。可以预见，诗人爬上的山顶，一定是群山
之中的最高处，可以"一览众山小"，否则如何看得见"无数高山在奥
蓝的天底下汹涌"？所以，诗人取位一定是山中之山，超拔的高度，比
群山更高的高度，也是视野的高度和精神的高度。

> 面对千山万谷　我一声大叫
> 想听自己的回音　但它被风吹灭
> 风吹过我　吹过千千万万山岗
> 太阳失色　鹰翻落　山不动
> 我颤抖着贴紧发青的岩石
> 就像一根被风刮弯的白草

　　诗人面对群山万壑，禁不住"一声大叫"，回声却被风吹灭。这是
非常自然的现象，说明人发出的声音，在这个巨大的场景中是会很快被
湮没的。这高天之上的风，不仅吹灭了"我"的声音，也吹过"我"，
吹过千千万万山岗。请注意，这里诗人又将"我"和"千千万万山岗"
并列，将两者当作同一类事物，或者"我"已是群山的一员，一起被巨
大的风吹拂。风之力有多大？可以让太阳失色，使高飞的鹰翻落。山顶
上的风一定是风力巨大的，可以挟裹一切轻浮之物，只有"山不动"，
人在飓风面前也是弱小的，所以"我"只能"颤抖着贴紧发青的岩石／
就像一根被风刮弯的白草"。
　　我首先注意到，诗人写的是"白草"，为什么不是红草、蓝草？我
又去百度，发现云南有 37 种白草，有意思的是云南似乎很多东西都与
"白"相关，有白族，有地名"白草萍"，有云南白药，所以本地人对白
草有不一样的感情，可能还成了某种身份的指认符号。这里的"白草"，
是属于云南的，有着地理性的标志，而云南是诗人的出生之地，也是其
精神放养之地。"我"只是家乡一棵被风刮弯的白草，不得不紧紧贴着
那些"发青的岩石"，以求得依附和安全，而群山万壑，就是我强大的
生存背景和精神高度。（云南高山顶上的草大多呈白色，因为太阳曝晒，
看着像是枯了，其实活着，山坡中段以下草渐绿。——于坚）

后来黑夜降临
群峰像一群伟大的教父
使我沉默　沿着一条月光
我走下高山

　　这里写出了时间的纵深，可以理解为诗人在白天登上了高山，感受了群山的壮美和静穆，一直流连到晚上，沿着月光回家。虚化理解似乎更好，在黑夜降临的日子，"我"领受着群山这位伟大的教父的教诲，安静下来，内心被月光朗照，充盈地走下高山。"我"由此感悟到：

我知道一条河流最深的所在
我知道一座高山最险峻的地方
我知道沉默的力量

　　着力点还是高山，河流只是作为衬托。"河流最深的所在"和"高山最险峻的地方"都是言其深其险，连这样的地方"我"都能感悟到，说明"我"进入了群山的骨髓，融入了巍峨的高峰，它们给了"我"最深重的警醒和最深刻的叩击，震撼着"我"的身心，"我"成了群山之一员，成为山的一部分，并且有了山的骨骼、力量与魂灵。山的本质是沉默的，"我"也由此知道，这一切都是沉默的力量赋予的，那些山峰造就了"我"。

那些青铜器般的山峰
使我永远对高处怀着一种
初恋的激情
使我永远喜欢默默地攀登
喜欢大气磅礴的风景

　　此诗始终围绕山峰在着笔，此处称山峰为青铜般的山峰。青铜的特点是熔点低、硬度大、可塑性强、耐磨、耐腐蚀、色泽光亮等，适用于铸造各种器具。青铜器则是一种容器，分食器、兵器、礼器、水器、酒器等，做工精良，种类多样。青铜器代表的是古典、庄重、大气、厚重、神秘。很显然，它是一种重器。用青铜器来形容山峰，山峰也就成了一种容器，人间的容器，带着神性的容器。这样，山峰不仅具有了山的体格与精神，也具有了青铜的大气与厚重。它们带给"我"的启示是："使我永远对高处怀着一种/初恋的激情"，"使我永远喜欢默默地攀登/喜欢大气磅礴的风景"。这里使用的是"初恋"，而不是"澎湃"，后者似乎更适合对应这种大气磅礴，但于坚却使用了"初恋"。我以为"初恋"更有感情的潜伏和热爱的时长，像一个人面对另外一个人，如果是异性则更加美好，能够始终保持"初恋的激情"，一定是长久的，经得起时间考验的，永远有着新鲜感，充满着探究的好奇，而不是风起云涌之后烟消云散。群山永远是沉默的，这是它们与生俱来的特质。

> 在没有山岗的地方
> 我也俯视着世界

这是顺理成章的结尾。作品站位已经很高了，不需要再拔。

"我"和那些雄伟的山峰一起生活过很多年，山的性格、品格、精神浸染了"我"很多年，"我"与山峰早已融为一体，"我"就是一座山峰，从此有了山的高度与视角。所以，"在没有山岗的地方/我也俯视着世界"。即使无山可依，"我"在自己心中矗立起的高山上，早已极目苍穹，俯视着大千世界。

这首诗，可能不是于坚作品中艺术水平最高、技术最好的，但却是他情感和写作的"元诗"。诗歌表现出的高远和博大，为我们解读于坚的诗观提供了方向和佐证。其质朴、甘醇、崇高、饱满、雄伟，其实就是于坚诗歌生命的写照。我感觉"那些雄伟的高山"，多少年来一直在他心中激荡，而那些"雄伟的高山"渐渐成为于坚诗中的大气象。一个诗人无论在艺术上能走多远，永远都要葆有初心，情感永远大于艺术。

整首诗大开大阖，汪洋恣肆，于坚在连绵的群山之上，俯视人间。诗人高远的视野和博大的胸怀，流淌于文字之间，正如诗中所比之青铜重器，一般人无法撼动，非大力士不能为也！

放眼诗坛，唯于坚耳！

于坚说——

此诗作于我的"荷尔德林时期"——高原诗时期。那时候我还没有读过荷尔德林，后来读到他那些关于阿尔卑斯山的诗篇，对即将逝去的古典大地、传统的自然生活的怀念，追忆，愀然……有相似处。我那时候——20世纪70年代和80年代是受王维、歌德、惠特曼的影响较多。

阳光中的向日葵

芒　克

你看到了吗
你看到阳光中的那棵向日葵了吗
你看它，它没有低下头
而是把头转向身后
就好像是为了一口咬断
那套在它脖子上的
那牵在太阳手中的绳索

你看到它了吗
你看到那棵昂着头
怒视着太阳的向日葵了吗
它的头几乎已把太阳遮住
它的头即使是在没有太阳的时候
也依然在闪耀着光芒

你看到那棵向日葵了吗
你应该走近它
你走近它便会发现
它脚下的那片泥土
每抓起一把
都一定会攥出血来

【作者简介】芒克，原名姜世伟，1950 年 11 月生于沈阳，朦胧派诗人的代表之一。1978 年底与北岛共同创办文学刊物《今天》，并出版了处女诗集《心事》，1987 年与唐晓渡、杨炼组织了"幸存者诗歌俱乐部"，并出版刊物《幸存者》。作品被翻译成英、法、意大利、德、西班牙等各国语言。

芒果是优秀的朦胧派诗人，有人认为是最优秀的，甚至没有之一。

很显然，这是一首反常的诗，与日常生活经验相悖的诗。许多批评家都说，现代诗要写反常、写断裂、写落差，但其中也有讲究，反常之中，有反日常、反正常、反超常，还有可能反不正常。有很多这样的好诗，现代汉语诗歌已经反复证明了。这首诗可以称为芒果的代表作，写的年代较早。所以说，后来者反这个反那个，芒克早就玩过了，而且玩得可不一般。

现代汉语语境中，"常识"肯定是一个承载了历史的词语，有着深远延绵的历史积淀，一种常识在公共领域是怎么流传下来的，古老的认知也面临着被刷新与重新命名。但此诗中的向日葵，大众对其常识性的认知却并无歧义。我以为，只要写作者不完全滑向私人领域，一般来说，对大众性的常识当无异议。

现在的问题是，诗歌要不要背叛常识？诗歌之背叛常识是不是对生活的一种误读？我以为大可不必纠结于此，诗歌就是诗歌，无须与真假对错对位，那才是荒谬之举。臧棣先生认为，"诗歌就是没有常识"，"我知道大地是深厚的，丰富的。正因为如此，它才不是诗歌的常识"。

诗歌不是用常识来工作的，诗歌是用想象力来工作的。明确了以上，我们就可以"不讲常识"地解读这首诗了。

你看到了吗
你看到阳光中的那棵向日葵了吗
你看它，它没有低下头
而是把头转向身后

向日葵的特点是花盘会随着太阳转动。向日葵从发芽到花盘盛开之前这一段时间，的确是"向日"的，其叶子和花盘在白天追随太阳从东转向西，不过并非即时跟随。太阳下山后，向日葵的花盘又慢慢往回摆,在大约凌晨 3 点时,又朝向东方,等待太阳升起。在阳光的照射下,生长素的含量在向日葵背光一面增高,刺激背光面的细胞拉长,向太阳转动。

以上是标准答案,是常识,但是诗人给出的第一段就将其彻底颠覆了!

全诗的口吻都是:"你看到了吗?"亲切,像和你说话、商量,语气自然,代入感极好,又像随便这么一说,不经意似的,可不经意中他说出了难以想象的另一面,不会有人想到的另一面。"它没有低下头",只要稍加观察,就会发现向日葵一般是低着头的,因为圆圆的葵花盘有重量,把茎都压弯了。显然,这里是再自然不过的拟人手法了。向日葵"把头转向身后",这个情况有没有?我不知道,不过一般不会,或者是被风吹所致,或者是产生了某种意外。"把头转向身后"难度较大,我以为是个舞蹈动作,肢体和角度改变都很大。这株向日葵在诗人笔下要跳舞吗?它已经出现了两个反常:不仰头看天上的太阳,并把自己的头扭到身体的后面——这是一株奇特的向日葵,它多么有个性,多么离经叛道啊!为何如此?一定有说道。

> 就好像是为了一口咬断
> 那套在它脖子上的
> 那牵在太阳手中的绳索

此处反常到极致!按前述常理,向日葵紧跟着太阳转动,只为保护背光侧分布的生长素免于太阳的直射炙烤,并非我们常人理解的需要光照——我们对常识的认识,也要警惕!向日葵的花粉怕高温,如果温度高于 30 摄氏度,就会被灼伤,因此固定朝向东方,可以避免正午阳光的直射,减少辐射量——这样的"常识"已经进入专业的领域了,但是没有这样的学习和鉴别,就会出现误判。所以,现在可以得出结论:向日葵花盘会随着太阳转动,并不是为了得到更充分的光照,而是避免被直射。还可以更专业一点:人们认为向日葵朝阳仅与光能照射有关,其实与重力作用也有着密切关系。葵花盘增大后,重量发生了变化,也会产生相应的影响。

但反复阅读此诗，我觉得我这一番对向日葵近乎专业的考证，可能是无意义的，也许芒克先生写这首诗的时候，并没有做这番工作，或者说这番工作没有意义，再或者说，我前面所述，皆为能指。诗人最终所要表达的还是所指，也许与我前述所做的工作完全相反，就是说诗人写作此诗可能只是抓取了"向日"这个简单的动作，让这个动作产生广泛的所指就足矣！至于上面我乱七八糟考证的一大堆，于本诗，可能没有意义。

此处更多是为了表明向日葵想要摆脱太阳的纠缠，不要被太阳掌控，不受太阳的羁绊。因为向日葵的属性，它有无形的绳索牵在太阳手中，受到掣肘。"咬断"，极言其狠，决绝、坚定。

> 你看到它了吗
> 你看到那棵昂着头
> 怒视着太阳的向日葵了吗
> 它的头几乎已把太阳遮住
> 它的头即使是在没有太阳的时候
> 也依然在闪耀着光芒

这一段又有加强，"昂着头"，对太阳开始"怒视"，"它的头几乎已把太阳遮住"。不仅如此，自己身上的光芒已经在"闪耀"，太阳成为可有可无的东西，因为"在没有太阳的时候/也依然在闪耀着光芒"。它不仅摆脱了对太阳的依赖和羁绊，自己也开始强大起来，可以发光发热，照亮自己。

这只是在写向日葵吗？是不是很多东西悄悄转移了？我感觉我们都在其中了，有一种很复杂的况味弥漫，和你我相接。转喻是自然发生的，像流水流到一定的时候就产生了，很多的支流流到了读者的心中，使每个人产生了不同的感受。

> 你看到那棵向日葵了吗
> 你应该走近它
> 你走近它便会发现

> 它脚下的那片泥土
>
> 每抓起一把
>
> 都一定会攥出血来

　　这一株向日葵为何能够离开太阳的照耀和呵护而成长壮大？因为它自身经过了血与泪、痛与火的洗礼，获得了蜕变，有了巨大的、新的赋能，"它脚下的那片泥土/每抓起一把/都一定会攥出血来"，这里指向的是向日葵生长的土地和环境。曾经付出过多少努力、多少不屈、多少挣扎，读者诸君自可体会。

　　整首诗以复沓节奏加深情感渗透，层层推进，其从头至尾语言的一致性，也像海浪推送，一波甚于一波。一株卓绝不凡、个性独特、自强自立的向日葵，在文本中渐渐长大，个性十足，充满着对命运的不屈和改变的强烈欲望，并执着执拗地打破了原有的格局和桎梏，迎来了涅槃。

　　一株向日葵的命运，也许就是我们的命运，有时候，我们比一株小小的向日葵更加怯懦和虚弱，我们始终缺乏改变的力量和打破的勇气，因为我们头顶始终高悬着光芒四射的太阳，我们始终保持着仰望的姿态和习惯！

暮色

西　川

在一个幅员辽阔的国家
暮色也同样辽阔
灯一盏一盏地亮了
暮色像秋天一样蔓延
所有的人都闭上嘴
亡者呵，出现吧
因为暮色是一场梦——
沉默获得了纯洁
我又想起一些名字
每一个名字都标志着
一种与众不同的经历
它们构成天堂和地狱
而暮色在大地上蔓延
我伸出手，有人握住它
每当暮色降临便有人
轻轻叩响我的家门

【作者简介】西川，1963 年生于江苏，1985 年毕业于北京大学英文系。现为中央美术学院教授、图书馆馆长。出版有九部诗集、诗文集，两部随笔集，两部评著，一部诗剧。曾获上海《东方早报》"文化中国十年人物大奖"、腾讯书院文学奖致敬诗人奖、诗歌与人国际诗歌奖、中坤国际诗歌奖、德国魏玛全球论文竞赛十佳等奖项。

在一个幅员辽阔的国家
暮色也同样辽阔

一首诗的第一句，我以为非常重要，是要命的第一句，其确定叙述的格调、品格，以描述隐喻性场景进入，成为张力的预设，使之呈现模糊性、开放性。如果略带感伤和忧郁，则更为打动人心。本诗题目为《暮色》，暮色中是一种什么样的景致和情致？多少带有一些灰暗和寂落。我非常小心地读了好几遍，感觉心中塞满悲怆。一般来说，诗人在结尾处，都会点染些许亮色，透露些许光亮，让读者在这苦难的人世还能感受到希望和温暖，但在这首诗中我怎么就找不到呢？或者还另有深意。无疑，这是作者早期的作品。我查不到作者当时写作的境况和他个人的生活境况，或许是他在国外所写的，无法佐证。

但不管怎么考证，开头这两句都是十分漂亮的。虽然它不一定是一首鸿篇，但起位是很高的，视角宽阔，给人以深远无极的想象，并引起内心的一阵波动。"在一个幅员辽阔的国家/暮色也同样辽阔"，是事实，又不是，是客观意象，也是主观意象，其中丰富的意旨、意蕴值得反复玩味。有些东西我们可能说不出来，但情绪被调动上去了，仿佛在苍茫的家国中置身于辽阔的暮色。心中有悲忧，有豪迈，有惆怅，有说不出来的感伤，甚至失落。"也"字有世界同此凉热的意思。在这广大的土地上，这辽阔的暮色，是不是给我们带来了一些沉郁和灰暗呢？应该是的。文本提供的就是这样一种情绪和走向。

> 灯一盏一盏地亮了
> 暮色像秋天一样蔓延

这是秋天的暮色，当有些不同。秋天是收获的季节，其主色调是金黄的，这和暮色中的夕阳在颜色上有共同点，如果从这一点出发解读此诗，尚有一些充实和温暖的感觉。在秋天的蓝色中，"灯一盏一盏地亮了"，这肯定是有意味的。黄昏之后，光照渐渐消失，亮起灯来，也为自然动作，但我在此处也感到了亮光带来的明亮和温暖，暮色中的万家灯火，一盏一盏亮起的灯，带来了烟火气，在长夜到来之前，这些灯意味着在沉沉暮色下，还有活色生香的人间。暮色是挡不住的，黑暗中的光芒也是必然的，这里有某种接受和从容。

所有的人都闭上嘴
亡者呵，出现吧
因为暮色是一场梦——
沉默获得了纯洁

"所有的人都闭上嘴"是为了等待亡者出现，此时暮色被赋予了庄严，亡者出现时是神圣的一刻，大家肃静！可以看出，诗人的气质对暮色是有偏好的，这沉郁的灰暗的秋天之暮色，可能正契合诗人苍凉的心境，也许诗人当时的生活处境也是不那么理想的，落寞与无法排遣的惆怅如影随形。这种心境与气质的暗合，使诗人与秋天的暮色有一种相知和共情，所以，在诗人眼里，这是一场纯洁的秋天暮色之梦，让我们屏气凝神来感受吧。

我又想起一些名字
每一个名字都标志着
一种与众不同的经历
它们构成天堂和地狱

这一段进一步纵深推进，在这秋天无边的暮色中，诗人"想起一些名字"，每个名字都标志着一种与众不同的经历，"它们构成天堂和地狱"才是着眼点。一些人上天堂了，一些人下地狱了。什么人会是这样的结局呢？这种说法有很多，常见的是行善者上天堂，积恶者下地狱，还有一种说法是"欲上天堂先下地狱"，等等。一个人上天堂或下地狱，也构成一个人的一生，就是因为众多不同的经历，才构成了天堂和地狱。此处并没有评判的意思。在这旷远的暮色中，诗人只是陈述一种现象，一种自然或生命的规律。很多人在这里走了，去了天堂或地狱。暮色苍茫，包容万物，永生的和腐朽的都在远去，不必为某些无足轻重的事物挂怀，应顺应自然，安于黄昏，在其金色的光芒中感受人生的另一种绚烂。

而暮色在大地上蔓延

我伸出手，有人握住它

这个结尾是比较任性的。诗人将其诗人的气质展示到极致，到不能理解的程度，也许这就是大诗人不同于普通诗人的地方，写作率性、任性、不畏畏缩缩，爱就爱到极致，畸形也要到极致。我就是爱这辽阔的暮色，深重的暮色，让人愁绪百结的暮色，甚至阴暗灰暗的暮色，它在某种意义上是我生命阶段的真实写照，它呈现了我内心深处的某些东西，以至于我对其产生了深深的迷恋。秋天的暮色也许正是我生命秋天的另一种呈现，不必阻止，也不不必幻想，平静地接受，看太阳照常落下，光亮消失，转入茫茫的黑夜，我还可以从容地点起心灯，照亮自己。我愿意"伸出手"来迎接它，甚至拥抱它。

每当暮色降临便有人
轻轻叩响我的家门

此时，生命的豁达与高远已然显现，生命的感悟已踏过荆棘，进入坦途。"我"与暮色共处，在这迷人的暮色中，"我"还在等待亲爱的友人叩响我的门扉。"我"要与从远方而来的朋友，小酌东篱下，悠然见夕阳，宁静致远，那才是人生最淡定最华美的时刻！

作为一个签名的落日丛书

臧 棣

又红又大，它比从前更想做
你在树上的邻居。

凭着这妥协的美，它几乎做到了，
就好像这树枝从宇宙深处伸来。

它把金色翅膀借给了你，
以此表明它不会再对鸟感兴趣。

它只想熔尽它身上的金子，
赶在黑暗伸出大舌头之前。

凭着这最后的浑圆，这意味深长的禁果，
熔掉全部的金子，然后它融入我们身上的黑暗。

【作者简介】臧棣，毕业于北京大学，1997 年获得文学博士学位，
1999 年至 2000 年任美国加州大学戴维斯校区访问学者，现任北京大学
中文系教授。曾获《作家》杂志 2000 年度诗歌奖，第八届鲁迅文学奖。

　　诗歌评论本来就是一项冒险的活动。由于诗歌文本本身充满了诸多
不确定性因素，掰臧棣先生的诗更是危险的，但也是一件有趣的事。好
在诗无达诂，只要尽其所能地贴近文本，就可减小误读的风险。
　　我关注臧棣先生的诗比较多，由于我的阅读能力所限，坦率地讲，
有的没有读太明白，少数甚至连其所指都不大清楚，只是大概有一点方
向感。他的诗《蛇瓜协会》是我早就想掰的，因为一直没有找到好的路

径而放弃了，但我读到这首诗时，便毫不犹豫地选择了它。我想要做稍微有一点把握的事情，这样不至于太离谱。

《作为一个签名的落日丛书》这个题目有点复杂，也有点怪异，似乎人为地制造了某些障碍。此题中至少有四个层面的意思，"作为""签名""落日""丛书"。落日是一个圆，浑圆的圆，像不像个图章？盖在树上或大地上，也是一种签名。所以，落日与签名之间是有关联的，这种关联是通过作者奇特的想象力完成的，似有一种伟力，也很有大场面感。这样的诗人肯定是卓越的吧。此题我以为代表的是一种作者的诗学风格或语言习惯，这大概与臧先生的经历和个人喜好有关，也可能是其某一组诗中的一个系列，我未及深寻，且阙如不叙。

> 又红又大，它比从前更想做
> 你在树上的邻居。

这样的开头在臧棣的诗中并不多见，我觉得挺好，没有过多的缠绕，或虚晃一枪的假动作。落日"又红又大"，一点也不让人费解。我们经常看到这样的场景：夕阳中，浑圆的落日缓缓落下，有时像卡在树梢，有时与树融为一体，所以说其是"你在树上的邻居"是很恰当的。此处把落日和树对位，让它们成为邻居，前者是移动的，后者是安静的，一动一静中，后者成为背景和依托。"邻居"是个有温度的词，让人感受到某种伴侣感，产生陪伴和温暖之感。落日对自己成为树上的邻居是看重的，因为"它比从前更想做"，表达了一种态度和方向——向树靠近。"你在树上的邻居"中之"你"，作者调适到亲切的口吻，"它"和"你"可能是一体的，都是落日，也把落日泛指，扩大外延，但总体而言，这两句还比较平，是铺垫。

> 凭着这妥协的美，它几乎做到了，
> 就好像这树枝从宇宙深处伸来。

落日要做树上的邻居，我们认为是很容易的事情，但在这里，似乎成了落日的某种理想。此处开始超拔，树枝变得不同凡响，因为它们

"从宇宙深处伸来"，这也解释了为什么落日要做树上的邻居的原因，因为树枝大有来历。看来，臧教授的形象思维能力绝非一般，诗中的大气象也一目了然。"妥协的美"让我比较纠结，何意？何为妥协？谁向谁妥协？从文本的出发方向看，当是落日向树妥协。这是为什么呢？是要真的妥协吗？我以为语意并不那么肯定，可能是受某种姿态的吸引，表现为一种靠近或融合，应该没有屈从之意。

> 它把金色翅膀借给了你，
> 以此表明它不会再对鸟感兴趣

有眉目了吧？这一束神圣的"树枝从宇宙深处伸来"，夕阳的金色使树枝像镀上了金色的翅膀，落日把这样迷人的翅膀借给树。在这里，树有了表态，和落日互为欣赏，成为某种结合体，此处可以多个层面的理解，精神的融注更有意味。树向来是鸟的归宿，鸟也是树的精灵，此处前者却"不会再对鸟感兴趣"，可见，树已经完全投入落日的怀抱了，这是一种什么样的热爱与激情？！

我以为臧先生这几段写得很从容，很稳健，很老练，虽是简笔勾勒，却有巨浪暗生。

> 它只想熔尽它身上的金子，
> 赶在黑暗伸出大舌头之前。

此处出现了大气象，场面恢宏，金光灿烂，充满了英雄主义和自我牺牲的情怀。精妙之处在于，此处既是实写，也是虚写。落日熔金，暮云合璧，夕阳西下，光芒即将退去，黑暗即将登场。"黑暗伸出大舌头"，黑暗充满了危险与凶险，"大舌头"要吞噬一切。这是一个庄重的时刻，也是一个交替的时刻，是光明与黑暗的交替，抑或是幸福与痛苦、生与死的交替。如此看来，落日"只想熔尽它身上的金子"是多么可贵，多么伟大！"只想"——没有别的念想，其执着，其甘心，其诚恳，何其动人！

凭着这最后的浑圆，这意味深长的禁果，
熔掉全部的金子，然后它融入我们身上的黑暗。

　　结尾的重心在最后一段的最后一句，"融入我们身上的黑暗"。光明的消融是有价值的，落日的奉献是有价值的，夕阳的牺牲是有价值的，都是为了"融入我们身上的黑暗"。虽然黑暗之中，我们迎来了漫漫长夜，但因为我们有了夕阳的光芒，有了落日不遗余力的奉献，让我们面对茫茫黑夜时，不至于坠入无边的黑暗。这一轮浑圆的落日，早已乘着人间的神树，深享黄昏金色的光芒，重铸体格与精神，鼓起金色的翅膀，傲然面对到来的黑夜。"浑圆"成为本诗的一个中心意象，既有落日现实的图景，也有未来心中充盈的壮美。这一轮落日，在黄昏中的树丛中辉煌地落下，也在我们心中庄严地绽放。

　　全诗意象单纯，场景壮美，格调高远，旨意丰厚。"落日"，有很多诗人都写过，但写出如此的境界与意蕴者鲜见。更多诗人的惯性则是"去黑暗化"，更多地着力于战胜黑暗、走向光明之类，臧先生却反其道而行之，光明消逝之前，倾其所有，熔尽自身的金色，在即将到来的无尽黑暗中，注入心中的光与火、精神与力量。如此，黑暗早已不再是令人恐惧的黑暗，因为许多的光明已经在黑暗里布陈，黑暗的内部已经发生质变——它甚至已经成为光明的一部分！

偶然

毛 子

每年有三百种濒危的物种灭绝
每天有数百颗恒星在衰亡
每分钟都有人死于非命……

卡在这每年、每天、每秒里
一只老鼠依然顺着下水管觅食，一群大妈
依然在跳广场舞，一颗人造卫星
也抵达预定的位置

躺在她的床上，我为没有
把自己统计进去，而感不安

我们靠拢，像求生
做爱，像销赃

【作者简介】毛子，湖北宜都人，作品散见《诗刊》《汉诗》《扬子江诗刊》《十月》等杂志，曾获首届扬子江诗刊年度诗人奖、第七届闻一多诗歌奖等奖项，出版诗集《时间的难处》《我的乡愁和你们不同》。

　　毛子是当代新诗人中具有特质的诗人，其诗作具有相当的精神强度，用毛子自己的话表述，每首诗都要写到"托孤"的地步——把自己掏空，用完最后的力气——所以毛子的诗具有极强的辨识度。
　　我以为毛子的诗之所以有这样的特质，在于他的诚实——真诚方能远大。毛子的写作，大气而不作势，空透而不虚妄，卓越而不弄玄，出离而不搞怪，毫无疑问——毛子是一位杰出的诗人。

这首《偶然》是我偶然读到的，偶然地收藏起来了。

> 每年有三百种濒危的物种灭绝
> 每天有数百颗恒星在衰亡
> 每分钟都有人死于非命……

毛子天生具备新闻人的素质，对现实的关注、对人类生存环境和命运的关切，大量体现在他的作品中，这首也不例外。

起笔是开阔的，基调是悲怆的，似乎毛子的诗的开篇都铺陈了这样的氛围。他一下笔呈现的就是凌乱、不堪、苦难、湮灭——让你的心提到嗓子眼，很快产生了某种不适和焦虑。"灭绝""衰亡""非命"，这些词的指向说明了什么呢？毛子的一双眼睛也能看到光明，但是他却很少去呈现，毛子对读者温暖的给予是吝啬的，也许他心中集结的更多的是苦难与不幸。任何人的写作都是经验与经历的双合，由此形成写作的理念和诗歌美学的态度。毛子的生活一定经历过深沉的悲痛，对生活的每一点赐予都心怀警惕——这样的诗人下笔注定是沉重的，孤绝的。

毛子在第一段用三行勾勒了人类现实的生存图景，开笔不可谓不大，"数百颗恒星在衰亡"，简直写到了宇宙——越过了人类，但着力点、关注点还是人类。这样的起笔站位高绝，一览寰宇，但接下来不免让人担心，下面的诗行如何承接呢？"大"到宇宙，"大"如何落下，再以"小"来写大？"大"到落不下来，那就是"空"。这对写作者是一个考验，这首诗的起笔可谓大到无边——无限之大！

> 卡在这每年、每天、每秒里
> 一只老鼠依然顺着下水管觅食，一群大妈
> 依然在跳广场舞，一颗人造卫星
> 也抵达预定的位置

毛子是怎样从天空落下来的？第二节他用了一个承接句："卡在这每年、每天、每秒里"。多么聪明的毛子啊，就这一句"卡"着，完成了诗句的卡位和复位，以时间的纵深链接着落地。没有什么比"每年、每

天、每秒"更能勾连时空，把大化小，将远拉近，近到"每秒"里去了，就像长空划过的一道闪电，从宇宙深处的恒星出发，突然照射到我们身边。在这里，时间和空间，苍天和大地，人类与万物，片刻间成为一片浑然一体的图景——毛子的如椽之笔，有没有惊到你?!

"一只老鼠依然顺着下水管觅食，一群大妈/依然在跳广场舞，一颗人造卫星/也抵达预定的位置"，首先出现的是一只老鼠，还不是一群，干脆写一只好了，一只就是一个群体。老鼠是贴地爬行的动物，没有什么比老鼠更接地气了，它每天和泥土黏在一起;"一群大妈/依然在跳广场舞"，这个扑腾的人间，选取"一群大妈"是最好玩的了，她们热爱生活，紧挨着柴米油盐，是最具有生活气息，充满着普通人的爱与恨、愁与乐，最富于生命力的一群人——在地球的主人中，选取这样一群人，最恰当不过了，她们让我们感觉到生活的真实与亲近;"一颗人造卫星/也抵达预定的位置"，这是顺势而起的发射，一颗人造卫星的发射者也是人，但这一句又扶摇而起，直上云天，天和地、人和物、大和小，全部缩束在诗人的笔下，达到了随心所欲的地步，蔚为大观。

联想到诗题《偶然》，这一切都是偶然发生的吗?肯定有，但也必定有必然性。生命和物种都有自己的运行规律，但偶然性始终存在。此处肯定有某种宿命感和无力感。我们常说的"明天和意外，不知哪一个先来"，都是偶然性的一种表达。有时，甚至是偶然性决定我们的命运——不可捉摸的命运。我们无法摆脱各种偶然性，但我们依然从容面对各种偶然，坦然接受命运的捉弄，顺应自然，坦然接受。但偶然也并不绝对，偶然中也能改变和抓住机遇，即使在偶然中失去甚至幻灭，但只要我们曾经有过追求和奋斗，便不至于心怀愧疚。

诗作的精彩还在最后，聚焦于男女，似乎表现的是两性，如果这样解读，这首诗就被读"小"了。结合前面的大手笔点染，我更愿意让"我"与"她"成为虚指，这样才况味丛生，诸像同举，只因"大象"早已"有形"。此作只能"大受"而断不可"小知"矣!

躺在她的床上，我为没有
把自己统计进去，而感不安

最后两段，落脚到个体的人，写入了骨髓。"我为没有/把自己统计进去，而感不安"，这也是一种偶然性，或者说是偶然性的一种。是"她"没有把"我"统计进去，还是"我"没有把自己统计进去，都是不安的原因。两者都有可能，也许互相都没有统计进去。如果我们再深入一些，可以理解为，一对躺在床上的男女，他们也只是时间和空间的过客，他们可以同居一室，但依然没有把对方统计进去。他们的相遇、相知、相爱具有偶然性，他们之间的实用与利用、淡漠与遗忘，也具有一定的偶然性，但确实是存在的，这是现实的悲哀，偶然性中从来体现的都是很强的悲剧色彩。所以躺在床上的，可以是你，也可以是她，扑朔迷离，它往往是悲剧的导演者，而人永远是其中表演的主体，且乐此不倦。

> 我们靠拢，像求生
> 做爱，像销赃

毛子在最后发狠，非要击倒你不可，否则决不罢休。"靠拢，像求生/做爱，像销赃"，前者是精神层面的，后者是生理层面的。读完了这一句，感觉什么欲望都没有了，内心充满了悲凉。我们很多时候，都在用一种相亲相爱的形式，去销毁生活的原罪，给自己，也给别人一个说法。我们活得多么苟且、狼狈——但这可能是生活的真实，一种"偶然"的真实。

毛子这样残忍地翻生命的底牌，并非让你和他一起感受这种偶然性，他只是写出了一种客观性——在此之后，你方能承受严酷的生活和命运的无常，坦然接受、从容面对并珍视偶然得到的幸福。

平衡术

剑　男

在有限的空间内保持身心的纯正、不倾斜
在一根绳索上，一块木头上
或江面一根苇草上
考量身体的难度，也考量内心的难度
我见过这样的平衡术，在万人景仰的高处
中年人脚如鹰爪
在坠落的瞬间用脚钩住钢绳
像早年黄昏乡村高压电线上倒悬的蝙蝠
我也看见过低处的平衡术
母亲在南江河斜着身子拽着一个少年
肆虐的洪水与瘦弱身体保持着奇妙的平衡
但在我的家乡李家湾
在贫穷和幸福、痛苦与欢乐之间
我很少看见亲人们有过须惬意的摇摆
他们在生活中起伏无定
如置身一根又一根的绳索、钢丝和木头
那么多虚无的东西悬在一端
这一头，他们把全身重量压了上去
那孤注一掷的蛮力，却
每每如压舱石压上一艘风高浪急中的驳船

【作者简介】剑男，原名卢雄飞，湖北通城人，毕业于华中师范大学中文系，20 世纪 80 年代末开始文学创作，曾获丁玲文学奖、《芳草》第五届汉语文学奖女评委奖、汉语诗歌双年十佳、湖北文学奖、《诗收获》季度诗歌奖，有诗歌入选各种选集及中学语文实验教材，著有《激愤人生》《散页与断章》《剑男诗选》《星空和青瓦》等。

在有限的空间内保持身心的纯正、不倾斜

在一根绳索上，一块木头上

或江面一根苇草上

考量身体的难度，也考量内心的难度

仔细读剑男的诗作，你会发现，其咏物论事，都怀有一定的观念指涉，有些明确地指出了，如《泡沫》；有些却是隐形的，如《涟漪》，但都给人水到渠成的感觉。《涟漪》更是有"诗到语言为止"的况味。

韦恩·布施说，技巧就是观点。对此，我深为为然。作品往往是作者运用观点的产物——在不露痕迹的叙述中，形成异于常人的观点，这不失为现代诗的一种高级的玩法——剑男显然深谙此道，并运用自然。

我以为，剑男的诗中，还有一种独特的迷人的地方，那就是"轻"和"慢"，其"后座"则是"从容""淡定"。

剑男的诗不会凌空虚蹈，写得很实在。诗作一开始的四行，描摹了这样一番场景，出现了画面感。这四行，看起来是两虚两实，中间两行是实的，虽然不多见，也是日常生活之一种。我们都有过这样的生活经验，见过这样的生活场景。

这首诗与剑男先生的大部分诗不同的是，一开始就带有观念的指向，而不是像他的很多作品，读到最后才自然生发出某个观点，并让你会心一笑。如何"在有限的空间内保持身心的纯正、不倾斜"，它"考量身体的难度，也考量内心的难度"。剑男似乎不需要你来回答，他自己替你说了。这说明这个答案是显而易见的。显而易见的事情不需要读者来参与，这是对读者的一种信任和尊重，同时也说明，能够回答这个答案并不重要，那重要的是什么呢？

作者也没有急于回答，他有耐心，提笔继续描写，给你带来更多场景和现场感，让你感觉平衡并非只有一种姿态。有些平衡只是为了炫技，此处并无贬义——表演也是生活中的平衡方式之一种，也能带给观众和我们一种奇绝的美感。

我见过这样的平衡术，在万人景仰的高处

中年人脚如鹰爪

在坠落的瞬间用脚钩住钢绳
像早年黄昏乡村高压电线上倒悬的蝙蝠

但这不是诗人的着力点，只是一种旁逸，也可让文本更加宽阔——单写一种平衡术固然也是可以的，但不免有些单一和沉闷，也不够客观和全面，更无铺垫与蹲伏，其升腾出离就会缺乏说服力，也缺乏力量与感染力。

这位中年人一定是个高手，"脚如鹰爪"，"瞬间用脚钩住钢绳"，他的平衡术玩得出神入化，所以"万人景仰"。但这不是生活的全部，甚至连生活的一部分也不是，它只是一个生活的游戏或插曲。

现在，苦难的生活如期出场了，我们猜得到，但也愿意领受诗人的流转——因为我们在隐约之中感觉到了什么，也希望出现什么样的场景，剑男不会让你失望。

我也看见过低处的平衡术
母亲在南江河斜着身子拽着一个少年
肆虐的洪水与瘦弱身体保持着奇妙的平衡

只有苦难中的各种平衡术才是迷人的，充满着生活的智慧和艰辛。此时的母亲，是诗人的母亲，也不是诗人的母亲，她是某种共同体，承载着一个母亲的慈爱与坚强，是千千万万个母亲的缩影；此处的少年，是诗人自己，也不是诗人自己，承载着所有人少年时代的苦难记忆，在"肆虐的洪水"中，"瘦弱身体"依偎着母亲，被"斜着身子"的母亲"拽着"，才有了安全感，写得细腻而实沉。洪水中的独木桥或是泥泞小道，都让少年的"我们"无法保持"平衡"，随时有跌落河谷或扑倒在路上的风险，是神奇的母爱保持着这种"奇妙的平衡"。

请注意此中的"低处"，有地势之低、小路之窄之意，也有生活在低处之意，实虚糅合，联想到上节中的"高处"，可见作者的匠心，也可看出剑男写作的精到。这也是剑男写作的态度——下的功夫不可谓不深。前文已述，高处的游戏只是偶尔的戏剧化的生活，是一种不真实的生活，那种在高处具有表演性的高难度"平衡术"，在生活中是派不上用场的——只是生活的一种假象——虽然美好，极具观赏价值，却无济于残酷的现实生活！

> 但在我的家乡李家湾
> 在贫穷和幸福、痛苦与欢乐之间
> 我很少看见亲人们有过须臾惬意的摇摆
> 他们在生活中起伏无定
> 如置身一根又一根的绳索、钢丝和木头
> 那么多虚无的东西悬在一端

从母亲写到"我的家乡李家湾"，再自然不过，一个时代的群体，"在贫穷和幸福、痛苦与欢乐之间"寻找着微妙的平衡点。很显然，他们很坚定，"很少看见亲人们有过须臾惬意的摇摆"，在这种苦难的生活面前，摇摆不可能是"惬意的"，只可能是痛苦的，因为他们"在生活中起伏无定/如置身一根又一根的绳索、钢丝和木头"。

> 这一头，他们把全身重量压了上去
> 那孤注一掷的蛮力，却
> 每每如压舱石压上一艘风高浪急中的驳船

最后一节，写出了命运的对赌。这是没有办法的事情，为生活所迫，情势使然。当生活遇到这样的绝境，你无法逃避，找不到平衡点，就会被生活湮没。所以，他们不得不"把全身重量压了上去"，不得不"孤注一掷"，虽然只有"蛮力"，但依然对命运发出不屈的挣扎与抗争。如果你见过在河中航行的"风高浪急中的驳船"，你会发现，这只船装满了沉重的石头，却也会凭借那些沉淀已久的饱满的生活智慧和经验，沉稳地穿过生活的激流险滩。

全诗在最后达到高潮，如巨浪冲击岩石，产生震撼人心的力量，回声犹在。在苦难的人生中，如何扼紧命运的咽喉，在每一次洪水和巨浪到来的时候，拽紧风帆，找到重心，获得平衡，是人生每个阶段的重要课题——对于苦难的李家湾是，对江汉平原的每个村庄也是，对我们每个人心中忆念的乡村也是！

过程

林　白

一月你还没有出现

二月你睡在隔壁

三月下起大雨

四月里遍地蔷薇

五月我们面对面坐着，犹如梦中，就这样六月到了

六月里青草盛开，处处芬芳

七月，悲喜交加，麦浪翻滚连同草地，直到天涯

八月就是八月

八月我守口如瓶

八月里我是瓶中之水

你是青天的云

九月和十月　是两只眼睛，装满大海

你在海上　我在海下

十一月尚未到来

透过它的窗口　我望见了十二月　十二月大雪弥漫

【作者简介】林白，广西北流人，居北京。著有长篇小说《北流》《北去来辞》《一个人的战争》《说吧，房间》《妇女闲聊录》等多部，诗集《过程》《母熊》两部。曾获华语文学传媒大奖年度小说家奖、老舍文学奖长篇小说奖、人民文学长篇小说双年奖、第九届茅盾文学奖提名等奖项。

　　读到这首诗，开始觉得很有意思，怎么有意思，似又说不出来。

　　陈超先生说，诗歌不必要你懂，而是要你感觉。真正的好诗，在"懂"之前，我们已被感动。是啊，懂什么？无须懂，你被诗的境界唤

醒，被诗的兴味触动，就足够了。

这首诗里出现了"我"和"你"的对位，"我"，似好理解，就是"我"，主人公，诗人自己，或者大千世界的每一个人；"你"，可以理解为时令，这是非常自然的理解，因为本诗充满着对时令的细致描述。但把"你"理解为"你"，还原到"你"——再到你、我、他、她，应该更有意思。这样一张开，你可以说它是一首爱情诗，一首成长诗，一首友情诗，等等，所以越拉升越有趣，但是拉升不是瞎拉升的，是这首诗的"情设"和"物设"，是自然浮现出来的。

> 一月你还没有出现
> 二月你睡在隔壁
> 三月下起大雨
> 四月里遍地蔷薇

全诗是一气呵成的，我为了便于理解，大致给它分一下。

如上所述，这个"你"可以是一月，也可以不是；可以是恋人，也可以是友人；或者再虚拟一点，可以是我们等待的某件事物，应该出现的某种图景。似乎一月没什么可说的，主人公还没来，故事还没有发生，语气上也就随便那么一说。从时令上讲，一月当是冬天之中，天寒地冻，万物休眠，是蓄势待发的态势。

"二月你睡在隔壁"，二月是跟着来的，就在一月的隔壁，二月是冬天之末，还当沉睡。或者有这么一个人，真的就睡在"我"的隔壁，是你，是我，是他，还是她，不必计较。一月和二月是兄弟，也是邻居，睡在隔壁的人也是。

"三月下起大雨"，前两个月都没有着笔写时令的特点，到了三月有了。三月就是春天了，春天的特点就是下雨，这没有什么可说的。但我们感受到三月的大雨了——一个勃发的春天要出发了，我们的故事可能就要开始了。

是啊，读这首诗的时候，始终要进行双轨或多轨的理解，阅读的幅度要多向发散展开，每一个单项的理解，都存在遗漏或削减作品张力的危险，所以得格外小心——这也是这首诗之所以有趣的地方。

"四月里遍地蔷薇"，请注意，"蔷薇"是本诗的一个核心意象，它可能代表着诗的指向。蔷薇，藤状，爬篱笆的小花，落叶灌木，一般在四月中下旬开放，虽然花小却非常鲜艳，香气袭人。蔷薇的象征意味明显，更多指向爱情，这方面国外的诗人写得够多了。歌德的《野蔷薇》中有"我要刺你/让你永远不会忘记"，表达的是少年的青涩与稚嫩。其花分红色、黄色、黑色等，这就比较麻烦了，不同的颜色具有不同的象征意味，一般来说，红蔷薇代表热恋，粉蔷薇代表誓言，白蔷薇代表纯洁，黄蔷薇代表永恒，等等。这还只是指向爱情的一径，还有指向道德、友情、事业层面的，比方说高洁、高贵、纯洁之类。所以，蔷薇的所指太多了。不一一展开。四月里一支蔷薇伸出，似乎万物皆活，有了灵性。它似乎可以提喻自然界的所有似锦繁花和万物争荣。

> 五月我们面对面坐着，犹如梦中，就这样六月到了
> 六月里青草盛开，处处芬芳
> 七月，悲喜交加，麦浪翻滚连同草地，直到天涯

　　五月，多么迷人的五月，我们终于约会了，面对面坐了下来，虽然犹如梦中，但我们毕竟坐在了一起。我们在一起多么愉快，时间那么快就溜走了，不知不觉，六月到了。六月的风景更为迷人，阳光渐渐明丽，花草长高长大，"处处芬芳"。六月里发生的故事一定是温暖的，阳光的，开放的。五、六、七月是成长的季节，也是磨砺的季节，万物生发，百舸争流，群鸟合鸣，一派生机盎然。在成长的阵痛中，"悲喜交加"，但我们看到了"麦浪翻滚连同草地，直到天涯"。

> 八月就是八月
> 八月我守口如瓶
> 八月里我是瓶中之水
> 你是青天的云

　　八月和每个月都不一样。诗人写八月用了四行，写其他的月份一般只用一行打发，有的甚至一笔带过。

诗题为《过程》，确有重点，着笔并不是将十二个月平均分配，平衡用力。

不一样的八月。八月，习惯理解为收获的季节——经过了春天的播种、培育，夏天的风雨、阳光之后，秋天的果实要成熟了——所有的事物都是这样的指向，爱情、友情、事业、追求，经过漫长的跋涉和苦苦的追问之后，都会有一个答案或一个终点在等着我们。无论是丰硕还是寒酸，是甜蜜还是痛苦，是欣慰还是留下遗恨，都必须面对。结果是什么？"八月里我是瓶中之水/你是青天的云"，这两句我愿意从爱情的角度来解读，前面的蔷薇也是一种重要的线索。毕竟诗人为女性，水的象征性很多，女人也为其中一种——经常性的一种，贾宝玉的比方虽然俗——女人是水做的，但毕竟也说出了部分真实。"瓶中之水"是一种什么样的水？可以肯定，没有流动，是安静的——也许有所等待，内心充盈，或者远方有许诺或承诺，美好就在安静等待之中，我没有再去纠结什么，折腾什么；或者我这一湾秋水，已渐于寂灭，懒得流动，心灰意冷，不再有任何念想；或者你是天上的云，高高在上，不愿俯下身来，给我一点滋润，让我感到生活的奔流；甚至或者你还像青天的云，板着脸，不愿看凡间升起的烟火……这里可以有多种解读，各位自己尽兴便好——把别人的一首诗，读成自己的，也是一件快事——于作者是快事，得到了共情；于阅读者是快事，与自己的经验产生了神奇的对接。

个人感觉，八月的这个结局偏消极，有一些隐隐的伤感和怀恨。

> 九月和十月　是两只眼睛，装满大海
> 你在海上　我在海下
> 十一月尚未到来
> 透过它的窗口　我望见了十二月　十二月大雪弥漫

"九月和十月　是两只眼睛，装满大海/你在海上　我在海下"，这两句和上面的"我是瓶中之水/你是青天的云"，是一种同向的表述。上下位置并没有发生变化，但情绪的深度和浓度变了，因为"两只眼睛，装满大海"。啊，这是一种怎样的等待？两只眼睛里蓄着大海，那里有多少波涛和风浪，其纵深、其聚合、其渊薮，是一个大海的宽度和体量——如果是在写感情，如何承受得了——这是一种怎样的热爱与期盼？如果是写别的，这是一种怎样的执着与挂念？——动人之极！

十一月的待遇和一月份是一样的。"一月你还没有出现"与"十一月尚未到来"，不过是换了词，本质上这两个月都是一种铺垫性的，似乎没什么可说，却不可缺省，是承上启下之必须。

　　我望见了十二月　十二月大雪弥漫

这是本诗的结尾。非常自然地，我们看到了十二月飘扬的大雪。大雪弥漫了这个季节，愿你我的心不会在这样寒冷的季节里冰冻！雪花扑面而来的同时，我仿佛看到了诗人感时伤怀的背影。诗人的背景留在十二月的大雪里，一片片晶莹的雪花在轻轻地飘动，"我"并没有过多的伤感和自责，一切都如雪花从尘世飘过。

全诗如其标题，就是一个"过程"，完成了自然界十二个月的交替，完成了各个季节富有特征的临写，也完成了心灵的一个阶段的嬗变与轮回。也许每个阶段我们都会留下些遗憾，但季节并不因我们的感伤有任何改变，也许享受、顺应才是王道。

最后一课

余笑忠

　　一位诗人的老母亲，中风后
　　把她的拐杖叫作针
　　与其说，她的语言能力退回到婴儿期
　　不如说世界在她眼中
　　变得很小很小了
　　所有的逆来顺受
　　不过是磨成了一根针
　　而我们轻信的语言
　　像气球那样被一一戳破
　　再没有什么
　　比这更称得上是
　　一针见血

　　【作者简介】余笑忠，生于湖北蕲春，曾获《星星诗刊》《诗歌月刊》联合评选的"2003中国年度诗歌奖"、第三届"扬子江诗学奖·诗歌奖"、第十二届"十月文学奖·诗歌奖"、第五届"西部文学奖·诗歌奖"。著有诗集《余笑忠诗选》《接梦话》等。

　　乍看标题，你会想到都德的《最后一课》——这也是最后一课——余笑忠老师给我们上的一堂人生的大课。
　　余笑忠的诗始终是暗藏玄机的，你稍不注意，就有东西像泥鳅一样滑过去了。有时你得看好几遍，要抓住每一个字、词，每一次转移、空降、跳跃——相较而言，这首诗读起来比较轻松。

　　　　一位诗人的老母亲，中风后

把她的拐杖叫作针

　　这两行似乎没什么特别的，特别的是主人公是一位诗人。诗人是做什么的？诗人的显著特征是什么？诗人是和语言打交道的——诗歌是文学的王冠，语言是这个王冠上的明珠。细读文本，你会发现，"诗人的母亲"这一设定，是很有想法的，也许事出偶然，确有其事。我以为，从拐杖到针——拐杖的形状细长，头尖细，很自然——但看似不经意的切换，是大有深意的。

与其说，她的语言能力退回到婴儿期
不如说世界在她眼中
变得很小很小了

　　前述，作者强调的是诗人的母亲，而诗人是靠语言行走和活着的，所以作者这几句与上文咬合得很紧，借诗人的身份，从而转移到语言，再以语言生发开去——"她的语言能力退回到婴儿期"。从出生到一岁为婴儿期，婴儿期的语言是什么样的？有语言吗？这个时期，婴儿通常以代词为主，重叠发音，以音代词，并且伴有表情和动作——也就是说，婴儿期的语言是简单、单纯、重叠、天真、可爱的，并且伴随着生动的形体动作——这可能是语言的本原。诗人的母亲中风后，语言功能自然在退化，很难说得出囫囵的句子当在情理之中，但"不如说世界在她眼中/变得很小很小了"，悄悄实现了从听觉到视觉的转换，当然，听觉——对自然万物的声响的敏感和感受，一定会影响到视觉。

　　读到这里，似乎脉络很清楚了：诗人（其附着为语言）——母亲——拐杖——针——婴儿（语言）——世界——小。

　　余笑忠只用五行，实现了腾挪转向。

所有的逆来顺受
不过是磨成了一根针

　　这几行自然流转，场面一下子阔大——诗人前述只是铺垫，回看时，"语言能力退回到婴儿期"已布下草蛇灰线，"语言能力"也只是一种代指，它可以进行扩张式的解读，虽然只是生活能力之一种，其实已虚化为对生活的一种适应和表达能力，对生活的感受和领悟能力。而"不如说世界在她眼中/变得很小很小了"，早就出离了实指，"针"寓意更丰——更有被生活磨砺之后的浓缩、精干、练达，或尖锐、锋利之意。"所有的逆来顺受/不过是磨成了一根针/而我们轻信的语言"，依然紧扣"语言"和"针"，绝无旁逸。对生活"逆来顺受"之后，"不过是磨成了一根针"，这个过程全部浓缩在一根针里。走过大半生的人，每个人磨成的"针"是不一样的，这里有群体，并非只是一位诗人母亲的写照。"不过"，是一种态度，表示淡定，没什么，我们"逆来顺受"地活着，也没有得到更多，就是"磨成了一根针"。但我以为，这根针也弥足珍贵，至少它没有被磨成灰——什么也没有留下，只空留岁月屐痕。

> 而我们轻信的语言
> 像气球那样被一一戳破

语言成为一种代指以后，在此诗中处于核心地位，一切都是围绕语言来展开的。而语言是交流的工具，也是认知、表达，是感受，也是领悟，所以含义十分丰富。语言也极具伪装能力，虚假苍白的语言，一定是经不起检测的，它很容易让我们"轻信"，却原来"像气球那样被一一戳破"——再回到"针"——什么东西最容易戳破气球？显然是"针"，再回溯，是拐杖，是人在"逆来顺受"中增长的阅历、教训、经验、睿智等。

> 再没有什么
> 比这更称得上是
> 一针见血

在一根锋利的"针"面前，生活像河里的石头，大浪退去，露出了礁石，露出了本来面目。扒开语言华丽的外衣，我们看到了冷酷的生活现实。如是，对语言心怀警惕，抛却虚华，沉潜内心，回到语言的婴儿期，找到本真，不失为一种回归。

结尾是水到渠成的。此处用了一个成语"一针见血"，自然贴切，我以为恰到好处，甚至非用不可。一般来说，现代诗比较忌讳对成语的使用，但在余笑忠的另一些诗歌文本中，有少量的成语，用得可以说十分精到。这里稍微扯开一下以佐证。

引水
余笑忠

取水之前，往压水泵里
倒上一瓢水，我们学着顺势按压
井水汩汩而出，这么快
就涌泉相报

后来我们用上了自来水
水龙头更加慷慨
只是再也无从知晓
水，来自哪里

已无饮水思源之必要
但要谈起井水，我还是会想起
黎明时分弯腰按压水泵的动作
少年的我曾大汗淋漓

如果遇上这样一个井台
我知道，我仍然会跃跃欲试
让井水灌满两只木桶
我知道，还是那样，在担水之前
——我甘愿卑躬屈膝

很明显，这首诗显而易见使用了多个标准的成语，但并无不当之处，一切都是那么自然熨帖。之所以全文引用，一是这首诗很短；二是不全文引用不足以说明这些成语使用的必要性，其和诗歌表达的内容息息相关。特别想指出的是，当下一些诗人喜欢在写作中动不动就用成语，实在是大煞风景。我想，余笑忠对成语谨慎而准确的使用，可以作为某种典范去仔细体味。

《最后一课》或许可以看作对诗人朋友的宽慰，对命运的思考，也是对语言的思考。

此诗一气呵成，环环相扣，题目设计也颇有况味。人生的最后一课，是关于拐杖与针的，更是关乎语言的。此诗流转到语言后，完成了平台的构建，从而在此基础上，进行宽度和幅度的延展和震动，几个意象交织互衬，隐喻始终如影随形——老辣的余笑忠从来不让我们的日子"好过"，连虚假的也不给——总是要"一针见血"！

余忠先说——
事出偶然，确实是一位诗人朋友的母亲中风了，他在诗中记述了母亲把拐杖叫作针。

我在一颗石榴里看见了我的祖国

杨　克

我在一颗石榴里看见我的祖国
硕大而饱满的天地之果
它怀抱着亲密无间的子民
裸露的肌肤护着水晶的心
亿万儿女手牵着手
在枝头上酸酸甜甜微笑
多汁的秋天啊是临盆的孕妇
我想记住十月的每一扇窗户

我抚摸石榴内部微黄色的果膜
就是在抚摸我新鲜的祖国
我看见相邻的一个个省份
向阳的东部靠着背阴的西部
我看见头戴花冠的高原女儿
每一个的脸蛋儿都红扑扑
穿石榴裙的姐妹啊亭亭玉立
石榴花的嘴唇凝红欲滴

我还看见石榴的一道裂口
那些风餐露宿的兄弟
我至亲至爱的好兄弟啊
他们土黄色的坚硬背脊
我在一颗石榴里看见了我的祖国
忍受着龟裂土地的艰辛
每一根青筋都代表他们的苦

我发现他们的手掌非常耐看
我发现手掌的沟壑是无声的叫喊

痛楚喊醒了大片的叶子
它们沿着春风的诱惑疯长
主干以及许多枝干接受了感召
枝干又分蘖纵横交错的枝条
枝条上神采飞扬的花团锦簇
那雨水泼不灭它们的火焰
一朵一朵呀既重又轻
花蕾的风铃摇醒了黎明

太阳这头金毛雄狮还没有老
它已跳上树枝开始了舞蹈
我伫立在辉煌的梦想里
凝视每一棵朝向天空的石榴树
如同一个公民谦卑地弯腰
掏出一颗拳拳的心
丰韵的身子挂着满树的微笑

【作者简介】 杨克,中国作家协会主席团委员,中国作协诗歌委员会副主任、中国诗歌学会会长。出版《杨克的诗》《有关与无关》《我说出了风的形状》《我在一颗石榴里看见了我的祖国》等 12 部中文诗集、4 部散文随笔集和 1 本文集,出版 8 种外语诗集,共被译为 16 种外语。诗文被收入《中国新文学大系》《中国新诗百年大典》等 400 种选本。

以前的诗大多在 30 行以内,这次来了一首比较长的。我偏爱短诗,一向对读长诗心有余悸。有几个原因:一是我认为,诗歌天生不是一种大体量的文体,这不是它的使命;二是从文学史上看,能够流传下来的,绝大部分是短诗或不长的诗;三是长诗的写作,对诗人提出了更高的要求，最重要的是气息的贯通，像跑马拉松，中间不能掉链子；四是长诗的结构也是考验诗人的试金石，没有金刚钻，不揽瓷器活；五是每读一首长诗，都需要时间和精力，更需要耐性。而耐性正是我们现在所缺少的。

但杨克先生的这首不算长的长诗，我似乎很愉快地就读完了，还获得了一种共情的快乐。我以为这相当不易，诗人一定有过人之处。

> 我在一颗石榴里看见我的祖国
> 硕大而饱满的天地之果
> 它怀抱着亲密无间的子民
> 裸露的肌肤护着水晶的心
> 亿万儿女手牵着手
> 在枝头上酸酸甜甜微笑
> 多汁的秋天啊是临盆的孕妇
> 我想记住十月的每一扇窗户

石榴属于落叶灌木或小乔木，树根呈黄褐色，树高一般为3—4米，有的可高达5—7米；花多为红色，外皮呈鲜红、淡红或白色；果实成熟后为大型而多室、多子的浆果；种子的外种皮多汁，为淡红色或乳白色，甜而带酸，可食用。

我们知道，植物大都会开花，可结果的并不多，乔木结果的更少。"我在一颗石榴里看见我的祖国"，这样的开头太棒了！硕大的祖国，开在一颗小小的石榴里。以石榴之小写祖国之大，以具体写抽象。祖国是概念性的，石榴是具体可感的。我们自然想到了石榴的形状和颜色，就相当有味道了。在一颗石榴里承载祖国，这是杨克的发明吧，你不得不承认，这样的构思多么奇绝，出手不凡。此时，本体和喻体——祖国与石榴已经成为一个整体，石榴成为祖国的化身。以石榴比喻祖国，我以为更多的是因为其颜色之鲜艳和形状之饱满，而鲜红的颜色，更有特殊的含义；饱满之形状，也有厚重的历史纵深感。"硕大而饱满的天地之果"，这一句多么贴切，是石榴，也是祖国；是实，也是虚。当你把它更多地认同为虚的时候，就有了更丰富的味道。"它怀抱着亲密无间的子民/裸露的肌肤护着水晶的心"，石榴的怀抱有多大？它结籽，子孙成群，一树繁密，相互依偎，彼此拥抱，像伟大的祖国怀抱它的子民，亲密无间。石榴长年在风雨中裸露，被风雨洗得肌肤清亮，但总以鲜红的颜色，秉承水晶般的心，呵护果实的成长。

"亿万儿女手牵着手/在枝头上酸酸甜甜微笑"，这一句太可爱了！"亿万儿女手牵着手"是一种什么阵势，一颗小小的石榴如何来承接？大与小、多与少、儿女与石榴，怎么能够对位？哈，这就是诗，出离正常的逻辑和常规，带来不一样的审美感受。你尝过石榴吗？应该是"酸酸甜甜"的味道。酸酸甜甜本是一种味觉，用来形容"微笑"，微笑当为一种表情，更多是听觉和视觉的成分，由此带来感觉的转移和互通。"在枝头上"很有画面感和动感，味道好极了！

> 我抚摸石榴内部微黄色的果膜
> 就是在抚摸我新鲜的祖国

果实是多汁的，石榴也是。一个"多汁的秋天"是湿漉漉的，各种果实流光溢彩，这是收获的季节，"临盆的孕妇"的孩子要呱呱坠地了，诗人心中激荡着对祖国的热爱和自豪，也为祖国在经历过磨难后取得如此的收获感到欣慰。金色的十月，石榴绽开"微黄色的果膜"，石榴的果实只是千万种果实中的一种，它成为对所有果实的指代，对石榴的抚摸，就是在感受祖国母亲辛苦劳作后取得的丰硕成果，歌咏这种崇高的获得感。果实永远是鲜活的，所以我的祖国承载在这些饱满的果实里，祖国也是新鲜可感的。

> 我看见相邻的一个个省份
> 向阳的东部靠着背阴的西部
> 我看见头戴花冠的高原女儿
> 每一个的脸蛋儿都红扑扑
> 穿石榴裙的姐妹啊亭亭玉立
> 石榴花的嘴唇凝红欲滴

这四行写祖国之地域辽阔，延伸了诗的维度，本来祖国就是博大的，时间之纵深、地域之辽阔当在其义，虽然磅礴，却写得细腻生动，且人性化。"戴花冠的高原女儿""脸蛋儿都红扑扑"，并没有一些主题诗惯用的"高大上"的词儿，语言讲究，新鲜灵动，神态神韵均有。

> 我还看见石榴的一道裂口
> 那些风餐露宿的兄弟
> 我至亲至爱的好兄弟啊
> 他们土黄色的坚硬背脊
> 忍受着龟裂土地的艰辛
> 每一根青筋都代表他们的苦
> 我发现他们的手掌非常耐看
> 我发现手掌的沟壑是无声的叫喊

应该说，前面数行写的基本上还是平面的，一首较长的诗没有写出"挫折"肯定是难以支撑的，力度和厚度也会存在问题。当然，杨克先生在已经确定的叙述基调里，已经布陈了卓越和精彩，并且流溢着美好的气息感。一颗石榴的立体形象基本已经确立，它承载的使命已经凸现，它和祖国之间建立的关系已经深入到读者心中。"我还看见石榴的一道裂口"，此处开始拐弯，流水不再顺畅，这是必须的。石榴出现一道裂口，这是我们能够看到的现象，非常真实自然，再饱满的石榴也会经受成长的撕裂之痛。"凝红欲滴"，此处当有更多的解读，颜色鲜红美丽，如血一般，可能是奋斗者付出的血与火的代价。"风餐露宿""坚硬背脊""龟裂""青筋"等一串偏"苦难"的词语铺陈，对苦与痛的指向明显。这是石榴的成长史，是其必须承受的，不经历风雨哪能见彩虹？一个丰硕的秋天的到来，是多少追求者的不懈付出和辛勤劳动换来的！石榴的丰收，离不开每一颗石榴的坚持与奉献；祖国的繁盛与强大，也离不开每一个人的奉献与承受。

> 痛楚喊醒了大片的叶子
> 它们沿着春风的诱惑疯长

主干以及许多枝干接受了感召

枝干又分蘖纵横交错的枝条

枝条上神采飞扬的花团锦簇

那雨水泼不灭它们的火焰

一朵一朵呀既重又轻

花蕾的风铃摇醒了黎明

　　这一节充分缠绕，你搞不清是在写"他们"还是在写石榴，是"他们"的手掌还是石榴的手掌，两者融为一体，"他们"已经长出了"大片的叶子"，但气息上是连贯的，上一节充分展示了苦与痛，这一节则显示了克服的力量与信念。他们发出"无声的叫喊"，"接受了感召"，"沿着春风的诱惑疯长"。"手掌的沟壑"有追求者的坎坷感和里程感，成长殊为不易，要战胜和克服的东西很多，但终究是挺过来了，迎来了"神采飞扬的花团锦簇"。"那雨水泼不灭它们的火焰"，是信念的力量；在"花蕾的风铃"中"摇醒了黎明"，是一番美好的图景。此段已经完全实虚结合，他们与石榴互为一体，体现的意象，更多是石榴的枝、叶、水、雨，写得圆润灵动，"光合作用"都是在其间发生的。

太阳这头金毛雄狮还没有老

它已跳上树枝开始了舞蹈

我伫立在辉煌的梦想里

凝视每一棵朝向天空的石榴树

如同一个公民谦卑地弯腰

掏出一颗拳拳的心

丰韵的身子挂着满树的微笑

　　结尾控制得很好。写出了辉煌、凝视、丰盈、谦卑，最后落脚到对祖国的"拳拳的心"。结尾的五行，没有上翘，反而悄悄向下。现在，这棵石榴树就是我们的祖国，它"丰韵的身子挂着满树的微笑"。是啊，当你面对祖国，你的身份只能是"凝视"，不能鸟瞰"俯视"。我们作为祖国的臣民，应该对伟大的祖国"谦卑地弯腰"，努力奉献我们的所有，

"掏出一颗拳拳的心"。

整首诗紧紧扣住石榴的特点来写,无论是宕开还是收拢,及物还是凌空,均咬住不放,所以读起来轻松自然,并产生丰盈的愉悦。初看起来,也许这首诗的表现手法不是很先锋,其实作者笔下的功夫是很老辣的。我以为最关键的在于诗人保持了良好的距离感——其与石榴的距离,就是这首诗与读者的距离。

诗人杨炼认为,杨克的诗"从属于汉语最温暖的诗歌血缘",其诗中有一种坚持的"温暖和高贵"。我深以为然。

杨克说——

《我在一颗石榴里看见了我的祖国》是2006年写的,2008中央电视台新年新诗会,新闻联播主持人李修平、王世林在清华大学礼堂朗诵了这首诗,2007年12月31日晚及随后几天,央视一、三、四频道都播了。10多年来,海霞、李冰冰、张宏、卢吉雄、白禾等名人朗读过,更有众多各行各业的人诵读过,这首诗百度搜索便有48万条链接。网上关于这首诗的朗诵视频也挺多,这些朗诵者有医生、记者、警察、学生、工人、农民等等,99%的人我都不认识,仅"为你诵读"App上显示,截至2021年2月,此诗的下载量已达1598万人次。我在西方出版的英文、西班牙文等诗集中也收录了外国汉学家诗人翻译的这首诗,如在埃及出版的阿拉伯文版诗集,译者米拉·艾哈迈德就用这首诗的标题作为诗集名。

石榴在中国传统文化中意蕴多子多福。我写这首诗时,紧紧抓住"石榴"与"祖国"这两个关键词,展开联想。石榴很大,我们国家也很大;石榴籽很多,我们中国人口也很多;石榴籽是透明的、亲密无间的,紧紧抱在一起的各民族儿女的心也是水晶一般的。诗通过颇具匠心的意象,表达事物间暗含的关联性,这种比喻上的相关性构成了这首诗的主旨。石榴打开来,里面是一瓣一瓣的,以微黄色的果膜分隔,而我们国家在地理上也是一个个省份相邻的。石榴向东一面比较红,西面比较青涩些,我们国家也是东部发达,西部欠发达一些。高原上的女孩,脸蛋被紫外线晒出的"高原红",圆圆的,红晕就像石榴一样。这每一个句子,既可以说在指认祖国,也可以说是描述石榴。"石榴的一道裂口"与"龟裂的土地""手掌的沟壑",共证了我们国家发展过程中的进程,对底层人民的热爱溢于言表。

这首诗很有想象力与张力,意象缤纷而环绕主轴,象征有多义性,包含多重喻指,饱含深情大爱,语调、语气、语感和整个语境也很舒服,我觉得这是读者如此喜欢它的原因。优美、明亮、开阔是它的特点。

易飞说——

一首现代汉语诗歌,在百度上搜索,竟然有48万条链接!

很多人认为,现代诗写作的难处,在于难以把握清晰与含糊之间的界线——过于清晰,则失之于浅显;过于含糊,则失之于隐晦。陈超先生认为,诗的含混和清晰一样,本身不等于诗的价值。"含混,必须有内在的'精敏'做基础;清晰,必须有'光明的神秘'。"

我以为,杨克老师的这首诗,其体现的就是"光明的神秘",在优美、明亮、开阔中,依然展示了卓越的创造力,为现代汉语诗歌提供了新鲜的审美体验。

好作家先要活在当下,作品没有传播性的作家,不会是一个好作家。

在当下很多人质疑现代汉语诗歌传播性的时候,杨克先生为我们提供了成功的范例——并不以牺牲诗的艺术性为前提!

致老子书

马　拉

楚国的鸡犬叫了快三千年，老子
姓李的先人，你还好吗？
祖国早就统一了，我忘了写信告诉你。
函谷关我至今没有去过，据说
雪已经下了两千年。守城的将士
都成了屠夫，深信立地成佛。
有个消息我要告诉你：
你的书印刷了上亿册，释文大约是经书的
五千万倍，这是人类的财富。
你不爱世人，世人却爱你，多么荒谬；
蝴蝶和鱼再也说不清白了。你出关之后，
古今中外的菩萨都变得爱说话，擅长写作，
将军自愿成为神的奴仆。
月白之夜，豆大的灯点燃
深山中的茅屋返老还童，它们
越来越新，住满春秋前的使者。
至于你，要么不来；
要么装作风雪夜没有归途的旅人。

【作者简介】马拉，1978 年生。主要作品有长篇小说《余零图残卷》等五部，中短篇小说集《广州美人》等三部，诗集《安静的先生》。

　　读到马拉的这一首诗后，我有种被电击的感觉。这组诗叫《致老子书》，发在他的个人微信公众号"马拉杂货铺"上。当时转发这组诗的，是著名文学评论家、华中科技大学中文系教授何锡章。我后来才了解到，马拉是他的学生。

后来，我从马拉发的朋友圈里看出，他的主业是写小说，诗歌只是辅料，虽然他是写诗出身。这样一看，真是让人生气，这一点有点像韩东，一年只写那么十几二十来首诗，然后，一丢出去，却让那些常年写诗的人感到惭愧——文学本就是天才式的工作，与写得多少关系不大！

一首《致老子书》，让我为他的写作视野和精神强度所折服。

　　楚国的鸡犬叫了快三千年，老子
　　姓李的先人，你还好吗？

"楚国的鸡犬叫了快三千年"——第一句如此出离，如此高拔，诗人的取位之高，让我惊悚莫名，诗人站在哪里说话？肯定不只是当代，也不窄于古代；肯定不止于天上，也不窄于地上——应该理解为全部都是，拢合在一起——诗人手上攥着三千年前的故事，撒豆成兵。"鸡犬"的选择让我颇费思量，但似乎马上就打通了，鸡和狗无论在老子时期还是当下——相隔近三千年也没有改变属性，是大家熟知的哺乳动物，它们的特征与功能大家也一目了然，这里我愿意诗意地理解为鸡鸣日出，狗吠落日，或者"鸡犬相闻，老死不相往来"，有时间的纵深与沧桑是否更好？此诗虽然遥接三千年前，却并不是古典肃穆式的开场——让鸡和狗先闹腾开，动感盎然，古与今、天与地、大与小，全都集中到鸡狗身上——这才是牛的地方！

扪心自问，这样的开头我们写得出吗？甚至，我们有没有想过这样写？

老子大约于周灵王元年（鲁襄公二年、宋平公五年、公元前571年）出生于陈国苦县。陈国当为楚国地盘。从老子出生到现在近两千六百年，也就是"快三千年"。

请注意他的口吻，三千年前的"老子"，是姓李的先人，老子姓李，没错；是我们的先人，传说中太上老君的化身。给老子写信，我们会不会想到？怎么写？不是笔力问题，是压根儿就没这样想。"你还好吗？"——这是要和老子聊天的味道——下子把三千年的老子拉回到现在，就在你旁边，告诉他，咱们可以开始聊天了！远近只在刹那间，如椽之笔，轻轻一带，便把一个三千年的先人带到你面前——这是何等的格局和气度！

> 祖国早就统一了，我忘了写信告诉你。
> 函谷关我至今没有去过，据说
> 雪已经下了两千年。守城的将士
> 都成了屠夫，深信立地成佛。

奥登说，诗人就像穿着"制服"一样，一眼就可以看出他的等级。奥登是怎么看出诗人的等级高低的？很多人可能会说，这当然取决于诗歌的综合素质，从中可以看到作者的天赋、眼界、心胸、责任感、技艺、知识储备等等。但有时候，有一定水平的阅读者可能只需看第一行，便可基本断定作者的等级，这又是为什么呢？奥登看见的是这个作者说第一句话时的口吻，这便足够了。"班长用班长的口吻说话，师长用师长的口吻说话，军长用军长的口吻说话"——我觉得马拉是军长级别的，因为他可以挥动古今，跨越时空，连接千年。

"祖国早就统一了，我忘了写信告诉你"，老子出生于春秋战国时代，那时的国家都是分崩离析的一盘散沙，纠合、连横、争斗，尔虞我诈，你方唱罢我登场，老子的"道法自然，无为而治""夫唯不争，故天下莫能与之争"等思想，可以理解为希望国家统一，人民安居乐业。"我无为而民自化，我好静而民自正，我无事而民自富，我无欲而民自朴"，是其纯朴自然的思想写照。然而，由于历史原因，那个时候的国家统一基本上是无法实现的，即使有短暂的称雄，也必定很快分崩。

函谷关在今天河南省三门峡市灵宝市，大家都比较熟悉，老子的《老子》（后来称为《道德经》）的产生，就与函谷关有关。当时周王室内乱，老子不得已辞官，行至函谷关。守关官员尹喜，少时即好观天文、爱读古籍，尤其崇拜老子，闻老子来，除尘四十里相迎。老子欲去，尹喜执手不让："先生乃当今大圣人也！圣人者，不以一己之智窃为己有，必以天下人智为己任也。""愿代先生传于后世，流芳千古，造福万代。"于是"老聃允诺，以王朝兴衰成败、百姓安危祸福为鉴，溯其源，著上、下两篇，共五千言"。

因为"函谷关我至今没有去过",所以诗人在此用了"据说",语调语态非常连贯。函谷关曾是战马嘶鸣的古战场,与"一夫当关,万夫莫开"的剑门关同为我国古代的重要关口。"雪已经下了两千年。守城的将士/都成了屠夫,深信立地成佛",是实写,也是虚写,这一句让我不由自主想起美国电视剧《权力的游戏》中的经典画面:凛冬将至,大雪始终在下,低回盘旋的大提琴声萦绕在边塞苍茫的雪景和辽阔的雪原中。函谷关作为重要的军事关隘,必定有很多守城的将士,但守了两千多年是不可能的,这是词语的夸张和拉伸,让它产生了厚重的历史感和纵深感——三千年来,他们一直站在某个关口守候,为了维护王室的江山社稷,他们心中有信念——"深信立地成佛"。这是老子思想的延伸,"立地"有"无为"的理念和境界,在无为中有为,成就理想。"雪已经下了两千年",我以为"雪"这一意象甚好,反映时间之长与环境之严酷。在寒冷的无休无止的漫天大雪中,戍边的将士为了家国坚守,他们立成一尊雕像——历史的雕像。也许虚读这一意象更有味道——几千年来无休无止的争斗,留给我们的是冬天一样的寒冷与严酷的历史,是彻骨的冷与疼的记忆。

"雪已经下了两千年"是诗意的虚写、暗示。两千六百年里雪就下了两千年,这背后有多少血腥、寒冷。"守城的将士/都成了屠夫"是对"雪"的注脚,同时有了写作延续,"放下屠刀,立地成佛"也顺理成章了。"成佛"便是对老子哲学思想"无为而治"在此文本中的又一种延伸和隐藏。这样写也便于诗作的完成。

这里有悲悯,还有善意。

> 有个消息我要告诉你:
> 你的书印刷了上亿册,释文大约是经书的
> 五千万倍,这是人类的财富。

看这语气:"有个消息我要告诉你"——马拉与老子就像隔壁的兄弟——就是这样的口气,随随便便的口气。多么自然的口气,多么亲切的口气,多么大气的口气!"你的书印刷了上亿册,释文大约是经书的/五千万倍,这是人类的财富。"这个应该是比较客观的,恐怕还不只这个数——今后还要印,会远远超过。

你不爱世人，世人却爱你，多么荒谬；
蝴蝶和鱼再也说不清白了。你出关之后，
古今中外的菩萨都变得爱说话，擅长写作，
将军自愿成为神的奴仆。

　　说老子不爱世人，值得商榷，老子主张道法自然、无为而治，是一种早期朴素的辩证法思想，他只是用自己的方式，你也可以理解为一种消极的方式表达对世人的感情。仅仅是为了形成一种语言上的对比、对位吗？我以为不够全面准确，但也许"全面准确"并不重要，诗歌不要"全面"，只取"片面"可能更好。

　　或者可以这样理解："你不爱世人"——老子出关之后就消失、遁世了，从这个角度看，也可说是老聃主动抛弃了世人，即"你不爱世人"了。

　　上一种是从大的层面讲，老子对世人依然有他的爱，只是用他自己的方式；下一种是从当时发生的实际状况讲，老子愤而离去，远游他方，也是一种"不爱世人"的体现。

　　下一句"蝴蝶和鱼再也说不清白了"是对上一句"你不爱世人，世人却爱你，多么荒谬"的补充和加深，之间的标点是个分号，同时也呈现了诗人的矛盾心理，"再也说不清白"了。这种悖论、矛盾甚至含混不清的写法更见深意。

　　这里悄悄发生了位移。老子和庄子是道家学派的代表人物，史称"老庄"。老子是道家的创始人，庄子将道家的思想发扬光大——也可以理解为二者可以合一，庄子是老子的化身。蝴蝶和鱼——庄周梦蝶和濠梁之辩，大家比较熟知。老子与庄子虽然都是道家人物，都追求"得道"，精神上追求"超然物外"，但在思想上却有不同之处：老子更多的是一种精神的自由，追求至善、大道；庄子更注重对个体的重视，让人更加重视身体、生命。但总体来说，写庄子也是对老子的一种延伸和加厚，足见其影响力与传承。蝴蝶和鱼，这两个经典的故事，其实就是道家思想的充分体现，所以可以成为某种代指。"你出关之后/古今中外的菩萨都变得爱说话，擅长写作/将军自愿成为神的奴仆。"老子写完五千言的《道德经》，怀着对周王朝不断衰败的愤懑，离开故土，骑青牛西出函谷关，后来不知所终。老子出关意味着什么？有一种说法是：中国从此没有了哲人，甚至一个民族从此没有了思想史，因为出关的不是一个"老子"，是一个接一个的"老子"，在汉代"独尊儒术"之后，所有的"老子"几乎被"根绝"——如此读来，这首诗就太宏大了，太深厚了！圣贤离去，不爱说话的菩萨开始发声，"古今中外的菩萨都变得爱说话"，"擅长写作"，想要表达的文人蠢蠢欲动，作品连篇累牍，好战的将军也被教化，"自愿成为神的奴仆"——这些都是因为"你出关之后"，就没有哲人了，那些人没有思想的诉说有意义吗？

> 月白之夜，豆大的灯点燃
> 深山中的茅屋返老还童，它们
> 越来越新，住满春秋前的使者。
> 至于你，要么不来；
> 要么装作风雪夜没有归途的旅人。

最后的结尾调低了音调，从男高音到了男中音，甚至男低音，从浩瀚的天空、崇山峻岭，一下子降到地面，依然紧扣开篇"下了两千年的雪"，月亮照在雪上使白更白，似乎也有一种时间苍白流转的味道。现在把"豆大的灯点燃"——马拉先生的镜头一下从大到无限切到小到无限——一盏豆大的灯，点燃在深山的茅屋里，"它们/越来越新"，马拉的语言始终带着一种变迁感、出离感，但大致也在一个轨道里摇晃，文本也显得更具张力。这个小茅屋里有些什么人呢？——"住满春秋前的使者"。多温暖的画面啊！在泛着清冷月光的晚上，在雪光白灿灿的深夜，在小茅屋里点一盏豆大的灯，等待一拨真正的高人，时间在流逝，所有的东西都在更新，但依然可以在某一个节点实现"返老还童"——这是诗人神奇的、大胆的构想，全部都是为了使这首杰出的现代汉语诗歌不同凡响地"着地"！

> 至于你，要么不来；
> 要么装作风雪夜没有归途的旅人。

把这些春秋前的使者召集来，要费多大的事，意欲何为？答案是要等本文的主人公——老子。为何？老子不来，哲人何在？亲爱的老子啊，你可以不来，但在这样的风雪夜，你只能做一个"没有归途的旅人"。诗人在怜悯伤感中带着深切的呼唤——归去来兮。因为你不仅是一座思想的灯塔，更是一个民族思想史的承载！

综观全诗，作者既大开大阖，高举高打，又细雨和风，温馨可人，动作、声调、画面、语气，随时流转，十分自如。小读此诗，是对一个先贤的崇拜与热爱；大读此诗，是对一个民族思想成长史的沉思与自省。

我没有拜读过马拉先生的小说，相信他的小说比诗歌更好，因为他的主攻方向是小说，但我以为马拉先生要是专注于写诗，说不定成就比小说更高。此为个人观点而已！

另一个尘世

霍俊明

一扇门，两个世界
进门和出门
有时是两个动作
有时，是生和死

我是个左撇子
梦里打架时却总是先出右拳
有一次我在梦里过完了一生

每次看到那些
被扔掉的衣服和鞋子
总是心头一惊
它们好像刚刚失去了一个故人

中年的她又一次
在梦里的同一个地方滑倒了
满怀的栗子正密集地滚下山坡
那是时间刚找出的零钱

望着对岸的雪山和城镇
我们仿佛来自另一个尘世

【作者简介】霍俊明，河北丰润人，研究员，诗刊社副主编、中国作家协会诗歌委员会委员。著有《转世的桃花——陈超评传》"传论三部曲"以及专著、史论、诗集、散文集等十余部，曾获国家哲学社会科学优秀成果奖、北京哲学社会科学优秀成果一等奖等奖项。

我读过不少霍俊明的诗评，包括新近出版的张执浩先生的《万古烧》前序，其对文本的分析和评价，我十分膺服。我一直固执地认为，一个好的文学批评家，一定是一个潜在的不错的写手，霍俊明当是其中的佼佼者。

坦率地讲，这首诗，不像是一位有影响力的诗歌评论家写的，其诗艺的老练纯熟，非一般诗歌爱好者所有；其格调与精神强度，更非写作经年的诗人所有。大多数长期专注于诗评的评论家，写起来多少有点"隔"。评论与写作，还是有不同的"开关"，不是每一个写作者都能灵活地转体，需要随时可以打开那个"开关"的。一个长期以评论家身份出现在大众视野中的人，写出这样与任何一流诗人相比都毫无逊色的文本，还是让我相当惊诧——我在浏览自己勾选的诸多一线诗人的文本时，毫不犹豫地选择了这首诗。我以为对这首诗的选择，文本的意义大于本身——一个评论家只要实现了打通——理论与文本的糅合、互证，那他一定是一位十分优秀的诗人。因为在长期的评论实践中，他发现和见证了许多文本的失误，所以在他的写作中，一定会避免诸多陷阱或缺陷，小心翼翼地掌控着句子、词语以及修辞的方向和摇摆的幅度，加以长期对优秀文本的浸润，其出手一定会下意识地呈现自己的格调与偏好——多年对评论文本的研读所得，也一定会在作品中尽量以最好的方式体现。一个杰出的诗评家的语场和一个杰出诗人的语场，肯定是不一样的，甚至别如云泥，但古今中外总有高手可以勾兑中和，相互佐助，联结打通，两者都可以成为顶级高手。如果是那种"眼到手也能到"的评论家，那更是相当厉害的了——我以为霍俊明就是。

细读文本，似乎每一节都有一个伸展的方向，这样的格局通常可以确保一首诗的基本成功——肯定不是流水账式的叙述，肯定不是线性的叙述，不同的伸展方向一定会带来断开、阻隔，同时也会带来多个视角和文本的张力。仔细阅读，你会发现，每一节的切入方式都不一样，但都是那么自然，有一种内在的语感在潜流，有内在的节拍。

> 一扇门，两个世界
> 进门和出门
> 有时是两个动作

有时，是生和死

第一段的叙述非常沉稳。两个世界，两个动作，进门和出门。一扇门，有时连接的是生和死。文字干净利落，其中有两个"有时"，并没有说得那么绝对，有回旋的余地。我以为，没有武断的言辞，是写作者放低姿态的必须，也是一位成熟诗人的标志。

我是个左撇子
梦里打架时却总是先出右拳
有一次我在梦里过完了一生

我觉得这几句很精彩，刚开始吸引我的就是这几句。我想起了胡弦先生的诗《左手》："右手有力/左手有年久失修的安宁。"虽然两诗走向不一样，但均是况味十足。"我"是个左撇子，左撇子打架时的本能肯定是伸左拳，但"我"伸出的却是右拳——这里面有意思：梦里的东西总是反的，这是一说，按照本能平常要出左拳的，到了梦里总是先出右拳。很显然这不是现实生活，是在梦里，在梦里一切都可以颠覆吗？对这种状况的发生，是欣赏还是遗憾，诗人没有表态；或者还可以一解，由于拳头来得很急促，"我"来不及调整伸出"我"的右拳；或者生活专门和"我"作对，拧着来，专在"我"不擅长的地方，与"我"争斗；或者更抽象一点，生活的苦难总是在"我"没有做好准备之时降临，"我"的"短板"总是被生活抓了现行；或者还可以其他的解读，总之这里面味道多多。"有一次我在梦里过完了一生"，从这一句，我看出诗人比较认可梦中的状态，甚至有一点陶醉，如果难受，可能不会在梦中过完一生，可能半途就猝醒了，此梦不复完成，也无须完成。

每次看到那些
被扔掉的衣服和鞋子
总是心头一惊
它们好像刚刚失去了一个故人

第二节用主体"我"作了连接,这一节用表示时间和频率的介词"每次",连贯自然,十分老到。在这一节里,诗人提供了一种生活的场景,如果联系上一节,很容易想到这可能是梦中的场景,因为还有一词"那些",所以作如是观。"被扔掉的衣服和鞋子",其主人应该是睡在床上的那位,也就是上面在梦中出拳的那位,或者看到的是另一个人,一类人,"被扔掉的衣服和鞋子"——为何这样理解?因为后面——"总是心头一惊/它们好像刚刚失去了一个故人"。也就是说,"扔掉的衣服和鞋子"可能不是近指或实指,所指应为一个人卸掉了身上的穿着——净身,可能意味着故去、死亡,也许不一定是死亡,但已经感受到死亡的气息或威胁。可见,梦里不由自主的搏斗,也会有流血和死亡。作者轻描淡写,但我感到了重量,某种力量的挣扎和失衡。

> 中年的她又一次
> 在梦里的同一个地方滑倒了
> 满怀的栗子正密集地滚下山坡
> 那是时间刚找出的零钱

表达时间的限定语"中年",前面出现的是"我",现在出现一个"她","又一次"说明"她"一直在场,在梦中。这时"她"的出现,我以为更有现实感和贴近感——女人都是幻想家,天生爱做梦,她们一生都活在自己的梦中,可是现实生活总是那么残酷,往往难圆其梦——"在梦里的同一个地方滑倒"。读到此处,我对"中年的她"的又一次滑倒,产生了同情。中年女人,多么不易,有多少生活的重荷压在她们身上,往往梦越多的女人,命运越多舛,因为她们心中有着更多美丽花环的编织梦,有着更多浪漫热烈的期盼,所以受到的伤害更多。于是,在同一个地方滑倒,就成了生活的真实写照,梦里的滑倒,也是现实的。更可爱的是,这个女人还有"满怀的栗子",它们"密集地滚下山坡",这是一个滑倒的真实图景,如果虚读会怎么样?是不是更有意思?果然!"滚下山坡"的是"时间刚找出的零钱"——叙述性和寓意性被巧妙地揉搓在一起,对爱做梦的女人,生活给她们的回报,只是"时间刚找出的零钱"。这里的时间我以为也是有寓意的,女人和时间的对位也许是残忍的，却是生活之现实，不可回避，也许少做一点梦，怀里的栗子会掉下来得少一些。

请注意，此处有一个重要的意象——"栗子"，我不能准确地把握它。栗子一解是一种常见的干果，口感较好，"栗子"谐音"利子"，寓意有利子孙，可促事业有成；二解能促老人长寿，在老人过生日的时候，人们会赠送栗子给老人，祝其健康长寿；三解栗子为君子品性的道德模范，成为一种标志性的物品，亦成为祭祀中必备之物。此处作何解？联系文本，栗子抱在女人怀中，是否一解更为贴切？它还让我们想到孵育、受孕、生死、接续、繁衍、轮回之类，再结合第一段，这种解读似乎更加可信。

> 望着对岸的雪山和城镇
> 我们仿佛来自另一个尘世

眼前似乎有了雪山和城镇的画面。结尾出离，又延伸了新的方向。"我"和"她"都在梦中，这是诗人设定的场景。在梦中，"我"用不擅长的右拳和人打架，看到了故人扔掉了衣服和鞋子离去；"她"抱着满怀的栗子，又一次滑倒滚下山坡——现在"我们"的对岸是雪山和城镇，他们在另一个维度，另一个尘世，这一切对"我们"仿佛是陌生的。诗人想表达什么呢？联系全文，我又一次想到了作者的开篇——进门和出门，生和死在此诗中始终如影随形。"对岸的雪山和城镇"中，生活的也是芸芸众生，"我们"经历的，他们也正在经历；也许"我们"死亡的时候，他们正在出生，但生死轮回的规律是永恒的，也许唯一可以改变的，是做梦的方式和呈现的场景——而结局依然是那么不可更改。

"我们仿佛来自另一个尘世"，是眼前的雪山和城镇，让"我们"产生了陌生化和不适感吗？是自醒，是自觉，还是对命运的默认和归顺？

神降临的小站

李少君

三五间小木屋
泼溅出一两点灯火
我小如一只蚂蚁
今夜滞留在呼伦贝尔大草原中央
的一个无名小站
独自承受凛冽孤独但内心安宁

背后，站着猛虎般严酷的初冬寒夜
再背后，横着一条清晰而空旷的马路
再背后，是缓缓流淌的额尔古纳河
在黑暗中它亮如一道白光
再背后，是一望无际的简洁的白桦林
和枯寂明净的苍茫荒野
再背后，是低空静静闪烁的星星
和蓝绒绒的温柔的夜幕

再背后，是神居住的广大的北方

【作者简介】李少君，湖南湘乡人，1989 年毕业于武汉大学新闻系，曾任《天涯》杂志主编，现为《诗刊》社主编，主要著作有《自然集》《草根集》《海天集》《应该对春天有所表示》等，被誉为"自然诗人"。

我以为，这首诗在李少君的写作中，有些"另类"，他写的其他的诗总体而言，显得更加"自然""光明"。显然，此诗更加沉郁，也更加深邃、悠远。

题目是《神降临的小站》，不算是一种日常主义的写作。诚然，在日常写作中也可以写出神性，但那毕竟是某种"不寻常"的日常。日常而普通的写作，体现普通生活"点"与"角"的察识，让某一个细节或场面瞬间被擦亮，呈现生活中的诗性，也没有必要通向神性。所以，必定是某种特定的境遇和遭际，让作者感受到某种神性或领受。

全诗三节。

> 三五间小木屋
> 泼溅出一两点灯火
> 我小如一只蚂蚁
> 今夜滞留在呼伦贝尔大草原中央
> 的一个无名小站
> 独自承受凛冽孤独但内心安宁

第一节用俭省的素描方式，写出了主人公于某个深夜滞留于呼伦贝尔大草原一个无名小站时凛冽、孤独、安宁的状态。"三五间""一两点""一只""一个"，这些"小"的数字，都在渲染某种随意、偶然。"泼溅"体现出作者极好的手感，动感和画面感也同在。作者并没有介绍为什么于夜深之时，孤独地滞留于此——原因不得而知。似乎命运中的某次偶然，甚至即兴，"我"被带入了某个驿站，要承受某种不期然的、神秘莫测的境遇与困境。一连串小数字的推送，凸显的是空旷、渺小、轻微、个体、偶然、无常……

视角也讲究，始终保持着充分的距离感。一定不是"我"的视角，显然还有另一个"我"，或"你""他"，甚至"非人类"的神视鸟瞰，因为"我小如一只蚂蚁"，如果观察者离我很近，是不能视我为"蚁"的。我以为，这样的视角体现出作者的某种设计与匠心，着意在"大"与"小"上，天穹之下为大，"我"如蚂蚁为小，以大对小，以天空之浩大凸显个人之渺小。

但此节的最后一行说明，主人公孤立于深夜中的大草原时并无惊慌、恐惧，而是"独自承受凛冽孤独但内心安宁"，这使文本在孤独荒寒中有了某种坚定、从容和坦然承受的勇气，甚至有某种裕如自适的淡定。

> 背后，站着猛虎般严酷的初冬寒夜
> 再背后，横着一条清晰而空旷的马路
> 再背后，是缓缓流淌的额尔古纳河
> 在黑暗中它亮如一道白光
> 再背后，是一望无际的简洁的白桦林
> 和枯寂明净的苍茫荒野
> 再背后，是低空静静闪烁的星星
> 和蓝绒绒的温柔的夜幕

　　精彩从第二节开始，作者将情景与情感推波助澜，不断提升，如潮水拍击，一波胜过一波。

　　主人公视角从此节开始转向"背后"，并从此不再改变。我们跟随作者的"位移"，看到了"背后"深邃、凛冽、悠远、博大的风景。

　　初冬的寒夜是清冷的，有着猛虎般的"严酷"，目光继续穿透长夜，"再背后"是语言的接续，也是视角的继续延伸。从"再背后"的语气出现，一直到最后的结尾，一共用了五个"再背后"——作者的坚定、执拗，某种宗教般的虔诚与拜服，如念经般反复传诵——决不让视角偏离。前方是什么，我们不知道，似乎作者也不想让我们知道，不想让我们看到，或者不值得一看。

　　此节的修辞也值得品味。猛虎般严酷、清晰而空旷、缓缓流淌、亮如一道白光、枯寂明净，等等，体现了作者观察与描写的功力。我有理由相信，本诗的内容实有其事，作者应该亲身经历过，否则，不可能写得如此精准而细微。强烈的现场感和画面感，应该带有经历者的印记。

　　我们跟随作者的视线，从马路到额尔古纳河，再到白桦林，再到苍茫荒野，再到"低空静静闪烁的星星"——此处作者已悄悄将视角进行了拉升，不经意间上升到了广袤的星星和"温柔的夜幕"。其从近至远，从具象到抽象，从大地上升到天空，层层拉升，抬高，层次分明，句式有变化。我以为视角不断抬升的过程，是作者的心灵视域在转移、转换，在往高处推送——高处是什么？是我们想看到的，是我们想达到的，是深邃、悠远、神秘、博大所在，是某种神示或归宿，是精神的聚焦与指认——

> 再背后，是神居住的广大的北方

最后一行，单独成节，凸显句式地位，也是全诗走势的必然聚合与交响，像一道峻岭，伟岸而独立，孤绝而笃定。

全诗描述精准，层次严谨，静中有动，动中有静，有声音、画面、形状、色彩……严饬中灵动，范式中跳跃，并充分体现出精审与机敏，神圣与悠远。其人于天地之间之渺小与生存之困境，当为此诗之指向。也许"神居住的广大的北方"一直在"背后"为我们加持，给我们神示，给我们以肃穆庄重的伟力，从容淡定的修为，以应对凛冽、孤独而无常的命运。

李少君说——

2006年底，我到美丽的呼伦贝尔大草原，当时已是寒冬，零下近四十度，我们的车突然出了一点故障，要停下来修，我们只好走出来。外面冷得够呛，遍地白雪皑皑，不见人影，但天上却有星空，而且草原上看天空，觉得伸手可及，很近、很矮，天空的颜色也很温和，蓝绒绒的。所以，当别人都冷得在跺脚时，我却感觉很安静很温暖，就这样仰望星空，一时有很多的联想。

一方面，我觉得人在荒野上如此渺小，几乎可以忽略不计，但另一方面，又奇怪地感觉心胸逐渐开阔，好像心灵彻底清空了，可以放下很多东西。这时，身体已经无足轻重，也许是冷得麻木了，感受、感觉却开始活跃，精神与灵魂开始变得清净而广阔。就这样，我在纸片上记下了一种现场的感觉：

> 三五间小木屋
> 泼溅出一两点灯火
> 我小如一只蚂蚁
> 今夜滞留在呼伦贝尔大草原中央
> 的一个无名小站

独自承受凛冽孤独但内心安宁

随后，我感觉自己缩小成一个点，并由这个点开始去看世界，这一看就看出了很多平时所忽略的：

背后，站着猛虎般严酷的初冬寒夜
再背后，横着一条清晰而空旷的马路
再背后，是缓缓流淌的额尔古纳河
在黑暗中它亮如一道白光
再背后，是一望无际的简洁的白桦林
和枯寂明净的苍茫荒野
再背后，是低空静静闪烁的星星
和蓝绒绒的温柔的夜幕

最后，我所看到的使我大吃一惊：

再背后，是神居住的广大的北方

确实，在那一瞬间，我感到从未有过的神圣和广大，从未有过的心满意足和安详平静；那一瞬间，我感到超越了我自己，我的灵魂在上升。

关于这首诗歌，后来众说纷纭，我觉得评论家田一坡的评论很到位，他说："当诗人在无名小站看得越远时，他也就越深地回到了自己的内心。他所打开的世界越是广阔，他所呈现的心灵空间就越是丰富。最终，这种既是向外又是向内的开启被引向最高的地方——神所居住之地。正是在那里，我们才得以体味到那最澄澈最明净的心是如何把自己维持在丰富与开阔之中。"

易飞说——

原来，17年前的2006年底，作者来到了呼伦贝尔大草原，当时已是寒冬，零下近四十度，"遍地白雪皑皑，不见人影"，所以文本中出现了"独自承受凛冽孤独"的情形。"当别人都冷得在跺脚时，我却感觉很安静很温暖"，这对应了主人公的"内心安宁"。作者的创作谈，同时也指出了另一种对比："人在荒野上如此渺小"，却可以让"心灵彻底清空"，变得阔大起来。其呈现也就变得更加丰富而有纵深：从天地之大——到人之渺小——再到心灵的放大——再到引向最高的地方——神所居住之地。

可以这样认为，面对《神降临的小站》这样的诗歌文本，要摆脱细读方式的单一和封闭性，在阅读中置入更宽广的社会文化背景、视野和个人经验，阅读视角先要由"内"向"外"移动，然后返回"内"，将"外"引进"内"，从"外"的眼光更好地理解和诠释"内"，从而培养一种兼容、开放的阅读习惯。

对每个评论者来说，由于作品的多义性，如果一味满足于"对作品的征服"，将是非常危险的，也是极其愚蠢的。保留"含混"和"不确定"因素，保持"磋商"和"对话"姿态的解读，更能建立一种良性的互动。

所以，我只提供一孔之见。作者的创作谈，对我也是一种启发，并且值得尊重。

分离

卢卫平

酒瓶睡了
桌上只剩下我和骨头
我听见被锋牙利齿咬过的骨头
张开伤口说话
它没有恨我，它向我问好
它劝我出门在外要少喝酒
夜深了，别凉着胃
别在路灯下看自己的影子
它怀念起和肉相依为命的日子
那多么幸福，虽然是在乡下
虽然只是在一只瓦罐里相遇
它是什么时候学会普通话的
但我依然从它的卷舌音里听出乡音
是我和几个乡亲的聚会
让它骨肉分离
现在，乡亲们走了
也许永远不再回来
我们谁是骨头，谁是肉
我们在岁月的噬咬下
骨肉分离后，有谁能留下来
听听我的骨头用方言搭几句家常

【作者简介】卢卫平，湖北红安人，珠海市作家协会主席，《中西诗歌》主编。著有诗集《异乡的老鼠》《向下生长的枝条》《尘世生活》《各就各位》等，曾获中国第三届华文青年诗歌奖、《诗刊》年度优秀诗人奖、

《星星》年度诗人奖、《草堂》诗歌奖年度实力诗人奖、第四届"中国天水·李杜诗歌奖"、第二届"刘禹锡诗歌奖"、广东省鲁迅文学奖等奖项。

这首诗似乎难以切割分段，句子咬合很紧，但为了解读方便，我大致捋下。

> 酒瓶睡了
> 桌上只剩下我和骨头
> 我听见被锋牙利齿咬过的骨头
> 张开伤口说话

显然，这是日常主义写作，一场老乡之间的酒局——再平常不过。日常主义写作的特点是入世，接地气，冒生活的原汁，但日常主义写作不等于琐碎、鸡毛蒜皮，更不等于浅显和轻浮。日常主义写作更容易让人信服，感到亲切，也更容易流俗，所以在纷纭雷同的日常中出离、峻拔、展示思想力度和精神强度，则显得更难。

"酒瓶睡了/桌上只剩下我和骨头"，没有时间、地点、人物和事情来由的交代，直取现场——一个弥漫着烟火气的场景，夜幕下是几张男人微醺的脸。刘川先生说，起笔写切片，不要时间、地点等相关介绍，不要综合、概括、整体，不要头，也不要尾，"只是在豹子身上割一刀"。卢卫平的这一刀厉害，直接截取呈现生活的横断面，勾勒出生动的现场感——这样的好笔法，应该为之喝彩。这两句的修辞非常明显，酒瓶、骨头和"我"，已经成为一体。如果过分考量修辞，谈拟人拟物，则是轻薄此诗，修辞只是作者在长年写作中的下意识而为，不必太过关注——重要的是他的进入方式，他的快捷、现场感和三者的神奇对位，才是最迷人的！

"我听见被锋牙利齿咬过的骨头/张开伤口说话"，"骨头"张开"伤口"说话，这是深度叙述。里尔克称，诗人要具备"深度描写"和情感唤醒、惊动人心的能力，用"球形经验"去调动。深度叙述带来的一定是情感的大幅度波动，带来阅读的震撼感。读者也一定能想象出"骨头"所言，一定不会是轻描淡写，无关痛痒，因为这是·块刚刚被

"锋牙利齿咬过的"。骨头开口说话，已让我们惊愕，而这一块骨头可是被"锋牙利齿咬过的"，恐怕更为惊悚吧！

我比较注重每首诗出场的姿态，语言也是一种重要的姿态，甚至是最重要的——一首诗走上 T 台，她的亮相和第一步一定是致命的，若第一步走得不好，后面即使走得再好，恐怕也要打折扣。卢卫平这首诗的出场，充满了沧桑感和现实生活的真实感，狼藉、零乱、沮丧、惆怅，等等，但语气却是亲切真实的，像对朋友的喃喃自述。骨头的语气是兄弟的语气，也是主人公的语气，已浑然一体。

> 它没有恨我，它向我问好
> 它劝我出门在外要少喝酒
> 夜深了，别凉着胃
> 别在路灯下看自己的影子

请注意，这块骨头是被"我"或我的兄弟们啃过的骨头，所以有了"它没有恨我"，它是猪的骨头还是牛的骨头或是别的动物的骨头，没有必要分清，可以解读为所有能吃的骨头，都是我的兄弟。骨头上原来应该有肉，但被我们吃掉了，它在身体上供养了我们，还要陪着"我"，在长夜大街上的小馆子里。从文本的描写看，这些小馆子应该不会是高档场所，甚至可能是路边的大排档，这样认定，也比较符合主人公身份，很显然，主人公和他的兄弟是一群到外地的打工仔，更大的可能性是在广东沿海。如果联系作者本人的经历，这种可能性更大——但这种较真意义不大，这首诗的文本是很有普适性的——在哪里漂泊并不重要，重要的是漂泊的感觉。"夜深了，别凉着胃"，这块通人性的骨头，挺会安慰人啊，不是一般的体贴！它对主人公太了解了，因为主人公长年和它厮守，虽然它是被主宰的角色，是主人公口里的食物，这是它逃不开的命运。但从更大的层面看，他们之间其实是相通的——一个在外的打工者，在时代的洪流和强大的资本面前显得那么弱小、无力，其实也是别人口中的一块"骨头"，一不小心，也会被时代和社会吞噬——从这个意义上讲，他们有相同的命运，一个是食物链的规律，具体可见的；一个是隐性的社会生态的现实，对弱者的无形的湮没。

"别在路灯下看自己的影子",这一句深深打动了我,感同身受,其实我没有这样的经历,但情感上依然产生了强烈的共鸣,因为这是触手可及的感觉——虽然我们没有在外地打工,但我们生活的各种人,都有过这样的情感体验,只不过打工者的身影更加孤独、辛酸、凄凉,他们所面对的苦难与折磨更多。

作者的高明之处在于,始终把主人公"我"与骨头对位,隐约中还有一种更残忍的对位(与社会、强权),"我"与骨头本是强弱分明,却在某一个点上形成共同体并引为兄弟,同病相怜,以此让读者产生深度的共情共鸣。主人公一直在"借骨还魂",让骨头帮自己说话。

> 它怀念起和肉相依为命的日子
> 那多么幸福,虽然是在乡下
> 虽然只是在一只瓦罐里相遇
> 它是什么时候学会普通话的
> 但我依然从它的卷舌音里听出乡音

一块受伤的骨头依然在继续述说自己的旅程。上一段,我们知道了主人公出门在外,这一段通过"乡亲们走了",清晰地点明了自己的身份——一个来自贫苦农村的打工仔、流浪者。"那多么幸福,虽然是在乡下/虽然只是在一只瓦罐里相遇","瓦罐"这一意象,我以为很有味道,有某种温暖的感觉,冒着乡村生活的原汁,更可能是某种美好乡村生活的代指或精神原乡。"瓦罐"里煨着的是村民的美食,丰满的骨头和肉,像村民们在过节。要注意的是,它是骨头的口吻,虽然最终会走向人之肠胃的宿命不可改变,但依然充满乐观的奉献精神——这是骨头对命运的认同,但也是我们犯下的生活原罪。此处有没有自省与反诘?

"它是什么时候学会普通话的/但我依然从它的卷舌音里听出乡音",这一根骨头跟随主人公闯荡天涯,它来自故乡,从小就在喂养主人公,所以它也带着"乡音",有浓浓的乡情与乡俗,连语言也带着根深蒂固的痕迹,不可抹去,无法改变。

> 现在,乡亲们走了
> 也许永远不再回来

我们谁是骨头，谁是肉
我们在岁月的噬咬下
骨肉分离后，有谁能留下来
听听我的骨头用方言搭几句家常

第一段之后，通过二、三段两段的穿插，最后一段又重新回到了现场。删掉二、三段，本诗的结构也是完整的，但如果没有这两段的穿插，文本会逊色不少，甚至会变成一首残废的诗，或者一首不该写的诗。

根据表达的需要，跳出客体的描述，回归诗人的内心，进行"自白式话语插入"。这种技巧国内诗人极少会使用，而在西方诗歌大师的作品中却屡见不鲜。诗人对穿插技巧的娴熟运用，可以使诗人在物我的观照中自由往返，打破借物喻意和借物抒情的隔阂，消解过度描摹物象带来的空洞感，在表现诗人的内心世界方面，具有其他技巧"不能比拟的深刻性"。

此诗的插入不是简单地插入，而是进行了主体借代，让骨头替作者代言——这是更高级的穿插。

我们谁是骨头，谁是肉
我们在岁月的噬咬下

骨头的任务业已完成，水到渠成，作者自然而然发出感叹："我们谁是骨头，谁是肉?"是肉也是骨头，有时是肉，有时是骨头，骨肉一直相连，彼此早已分不清，早已融为一体，但残酷的现实是，"我们在岁月的噬咬下"，不得不"骨肉分离"。留下来的还有什么? 是几句方言，骨子里脱不了的方言，是不可改变的乡音与命运。

三五个老乡，街边小店，几杯残酒。这首诗写得如此惊心动魄，让读者，特别是有相同生活经历的读者，感同身受，其中的伤痛、断裂、乡情、漂泊、惶惑、孤独……那些难以言表的，诗人都通过一块受伤的骨头说出，说出他们共有的前世今生——一个奇妙的带着神谕的借体，承担了主人公不堪重负的任务，为我们制造了一场深夜街头的情感大戏，那就让我们内心深处的波涛随之喧哗吧!

一掰荷花

车延高

我来的时候一朵荷花没开
我走的时候所有的荷花都开败了
像一个白昼轮回了生死
睁开大彻大悟的眼睛
一只是太阳，一只是月亮
脚下的路黑白分明
命运小心翼翼地走
起伏的浪花忽高忽低，揣摸不透
只有水滴单纯，证明着我的渺小
有时，我已穷极一生
只能采下一瓣荷花
而一夜湖风，用一支笛子
吹老了整个洪湖

【作者简介】车延高，著有诗集《日子就是江山》《把黎明惊醒》《向往温暖》《车延高自选集》，散文集《醉眼看李白》等。曾获《十月》诗歌奖、《诗歌月刊》优秀诗人奖、《诗选刊》十佳诗人奖、《诗刊》优秀诗人奖、第五届鲁迅文学奖诗歌奖等奖项。

我来的时候一朵荷花没开
我走的时候所有的荷花都开败了
像一个白昼轮回了生死

好语调！有流动感，有历程感，有生死感。"我来的时候"对应"我走的时候"，"一朵"对应"所有"，"没开"对应"开败了"，一来一去，在时间的拉伸中，展现了植物的生命历程——从生到死的过程。作者写得干净利落，在词语的对应中尽显张力，但为什么会现出这样的情况呢？荷花为何在"我"来的时候不开？那也就是说，荷花一直在等"我"——只有"我"来的时候，她才会开放；"我"走的时候所有的荷花都开败了，说明"我"与荷花尽相厮守，"我"一直等到荷花季结束才离开——"我"对荷花的用情之深，可想而知。

"像一个白昼轮回了生死"，荷花的开与败，像一个白天与昼夜的生死轮回，这一句让荷花的生死，提升到了更大的层面，放到时空的大序列里面，顿时变得阔大起来。

诗人与荷花之间，在这一段建立了对应与互证的关系，互为化身。

> 睁开大彻大悟的眼睛
> 一只是太阳，一只是月亮
> 脚下的路黑白分明
> 命运小心翼翼地走

从一朵荷花出发，诗人在开篇已将荷花的生死与时空、命运进行了勾连，带来了对人生命运的思考和启迪。太阳和月亮，白天与黑夜，古老的规律在轮回，有限的生命在无限的时间里显得那么匆促，在斗转星移中显得那么渺小，在面对时空和自然界的嬗变之中，作为主体的人，我们应该"大彻大悟"，再黑白分明的路，我们也要有敬畏之心，"小心翼翼地走"，因为岁月无情，命运无法对抗——一朵荷花的命运就是我们的写照！

> 起伏的浪花忽高忽低，揣摸不透
> 只有水滴单纯，证明着我的渺小

这是荷花的生存状态，，在"起伏的浪花"中"忽高忽低"，是实写，也是虚写，荷花的命运与人的命运同体，人寄居在世，也如荷花寄居于苍茫之水，时有高峰低谷，所谓身如浮萍，"半世浮萍随逝水"（纳兰性德），"寄语浮萍草，相随我不如"（韩愈）。命运是"揣摸不透"的，是难以捉摸的，所谓命运无常，常言道："明天和意外，不知哪一个会先来。"但荷花可以从水中脱颖而出，"水滴单纯"中见"出淤泥而不染"——它证明了"我"的"渺小"，因为有着水滴的"单纯"。荷花历来被视为高洁的象征，至"晋陶渊明独爱"——周敦颐《爱莲说》早已经尽述其美，历来为许多文人志士引为自勉、自省。

> 有时，我已穷极一生
> 只能采下一瓣荷花
> 而一夜湖风，用一支笛子
> 吹老了整个洪湖

这首诗刚开始吸引我的就是这个结尾——"一夜湖风，用一支笛子/吹老了整个洪湖"。一首诗的结尾有多重要，浸染诗歌已久的诗人当然深知，但并不是每个诗人都能找到好的结尾，特别是属于自己的那个结尾。

到了结尾我们终于知道了，这一瓣荷花是来自洪湖的。洪湖是千湖之省湖北最大的湖，诗人虽然不是湖北人（山东人），但长年生活在湖北，而洪湖不仅因为其天然的湖泊属性，更因为其有荆楚文化的特点，所以它成为湖北的湖泊甚至整个湖北的代指都是可能的。整个洪湖，放大一点，也许不啻湖北，也不啻中原之地，其可以虚化到人生的大湖中，洪湖不过是一种寄居。

"我已穷极一生/只能采下一瓣荷花"，这个"穷"字可能有点意思，一解为不懈之追求，二解为本身很穷，精神之穷。"我"钟爱荷花，欣赏其高洁清丽，守节不移，我虽然很"穷"，半世的奔波与磨砺，空余浩叹，但至少还有荷花，"采下一瓣荷花"，将荷花的品质植栽在心里，与荷花化身为一——这是一种选择，也是一种誓言。

"而一夜湖风，用一支笛子/吹老了整个洪湖"，老的不只是洪湖，是人，人类。人类在湖风的吹拂下，听一支悠扬的笛子，响自烟波浩渺的洪湖——醒醒吧！请接受一瓣荷花带来的教示，它为我们指出了明丽的方向！

整首诗，在平静中有峻峭，在清晰中存寓意，于语词中显创新。

如笛声婉转，余味悠然。

164

掩映者

魔头贝贝

哑巴的流逝
和蔚蓝监狱。
一张餐桌。几根肠子。其中
有悔恨和粪便。

门外有往来
的骨骼、酒精。
星辰下,有梦想的瓷器。
他们昏沉沉
相拥着,遮掩了裂纹。

儿童翠绿。诗篇灰暗。
一个个词
闪耀着:一盘散沙的呻吟。

像死刑判决书上
印章的红唇,你。像摔碎
酒瓶。刹那间,我泪流满面。

【作者简介】 魔头贝贝,本名钱大全,曾用名钱鹏程,1973 年生于南阳卧龙岗,祖籍安徽枞阳。作品入选《中国新诗百年大典》等多种选本,曾参加诗刊社第二十九届青春诗会。

民间有高手。魔头贝贝是现代汉语诗歌界中一位具有特质的诗人。魔头贝贝的诗是不可捉摸的,隐藏很深,他把想表达的东西始终按在水里，很多时候你找不到浮标，如临大湖，只感觉湖水在底下激荡，但湖面上连一根水草都没有浮上来——你迷失在深不可测的湖里。也许我无法理解其一首诗的意义，甚至无法看清指向，但我感受到的是其语言的巨大张力和精神的超拔，从而带来莫名的阅读快感。

我可以肯定地认为，魔头贝贝研习过大量外国诗，在语言方面，他留下了殊为人知的追求足迹。如果非要具体一些，我认为魔头贝贝先生在"名词"上下足了功夫（我在后面会举例说明）。

刘波先生认为，魔头贝贝的诗，带着"难度和野性"，只可读不可解，可见阅读其诗的难度。很显然，这首诗初读让人感觉不知所云，想要具体地拆解肯定是吃力不讨好的事情，拆解出来的东西与作者想表达的原意可能有云泥之别，可能是相反的方向，甚至这可能是一首无法解读的诗——但我仍然要强行进入，决不躲闪，即使对房子里的东西进行了一些不合理的搭配，碰伤了家什，也无关得失，因为这只是我个人化的解读——如果解读歪了，方家诸君再将家具还原扶正即是。

> 哑巴的流逝
> 和蔚蓝监狱。
> 一张餐桌。几根肠子。其中
> 有悔恨和粪便。

我认为这是监狱里的场景。我与魔头贝贝素不相识，但对他的经历多少知道一点。在入世方面，他是"世俗中的失败者"，蹲过几年监狱。可正是这种失败让他产生了"分裂之力"，对现实目空一切，且惴惴不安，这样的性格却在诗中获得了救赎，得到了孤绝的释放。

蓝色，表示宁静、稳定、和谐，前面加了"蔚"，成了一种安抚色，可不可以理解为，这种监狱的生活还过得去？虽然语言上失去自由，连哑巴都没有了表达的愿望。这两行看起来是矛盾的，联系第三、四行看，它们与第二行的"蔚蓝监狱"，不是同一个表达方向。第三、四行展示了现场感，现场并不是那么让人信服，甚至根本和"蓝色"沾不上边，或者是一种场景的"和谐"——或者"蔚蓝监狱"本身是一种反讽？

门外有往来

的骨骼、酒精。

星辰下，有梦想的瓷器。

他们昏沉沉

相拥着，遮掩了裂纹。

　　我不知道这首诗中如果没有第一节中的"监狱"两字，我是否还能找到"草蛇灰线"。既然有了一定的方位，大致也就可以继续掰扯一番。需要提醒的是，诗人往往在叙述的流转中，把监狱泛化、类化、群体化，高明的诗人一定会渐渐往虚里写，从某个人具体的际遇变成同类的命运，从而引起广泛的共鸣，让作品产生奇崛的伟力。骨骼、酒精、星辰、梦想、瓷器、裂纹，除了"酒精""瓷器"偏实以外，其他词已经更偏向虚指——这一群特殊的人，生活在某个被限制的逼仄的空间里，失却人身自由，环境恶劣，被社会抛弃，看上去他们"昏沉沉"，内心布满"裂纹"，如行尸走肉，但"瓷器"虽然脆弱，依然承载着如星空般的梦想。

儿童翠绿。诗篇灰暗。

一个个词

闪耀着：一盘散沙的呻吟

　　"儿童翠绿"，我愿意把它进行积极的解读，儿童们像树苗或竹子在健康地成长，成长为一片生气勃勃的"翠绿"，春意盎然。此处还流露出某种欣喜与欣慰，甚至某种长辈对晚辈的欣赏和嘉许。但本节后面的表述与"儿童翠绿"走向了另一个方向，"灰暗""一盘散沙""呻吟"，肯定不是温暖的词语，甚至还令人感到消极、放弃、绝望。

　　作品始终呈现出一种二元对立，充满着矛盾的表达，主人公内心的纠结与挣扎非常明显。现实的残酷、理想的破灭与美好的憧憬、对星辰的寄托，符合主人公的处境与心境。正是这种矛盾、对立、难以调和，呈现出人世的艰难与挣扎，矛盾的难以化解，弥漫着一种更深的悲凉，使本诗产生了强烈的对峙。波德莱尔称，高强度措辞，充满痛斥和诅咒的基调，以达到紧张的强度，使语言和世界的关系呈现出一种"措辞的紧张性"。这些对立意象的并置，体现的是"意象的对立性"，其结果同理，使诗歌脱离了日常的轨道，显得异常峭拔、兀立。

> 像死刑判决书上
> 印章的红唇，你。像摔碎
> 酒瓶。刹那间，我泪流满面。

"红唇"，本是一个很美的词，是与美人有关的词，此处却像图章印在"死刑判决书上"，显得那么触目惊心。你、我、他，我们这样一群人，其实都"像摔碎/酒瓶"，作者一直将情绪压着，这时终于悲从中来，"刹那间，我泪流满面"。

每首诗的题目都是讲究的，有时候诗题就指明了某种方向。"掩映者"的诗题内涵丰富，联系文本，它展示的是个体命运，其实也是群体命运，一个"者"字有更宽阔的延展。从题目到文本乃至结尾来看，作者有对命运、遭际的认同、不屈、抗争、自省、放弃、期盼、感伤……至少描摹了一个特殊群体的人生真相与残酷遭际，其实就在我们身边，也许我们自己就在这个群体中。

现在要回到前面我提出的魔头贝贝在语言上对"名词"的充分使用和利用，我以为匠心独运，技法高超。张执浩先生说，当语言没有建立起来时，任何作品都会失去根基，我深以为然，现代汉语诗歌要出现有世界影响力的大诗人，诗人们本身的才华和努力是一个方面，语言系统的构建，也需要一个不断探索和沉淀的过程。

来看本诗，注意每一句的结束。

> 哑巴的流逝（名词）
> 和蔚蓝监狱（名词）。
> 一张餐桌（名词）。几根肠子（名词）。其中
> 有悔恨和粪便（名词）。

门外有往来
的骨骼、酒精（名词）。
星辰下，有梦想的瓷器（名词）。
他们昏沉沉
相拥着，遮掩了裂纹。

儿童翠绿。诗篇灰暗。
一个个词
闪耀着：一盘散沙的呻吟（名词）。

像死刑判决书上
印章的红唇（名词），你。像摔碎
酒瓶（名词）。刹那间，我泪流满面。

现代汉语诗歌，更多的诗人在动词上使劲，往往用力过度，并且低估读者的阅读能力，显得武断而霸道。而名词看起来是没有观点的，是最有弹性的，最有味道的——因为没有过度的装扮，所以维持了词的原生性，其所指更加扩张，潜藏的意义也更加丰富。下面进行引证，先看这首：

每一片叶子是湿润的
简·赫斯菲尔德（王家新译）

一朵丢勒蚀刻的
草丛中的蒲公英（名词）

它的花冠（名词）

完成于最初的绽放（名词）
尚未进入第二次

这些也会最终弯曲向大地

漂泊
写着家信
被友好的马和驴子送过山脊

本诗前三节字里行间的跳跃都是通过名词完成的，留下了很大的回味空间。再看另一首：

雾角

保罗·策兰（王家新译）

隐匿之镜中的嘴（名词）
屈向自尊的柱石（名词）
手抓囚笼的栅栏（名词）

献出你们自己黑暗
说出我的名字
把我领向他

本诗第一节的落脚全是名词，动词成了名词的修饰语（定语），都以偏正结构（词组）呈现。

当代诗人何三坡对此也深有研究，并用之娴熟。

过普渡寺

何三坡

月下的琉璃瓦（名词）。
被风吹散的琉璃瓦（名词）。
清凉的月光的响声（名词）。
众生被废弃在白昼里。

一块石头在说出寒冷。

万物被蒙羞。

　　第一段的落脚全是名词，通过三个被修饰的名词，不断进行跳跃上升，经过两行的接力后，完成最后的"万物被蒙羞"，抵达诗歌的主旨。

　　韩东先生早就注意到了魔头贝贝的卓异："在新一拨的诗人中，这是一个最像诗人的人，几乎是一个等待已久的大师。"这样的评价从韩东的嘴里说出，足以看出魔头贝贝在现代汉语诗歌中的分量。

　　限于篇幅，就此打住。

过桥的人

江　非

一个过桥者和一场大雾
在一座桥上相遇
雾要过桥，过桥的人要穿过浓雾
到桥的那边去
于是他们在这座古老的桥上相遇

于是过桥的人走进了雾里
去了桥的那一边
雾经过桥，也经过了这个过桥的人
在桥上，他们没有彼此停留
也没有相互伤害

于是，这样的事情每年秋天都会发生一次
秋天，雾来了，过桥的人
会同时出现在桥的另一端
雾和过桥的人，会相互让让身子
各自走到桥的另一边

雾和过桥的人，就像从不相识
雾和过桥的人，就像从来都不愿在一座桥上相识

【作者简介】江非，本名王学涛，山东省临沂人，2002 年参加过
《诗刊》第十八届青春诗会，著有诗集《独角戏》（待出）、《纪念册》、
《一只蚂蚁上路了》。

江非是那种有自己的句式和节奏的人，他的句式往往比较长，诗作也比较长，语调也足够耐心，我可以肯定，会有一些人不适应——这个很正常。现代汉语诗歌，应该允许不同的诗人，用自己的方式去触摸和测试它的边界，以进一步打开视野，丰富内涵和外延。但我本人是喜欢江非的诗的，因为他是在用自己的方式写诗，其呈现方式、生活质地、思想内核，都带着某种江非式的汹涌而来。

这一首有些特别，长句很少，甚至看不到"我"在哪里。

> 一个过桥者和一场大雾
> 在一座桥上相遇
> 雾要过桥，过桥的人要穿过浓雾
> 到桥的那边去
> 于是他们在这座古老的桥上相遇

诗句一开篇，呈现的是一个过桥的人和一场大雾的对位，中间的联结是"一座桥"。雾是近地面空气中水蒸气凝结的现象，雾的形成有两个基本条件，一是近地面空气中水蒸气含量丰富，二是地面气温低。雾一般多见于二至四月，早上温度低，所以雾多起于早上。也许猜测一位过桥者是在什么季节、在什么时段过桥的意义不大，但对文本张开的每个毛孔，我都会密切关注，因为一不小心，也许就会漏过诗人精心设计的某个桥段，以致使一首诗大为失色——所以，尽量花工夫去廓清一首诗伸展到的旮旯旯儿，以图找到草蛇灰线，小心翼翼地解读，是一种安全而又谨慎的做法。我向来不厌其烦，并为从中找到了一些蛛丝马迹而自得其乐。

第一节描写的情节是简单明白的，人要过桥，雾也要过桥，两者相背而行，因此发生了交叉，因此产生了交集——两者必须面对的交集。而这首诗里，最让人难以琢磨的是这两者之间的关系，或者是三者（人、雾、桥）之间的关系和它们之间的象征意味。其实，我们平常过桥的时候，碰到一场大雾，太正常不过了，但没有如诗人一样把"大雾"和"人"对位，正是因为这种对位，让作品产生了诗性，生发出况味，值得好好把玩。

这首诗我反复读了好几遍，还是不能确认诗人所指，只能根据自己的猜度说个大概。可以肯定的是，对这首诗不能实读，雾当然是一种自然现象，但实读等于为这首诗减分，等于"不解风情"。汪曾祺评价林斤澜的小说，其高明在"实则虚之，虚则实之"，要"在实的基础上写虚，在虚的框架内写实"。小说尚且如此，诗歌还用说吗？好，我们确认诗人此处是虚写，那究竟指代何物？我注意到此节的最后有"在这座古老的桥上"，这就又有一番意味了。桥很古老，有历史感，一座古老的桥，一定走过了很多人，也许几代人，也许数百年、上千年。过桥的人和过桥的雾，都要经过这座桥，两者都要抵达对方来的方向，这好像有某种对立的意味，互为反方向。这样子慢慢捋，头绪渐渐出来了——雾可能是某个化身，人或事物，最简单的理解是人与大自然；如果将两者设定为男人和女人，也是别有一番味道的；也可能是某个抽象之物，比方说观点、认知、行为。但可以肯定的是，两者对峙已久，因为是在一座"古老的桥上"。

第一段写出了两者的必然相遇以及出发的姿态和方向，即要经过桥，经过对方，向对方来的方向去。

> 于是过桥的人走进了雾里
> 去了桥的那一边
> 雾经过桥，也经过了这个过桥的人
> 在桥上，他们没有彼此停留
> 也没有相互伤害

> 于是，这样的事情每年秋天都会发生一次
> 秋天，雾来了，过桥的人
> 会同时出现在桥的另一端
> 雾和过桥的人，会相互让让身子
> 各自走到桥的另一边

之所以将这两段一起引用，是因为这两段的句式和表达的方向基本相同，上一节写空间，下一节写时间。"过桥的人走进了雾里""雾经过桥，也经过了这个过桥的人"，两者顺利完成了交接，并彼此相融，表明能够

互相接纳，人与自然的接纳，人与其他同行者、相背者或他物的接纳，和平相处，甚至互相礼让，虽然没有停留，"也没有相互伤害"。人在大雾中视线受到限制，此处并没有产生混沌之感，方向依然明确——对方之所来，乃我之所去。这里有默许，有认同，有依存，有陪伴，甚至有支持，只是没有过度表示，只是无言。也许无言是一种更高的默契。

下一节写得更分明。两者像约好了似的，每年秋天兑现承诺，"秋天，雾来了，过桥的人/会同时出现在桥的另一端"。过桥的人和过桥的雾，开始相依相守，每年如鹊桥相会，没有一方会失信，忠诚度很高。这里写出了感情色彩，写出了欣赏、赞许，并且，"雾和过桥的人，会相互让让身子"，多么相敬如宾啊！和以前的相向而过、不打招呼不同，这里一定有谦让甚至拱手，对方在自己的心里一定得到了信任。这样的结果显然不是轻易得来的，其中有多少次匆忙之中擦肩而过的观察。这一座在人世旋流中的桥，见证和承载了风雨、磨砺、相识、相知，甚至相爱，桥将他们深深地扭结在一起，形成一个整体。虽然他们选择了不同的方向，具有不同的归属，但并不影响他们之间的互相欣赏和共同砥砺，他们在不同的道路上，甚至相反的方向，共同做出了令人钦佩的探索，取得了丰硕的成果。我以为此处有一种可贵——当代人多缺乏理解与包容，一方面是高看自己，凡事都为自己的认知和选择习惯性地加分，凡事都轻看别人，对别人扣分。如果理解到这个层面，这首诗就很有意思了——它可能指向了当代人的某种固囿与自恋，带有一定的批判意识！

雾和过桥的人，就像从不相识
雾和过桥的人，就像从来都不愿在一座桥上相识

最后一段，写出了境界——他们与它们之间的关系并不是那种庸常的关系，一切全凭默契，全凭意会，但其真正的内核一定是信念与价值的认同。我们在这个世界上，也许不相识，也许不可能相识，也许没有必在相识，但依然可以成为知己。我们生活在各种分歧矛盾上，甚至在某些方面我们一直相向而行，但我们要尊重每个人的信念和选择，允许和包容更多的路径和方向，但在我们的心中，其实永远只有一个方向——爱与幸福。

风过喜马拉雅

安 琪

想象一下，风过喜马拉雅，多高的风？
多强的风？想象一下翻不过喜马拉雅的风
它的沮丧，或自得
它不奢求它所不能
它就在喜马拉雅中部，或山脚下，游荡
一朵一朵嗅着未被冰雪覆盖的小花

居然有这种风不思上进，说它累了
说它有众多的兄弟都翻不过喜马拉雅
至于那些翻过的风
它们最后，还是要掉到山脚下

它们将被最高处的冰雪冻死一部分
磕伤一部分
当它们掉到山脚下，它们疲惫，憔悴
一点也不像山脚下的风光鲜
亮堂。

我遇到那么多的风，它们说，瞧瞧这个笨人
做梦都想翻过喜马拉雅。

【作者简介】 安琪，本名黄江嫔，福建漳州人，独立或合作主编
《中间代诗全集》《北漂诗篇》《卧夫诗选》，出版诗集《极地之境》《美
学诊所》《万物奔腾》《未完成》及随笔集《女性主义者笔记》《人间书
话》等，曾被评为诗刊社"新世纪十佳青年女诗人"。

安琪是一个真正热爱诗歌的人，她写诗的过程和北漂的轨迹都可以证明。她让我佩服的还有其书写长诗的能力，我收到她的大作《未完成》，其多是上百行的长诗，让我颇为惊愕。霍俊明先生在《安琪的长诗写作印象》中称，其"自白式的诗歌写作，呈现了一个当代女性的精神气象和内心迷津的图景"，甚为精到。长诗写作需要强大的气流贯注和精神专注，男诗人尚且望而却步，何况女诗人？于我，长诗就是大海，我是不敢投身的，怕自己游不回来，淹死其中。由此可见，安琪有一定的男性气质和豪迈精神，性格也必有其豪爽的一面。

读完这首诗，感觉里面"有真我"，感觉作者在某种意义上书写自己的人生，有"元诗"的味道在。

想象一下，风过喜马拉雅，多高的风？
多强的风？想象一下翻不过喜马拉雅的风

第一段出现两个"想象一下"，这是安琪式的语调，诗如其人，也是她的性格。也许有人觉得可以丢掉"想象一下"，直接以"风过喜马拉雅，多高的风"开篇，我觉得不无可。当代很多人在诗写中，都是砍掉枝蔓，只留下几根树干，也不无不可，所谓简洁，所谓紧缩，所谓张力，这比任何语言的"惯性跑马"，诚然高明了许多，但似乎少了语调，少了气息，少了"即兴的鲜活感"，语言倒是简洁了，语态却是生硬，内容显得"匠气"和"板滞"，其结果是毫无个性，甚至让读者有不适感。如何保持简洁，又葆有"即兴的鲜活感"？陈超先生提出要"深思熟虑"后进行"精敏取舍"，其中的分寸很难把握，这也是现代诗人普遍的困惑。

"想象一下"，强调的是语气和语态，在祈使中加强"带入感"，诗人并没有勉强你，没有强加自己的个人意志，好诗人都谦卑的——非常自然的语气，亲切的语态，就像朋友、同行者，请你想象一下吧！

《风过喜马拉雅》是诗题，喜马拉雅有多高？平均7000米以上，被称为世界屋脊。也就是说，风，要过世界屋脊。其险峻高拔，毋需赘言，但风要过。这里有指向，有气度，有视野和格局，注定了这首诗的超验和高格。喜马拉雅是地理概念，但它不是一般的地理身份的认定，不是到此一游寻常得见的某山某水，因其极致无二，更显象征意味，已经从地理坐标延展为精神坐标。如果结合诗人的性别，则更有女性身份的表白、认定与挑战。喜马拉雅之高、之险，决定了要翻过喜马拉雅的风，面临极地之境和身体与精神之极限，是一种高难度的跨越。所以，要越过喜马拉雅的风，也一定呈现出多种形态，至少是两种：能翻过的和不能翻过的。这其中也会有刚刚出发就知难而退的，翻了一半或一大半后就坚持不下去的。"多高的风？多强的风？"风之巨大，风之凛冽，风之激越，可想而知。估计绝大部分读者没有见识过，或许作者也无缘见识，这一点并不重要，毕竟能去极地之境的人少之又少，也无必要。那就让我们和安琪女士一起在想象中，试着翻越心中的喜马拉雅山吧！

> 想象一下翻不过喜马拉雅的风
> 它的沮丧，或自得
> 它不奢求它所不能
> 它就在喜马拉雅中部，或山脚下，游荡
> 一朵一朵嗅着未被冰雪覆盖的小花

诗人先给出第一个群体——翻不过喜马拉雅的风，我以为这是一个主要的群体，因为喜马拉雅太险峻了，翻越的难度太大了，我们都是普通人，有钢铁意志和强健体格的人毕竟太少，这是生活的真实，符合日常的实际，不是每个人都具有挑战极限的勇气和能力。诗人也不会要求所有的人来翻越这人间的极地之境，也不现实。这里呈现了生活的原生态，真实可信。沮丧与自得是正常人的反应，"它不奢求它所不能"，每个人的能力有大小，不必苛求，能到达远方看到极致风景的就那么几个。没有翻过喜马拉雅山的风在"中部，或山脚下，游荡"，这些"风"承认现实，也可以理解为知难而退。"一朵一朵嗅着未被冰雪覆盖的小花"，这是一种态度，并没有那么悲观。

读者自然看出来了，风是"风"，也不是"风"，其早已成为一种精神主体的象征，广而言之，是所有追求者奋斗者的身影或足迹，每个人心中都有自己翻不过去的坎，都有耸于面前的崇山峻岭。如此说来，能翻过去的，一定不是寻常人，能够跨越自我、跨越极致、挑战极限的人，一定是出类拔萃、出离于世、异于常人的———一般来说，他们是我们之中的成功者，甚至英雄。

> 居然有这种风不思上进，说它累了
> 说它有众多的兄弟都翻不过喜马拉雅
> 至于那些翻过的风
> 它们最后，还是要掉到山脚下

"居然有这种风不思上进，说它累了"———这一句似乎过于口语，完全是说话的语调，相当于"居然有这种事"，稍不注意，就会滑向"口水"的边缘。但从这首诗的语态和语调来看，它又是协调的，并无犯险之虞。"居然"，明显带着态度，这里有了观点，也许是自省，"不思上进"肯定不是一个中性词，"它"在为自己翻不过喜马拉雅找理由，找了自己的理由不算，还要找别人的；找了主观的，还要找客观的———完全是推诿，逃避。不仅如此，"它"还要嘲笑那些翻过喜马拉雅的风，"至于那些翻过的风/它们最后，还是要掉到山脚下"，这就比较低劣和猥琐了！

> 它们将被最高处的冰雪冻死一部分
> 磕伤一部分
> 当它们掉到山脚下，它们疲惫，憔悴
> 一点也不像山脚下的风光鲜
> 亮堂。

这是奋斗者、涉险者的代价吗？要看到最高最美的风景，就要付出超出常人的代价。战胜和超越自然的过程，也是战胜和超越自己的过程。安琪作为女诗人，对自己的身份和性别有着清醒的认识，依然显示出其雄奇高迈，不屈服于命运，甚至不屈服于性别的强大精神品格。翻越高山，翻越极地之境，翻越自然，翻越自我，翻越性别，翻越人世的所有苦难、所有沟沟坎坎……此节写出了悲壮，冻死、磕伤、疲惫、憔悴，其付出体力和精力的巨大代价，精神上也一定经历了顽强的抗争。

险峻的山峰，恶劣的气候，跋涉者长途之后的疲惫与辛酸，与放弃者、享乐者形成了鲜明的对比，"一点也不像山脚下的风光鲜/亮堂"，这是残酷的现实，但前者不懈的追求、不屈的意志、伟大的精神力与高标的人格，绝非后者可比。虽然前者付出了一定的代价，但风雨之后见彩虹——他们看到了山那边的风景，他们战胜了大自然，也战胜了自我，他们的人生更加丰满、博大。

> 我遇到那么多的风，它们说，瞧瞧这个笨人
> 做梦都想翻过喜马拉雅。

结尾俏皮！作者在自我调侃，但调侃中，依然不露声色地显示了诗人心中的倔强——对命运的不从，对个体生命与女性主义的重新审视与认定。"瞧瞧这个笨人/做梦都想翻过喜马拉雅"，笨人有大志，笨人做大事，笨人敢翻越极地之境，笨人为了心中的信仰，可以全部奉献，可以承受遍体鳞伤的痛楚——这样的笨人，能不能多一点啊！

口信

谈　骁

小时候我翻过一座山，
给人带几句口信，不是要紧的消息，
依然让我紧张，担心忘了口信的内容。
后来我频繁充当信使：在墓前烧纸，
把人间的消息托付给一缕青烟；
从梦中醒来，把梦里所见转告身边的人；
都不及小时候带信的郑重，
我一路自言自语，把口信
说给自己听。那时我多么诚实啊，
没有学会修饰，也不知何为转述，
我说的就是我听到的，
但重复中还是混进了别的声音：
鸟鸣、山风和我的气喘吁吁。
傍晚，我到达了目的地，
终于轻松了，我卸下别人的消息，
回去的路上，我开始寻找
鸟鸣和山风，这不知是谁向我投递的隐秘音讯。

【作者简介】谈骁，湖北恩施人，湖北省文学院签约作家，现居武汉，著有诗集《以你之名》《涌向平静》，曾参加诗刊社第33届青春诗会。

谈骁出生于1987年，许多人读了他的诗后，觉得有些和年龄不符的"老沉"，这个感受我也有，他写得从容不迫，不急不躁。胡弦先生称："耐心，带着诗歌写作的源头性品质"，在谈骁的诗歌创作中，体现得很充分。也许只有诗人的世界是"最慢"的，因为他们需要经常停下来驻足"凝视"，打量和思考这个陌生而又新奇的世界，从而找到自己，"使黑暗发出回声"（谢默斯·希尼）。但诗人又是最快的，他们的思考和眼光，都始终引领在前沿。

这首诗魏天无先生有全面而精到的论述，我对此失语了差不多一年多，现在觉得有话说了。我掰诗的短处和长处都在于我不是一个系统的人，所以我更关注"点"——我只要找到一个点，我就像挖井一样朝里面使劲。我以为一首诗歌作品，其他方面处理得没有明显的硬伤，有一点光芒四射，也足以成就一首好诗。

如果要我比较准确地去概括这首诗的成功之处，我想给出两个字：神秘。

韩东先生有云："诗所要抵达的不是结论，它也不是一次解密，是进入神秘。"谈骁的这首诗对此进行了精到的演绎。

> 小时候我翻过一座山，
> 给人带几句口信，不是要紧的消息，
> 依然让我紧张，担心忘了口信的内容。

自然进入。"不是要紧的消息"，"依然让我紧张，担心忘了口信的内容"，很快看到了真诚。这是本体的语言，也是诗歌本身的语言。很显然，诗人在写一种个人经验。词汇和修辞不是语言，只有在经过个人经验处理，进行精敏取舍之后，才能成为诗歌的语言——经验才是语言（刘川）。谈骁从真诚出发，以朴素无华的方式，呈现了主体和诗歌本身的语言，比起有些诗刻意追求的开篇峭拔，陡峭，我以为来得更加扎实、自然。

语言在口语和书面语之间滑翔。"不是要紧"的叙说，甚至还有湖北地方的方言特征。口语诗注重"事象"，书面语诗注重"意象"，既非口语，也非书面语，介于两者之间的语言叫什么呢？叫"日常性语调"行不行？日常主义写作表达的是日常和个体感受，谈骁的诗大体也属此类。草树先生提出的"诚实原则"，就是要"立足个人和日常，把生命感官作为诗意触发的媒介"，我深以为然。

> 后来我频繁充当信使：在墓前烧纸，
>
> 把人间的消息托付给一缕青烟；
>
> 从梦中醒来，把梦里所见转告身边的人；
>
> 都不及小时候带信的郑重，

这四行体现了谈骁的老道与聪明——在线性叙述中岔开，有意隔断，"在墓前烧纸""从梦中醒来"，在线性的叙述中进行了两次穿插，极大地增大了文本的内涵和张力。最难能可贵的是——在一般诗人那里，这种阻断和变向，往往会带来语言的断裂感，出现"板滞"，可反复吟读此诗，却并无任何不连贯的感觉，围绕主体的两次岔开或两次摇摆，看似拉远，实则与主体十分暗合熨帖。

我想到诗人剑男的一首诗《平衡木》，两位诗人的手法似有灵犀互通之处。两者篇幅差不多，试引用前半部分：

> 在有限的空间内保持身心的纯正、不倾斜
>
> 在一根绳索上，一块木头上
>
> 或江面一根苇草上
>
> 考量身体的难度也考量内心的难度
>
> 我见过这样的平衡术，在万人景仰的高处
>
> 中年人脚如鹰爪
>
> 在坠落的瞬间用脚钩住钢绳
>
> 像早年黄昏乡村高压电线上倒悬的蝙蝠
>
> 我也看见过低处的平衡术
>
> 母亲在南江河斜着身子拽着一个少年
>
> 肆虐的洪水与瘦弱身体保持着奇妙的平衡

诸君请看，两诗结构上大体一致，不同的是，剑男到第五行，开始插入拉开，也是两次，通过"我见过""我也见过"的句式进行。谈骁则是从第四行，通过"在墓前烧纸"，"从梦中醒来"描述性的句式进行。如果谈骁把"担心忘了口信的内容"放到第四行，那两首诗的表述方式和句式就更接近了——我想这两位优秀的诗人肯定没有就某首诗在

写法上深入互通，也不会去刻意"采信"。

他们的高明之处在于，看起来是一种旁逸，其实是老谋深算，以让文本更加宽阔——线性的"口信"和"平衡术"固然也是可以的，但不免有些单一和沉闷，也不够客观和全面，更无铺垫与蹲伏，其升腾出离就会缺乏说服力，也缺乏力量与感染。

《口信》此节叙述了"在墓前烧纸""从梦中醒来"两种带口信的方式。这两种方式也经过作者的精敏取舍，出世的，入世的，梦中的，现实的，极有涵盖面和辐射力。实际上还有更多的各种各样的口信，但"旁逸"过多，则有放纵文本的危险，于是两次变向之后，马上"折返"。剑男的《平衡木》也是这样。优秀的诗人始终在绲束文本，控制"言说欲"，决不"凭语言的惯性跑马"。

> 我一路自言自语，把口信
> 说给自己听。那时我多么诚实啊，
> 没有学会修饰，也不知何为转述，

如果你带过口信，会感同身受，像我这种记忆力不好的人，更有切身体会。如果可能，我会把要托付的口信抄在纸上，以确保它的准确性。为不至于忘记失准，我"把口信/说给自己听"，的确"那时我多么诚实啊/没有学会修饰，也不知何为转述"。在非常自然的铺叙中，我感觉到了某种机巧，被带入了某种关联中，"修饰""转述"，已经带着强烈的象征意味，某种神秘的感觉，诗意悄悄凸现放大起来——这真是令人愉快地阅读啊，令人愉快地被带入、被带走，因为没有一点儿不自然、不舒服的感觉，浓郁的诗意似乎喷之欲出！

> 我说的就是我听到的，
> 但重复中还是混进了别的声音：
> 鸟鸣、山风和我的气喘吁吁。

刘川先生说，写诗是"豹子身上割一刀"，此处就是"豹子"身上最出彩的地方。此诗之高妙与神秘就在于诗人在口信中"混进了别的声音"——山风和鸟鸣。如果没有"鸟鸣""山风",此诗则"泯然众人"矣!诗到此处,已经打开了多个通道,实现了多维伸展,并把我们带往了不可知的神秘之旅,还带着某种惶惑甚至不安。

很显然,这已经不是普通的口信,因为"混进了别的声音"。这声音可能是某种箴言、教谕、信仰、真理……凡此种种。

> 傍晚,我到达了目的地,
> 终于轻松了,我卸下别人的消息,
> 回去的路上,我开始寻找
> 鸟鸣和山风,这不知是谁向我投递的隐秘音讯。

最后一节进行回扣,口信送达了目的地,"终于轻松了,我卸下别人的消息",生活中我是那个传递信使的人,这就是我的角色?"我卸下别人的消息","回去的路上",诗人开始深沉地思索,属于"我"的那一部分在哪里?"我"是什么?诗人开始了自省——"我开始寻找/鸟鸣和山风,这不知是谁向我投递的隐秘音讯",是谁?究竟是谁?我们和诗人一起发问。其实,是我们和诗人一起发问:那些口信是谁传递的?它混进了"鸟鸣和山风",带着神谕,将给我们什么样的教示?孰真孰假,孰优孰劣,孰对孰错?谁来告诉我们真相?诗歌在开放性的结尾中,给我们深沉思考的空间和回味。

陈超先生说:"诗的神秘性不在于诗的措辞,而在于存在本身的神秘。"从措辞上看,许多好诗反而是朴实而明澈的。

此诗便是。

我的母亲

华万里

> 我的母亲，坐着马车走了
> 被扬为一阵尘埃
> 那是个多梧桐花的夜晚，我的母亲
> 淡紫淡紫地死去
> 自缢的绳上，打满了月光的结
> 我的母亲，很空，很干净，她承受不了
> 生活的重和男人的脏
> 满坡的野花哭了六十多年了
> 我的母亲，肯定
> 不回来了，草根中有她白发苦涩的香
> 我只在梦中，一遍一遍地
> 做她的儿子
> 在梦中一遍又一遍地痛嚎
> 像石头在空中翻滚
> 而今梧桐花又多了起来，多得满院都是
> 我又看见母亲了
> 她在花间，淡紫淡紫地闪烁
> 或者轻轻地摇曳

【作者简介】 华万里，中国作家协会会员，重庆人。出版诗集《轻轻惊叫》《别碰我的狂澜》《石榴马》《花雀》等。曾荣获四川省一、二届文学奖，《星星》诗刊双年度诗歌创作奖，建国四十周年重庆文学奖，2000~2010 中国当代诗歌创作奖等奖励 40 多项。

诗歌作为一种迭代最快的文学体裁，一直在无情地抛弃早年那些曾经优秀和早慧的诗人，在大浪淘沙中，如果没有广阔的胸怀和学习的精神，囿于过去曾经的荣光，止于对自己的欣赏和对外围的抵制，精神力和创造力渐至衰绝，很多人就只剩下一个"诗人"的标签了。还有一些人，现在写的诗，赶不上自己在 20 世纪的写的诗——这说明一个根本性的问题：表面上是创作力的下降，实际上是生命力的衰退。

以上说这么多，只想说明，华老以自己的丰沛的生命力和创造力，证明了一点：也许年龄对作家甚至对诗歌写作者，不是最重要的。长期以来，太多的方家都在灌输写诗是年轻人的事，也许现在可以修正一下了。

我以为写作者的根本是生活的经验，它包括直接的经历（体验）和间接的经验。也许里尔克的"诗是经验"，还应该放大："写作就是经验"——只有在经验的基础上，才能形成思想的筋骨，所以所谓"少年作家""青年诗人"，其实都是没有多大意义的。我始终认同一句话：写作，任何时候出发都不晚。甚至于它与书法创作的一个重要概念可以吻合，即"人书俱老"——越老书法越精到，越通透。这样我们也就可以理解，为什么那些作家早夭，或昙花一现；也理解了英国作家丹尼尔·迪福五十九岁才开始写第一部作品《鲁滨孙漂流记》，从此一发不可收。

回到文本。

> 我的母亲，坐着马车走了
> 被扬为一阵尘埃

我不能确定华老写这首诗时的年龄，如果是近年写的，她的母亲如果健在，当在百岁开外了。一位八十岁的老人以诗的方式，追忆母亲，本身是一件很值得玩味的事情。

"坐着马车走了"，"马"一般性指代"生存和希望"，"马车"作为一种穿越工具，带着一份优雅和某种高贵。我没有去做功课，对华老的家庭进行探询，我以为"马车"当为一种虚写，并非母亲当年出身大户之家，甚至有贵妇人之气，只是取一种气质和风度——母亲走的时候是优雅的！如果写成"坐着牛车走了"，指认其乡村身份，亦无不可，但断然少了许多诗性。有如诗人海子的诗中，经常出现"麦子""大地""马匹"等，都是某种构成诗歌精神场域的元素。

"我的母亲，坐着马车走了"，此处没有悲伤，只有高雅从容，在风中扬起"一阵尘埃"——母亲回归了"尘埃"，坐着马车，在风中飘走了。此处显示诗人极好的语调，且在形象中自然楔入了抽象，老练至极。也许轻淡的感情之下，当年也有过剧痛，但在时光的流逝中，化成了平和和祝愿；也许母亲离开的时候，已然高寿，只是淡然地坐着"马车"，再次向另外一个地方出发。

> 那是个多梧桐花的夜晚，我的母亲
> 淡紫淡紫地死去
> 自缢的绳上，打满了月光的结

前两句很美，第三次突起波澜，原来母亲的离去并非自然离去，而是在"绳上""自缢"。"淡紫淡紫地死去"，仍在延续诗句起首的风格，强调其"淡"，并且还有优美——"那是个多梧桐花的夜晚"。此处在情感的平稳叙述中，突然插入了急转，形成了浪花回旋。一般来说，"自缢"一定是悲壮性的场面，可能因难以承受生活之痛或疾病的困扰——此处没有交代原因，读者可以自己想象补充。但对这一苦难性的场面，诗人仍然进行了美好的表达："打满了月光的结"——日常经验是，自缢的绳上一定会打上结，但是这里打上的不是苦痛的结，而是"月光"的结。母亲离去这一客观伤痛的事象，在诗人的情感场域经过处理后，衍化成为一种美好的梦幻般的图景——这里面是诗人的经验沉淀之后的出离和拔高。诗人对生死、离别有了更深一层的领悟和感受。

此处显示了伤痛与美好的某种对立。草树先生认为，在二元对立的关系中，既彰显词语与词语之间的相互拉扯的力量，又制造出一种"不和谐音"，让诗歌尽可能远离对单一性内涵的传达。"自缢"的突然出现，也许我们可以理解为诗人在制造出一种"不和谐音"，但可以肯定的是，此处显然陈述的是"本事"（实有其事），绝非诗人之虚构。也就是说，"本事"已经包含了某种诗歌品质在其中，并非作者故意。在写到自己亲人的时候，所有的诗人都会下笔敬畏，杜撰"本事"，则为对亲人的不敬——于写作者是不能接受的，何况如华老这样沉浸多年，以生命写作的人！

我的母亲，很空，很干净，她承受不了
　　生活的重和男人的脏

　　这两行是对"自缢"的注解。可以做出判断的是，母亲是因为"生活的重和男人的脏"而离开人世的。显然，这里面有故事。具体的"生活之重和男人之脏"，文本中没有展开，也没必要交代，留给读者去想。可以推测，华老的母亲出生在二十世纪之初，该是战乱和军阀主导的旧社会，生活之重可能是普遍的现象，再加上"男人的脏"，日子就很难过了。况且母亲是讲究的，"很空，很干净"，是高洁的，高贵的，不忍尘世的玷污。"很空，很干净"印证前文推测——母亲可能是一个受过良好教育的心性高洁的女子。

　　满坡的野花哭了六十多年了
　　我的母亲，肯定
　　不回来了，草根中有她白发苦涩的香

　　读到此处才知，诗人的母亲走了"六十多年了"，以此推测，当为华老二十来岁时走的，大概二十世纪六十年代。也可以推测当时为土葬，因为"满坡的野花"在哭，那条开满野花的坡上，诗人的母亲在此长眠，连绵的"草根中有她白发苦涩的香"。"肯定不回来了"是一种认同，服从命运的安排。也可以推测，华老在六十多年以后写的这首诗，因为"满坡的野花哭了六十多年了"。六十多年，多长的时光啊，可以换几代人了，所以经过六十多年的时光沉淀后，诗人的心中早没除却了悲伤，甚至伤感都没有，坦然接受了时间和命运的安排，有一种超然的心境和豁达的情怀，理在当然。

　　我只在梦中，一遍一遍地
　　做她的儿子
　　在梦中一遍又一遍地痛哭
　　像石头在空中翻滚

这里又出现了反复，情感再一次波动，是因为来自梦中，对母亲的离去"我"并非没有悲伤，只是这种深沉的悲伤在外表的掩盖之下不会轻易地展露，在梦中才有真我，如何体现？——"一遍又一遍地痛嚎"，痛到极处，竟"像石头在空中翻滚"！原来，诗人在前面反复申明的淡定与轻盈，一直在压抑，只是表象，情到深处才有酣畅淋漓的表达，才露出峥嵘的"自我"，这种一波三折的情感撕裂更加让人不能自己，具有直击人心的巨大力量。但需要强调的是，前面的"淡定与从容"，并非诗人有意地做戏，而是生活的自然之态，感受过亲人离去之痛的人，都有这样的经历——面对平常的日子，我们需要收起自己的隐痛，收藏小我之痛，但亲人的离去永远是失去至亲之痛，一旦遇到某一触发器，我们就会任性地表达。

> 而今梧桐花又多了起来，多得满院都是
> 我又看见母亲了
> 她在花间，淡紫淡紫地闪烁
> 或者轻轻地摇曳

此诗的神奇魅力在于，情感的多次转折和多姿态摇曳。在线性的情感表述下，多次出现摇摆，甚至大幅度摇摆，读者的情感神经如核冲经受多次震颤，云淡风轻之下，其实是对母亲离去的不舍和剧痛，母亲依然是永远的空白和无可替代的精神寄养。最后一节，又回到启首的风格，回归淡然——"她在花间，淡紫淡紫地闪烁/或者轻轻地摇曳"，仿佛诗人引领我们一番痛哭后，让我们整理凌乱的脸庞和衣裳，收起眼泪和悲伤，用这样的庄重的仪式感，集体向母亲大人致敬！

华万里说——

我的母亲出生于1921年，善良，美貌，因婚变自缢于1949年，时年28岁，她去世后我和弟弟成为孤儿，不久5岁的弟弟因病夭折，留下我孑然一身，时值重庆解放，经当地政府做主，将我判给母亲婚变前的情人华志超抚养成人。《我的母亲》这首诗写于20世纪80年代末，含泪痛泣而成。该诗以深情和唯美动人，可为我的代表作之一，点击量在诗作发表时，已达20余万。

看一个牛仔脸上的刀疤

张新泉

上帝把他脸部的
最后一道工序
留给了尘世中的
一口刀

那是最难　也是
最壮烈的一道工序
阴云四合　抑或
残阳喷血时
刀　劈下
伤口起自眉骨
收在嘴角
不能差错分毫

一次特殊的
整容
以杀戮方式完成的
一种创造

刀光闪处
倒下苟安与平庸
绿得发黑的
草原深处
刀痕在马背嘶鸣
在荣辱生死之上
照耀

【作者简介】张新泉，四川富顺人，现居成都。成都文学院特邀作家，首届鲁迅文学奖、第五届郭沫若诗歌奖获得者。

姜还是老的辣！上回掰的是华万里先生，这次是张新泉先生，他比华老还大一岁。似乎还在证明，诗歌作为一种独特而神奇的文学体裁，并不因年龄的增长和身体机能的消退，而减少其诗性。同为四川诗人，两位老诗人展示了与时俱进的诗性、呈现方式以及卓越的手感和饱满的思想。的确，有很多人在 30 岁至 40 岁这个年龄段，写出了自己一生中最好的文本，甚至有的人在不到 30 岁就完成了，但依然有一些人可以在年迈之后，步入自己的黄金创作期，甚至出现高潮——每个生命个体都是不一样的，有的人也许刚开始起步较慢，但他始终坚持学习，他的感悟力和创作力，也许经历过人世大半生，方才达到顶峰，也会创造奇迹。古今中外都有很多大器晚成的作家，所以——一个丰沛的生命，在诗歌创作上，不会输给年龄！

张老步入诗坛，似乎与刀有特殊的缘分，早年他就打造了一把中国诗坛的"好刀"，试引用其中一节：

> 好刀是一支
> 柔肠寸寸的箫
> 好刀厌恶血腥味
> 厌恶杀戮与世仇
> 一生中，一把好刀
> 最多激动那么一两次
> 就那么凛然地
> 飞起来
> ……

张老对"刀"情有独钟，从 21 世纪初第一次让张老师赢得声名的《好刀》，到近年发布的这首《看一个牛仔脸上的刀疤》，中间相隔当有 20 来年之久，可见张先生对刀的喜爱。

我以为"刀"这一意象，始终带着尖锐、锋利、迅捷甚至直取要害的惊惧，带着闪亮的寒光，让读者有些不适，它不应该是日常写作中经常出现的一件器物，如果只是"厨房写作"，只用"刀"的能指部分，反而让人感到日常生活的一种活色生香和温暖。但显然，张先生看来温和谦逊的背后，其实是锐利与深刻，他其实是探究生活与生命底牌的写作者，所以作品才能直抵人心，尖锐而凌厉。

回到本诗。

《看一个牛仔脸上的刀疤》，诗题对人物进行了限定，刀疤在牛仔脸上，不是日常生活中普通人的一张脸。当然"牛仔"是可以抽象的，也可以泛指。"牛仔"其实是一种布，在20世纪十分流行，后来经过演绎后的"牛仔"，大体有乐观、冒险、自由、坚毅等特点，应该是褒义比较多一点。

> 上帝把他脸部的
> 最后一道工序
> 留给了尘世中的
> 一口刀

老诗人手起刀落，直取当事人脸部，着实好身手，毫不输给当今的诗侠少年！张先生能写出这样的开头，不显许多老诗人因年龄增长而产生的两大痼疾：饶舌与浮浅。前者出于生理原因，带来语言的自然絮叨；后者出于心理原因，必然带来思想的退化和保守，其呈现的是暮气沉沉。老诗人最可贵的是，始终有爱与纯真，始终保有忧患意识和家国情怀，始终带着诗人的冒犯与血性，并体现出担当和奉献，我以为张老做出了榜样。

首节四行实际上是两句，亦实亦虚。一个人脸部的塑形，应该说一出生就基本定形了，但人生的这一张脸，交付给了无情的岁月。俗语云：岁月是把杀猪刀。虽然在此诗中并不完全达义，但也意在其中。人生漫漫长路，等候他的居然是"尘世中的/一口刀"，这有点过于陡峭，尖利。再细读文本，似乎有某种宿命，请注意句首两字："上帝"——是上帝安排的，你挨这尘世的一刀，躲也躲不过去。岁月在雕刻你，上帝在安排你，似乎你没有任何主观能动性，你要忍耐——这是"最后一道工序"。这个流程完结之后，你人生的这张脸就定型了。

> 那是最难　也是
> 最壮烈的一道工序
> 阴云四合　抑或
> 残阳喷血时
> 刀　劈下
> 伤口起自眉骨
> 收在嘴角
> 不能差错分毫

这一节描写得有些惨烈。壮烈、阴云、残阳、喷血、劈下、伤口、自眉骨，连绵的意象、场景与动作，都是深度用词，的确，"那是最难　也是/最壮烈的一道工序"，这把刀劈下来，不仅要有勇气，还要精准，"不能差错分毫"。

这一节沿着第一节在延展、深化，在"阴云四合　抑或/残阳喷血时"出手，环境险恶，场面感强——全都在强化这是一项非同凡响的"工序"。牛仔要承受身体的烙心之痛与心理的艰难裂变。

> 一次特殊的
> 整容
> 以杀戮方式完成的
> 一种创造

此节又有提升。一次精准的刀劈手术，对牛仔进行了"一次特殊的/整容"，过去的形象也许不堪，也许令人厌恶，甚至令自己厌恶，那就来一次告别——"以杀戮方式完成的/一种创造"。"杀戮"这样的用词，在现代汉语诗歌中，用得应该是不多的。这种深度用词，颇感横暴。我以为它是一种"高强度措辞"，表现主体与诗本身和世界的关系，呈现为一种措辞的紧张性，以彰显诗歌的巨大张力。

作为一位八十多岁的老诗人，不用飞毛令箭，直取青龙偃月刀，其力沉，其势巍，让人钦佩之至。

> 刀光闪处
> 倒下苟安与平庸
> 绿得发黑的
> 草原深处
> 刀痕在马背嘶鸣
> 在荣辱生死之上
> 照耀

　　四节层层深入，并无不必要的拉开与穿插，注意力非常集中，脉络清晰明了，力道不断增加。此节写出了"气象"，"草原深处"也让我们第一次看到了牛仔纵横之地。"倒下苟安与平庸"成为本诗的诗眼——如果不是为了穿越庸常，摆脱平庸，走向卓越，就不会去挑战自我，超越自身，赢得一个崭新的"我"，一个完全与过去决绝的"我"，一个理想中的"我"。一个人最难超越的是自己，要摆脱自己的过去，告别自己的习惯，打破自己有的框架，本身就是最难的事，所以，才有前述的下刀之难，之险。有如此深远之意义，承受再多的苦与痛都是值得的；从人生的圆满与精进来看，又是必需的！

　　"刀痕在马背嘶鸣/在荣辱生死之上/照耀"，结尾写出了大视野，马背嘶鸣，带着"刀痕"和我们的创伤，超越生死，前面有人性之光在引领，在闪耀！

九十九只藏马鸡飞翔过的天空

龚学敏

失去了风的风景，被一枝默诵经文的冷杉和一条年事已高
的藏獒，支撑在天边。

一只体态臃肿的藏马鸡，栖息在自己空洞的
鸣叫中。终日的舒展与最后飞翔的
是一天天黄金起来的树叶。

一枚途经羽毛又飘进水里的雪，是水。
长成树的杜鹃，把心境放在牧人唱过情歌的
积雪的路上。远处的帐篷和唯一的妖娆，是女人
炊烟般言语的腰肢。

九十九只藏马鸡飞翔过的天空
可以在目光不能抵达的圣洁中，透明着下雪。
我看见所有诵读过的经文，聚集在天空之上
唯一的天空。
九十九枚生长在水面的雪，是天空中藏马鸡的羽毛。

【作者简介】龚学敏，四川省阿坝藏族羌族自治州人，《星星》诗刊
主编，四川省作家协会副主席。1987 年开始发表诗作。1995 年春天，沿
中央红军长征路线从江西瑞金到陕西延安进行实地考察并创作长诗《长
征》。已出版诗集《九寨蓝》《紫禁城》《纸葵》等。

这首诗，选自龚学敏先生新近出版的诗集《遇见藏地 心有风马》，
让我感兴趣的是其语言的弯曲所形成的跌宕的美感。写诗，说粗俗一

点，就是"不好好说话"。"不好好说话"其实也是很有深意的，至少它可以让我们摆脱公共社交语言的平淡与庸常，在某种意义上实现"陌生化"。至于"不好好说话"能说成啥样，那是每个诗人的能力和实力的体现。

韩东先生说："在诗歌中，语言的弯曲由一定的质量引起。"但我们经常看见试图摆脱质量或重力的诗歌，或者故作弯曲的怪异。我以为，缺乏重力或质量弯曲的只是语言的铁丝，而非语言之光。只有一边是激流，一边是卵石，让它们交会才有浪沫飞溅。从这个意义上讲，龚学敏先生的这首诗，作了很好的演绎。

诗题《九十九只藏马鸡飞翔过的天空》，至少有三个元素：九十九、藏马鸡、飞翔过的天空。99（九十九）是98与100之间的自然数，是两位数中最大的奇数，也是两位数中最大的合数，还是两位数中最大的一个自然数，所以此处有"最"之意在。99又谐音"久久"，表明一种祝福，也俗用于情侣之间寓意天长地久。此处取何意？诸君自便。我愿意取某种"极致"般的感觉。当然，作者也有可能只是一种虚指，我愿意把它理解为某种特指。

我在网上搜索了一下，藏马鸡，体长为60—80厘米，体重1000余克。主要栖息于海拔2500—5000米之间的高山和亚高山森林、灌丛和苔原草地，分布于我国西藏南部。我由此推测，诗人到了藏南某个草原，见到了这种我们平常看不到的珍奇鸟类。

这种功课得做，它的好处是可以找到这首诗可能写的是"本事"，诗人确实到过该地，其呈现的场面感更加真实可信，阅读起来更有亲切感。现在我们知道了，"九十九只藏马鸡飞翔过的天空"，大致区域在西藏以南，也许是某处草原，某处山峰，但可以认定，其一定是一个开阔高远的地方。地域性的揭示中，也揭示出这是一片神性的天空。

> 失去了风的风景，被一枝默诵经文的冷杉和
> 一条年事已高
> 的藏獒，支撑在天边。

由此开始迅捷！两行诗中，众多意象扑出，风、经文、冷杉、藏

葵、天边，还有一串前缀修饰：失去了风的风景、默诵经文的冷杉、年事已高的藏葵。这些偏正结构的修辞，不仅在语言上，形成了连绵的气势，也在语义上进行了强调和渲染。"支撑在天边"，真的成了某种"支撑"，使一节兀然耸立，快速抵达——它不是如泉水般汩汩出场，而是如一束浪花鱼贯而出，浪花飞溅，铮然作响，带着某种流动的气韵和美感，形成了良好的节奏感和代入感。显然，其中的经文、冷杉、藏葵、天边等意象，是藏南特有的自然和人文景观。也就是说，诗性的产生，是有特殊的地域性的。风景失去了风，冷杉默诵经文，藏葵年事已高，都是极好的语言弯曲和修辞赋形，美感充分。第一节意义虽不分明，却大体也有所指和运行方向。

> 一只体态臃肿的藏马鸡，栖息在自己空洞的
> 鸣叫中。终日的舒展与最后飞翔的
> 是一天天黄金起来的树叶。

臃肿、空洞，肯定是带有消极、颓废之义的，这样的藏马鸡一定是不受人喜爱的，它没有活力，放纵而迟钝，不会是生活的精敏者和通灵者，一定带着陈腐的气息与习性，成为习见的某种阻力。所以它只能发出"空洞的/鸣叫"，也是绝望和放弃的鸣叫。其"舒展"，其"最后飞翔的"，与秋天"一天天黄金起来的树叶"，一起走向凋敝覆亡的结局。落叶簌簌，草木荒芜，乃"臃肿的藏马鸡"必然之情状，好在它只是"一只"。在九十九只中，在众声合唱中，它的声音可以被湮没，可以忽略不计。

> 一枚途经羽毛又飘进水里的雪，是水。
> 长成树的杜鹃，把心境放在牧人唱过情歌的
> 积雪的路上。远处的帐篷和唯一的妖娆，是女人
> 炊烟般言语的腰肢

第三节轻轻宕开，写雪、杜鹃、帐篷、女人，均是地域性很强的景、物、人。第二节的启首为"一只"，本节为"一枚"，语言的连贯与

呼应十分紧密，看起来是并列结构，可意义上在推进和延展。"长成树的杜鹃""牧人唱过情歌的/积雪""女人/炊烟般言语的腰肢"，在雪中，在水中，在"远处的帐篷"和"唯一的妖娆"中，有了某种柔软与温暖的基调，甚至还有"远方"。作者其实有所指，这是一种"心境"。挺好的心境！联想到此节第一句，"一枚途经羽毛又飘进水里"，其实与主体"藏马鸡"仍然扣得很紧，以彼写此，互喻共体，互为象征。

> 九十九只藏马鸡飞翔过的天空
> 可以在目光不能抵达的圣洁中，透明着下雪。
> 我看见所有诵读过的经文，聚集在天空之上
> 唯一的天空。

这一节请注意两个字：圣洁——本诗诗眼。前文中抒发主体所在的场所带着某种地域性和神性，此节即是佐证。藏马鸡飞翔过的天空，高远而圣洁，苍茫而辽阔，它昭示着洁白、纯净，如雪一般的晶莹，以至于我们"目光不能抵达"，以至于我们要"诵读"，这些"聚集在天空之上"的经文，以给我们教示，为我们混沌的世事开悟。"一只体态臃肿的藏马鸡，栖息在自己空洞的/鸣叫中"，只是众山群和之中的一个杂音，但依然给我们警醒，告诉我们，在这"唯一的天空"中，要心怀敬畏，从空洞走向饱满，从放纵走向精敏，从干瘪走向丰沛。

> 九十九枚生长在水面的雪，是天空中藏马鸡的羽毛。

最后的结尾，是水、雪与羽毛的自然勾连，也是文本的回勾。水面、雪中、空中，都是藏马鸡生长和起飞的地方，它完成了它的使命，将圣洁与透明，留在飞翔过的足迹中，也为成长提供了轨迹与方向。美丽的藏马鸡，抖开如风的翅膀，从水面上，从雪地，朝着圣洁与丰满，朝着温暖与光明，飞起来了。

藏马鸡，只是一个缩影；飞翔，只是一种象征，如我们在泪水和雪水混杂的人世间，总是怀着飞翔的梦想。

把大海关上

林　莽

面对浩瀚的大海和喧响的波浪
面对一切宏大的事物
一个小小的生命能如何面对

记得童年　乡村庙会上锣鼓喧天
舞狮抖动着红色的鬃毛突然间高高地站起
幼小的身心上印下了源自心底的战栗

而后　那场更大的风暴来临　我十六岁
面对惊恐　失望与无法抗争的命运
只能以沉默和韧性度过那些艰难的时日

两岁的丫丫
第一次见到大海的外孙女
跟我们说："把大海关上"

海　却一直汹涌着
把浪花一次又一次地推到沙滩上

在回家的路上
她小声地问我："大海关上了吗"

【作者简介】林莽，生于 1949 年 11 月，1969 年到河北白洋淀插队，开始诗歌写作，是白洋淀诗歌群落和朦胧诗派的主要成员。中国作家协会诗歌委员会委员，北京大学新诗研究院特约研究员，北京作协理事，

《诗探索·作品卷》主编。著有《我流过这片土地》《永恒的瞬间》《林莽诗选》《秋菊的灯盏》《记忆》等诗集多部。

《把大海关上》，乍看题目，就知道脱离了日常生活的轨道，是一种超验写作。臧棣先生认为，现代诗的想象力视域是日常经历。里尔克说，诗是经验。以此两种说法，来诠释林莽先生的这首诗，都是不恰当的。显然，这首诗已经突破了我们的日常经验，我们知道的大海，是浩渺无边的，即使作为地球中的高等生灵——人，也不具备关上大海的能力。如此说来，题目就提供了一种悖论——要做一件不可能做到的事。如此说来，经验也不完全是诗，非经验也不完全不是诗——当这些经验在诗中完成塑造诗性的任务后，经验方成为诗。

令我们感到好奇的诗，雄奇的大海，波澜壮阔，苍茫辽阔，是为自然界瑰丽之一景，为什么想到要将其关上呢？——这极其不寻常甚至反常的举动，让我们产生了好奇和某种窥视欲——诗人意欲何为？

> 面对浩瀚的大海和喧响的波浪
> 面对一切宏大的事物
> 一个小小的生命能如何面对

第一节，诗人将"浩瀚的大海"和"喧响的波浪"这些宏大的事物，与"一个小小的生命"进行对位，提出命题。宏大与渺小的对位，二元对立，一目了然，直接明了。"一个小小的生命"，如何面对一切宏大的事物？显然，诗的开篇采用的是提问式的写法——设问，并不需要你回答。总体来说，是一种论述式。我以为，以这种方式进入诗歌是有一定的难度的，相对于描写式，它更需要写作者的信心与执念，如何避开阅读者的不耐烦与反感，是写作者要防范的风险，某种鸟瞰或俯瞰式的取位，都存在说教和干巴的风险，一不小心，容易落入说教的陷阱，及时临危自抢，有时是很有必要的。更多聪明的诗人，只是作为触发器和引火点，或者说，作为起跳的跳板。当然，也不排除极少数大诗人，在凌空虚蹈中，凭语言和个人气质的魅力，也能展示极好的专注性和黏合力，吸引那些极有耐心的读者。这些忍耐力不凡的读者，在等待中也能获得越过的某种极致快感——毕竟这样的读者太少，好作品也需要一定的传播性！

> 记得童年　乡村庙会上锣鼓喧天
> 舞狮抖动着红色的鬃毛突然间高高地站起
> 幼小的身心上印下了源自心底的战栗

第二节，诗人快速切入到描写状态中，将作品进行了拉开与穿插。这一节，在时间的纵深上，展现了空间的某种场景，但还是着力于对"小"的主体性呈现，最终落笔在"幼小的身心上印下了源自心底的战栗"。诗人选择的场景是"乡村庙会"，"锣鼓喧天"之下，呈现的应该是一种热闹吉祥的场景。如果你有过乡村生活的经验，这样的乡村庙会是比较常见的，也是较有代表性的。我在几次阅读这首诗的过程中，注意到"舞狮抖动着红色的鬃毛突然间高高地站起"中的"红色的鬃毛"，我以为诗人不是简单地勾选了乡村生活的场景，不是简单地选择了这个细节（色彩）。因为我在读下面的一节时与这一节产生了某种关联，所以我更愿意将扬起的"红色的鬃毛"理解为一种象征，会让人想到失控、疯狂、鲜血，带着某种血腥味，或者想到风暴、运动。如果是，诗意更深远。

还要注意一个词：战栗。这个词成为本诗的基本情感脉络和定调——这就是一首让你"战栗"的诗，相信阅读者在阅读过程中，也会产生不同程度的"战栗"。

> 而后　那场更大的风暴来临　我十六岁
> 面对惊恐　失望与无法抗争的命运
> 只能以沉默和韧性度过那些艰难的时日

作者果然为我们展示了那场风暴。经查，本诗为作者 2016 年所作，诗人出生于 1949 年，今年 73 岁，以作者当时 16 岁计，当为 20 世纪 60 年代，所以"那场更大的风暴"大家都心知肚明，无须赘言。这一节里，风暴、惊恐、失望、抗争、沉默、韧性、艰难等等这些灾难性的词，对那个时代进行了精准的描述，落脚点当在"惊恐"。而"惊恐"与上一节的"战栗"是线性伸展的，庙会的"战栗"虽然也有被惊吓的感觉，但也有茫然的喜庆。两种感觉有相似，也有不同，但都同时指向了某种深藏或潜在的危险。

> 两岁的丫丫
> 第一次见到大海的外孙女
> 跟我们说："把大海关上"

很明显，前三节读后，你会感到很沉重，不知道潜藏的危险何时发生，心有忧惧。在前两节的拉开与穿插到位之后，诗人又巧妙地回到了第一节的"大海"，然出场的人物，变成了诗人的外孙女"两岁的丫丫"。此处，外孙女接过了姥爷成为抒情主体，作品的基调突然轻盈明亮起来——试想一个两岁的小女孩儿，她的天空何其纯净，她带来的一定是另一番天地。果然，小女孩跟我们说"把大海关上"。我以为作者非常高明，不仅完成了作品的勾连，转向，抒情主体的改变（其实还是诗人身，不过是借外孙女之口，重置一个新的视角），而且使作品的基调陡然明亮，由沉重至轻盈，由深沉至单纯。同时抒情主体的语言也同时替换，与身份吻合，浑然一体。还请注意，本诗的诗题，由这位刚出场的小女孩天真地说出，更具有深不可测的力量。

"把大海关上"，此处的"大海"，经过前几节的描写和转移，早已不是大自然那个"大海"本身，而是生活这一片苦难深重的"大海"，或者直接说：大海就是灾难的化身。所以，小女孩发出了听起来很弱小却石破天惊的声音——只因为发声者为一个弱小的两岁女孩，涉世未深，想想当年的荒唐与疯狂，连大人都为之惊惧，何况小儿乎?！以她的童真喊出的这一声，是对个那个黑暗时代的控诉。其音虽小，却有直击人心、撼人心魄之伟力。作者的高明之处在以小写大，以弱写强，看起来一派天真之言，细思之下，难免余痛犹在，不堪回首。另外，小孩毕竟是我们的明天和希望，"把大海关上"，则深层次地体现了一种大格局，美好的愿望与寄托昭然于此，消弭灾难，关闭邪恶，引领光明，让正义的波涛在大海上飞溅，回归海清河晏的纯真、纯净，有一片蔚蓝的大海，在他们身后由此展开。

> 在回家的路上
> 她小声地问我："大海关上了吗"

小女孩还不放心，她小声地问姥爷："大海关上了吗？"小声地问，为什么不能大声地问？是不是有所担心，不敢大声，或者是不怀希望，抑或是信心不足？"在回家的路上"也是有意味的，我们真正的家在哪里？如果大海任性泛滥，灾难丛生，家将不家，回家也就无从谈起——写到这里，我的文字也带着疑问和惊惧，我提议我们所有的读者，和小女孩一起，张大嘴巴，使尽洪荒之力——问：

"大海关上了吗？"

林莽说——

我的这首诗有过一些他人的评点，我以为易飞这篇是最深入，最到位的。

这是一件真实的事情，那年女儿一家人从国外回来探亲，正值暑期，我们便一同前往北戴河躲避暑气。那几天潮水很大，第一次见到大海的外孙女，因为害怕，紧紧地躲在父亲的怀里，说出了这句很有意味的话。那几天，每次到海边的沙滩上，她都心怀疑虑，不敢靠近海边的涌浪。在开车回家的路上，在远离了大海之后，她悄悄问我："大海关上了吗？"让我再次为之一振。

这些细节一直徘徊在我的心中，让我总在回味她简单的话语中，那种无法言说的韵味。我回想起自己童年和少年时代那些同样的感受，选了一实一虚，两个生命中永远不会遗忘的身心感受，于是就有了这首前面沉重，后面明快而满含生命体验的诗。

玉米地

阿　信

雪粒在地上滚动。
这是今年的玉米地，剩下空秸秆。
枯干的玉米叶片在风中使劲摔打。
运苞米的马车昨夜轧过薄霜，
留下深深辙痕。

无遮蔽的北方，雪粒
从马背上溅落。
砍倒的玉米秸秆横卧一地。
我的棉袄
就扔在秸秆上。我的马，
站在那里，打着响鼻。

而我正忙着低头装车，没留意身后
搬空的玉米地，早已风雪迷茫。

【作者简介】阿信，原名牟吉信，甘肃临洮人，毕业于西北师范大学历史系，长期在甘南藏区工作。出版诗集《阿信的诗》《草地诗篇》《致友人书》《那些年，在桑多河边》《惊喜记》《裸原》等。作品被翻译为英、法、韩等多种文字。曾获第四届徐志摩诗歌奖、第四届西部文学奖、第二届昌耀诗歌奖、《诗刊》陈子昂年度诗人奖等重要奖项。

雪粒在地上滚动。
这是今年的玉米地，剩下空秸秆。
枯干的玉米叶片在风中使劲摔打。

运苞米的马车昨夜轧过薄霜，

留下深深辙痕。

玉米在我国的广大地方都有种植，似乎北方更多。所以，玉米还是带上了北方的一些地域性意味。这个也许并不重要，重要的诗人怎么写。

"雪粒在地上滚动。/这是今年的玉米地，剩下空秸秆。"可以确认，这是一块北方的玉米地了。还可以确认，时令到了冬天，因为有"雪粒"，只"剩下空秸秆"。我以为开篇呈现了极好的语调，"相互凝神"的语调，主人公与玉米地的彼此观照，亲切自然。这一片是北方的玉米地，雪粒在地上的滚动，有寒冷和荒芜之感。"剩下"中还有些惆怅与不舍。"枯干的玉米叶片在风中使劲摔打"中，心有不甘之意，也许为它的"枯干"，为某种不堪的结束。

"雪粒在地上滚动"，"玉米叶片在风中使劲摔打"，"马车昨夜轧过薄霜"，"滚动""摔打""轧过"，几个极富动作感的动词，在寂寒的冬日有了活力、活气。前两者是"物"在动，后面是"人"出场，物与人都是在极寒萧瑟的场景中出场的，却并无悲凉之感，但肯定有一"深深辙痕"印在了我们心上，令我们感到惆怅迷茫和某种生存场景的困扰。

将第一节反复读上几遍，感受语感带来的享受的同时，会发现这种自然生动的场景背后，大有欲说未说的东西，场景本身就在自然地暗示着丰盈的诗性。"昨夜"也不只是昨夜，不是一个临时的短时间的所指，有着更深远的过去。

无遮蔽的北方，雪粒

从马背上溅落。

砍倒的玉米秸秆横卧一地。

我的棉袄

就扔在秸秆上。我的马，

站在那里，打着响鼻。

"无遮蔽的北方，雪粒/从马背上溅落。"阿信视野的取位是高远的，在接地气的描述中却有"穹窿般的语言"俯瞰苍生。

冬天，北方裸露在苍茫的天宇下，雪成为北中国的自然一景。马，也更多地成为北方的性灵之牲，同时也成为某种高贵与勇气的象征。马在迅疾奔走，落在马背上的雪粒纷纷"溅落"，此时呈现了一幅雪大马快的场面。前面只"剩下空秸秆"，现在"砍倒的玉米秸秆横卧一地"，场面更加狼藉。在砍倒的"秸秆上"，有"我的棉袄"。大家知道，棉袄是御寒之物，古代还有"寒衣节"。我们"把一片叶子拿近"来理解，可能劳动的人砍倒秸秆后浑身出汗，所以把棉袄脱掉，"扔在秸秆上"——这也算是正常的自然的劳作场景。"我的马，/站在那里，打着响鼻"，更是冒着生活的原泡，似乎感觉到马的响鼻的声音，看到它甩着尾巴的样子了，是一种不甘沉沦、即将出发的姿态，准备迎接任何风雪严寒的考验。"我的马"则体现着某种主体性与参与感。此处，阿信展示了一个好诗人的技艺，他在自发和自觉之间保持了一种活力：既有"深思熟虑"的精审，又葆有着"即兴"般的鲜活感。

> 我要把砍下的秸秆运回去，
> 堆放在谷仓旁的场院里。那里
> 金黄的玉米堆放在架子上，
> 鸡啄食雪粒，一头大畜生，
> 用蹄子刨着僵硬的土。

此节仍然沿着本诗的势能和语言惯性进行延展，从"剩下空秸秆"，到"砍倒的玉米秸秆"，再到"把砍下的秸秆运回去"，是一个连贯的过程，直到"堆放在谷仓旁的场院里"，方完成一次整体的收割过程。"金黄的玉米堆放在架子上"，陈述了收获的满足感和愉悦感，冬藏，也是生存之需，绸缪之智慧，为了接续未来的考验。"鸡啄食雪粒，一头大畜生，/用蹄子刨着僵硬的土"，此处再次出现"雪粒"，是由"鸡啄食"，这是北方才能出现的奇观吧！作者始终极有耐心地在呈现鲜活的生活场景，让你在不知不觉中进入其设定的情感空间，走进作者的心灵视域。看似平常的铺叙，却有某种说不明道不出的奇崛隐于其中——这才是高手无形的招式。而"一头大畜生，/用蹄子刨着僵硬的土"又在线性的叙述中，植入某种"异质感"。这头大畜生，诗人并没有说明是马还是牛，是马的可能性更大，或者是别的。它安静不了，怀着某种不可抑制的冲动，"用蹄子刨着僵硬的土"，可能漫长的冬天让其无所作为，壮志难酬，颇有英雄无用武之地的落寞之感。

> 而我正忙着低头装车，没留意身
> 搬空的玉米地，早已风雪迷茫。

此诗的结尾是我最喜欢的，依然是鲜活的生活场面，依然是一贯的平静、淡泊。前面的事象与物象的铺垫充分到位，已经具有很大的足够可信的上升空间，可诗人并没有如绝大部分诗人那样，在形而上的层面上进行演绎，依然以一个习以为常的生活场景结束此篇，而其留下的"风雪迷茫"早已穿过北方的风沙，弥漫于我们的情感之中——一种平常而神奇且略带温暖的光芒，把我们带入了一片瑰丽神秘的北方玉米地。

此诗意义为何？虽然也不重要，一首诗也许不需要意义，但依然会有所指——显然，北方的玉米地，不只有劳作的场景，也不只有收获的欣喜，也不只有冬天难耐的失落与惆怅，也不只有一匹马的失落与奋发，其一定展示的是诗人的心灵能见，是一种精神视域的象征。其中能读出多少自己能够感知的，诸君各怀其璧，自有高论。

诚如大解先生所言，阿信的诗，"在紧贴地面的及物性写作中，预留了形而上的空间，让简单的事物释放出巨大的张力"。

陀螺

杨　键

妈妈在院子里抽着陀螺，
她已经去世一年多了，
为什么还在院子里抽着一个陀螺呢？
晚上的月亮好大，
妈妈也不怎么用力，
但那陀螺转得好快，
小小的铁锥，
不眨眼地转动着，
有很长一段时间，
妈妈站在那里，
一下也没有抽，
但它依然在转着，
且越来越快，
银色的妈妈，
在抽打着陀螺，
但那陀螺并非陀螺，
是我，
是我的妈妈在抽着我，
我在转动，
虽只有立锥之地，
但却越转越快了。
天地间一派寂静，
看不到我在转，
只能听到深秋一只老蟋蟀的叫声，
像锅里的土豆，
快要炖熟了。

易飞
附清
——
当代诗人佳作解读

【作者简介】杨键，生于 1967 年，安徽马鞍山人，曾当工人，信仰佛教，自 1986 年起专心习诗，现居安徽马鞍山，长年守于乡村山林。

陀螺，我以为应该是乡下生活的场景，当然现在城里的广场上，也偶尔得见。小时候，在乡下的晒谷场上，在每家每户的房前，都在一片相对的开阔地——那就是我们玩陀螺的地方了。所以，陀螺，承载着乡村生活的记忆，是儿时一个很重要的玩具和伙伴，所以，它也成了某种情感寄托的载体。

全诗没有分节，为了掰扯的需要，我试着给它掰成几部分。

> 妈妈在院子里抽着陀螺，
> 她已经去世一年多了，
> 为什么还在院子里抽着一个陀螺呢？

此诗的进入，有着孩子般的口吻，没有写"母亲在院子里抽着陀螺"，"妈妈"更年轻，更有活力，母亲的语调似乎更正，也稍微有了些沉重感。抽陀螺，本来是一种小孩子的游戏，体现的单纯与天真，这里用"妈妈"当然更为妥帖，也更有生活气息。第一行让人读得很开心，很温馨，第二行突然转了向，"她已经去世一年多了"，从"妈妈"到"她"，语调上也有了悄然变化，由轻松变得沉重。是不是转换有些快？——我们还没有做好准备，在第二行就改变方向——有些惊诧！但从语调来看，又十分自然，符合诗本身语言的势能带来的惯性，还是在陀螺这个"线性"上展开，只是情感进行了切换。

第三行"为什么还在院子里抽着一个陀螺呢"？为什么？"她已经去世一年多了"，不可能再在院子里抽着陀螺——这是幻景，或是虚写？动作是实体的，然动作的发出者已不在人世，那这个动作依然在呈现——说明了什么？说明这个动作本身具有象征意义，对作品的主体主人公带来了巨大而深远的影响。

此节写出了诗人对往日生活场景的一种依恋——陀螺，在诗人的心中，具有非凡的记忆质地和精神唤醒能力。

晚上的月亮好大，
妈妈也不怎么用力，
但那陀螺转得好快，
小小的铁锥，
不眨眼地转动着，

　　现在，给场景以发生的时间，陀螺的旋转是在晚上，"月亮好大"。
在晚上，在月光之下，作者的着意大概在"妈妈也不怎么用力"——月
光下的陀螺为什么转得更快？我以为这里面有作者的布洒和寓意。皎洁
的月光洒在地面上，这一温暖的光芒，也许和母亲就是一种对位，或者
是同体——因为某种力量，使陀螺产生了旋转力，甚至是伟力。联想到
陀螺饱满的形态和贴地旋转的姿态，也许更有诗性。"小小的铁锥，/不
眨眼地转动着"，陀螺的立足点是小的，所有的力量集中在与地接触的
"小小的铁锥"上，其腰大腹圆，其背负是沉重的，其所付出的艰辛与
痛苦也是难以想象的——也许这就是每个母亲的形象，似乎没有更恰当
的了！"不眨眼地转动着"，让我想到某个夜晚，明月当空，星汉灿烂，
陀螺在人间的某个开阔地旋转，多么美好的场景啊！这样的陀螺不仅是
与星月同辉，而且带着某种神性的附体——杨键信佛，我将其作一番佛
性的解读也许并不为过，且作品本身已带有足够的禅意。
　　作者以陀螺为喻体，我以为别有匠心，陌生化的同时，让人感受到
十足的诗性和扎实饱满的母爱。陀螺忍辱负重，在漫长的时光里背负着
使命辛勤地旋转，表现得让人信服。

妈妈站在那里，
一下也没有抽，
但它依然在转着，
且越来越快，

　　神奇的事情依然在发生，妈妈"一下也没有抽"，那个神秘的陀螺
依然在转，且"越来越快"，像命运的磨盘被人推动，不由自主地旋转。
是啊，我们的生活也并非可以自主。这里可以有几重理解：一是母亲的

力量之大，没有去抽，陀螺依然可以靠伟大的母爱之力去推动旋转，深刻表达了母亲在"我"的成长过程中是多么重要；二是"我"已然长大，承受人世的风雪，当母亲把"我"带上生活的跑道，残酷的现实生活使"我"不由自主地加入到"旋转"之中，母亲不能包办"我"的一切，"我"必须独自面对人世的伤与疼，这样"我"才可以长大，独自在生活的舞台上"旋转"。"越来越快"，这是当代人的节奏，像海啸一样，呈现了当下生活的压力和逼迫。

> 银色的妈妈，
> 在抽打着陀螺，
> 但那陀螺并非陀螺，
> 是我，
> 是我的妈妈在抽着我，
> 我在转动，
> 虽只有立锥之地，
> 但却越转越快了。

妈妈是"银色"的，妈妈有了颜色，这是月亮的颜色，多好，多么纯净！在月光下，妈妈还"在抽打着陀螺"——经过了上面的铺垫后，作者此处直接把陀螺与自己对位，"是我"，不是别的，"我"就是妈妈抽打的陀螺，一直是"我"在转动，"虽只有立锥之地，/但却越转越快了"，所幸还有"立锥之地"。"越转越快"，呈现了"我"对生存困境的惑与忧。此处"我的妈妈"有没有一种泛指与代指？我以为有。在月亮与星星的聚合下，"妈妈"也指向生活本身，也许给我们生活的教义，让我们获得内心的平安与丰盈，就是母亲的本义。

> 天地间一派寂静，
> 看不到我在转，
> 只能听到深秋一只老蟋蟀的叫声，
> 像锅里的土豆，
> 快要炖熟了。

深秋了，听到"一只老蟋蟀的叫声"，你已"看不到我在转"，"我"已化身"深秋一只老蟋蟀"，"老"是时间陈述——这么多年过去，"我"被人世转晕了，"我"自己也历经沧桑，转走了青春年华，"像锅里的土豆/快要炖熟了"。我以为"土豆"也是一个非常结实的意象，和"陀螺"有异曲同工之妙。生活将浑圆的"陀螺"转成了同样浑圆的"土豆"，器物转化成了食物，且它在锅里炖着，某种急迫感、焦灼感逼近，现在它还半生不熟，但"快要炖熟了"！陀螺旋转到这里，产生了化学裂变，以另一物的方式接续了使命，那一颗"土豆"带着什么样的象征意味呢？土豆一般象征着憨厚、老实、耐受——这是表达我们生活的态度和敬畏之心。

　　最后一节中，妈妈没有出现了，妈妈脱手了，不在人世了，"我"得独自在人世间行走，"我"自己在旋转，生活也在旋转"我"，"我"被生活和命运裹挟，不由自主，在时代的洪流里煎熬成一颗能蒸能煮，有一点世故，有一些成熟，却又并不老于世故、看破人世的坚硬的土豆——这也许是过尽千帆之后的必然生存之道。

榫卯

胡晓光

木头上
凸出去的叫榫
空出来的叫卯
榫卯是有意思的
它们彼此结合
说它们是咬合更准确
它们越来越紧密
两根木头是树时没有长在一起
榫卯让两根木头结合在一起，直至腐朽
钉子是后来的事物
跟榫卯比起来，钉子是没有意思的
它们只能硬硬地别扭地把两根木头钉在一起
榫卯有多么高级
它们可以伸到对方的身体里去
它们可以更稳固地完成造型
大到撑起一栋房屋
多么神奇
房屋里那些人也像榫卯
榫卯
慢慢变成了一种象征

我有一榫
已多年找不到卯了

【作者简介】胡晓光，1982 年开始写诗，黄石市作家协会原副主席，曾任《散花》编辑。已出版《抒情与怀念》《胡晓光诗选》等 4 本诗集。曾获《诗歌报月刊》年度诗歌奖、首届湖北省优秀青年诗人等荣誉。

我做过多年的职业记者，看到诗的题目《榫卯》，想起 2007 年的一次采访。采访的主人公是时任湖北省艺术馆馆长的傅中望，著名雕塑艺术家。其以《榫卯结构》系列作品奠定了在当代雕塑史上的地位。说来惭愧，此次采访，让我第一次接触到"榫卯"概念——中国传统建筑的拼接技术。一"榫"一"卯"的契合，表达的是"结点"的艺术。中国建筑的特点是平铺，如故宫、苏州园林；西方则是纵向的堆积，如巴黎圣母院及其他哥特式建筑。木塔、鼓风机、水车、风车……所有一切与木质结构有关的东西，其最终体现均为榫卯结构。

榫卯，很显然是一种雕塑语言，在此诗中，变成了诗歌中的一个意象，成为诗歌语言。胡晓光找到了特定的标的物。他的"靶子"在哪里？作为一个写作多年训练有素的诗人，一定不会这么简单。

我以为一首诗的成功，很大程度上取决于对某一个或几个意象的选择。找到了"榫卯"，还没开始读，就已经知道胡晓光要搞事，因为我们有基本判断——这位诗人不是一个新手，不会止于"木匠"这样的技术层面的。

> 木头上
> 凸出去的叫榫
> 空出来的叫卯

诗句的开篇是口语式的，这也是胡晓光近年比较喜欢的一种风格，我以为是胡晓光在经历过一系列的生活颠簸后，做出的一种诗性选择。在我与他的多次言谈中，他始终崇尚"清水出芙蓉"的一种清丽文风，我也深以为然，但是口语诗也是很难写的，非高手不能为。口语诗固然有着很好的代入感和亲切感，也葆有鲜活的生活场景和画面，但依然值得警惕。诗人张泽雄有言："口语诗可能限制纵深度和宽广度。"我也深以为然。

前三行是介绍，平淡如水。胡晓光像一个木匠，介绍"凸出去的叫榫/空出来的叫卯"。我以为这三句是比较危险的。刘年先生说过，要减去不必要的主语，减去不必要的形容词，不必要的虚词，不必要的介绍和注释性内容。很显然，这三句就是介绍。但你仔细品味，它不仅仅是介绍，它是在看似的介绍中深藏了机锋，平静的叙述中包含寓意。随着诗的叙事精确地展开，故事性和寓意性互相渗透，互相反衬。"原本孤立着的碎片般的私密经历，经过寓意氛围的折射，突然转变为对人生经验的一个缩影般的隐喻呈现。"习诗多年的胡晓光当然深谙此理，不会止于"本事"——胡弦先生说："诗是什么？是诗之外的那个东西，是另一物。"胡晓光写的是"另一物"。

> 榫卯是有意思的
> 它们彼此结合
> 说它们是咬合更准确
> 它们越来越紧密

这四行，开始加温。让前面的白开水式的交代，也一并有了神奇的温度——冷水泡茶慢慢浓，这是胡晓光喜欢的玩法。桃花源的景色一定不会在入园之口，一定在桃源深处。想领略真正的景色，且行且看，要在耐心！"结合""咬合""紧密"，请注意，诗人在强调这几个词，一定是别有用心的。

> 两根木头是树时没有长在一起
> 榫卯让两根木头结合在一起，直至腐朽

榫卯是木头做的，这是常识，虽然它们互相咬合、结合，天衣无缝，但彼此的形状完全不一样，正好相反，卯是窝状的，榫是尖的，二者围拢在一起。它们也有可能是出自同一棵树上，但更多会出现在不同的树上，因为对质地的要求不一样，一个坚硬，一个柔软。它们连接的是两根木头，因为这种连接，改变了两者的功效和用途，两者的叠加，产生了神奇的化学反应。"榫卯让两根木头结合在一起，直至腐朽"，它们结合后，一起去完成作为木料器物的一种使命，被安置在某个房屋或某件家具上，成为一件完整的木制品。

诸君读到这里，是不是感觉到一种脱不掉的味道——这太像某种动物了吧——"人"，男人和女人，这是非常自然的联想，一点也不需要拐弯，我们就找到了它的喻体。当找到"人"以后，戏剧化的场景和情感体验在逐渐依附、聚集。从它们的属性和形状，我们很自然想到是男人和女人。不用讳言：一种隐秘的性意识同在。"直至腐朽"还有某种忠诚在里面，老了也就"腐朽"了——老夫老妻了嘛！

> 钉子是后来的事物
> 跟榫卯比起来，钉子是没有意思的
> 它们只能硬硬地别扭地把两根木头钉在一起

这是又一层意思。诗人的语气中，已经有了一定的情感认定，他觉得"钉子是没有意思的"，榫卯是可以天然组合的，甚至一见钟情，但钉子是来捣乱的，是来强拉硬配的。想想生活中有多少这样的人，在不知不觉中，做了一颗钉子。

诗人写到这几行，已经悄悄实现了物象向心象（客观向主观）和身份的悄悄转移，以此写彼是基本套路，但如此不动声色，则是高手。

> 榫卯有多么高级
> 它们可以伸到对方的身体里去
> 它们可以更稳固地完成造型
> 大到撑起一栋房屋
> 多么神奇

这几行仍然在加强"榫卯"与"钉子"的对位，用后者的高级印证前者的低级和"没有意思"。我喜欢"伸到对方的身体里去"这一句，事象本来如此，"榫"始终是伸到"卯"的身体里面去——神奇的是同一个事象也是如此：男人和女人。这是比较贴近的理解，如果扩大开来，理解为两者的协调与配合、互补与融通、矛盾与对立，泛之同事、朋友、同学、同事均可,这首诗的外延就更厉害了!其实现了多维化的扩散,是立体写作值得学习的文本。但正如前文所述,最重要的是找到一个独特的、具有丰富诗性的喻体,方能达到此效果。

> 房屋里那些人也像榫卯
> 榫卯
> 慢慢变成了一种象征

这几行,我一直盯着看,看了几遍,心里有一个疑问,是不是可以不写?删掉——因为在前面我作为读者已经感觉到了,不需要写明"那些人",作者可能在强调或者限定——"房屋里那些人",他们住的房屋是榫卯结构做成的,他们也是。

> 我有一榫
> 已多年找不到卯了

我当初喜欢这首诗,就是被这个结尾惊到了——太漂亮了!这是一脚精彩的射门!——冷静的语调,说出了残酷的现实。我头脑中最先冒出的一个词是:悲怆,然后失落、伤感、灰心、认命……可以想到一串,总之胸膛里有一股气要冲决而出。如果只作男女之论(当然也很重要),显然小读了此诗。读到此处,我觉得自己的青春、理想、爱情、事业、朋友、亲人,等等,都有空付流水、枉赴苍生的悲凉之感。是啊,榫还在,卯不再,我们都可以痛哭一场了吧。所幸,榫还在,榫还在——尚能饭!

胡晓光说——
我的家乡是著名的古建筑之乡,有近三分之一的人从事与古建筑有关的产业,于是出现了众多专门制作榫卯、斗拱等配套产品的企业。其中,有一家就在大广高速我家乡出口处竖起了两块大的广告牌,广告面简洁、干净,整面广告牌只有"榫卯"这两个字,这两个广告牌非常显眼,我第一次看到它们就被吸引了。

当时，"榫卯"这个词一下子进入了我的诗性视线，我意识到，这是一首诗。

当时我在驾车，不便记录，从收费站出口出来，我立马把车停在路边，在手机上记下了几个关键词：榫，卯，阴，阳，咬合，生命，老家等等。

我的老家就是这种半砖半木头的建筑，整栋建筑有一半是木头来完成的，而这些木头建筑，就是靠榫卯来联结的。尤其是堂屋的大木柱榫卯结构，堪称榫卯结构中的经典，几百年了依然坚固完美。我在这样的屋子里长大，太熟悉这种榫卯结构了。

那个广告牌把我心中的"榫卯"这个词唤醒了。

这首诗实际上是在路边完成的，实际上我自己总感到还有没写的，一直想改，但一直都改不动。它真的成了"榫卯"。

在某个夜里突然失踪

梁 平

然后，夜里多了很多追灯，
从不同的方向追踪我。
在追灯与追灯的缝隙间，
有一张红木八仙桌、一壶酒，
空置七个座位、七个酒杯，
想象七个人陆续到来。
我看不见他们的五官，
他们说自己的方言，
而且自言自语，滔滔不绝。
我发现他们看不见我，
根本不知道是我摆放的酒席。
此刻有一束光打在桌上，
像一把利刃划过，
几只被切割的手有点惨白，
酒杯稳稳当当没有泼洒。
我的酒杯，和我又一次失踪，
夜还在继续走向纵深，
再也不会有人与我萍水相逢。

【作者简介】 梁平，出版有诗集《三十年河东》《家谱》《长翅膀的耳朵》《嘴唇开花》《时间笔记》《忽冷忽热》以及散文随笔集《子在川上曰》、诗歌批评札记《阅读的姿势》等 16 卷。

诗题《在某个夜里突然失踪》，介于日常与非日常之间，也可以理解为在入世与出世之间。其使我更多想到的是梦境，因为是"某个夜里"，是主动失踪还是被动失踪，我们先不必急于下结论，但"失踪"的词义，本身潜藏了丰富的诗意。且往下看——

> 然后，夜里多了很多追灯，
> 从不同的方向追踪我。

这样的开头，显然是迅疾的，像一阵风，突然穿过丛林，吹得树叶唰唰作响，"很多追灯/从不同的方向追踪我"——诗人只用两行，就让我们感到了逼视感和仓皇感。我得承认，我喜欢"然后"这样的切入方式。它一下子把线性的叙述方式巧妙扭转为时间的错综，呈现出立体感，在时间的倒回拉伸中，实现了快捷的一步到位，并且事件随着时间的中场切入，也变得多维和丰厚起来。"然后"——似乎在此之前，发生了很多事件，但高明的作者只取"然后"，所以不必要的唠叨都给"然后"掉了。

张执浩先生说，对于一个诗人，最远的距离是心到手的距离——是啊，不同阅历、能力、才华的写作者，他们的距离是不一样的。写诗经年的梁平，当然具有很深的诗学素养，然而，对普通的诗歌写作者，如何摆脱自身语言和思维的枝蔓，沥干难以割舍的诱人泡沫，进而快速抵达，依然是一个需要长期磨炼的课题。

诗人在诗歌的前两行，提供了一幅画面："夜里多了很多追灯/从不同的方向追踪我"，时间是夜里，夜里才会有灯光，但他们是"从不同的方向追踪我"，显然不是一个日常的场景，应该是在梦里发生的非日常场景，而梦里发生的往往是日常生活的念想、忧惧或反证。主人公"我"一下成了被"追踪"的对象，似乎有一场大戏就要拉开序幕了。

现代汉语诗歌的叙述常被传统批评家诟病，但"叙述"我以为正是现代汉语诗歌的"立身"之本，不必见"叙述"就以习见的认知生出痼疾。诗歌的体裁决定其写作的嬗变速度超越任何体裁，诗歌评论同样也需要"清空"，从"无我"重新出发，快速跟进，不必以传统甚至陈腐之论去框限。我以为即使是线性的叙述，依然也有它的可取之处——关键是叙述者中是否有寓意和场景的烘托——这才是根本！

臧棣先生认为，当代诗的叙事性，在优秀诗人那里，主要不是用作对经历和事件的讲述，"当代诗的叙事性是对诗的氛围的诉说"，其强调的是"故事性和寓意性互相渗透"。刘川先生则认为，叙述中的戏剧化，则更加显示隐喻的张力。

我以为，梁平先生此诗的开篇，即将我们导入了某种戏剧场景，让我们和诗人一起追踪吧！

> 在追灯与追灯的缝隙间，
> 有一张红木八仙桌、一壶酒，
> 空置七个座位、七个酒杯，
> 想象七个人陆续到来。
> 我看不见他们的五官，
> 他们说自己的方言，
> 而且自言自语，滔滔不绝。
> 我发现他们看不见我，
> 根本不知道是我摆放的酒席。

这更是戏剧化场景。在"追灯与追灯的缝隙间"，如何能摆下"一张红木八仙桌"？"追灯与追灯的缝隙间"有多大？可大可小，无法界定，也无必要，有趣的是为什么要在此之间摆下"一张红木八仙桌"。从接下来的场景可以看出，加"我"一共是八个人，一起围桌而坐，共一桌酒席。另外七个人为何人？为什么要在紧张的追踪之下摆放一张酒桌共饮？梦中的场景并不需要逻辑性，但诗人对梦中场景的取舍必须"精敏"，不能像梦中那样放任自流——所以这样的场景肯定是有意味的。更有深意的是，这七个人是"我"想象出来的，还不是一般的"正常人"，他们神神叨叨的，说着一些方言。"我看不见他们的五官"，"我发现他们看不见我"——"我"看到他们的部分，他们看不到"我"的整体，这些人连酒席是"我"摆放的也不知道——这全都是不合逻辑的！请客的人不知道来者何人，甚至连对方的"五官"也看不清楚；来者也不知主人是谁——这是一场多么盲目甚至荒唐的酒席啊！现在的问题是，作者把这种戏剧化的场景推演到了极致，想表达什么？

我能想到的词有这么几个：苟且、放纵、自适、自得其乐、物是人非，等等。生活也许是一个幻影更好，大家在一张桌子上把酒，来者何人，是何面目，且不去关心，喝起再说——再难听的方言，自己能够听懂就行，因为针对的是自己的内心，也许是某个根深深扎在那里。这个局是"我"做的，也大有深意，"我"想和这些熟悉和陌生的人，甚至虚无的人在一起，心中必定有一种难以释放的某种情结的伤疤在，且看下文。

> 此刻有一束光打在桌上，
> 像一把利刃划过，
> 几只被切割的手有点惨白，
> 酒杯稳稳当当没有泼洒。

戏剧化场景继续演变，此时出现了蒙太奇镜头，打来了一束光，"此刻有一束光打在桌上／像一把利刃划过"，作者在此开始发力，温和的聚会场面陡然被"利刃划过"，使我们感受到了某种痛感。联系到诗作开篇，似乎有警车呼啸而到，这一道光是威严的追踪之光，凌厉地射于酒桌之上，场面顿时混乱，"几只被切割的手有点惨白"，然而现场并没有陷入混乱——"酒杯稳稳当当没有泼洒"——戏剧化和不合逻辑依然在继续。只是佯装和淡定之中，有些东西已经被"折断"，发出了"惨白"的声音。

> 我的酒杯，和我又一次失踪，
> 夜还在继续走向纵深，
> 再也不会有人与我萍水相逢。

主人公被追踪，神经质地摆放了一桌酒席，请了一些熟悉和不熟悉的子虚乌有的人，共聚一桌，以消解心中的某种难以忍受的愤懑和惆怅。当真正共处一桌，举杯畅饮，那些看不清五官（也许是"我"不想看清）的人，滔滔不绝地说着自己的家乡话（也许是鸟语），"我"也不想让他们看见——为何？也许"我"足够狼狈和虚弱，请让"我"保留一点自尊。夜是永续的，无休无止，不在"我"心中的伤悲，依然

"继续走向纵深", 酒桌上那些萍水相逢也并非"我"所需——一切的问题的产生与解决, 都要植根于自己内心的这棵树, 尘世中有几人能了"我"心结, 解"我"烦忧? 最深的孤独, 也是最坚持的自守, 也是一种最深的高贵!

梁平说——

生活对于我们每个人来说都有太多的不正常, 岁月静好奢侈得遥不可及。我相信每个人在"不正常"的状态下, 都会使出浑身解数挣扎、逃离和摆脱, 而事实是并非都能如愿。《在某个夜里突然消失》试图把这个现实残酷的表象隐匿为心迹, 用自己的心与他人的心的交换, 分享一种疼痛。"他人"易飞我不认识, 但读过他的一些文字, 印象很深。在这里, 我以为心与心真的做到了交换。人以群分, 现实有多不靠谱, 群也有多不靠谱。这首诗设计的八仙桌、座上宾, 也非等闲之辈, 但心的交换何其艰难。

读过易飞很多讨论诗歌文本的文章, 这正是当代诗坛最为缺失的, 感谢你认真、严谨, 而且与众不同的治学态度。

易飞说——

梁平先生非常认真, 发给他的当天, 他先浏览了一遍, 第二天又再次细看, 并写来一段创作体会。梁先生的这段话, 更有助于我们精准地把握这首诗。

老实说, 看到"这首诗设计的八仙桌, 座上宾, 也非等闲之辈, 但心的交换何其艰难"后, 我开心地一笑并有点小得意, 因为我在初稿中, 在"物是人非"后面用一个括号写进了这层意思, 大概是原来的好朋友, 随着生活的庞杂和认知的改变, 我们很难再坐到一起了, 再也找不到原来的共同语言。后来觉得有读"小"这首诗的嫌疑, 便删掉了。但来到这个桌上的都是牛人, "非等闲之辈", 我没有关注到。

也学刻舟

李 云

我不过就是那位远古的痴者
相信流水不走,船儿不动
遗失的剑影能撞破江水
飞去就会飞回
刻舟求剑

此时,潭水之上 我也刻舟
仅求 落水的一袭白衫之白或太白之白
和一首短诗之短或时光之短
能浮升水雾之上 如果

可以,坠入潭底的酒盅
青瓷之脆响和豪放爽朗笑声
都返回江面 或 容我纵身一跃

为你们
温酒、研墨、铺纸或摇舟
搀扶你们上船下船
企盼刻在时光之楣

深浅不一
踏歌 酒旗

江水倒流,故人才能如新
酒壶返热,皖南山水真好

刻舟之求如此纯粹

【作者简介】李云，出版诗集《水路》《一切皆由悲喜》，发表电影剧本《山鹰高飞》《第六号银像》等，出版长篇小说《大通风云》等。曾被评为2019年度封面新闻"名人堂"全国十大诗人，中篇小说《大鱼在淮》获安徽省政府文学奖。

李云说："写诗最根本的目的是用诗来洗濯尘世给予我的灰垢，保持思想维度和精神向度的纯正和清洁。""在社会快速转型期里，现代人的焦虑如何排遣，每个人都有自己的'逃狱'秘籍，而我只能用诗来加持和助力，借助诗的小径，走出混沌和荒芜，走向澄明和纯净。"

李云这番话，为解读此诗提供了钥匙。

我不过就是那位远古的痴者
相信流水不走，船儿不动
遗失的剑影能撞破江水
飞去就会飞回
刻舟求剑

首起的诗句像雨点一样，似乎是不经意落下的。"我不过"，还有接下来的"如果可以"，不仅是一种好的切入方式，也是一种好的态度，透着谦卑和某种自不量力的味道，这是好诗人的一种言说姿态。好诗人的语调，都是不自信的，绝对不会武断。夏汉先生说："写诗要跟自己的身份相符合，因为诗人的身份认定通常都是普通乃至于卑微的。""唯其低到尘埃，方可见其高贵与伟大。"

据我观察，在好诗那里，这些诸如"不过""不敢""如果可以""大概""也许""可能""几乎""应该"等等，这些表示不确定性的程度副词，他们经常使用。我来试举几例。

现在我想把它看成是一个老人的日出

如果可以
这花这草这亮晶晶的水就是我的
这一座天空也是我的
　　　——傅天琳《日出》

现在，乡亲们走了
也许永远不再回来
我们谁是骨头，谁是肉
我们在岁月的噬咬下
骨肉分离后，有谁能留下来
听听我的骨头用方言搭几句家常
　　　——卢卫平《骨头》

你看到那棵向日葵了吗
你应该走近它
你走近它便会发现
它脚下的那片泥土
每抓起一把
都一定会攥出血来
　　　——西川《阳光中的向日葵》

我曾经躲闪，
顾左右而言他，不敢说出
我的前身
　　　——大解《夸父》

不胜枚举。

　　刻舟求剑的故事不是一个新故事，如何在这样的古老题材中出新是留给诗人的难题。"我不过就是那位远古的痴者/相信流水不走，船儿不动/遗失的剑影能撞破江水/飞去就会飞回"，诗人首先与那位迂腐的"刻舟"者进行了对位同体，"我不过是"——一上场就表明态度，将两者的角色合拢——这显然是有意为之，我以为是放低身段。这几行虽然在叙说古老的故事，却似有刀光剑影在江面飞走，诗人把一个静止的故事写出了动感，并且此剑"飞去又飞回"，在空中完成过程——仿佛那把失落在江底的剑，透过古老的时间穿越而来，在我面前露出寒光。诗人在此节中展示了某种凌厉和力度——一个雄健的起笔！

> 此时，潭水之上　我也刻舟
>
> 仅求　落水的一袭白衫之白或太白之白
>
> 和一首短诗之短或时光之短
>
> 能浮升水雾之上　如果

还是有必要把这个典故简要叙述一下：战国时期有个楚国人坐船渡江的时候，在江中心不小心将携带的一把宝剑滑落江中，船上的人对此感到非常惋惜，但那楚人马上掏出一把小刀，在宝剑落水的地方——船舷上刻了个记号。船靠岸后，那楚人立即在船上刻有记号的地方下水，还自言自语道："我的宝剑不就是从这里掉下去的吗？我还在这里刻上了记号，现在怎么会找不到呢？"

前文说过，"我"与那个"刻舟"之人同为一体，刻板而又固执，但我以为这里的自嘲，其实是自己对某种信念的执着与坚守，也许在别人的眼里，"我"是那么迂腐，不融于世，为了心中的执念，孜孜以求。此时诗歌已生发出一种个人气质，倔强，不甘入流的决绝，坚持与坚守。但诗人依然是低调的，自嘲式的，仿佛一直在数落自己的这种毛病。我以为，愈是如此，读者愈是在情感中被聪明的诗人拉进了自己的怀抱。奥利弗说，诗歌是一场隐秘的冒险，这场冒险"不是无意识，也不是潜意识，而是谨慎"。诗人一直保持着谨慎、谦逊的语调。"仅求/落水的一袭白衫之白或太白之白/和一首短诗之短或时光之短"，其"白衫之白"与"太白之白"各有所指，其"短诗之短"与"时光之短"也各有所属。前者当为读书人，或有素洁高贵之意；后者当为诗仙太白。"两白"聚合，更见其"白"。此处当有知识分子和诗人的某种身份认定，并有"元诗"的味道。"潭水之上"可能也离开河边，成为某种虚化的精神之河；"能浮升水雾之上"，则是某种境界的上升，在表达一种超拔的理想。

　　　可以，坠入潭底的酒盅
　　　青瓷之脆响和豪放爽朗笑声
　　　都返回江面　或　容我纵身一跃

　　　为你们
　　　温酒、研墨、铺纸或摇舟
　　　搀扶你们上船下船
　　　企盼刻在时光之楣

　　显然，"如果"和"可以"的有意分开，是为了上下的衔接和贯通，也增长了文本的张力。某种欢聚的场面，或是放纵，放舟一叶，浅酌低唱或豪迈畅怀，任"坠入潭底的酒盅/青瓷之脆响和豪放爽朗笑声/都返回江面"，动感十足，使人仿佛能听到小船上的对酒当歌，怡然自得，诗人忍不住"纵身一跃"，介入其中，但依然是谦卑的，或者说更加谦卑，似乎当起了服务生，"为你们/温酒、研墨、铺纸或摇舟/搀扶你们上船下船"。清风明月，渡口小船，高朋美酒——这样的场景更是一种心灵的归依或向往。此处，那个古老的典故，已经生发出新意，那个刻板迂腐的书生，早已脱胎换骨，蜕变成风雅高洁之士，成为某种精神的象征。此处不仅体现了语言的再生性，而且也具有饱满的思想。

　　　深浅不一
　　　踏歌　酒旗

　　　江水倒流，故人才能如新
　　　酒壶返热，皖南山水真好

　　　刻舟之求如此纯粹

　　我注意到"江水倒流，故人才能如新"，可能是本诗的精神之核。

这一句相当精彩。刻舟之人之所以可笑，是因为他以为江水不会流动，所以才刻下记号。"江水倒流"，有时间的回溯与跨越之感，此处已完全是虚写，故人如新，不仅是"故人"，其所指更加延展——所有的事物都是不断变化的，流水常流才能常新，要洗刷的东西很多——那些陈腐的、刻板的认知，保守的己见，小我的格局，是该彻底抛弃了！

本诗此读，也许并没有穷尽其义，我以为它其实深有内涵——当下社会多浮躁之人，每个人高看自己是本能，但固守己见，抱残守缺，没有学习、修正、包容之格局与胸怀，于社会、于生活、于朋友、于家人，均怀戚戚之心，患得患失，以小我之见，拘小我之规，行小我之为，其结果终将是与人不合，与社会不合，与自然不合，被时代的滚滚车轮碾压。

不可否认，当下很多人在生活和工作中都在为心中的某个梦想"刻舟求剑"，是良剑还是邪剑，每个人心中自知——可以凭君自舞，或引剑自宫，但请不要伤害他人！

李云说——

拙作《也说刻舟》是我五年前在桃花潭写的一组诗中的一首，发出后不少人说这诗切入新，戏剧化展开好。其实，我满意的是诗中的现代性和传统文化的有机缩接，而形成的一种新古典主义的抒情。这是我的一个诗试验，成败如何凭读者诸君说。易飞先生提到的诗人写作的低调，我十分赞同，我一直认为诗歌写作的过程是诗人情感倾诉的过程，它不是大声地演讲和辩论，不是工作的报告和工作的汇报，它的语调形态特征应该是轻声细语的，它的表达形态一定应该是谦逊的，人一旦谦恭，一定会言行低调和礼让。我知道自己浮躁使然，没有做好，还得克己复礼。还有在古往今来的圣贤大儒面前，我真的甘愿为他们研墨、铺纸、洗笔。

清明书

王单单

> 每逢清明，我便发动战争
> 与山间草木较劲。它们
> 长出一茬，我就割掉一茬
> 起初，我的每一刀
> 都怀着深仇大恨，我发誓
> 绝不让草，活着
> 走上亲人的坟头。
> 时间久了，草们
> 越来越顽固，而我却
> 越来越无力。天注定啊
> 我会成为这场战争的失败者
> 会沦为荒草的阶下囚
> 甚至某一天，我会默许它们
> 高过我的头颅。

【作者简介】王单单，原名王丹，云南镇雄人。曾获首届《人民文学》新人奖、2014《诗刊》年度青年诗人奖、2015 华文青年诗人奖、首届桃花潭国际诗歌艺术节·中国新锐诗人奖、首届"中国天水·李杜诗歌奖"新锐奖、2016·扬子江年度青年诗人奖等奖项。

清明过去不久，我读了一堆以清明为题的诗。

中国是诗歌大国，自媒体平台形成后，我估计写诗的人有几千万，相当于欧洲几个国家。写清明这种题材的诗人则更是多了去了，每个人都有亲人故去，都有心中的不舍与怀念，通过诗歌抒发感怀，可能是最便捷的方式，所以作品汗牛充栋，每到清明诗作铺天盖地，几乎每个

"诗人"都要来那么几首，但是我们看到的作品大多是同质化的。我以为除了广大的基层写作者的能力和水平之外，还有一个根本的原因——"一片树叶拿得太近"。为什么？因为亲人的失去，一定有真实的悲痛甚至剧痛，所以在表达上，往往直抒胸臆者多，过于直白者多，写得太实者较多。这样的写作，往往是由某种现场感引起的——清明时节雨纷纷，一种悲情不由得生发，田野上的坟茔、陵园中的墓碑和骨灰盒、家中摆放的照片，等等，还有很多特殊的场景，都成为写作触发的动因，所以一旦介入，情动于中，难以摆脱场景带来的纠缠，直至深陷其中，诗思难以拔逸，会下意识地呈现情感泛滥，一泻千里，流露出某些失控。于作者本人，当然一吐为快；于读者，则有一览无余的遗憾。当然，也不排除其中有一些作品有直击人心的力量，甚至让读者产生强烈的感动与感染。但从艺术层面上讲，总是容易失之于浅、显。再者，细节太细，可能陷入描述困境，导致诗身变重，无法轻盈起来，也限制了截断与转向，成为单一视角，从而陷入局部纠缠。

王单单则显示了一位优秀诗人的掌控和摆脱现场纠缠的能力，高明的诗人，会"在同质化的题材中，挖掘其无限性，找到敞开的空间（刘川）"，于一个平凡的题材中，写出大气象。

> 每逢清明，我便发动战争
> 与山间草木较劲。它们
> 长出一茬，我就割掉一茬

最近参加一位古体诗作者的作品研讨会，我请教对古体诗有精深研究的华中师范大学教授、中华诗词学会乡村诗词工作委员会主任段维先生，现代汉语诗歌好诗的标准很多，如何判断一首古体诗是好诗？段先生说，有一个简单的标准：眼前一亮、喉头一热、心里一颤——说得真好！简单实用，如果转为专业的表达，我以为可以写出很多种。我也同时认为，这个简单的标准同样适用于现代汉语诗歌。王单单的前几行就让我产生了"眼前一亮"的阅读欲望。在诗作的第一行，他就"发动战争"，显示出思维的出离和文本的新颖。在写清明的诗作中，我们见过太多的类型化、框架型的写作，如何避免场景雷同、情感雷同是一个绕不过去的问题。对于普通人的写作，我们不必苛求，也许表达方式的陈旧与雷同，并不妨碍其真挚甚至纯情，他们不讲究文学性，却依然可以做出符合他们自身文学水准的表达，但一个优秀的诗人，就得从类型化和同质化中脱出。显然，王单单的出手就不一般。

"每逢清明，我便发动战争/与山间草木较劲。它们/长出一茬，我就割掉一茬"。我想，王单单的老家当在云南乡下，因为只有乡下这样的场景，才有坟茔，坟茔上才有蓬生的荒草，诗人"发动战争"的原因，是因为坟茔上每年不断生长的荒草——这是乡下生活非常普遍的现象，可诗人却要发动一场战争来解决它，"长出一茬，我就割掉一茬"，态度非常决绝。这里面潜藏的含义很容易找到：荒草丛生，可能高到我们不能想象的程度，把我们的亲人都湮没了、掩盖了——所以我要"发动战争"，发动一场与这些荒草争夺亲人的战争。"割掉一茬"，无疑，这让我与亲人更近了。诗人起笔之始，于笔下突生波澜。清明，本是带着某种平静的哀伤去凭吊亲人，诗人却要发动战争，战争的对象是坟茔上的草木。人生在世，草木一秋。草木尚且可以枯了再荣，亲人却只能长眠在地下，且被不断疯长的草木湮没。以草木之年年繁盛，衬亲人于地下之孤单。看似简单的三行，表达了丰富的意义。

也许主人公并没有实施"割掉一茬"的举动，但心中的荒草已经刈去，过于追究这个动作的具体实施已经没有什么意义。情感中的图景比现实的图景更加感人，艺术的真实比生活本身更加真实可信——因为读者更愿意相信，愿意跟着诗人的情感节奏一起共情。普通的写手会这样写：站在蓬生的草木前，生发对亲人的无限思念——王单单不会，他以凌厉的手感，向现场的草木发难，发动战争，掀起了一场心灵舞蹈的大戏。

> 起初，我的每一刀
> 都怀着深仇大恨，我发誓
> 绝不让草，活着
> 走上亲人的坟头。

可以看出，主人公起初的态度是非常决绝的，"我发誓"，没有任何商量的余地，"绝不让草，活着/走上亲人的坟头"，这里的"活着"与亲人的死去，是一种对比。草活得越好，亲人们在地下被人遗忘得更快，所以"我"对草"怀着深仇大恨"。前面是"较劲"，现在是"怀着深仇大恨"，感情色彩越来越浓，更凸显决绝的姿态和抗衡的意志。"每一刀"下去，都是主人公不可动摇意志的具体体现。请记住："绝不让草，活着/走上亲人的坟头"，这两行，是诗人较真的全部理由，也是诗眼。

> 时间久了，草们
> 越来越顽固，而我却
> 越来越无力。天注定啊

此处又进行了对比，一方面是草的顽固，一方面是我的"越来越无力"。"越来越无力"，带着某种不可避免的宿命，前提是"时间久了"，这里暗含时间的流逝、生命的老去不可逆转之意，口气上也与上述两节有了微妙的变化，情感的转折也很明显，但并不突兀。"顽固"的表面是草木，实际上是生命和自然的规律。在这里，主人公有了某种退却和认输的迹象，其实也是对宿命的顺从与无奈。

> 越来越无力。天注定啊
> 我会成为这场战争的失败者
> 会沦为荒草的阶下囚
> 甚至某一天，我会默许它们
> 高过我的头颅。

读到最后，读者才感受到了作者构思的精巧，从作者发动一场战争开始，表现出与草木不可戴天的决斗姿态，随着战争剑拔弩张地推进，一场结果早已注定、不可能赢的战争，徒劳的战争，以及战争悲剧性的结局，无情地展示在我们面前。到最后一句，作者的态度做出一个完全反转的姿态："甚至某一天，我会默许它们/高过我的头颅。"我们突然发现，所有的对抗、所有的战场硝烟，突然都没有了，突然烟消云散了，战争复归平静，结局却发人深省。然而，我以为最可贵的是，诗人就是要发起一场不可能打赢的战争，这是生命的呐喊与坚持，这是对亲人最深重的祭奠，这是生命的肃穆和高贵。

此诗最后的确让人心头一颤：其写出了宿命，写出了轮回，写出了苍劲，写出了不甘，写出了抗争，写出了顺从，也写出了高贵。

王单单，可不是那么简单！

经 318 国道回故乡

阿　毛

我多年埋首书斋
到暮年才爱上自然

爱喜马拉雅山谷
忙碌的蜂箱

爱图片中
剪掉的电线和鸟窝

和人去楼空
长荒草的寺庙

爱故园的灰尘、蛛网
蒙垢的弹珠

和孤石、素颜
冷寂的心

【作者简介】阿毛，主要作品有诗集《我的时光俪歌》《变奏》《像怀抱》，散文集《影像的火车》《石头的激情》《苹果的法则》，中短篇小说集《杯上的苹果》，长篇小说《谁带我回家》《在爱中永生》，文集四卷（本），诗选《玻璃器皿》《看这里》，中短篇小说选《女人像波浪》等。曾获多项诗歌奖，部分作品被翻译成多种文字。

《经 318 国道回故乡》，看似非常普通的题目，"本事"就是这样的，表述再老实不过，但可能有一些潜质性东西在内。如果我没有记错，诗人的老家当为湖北省仙桃市；如果再没有猜错，写这首的年代应该比较久远，因为作为大荆州的老乡，我也知道现在回老家，一般不需要走国道了，甚至有些国道早已废弃。我以为"经318国道"是有意味的，如果写成"经高速"其诗性会大打折扣。我甚至认为，"318"都是有意味的，数字的不整齐也是一种形状的体现。如果你有过开车走国道回老家的经历，就知道那叫一个受累，人更受累——因为多年失修的路况。我以为那是一个时代的记忆，体现的是颠簸、泥泞、凸凹，指向的是破败、贫寒、苦难。

所以，以这样的方式回故乡，一定是会掀起内心的深层波涛，特别是作为一个受过规训的写作多年的诗人。

　　我多年埋首书斋
　　到暮年才爱上自然

我以为一个好的诗人、一个聪明的诗人，只要有敬畏之心，不以游戏对待写作，一上场，就会让你感觉到其良好的手感和身段、真诚与情怀，不至于让你产生阅读的违和感。所以，对于阿毛这样一个低调、谦逊的诗人，我们可以给予其充分的信任并感到踏实——她一定会挖掘出生命中经久而深藏的经验与纹理。

起句自然，如流水泻溢。语调亲切诚恳。"多年""暮年"这些表现时间跨度的词，形成了文本的某种深度，可以预见其一定具有相当的思想筋骨。我以为阿毛写作此诗的时候年纪并不大，但诗人心境的成熟、思想的深刻，可能过早在精神上穿越到了"暮年"，爱上自然，是诗人的天性与精神气质的必然回归。此处在一定程度上表现了阅读与行走、内心与自然、自修与清空的意义。

　　爱喜马拉雅山谷
　　忙碌的蜂箱

显然，阿毛是一个有情怀的诗人。有情怀的诗人往往会在打开的场域中，不经意展示出自己诗歌的美学景深。女诗人不自觉的性别意识流露，更是如此。"爱喜马拉雅山谷/忙碌的蜂箱"，我想起了前年大热的歌曲《可可托海的牧羊人》，牧羊人与养蜂女的故事，让听者肝肠寸断。诗人视野宽广，其故乡虽然在平缓的江汉平原，视角却极其浩远。从江汉平原位移至喜马拉雅山谷——这跨度也太大了，我们可从中看出，此诗快速脱离了线性叙述，先在空间上进行了飞越和腾挪，且其中大有二律背反的意味，高与低、平原与高山，其诗性结构中体现出矛盾统一，不是简单对立，而是"互为因果，互为前提"。

一首回乡的诗，阿毛已经拉得够远，让我们看到了喜马拉雅山谷的蜂箱，这里面的潜台词也很明显：寒冷、严酷、劳动、收获、生存、坚韧……我注意到，在这首回乡的短诗中，确切的地名只出现了这一个，其他都是常态化和虚化的，如此说来，"喜马拉雅山谷"成为此诗意象和地点之中枢，我以为其具有一定的象征意义、使命意识，是此诗的精神支点所在。

> 爱图片中
> 剪掉的电线和鸟窝

此节视野突然回收，我以为有更多女性的情调，更多青春岁月的印记，似乎像一张拼图，"电线"联结的是声光、音响，进一步推演，便是活色生香的美好年代，鸟窝里正在练习起飞的小鸟，高远的天空和诗意的远方。这是一场青春的游戏或者拼图，此处应当有诗人的"真我"和其美好的记忆。岁月流逝，我们为了远方离开家乡，这是成长的色彩与代价。此处也有和过去告别，"剪掉"过往的意义。

> 和人去楼空
> 长荒草的寺庙

这一节的语气和上一节是连贯的，使本来工整的结构发生了上下粘连，而最后两节也承接这种方式。从全首诗的结构看，也是整齐中有变化，有开始几段的自然切割，也有后四行的主动粘连。阿毛这首诗把丰沛的女性意识与情怀发挥到了极致，所以摇曳生姿，楚楚动人。

爱"人去楼空／长荒草的寺庙"，估计天性伤感的诗人，才会喜欢这样的荒凉与寂寥，但其中潜藏的是对人生的思考、对生存的思索、对故土离别的惆怅。从"人去楼空"中，我们依稀可以看到主人公的影子，也许是一个青春少女的倩影，其表达的依然是迷人的、难以排解的深切情怀。

> 爱故园的灰尘、蛛网
> 蒙垢的弹珠

终于写到"故园"了，但诗人依然冷峻，只取"故园的灰尘、蛛网"和"蒙垢的弹珠"，故园中已没有一件鲜活之物，早已蒙上厚重的岁月之尘，一切都已被掩埋，但诗人依然在"爱"，因为这是故园的历史、沧桑的记忆，它成为过往生活的某种佐证。虽然颜色已暗，灰尘深厚，但故园依然长在，在这片深重土地上酝酿的诗和远方早已出发。现在的爱是一种回味，一种回望，一种观照——苦难与欢欣，也需要梳理珍藏，以赐予我们更多的生活智慧。

> 和孤石、素颜
> 冷寂的心

显然，这是水到渠成的结尾，一个入心而抓人的结尾，一个伤感却又自适安好的结尾，诗的境界也变得厚重起来——直指我们的内心。这里依然有女性角色的自怜、自惜，对韶华老去的慨叹，但"素颜"之"素"，我以为是极有意味的，颜素，心也素，心素则淡静，坦然赴之，从容对之。别忘了，前面省略了一个大字"爱"，纵然如此，依然深爱。这是一种入世的态度，也是一种优雅的风度！

318国道曲曲弯弯，我们热爱而执拗地回乡，依然实现了精神的归巢与身心的安放。

如此甚好！

阿毛说——

这首诗应该是我前些年某次在湖北之外的某地旅行，途经 318 国道时写的。当时，我非常惊讶：318 国道竟然在武汉、在湖北之外。说出这个井底之蛙的狭隘，不怕你笑话。真的，不怕。因为我就是有这个偏执的固见：一直以为 318 国道就在我童年和少年时的毛小村与三伏潭镇，就在我青年时的仙桃与武汉。我以为从毛小村到三伏潭镇，到仙桃市，再到武汉市，这个串起我的出生地、求学地与工作地的路线，在这些地理上就叫 318，就是串起这些地理的国道在湖北、在武汉、在仙桃、在三伏潭镇、在毛小村的标数。我从没想到它在其他省市也叫 318 国道。我竟然也从没查过它的起始点和终点。你可以嘲笑这个狭隘的小我的惊讶，但正是这发现与惊讶，令我问了百度，正是这惊讶让我提笔写了这首诗。

我写这首诗时，先查了百度："318 国道的起点和终点在哪里？"百度的回答是："起点为上海市黄浦区，终点为日喀则市聂拉木县。全程5476 千米，经过上海、江苏、浙江、安徽、湖北、重庆、四川、西藏 8个省区……"

这个回答，令我在脑海中光速铺了一条从其起始点至终点的路线。

那时我才知道 318 国道在我的出生地、求学地、工作地的路段，应该是在它的中段，而非全部。除了我至今没去的西藏，318 国道在其他省市我肯定是路过或走过一部分的，只是我不知道它们是 318 国道而已。

这让我自己也对自己可笑的狭隘惊讶了半天、自嘲了一整天。不要问我小时候是怎么学、怎么做名词解释的。对于 318 国道，我脑海里就没解释过，天然而然地认为：我出生，它在那里；我出发，它在那里；我归来，它在那里。

我的老家、我的出生地就在 318 国道南边的一个叫毛小村的村庄东头。我家后面几百米远处就是 318 国道。那里走过我第一次穿裙子、穿凉鞋的童年身影——母亲牵着欢天喜地的我去父亲工作的镇上；后来少年的我在 318 国道上踢过石子——在镇上读初中的我，每周末都要走两次 318 国道；再后来，我去仙桃上高中，第一次骑一个多小时的自行车去仙桃，就是走的 318 国道；然后就是到武汉上大学，自然也是走的318 国道。我记得出发去武汉的那天，天刚蒙蒙亮，父亲担着我的大学行李，带着我，步行十里地到三伏潭镇坐长途汽车到汉阳钟家村（长途汽车站），然后步行走过长江大桥到武昌的中南财经大学。从此我在蛇山南麓的这所大学开始了四年的大学生涯、十一年的工作生活，然后是我在市文联做文学编辑、搞专业创作的这些年。我回故乡甚至去黄冈婆家的主要的行走线路也依然是318国道。可以说，我的出发与行程、我的归途与乡愁都在318国道上。所以，当我在外地与它相逢时，这首诗是必然要诞生于多年写作诗歌的一个诗人笔下的。它的必然，不仅仅因为我上面写到的这些，还因为我们在老家至三伏潭镇上的国道上，经历的惊险与痛心、生离死别。惊险当属我小时候被父母带去外婆家回来的某次。那是一个夜晚，父亲放下一头坐着我，一头装着土特产的箩筐担子，和母亲坐在路边石上小憩。突然一辆没开车灯的大客车偏头而来，父亲慌忙抱起坐在箩筐里的我，拉起母亲迅速闪开。我听到父母大声惊叫："好险!"

还有次惊险是我在镇上上初中的某个周末返校的路上。那次母亲和我一起去镇上，她去镇上看父亲，正好顺路送我。途中遇到一个骑自行车的哥哥，可能是母亲嫌我走路慢吧，她硬是喊住那个哥哥，让他带我去我父亲那里。他们扶我上了那个哥哥的自行车。自行车在318国道上飞奔，风在我耳边呼呼作响。车子刚一到三伏潭镇供销社（供销社就在公路北边）门口，我立马跳下来，可哪想我会扑通一声跌倒在公路上，下巴都磕出血了，然后那个哥哥又把我扶上车，带我到医院看伤口。第二天下巴贴着纱布的我，学到了物理的惯性运动。我时常想，我要是早一天学这个惯性运动，我当时就不可能自己跳下来，或者跳下来后，再往前跑一段，可是，我没有。好在伤口恢复快，也没有留下疤痕。但有时候，我手托下巴时，还是会想到那次的惊险，耳边仍会响起一辆客车在我身后的急刹声……

再后来，就是我上大学后不到4个月的时间，具体地说，是1986年1月4日那天，父亲从单位骑车回家，在318国道进入村道的那个拐口，被一个开东风卡车的实习司机撞倒……那时，我那些来往于318国道的家书还不到十封，从此戛然而止。

失父之后，我在大学期末语文考试的作文里，竟然写了"我从不希望有什么公路，什么汽车、卡车……要走土路、沙石路，要步行"之类的话。

当然不可能，就像我无法越过 318 国道、越过那个拐口，回到故乡，事实上我也无法越过。是的，我可能从此不再骑自行车，但我确实是无法越过 318 国道，不论我是不是改乘飞机或高铁，我都无法越过 318 国道。

以前不能，现在不能，以后也不能。

那么容我把我的出发、行程与归途和 318 国道位于都市的起点、山谷的终点重叠吧。

所以，在《经 318 国道回故乡》这首诗里，才会既有起点，有"故园的灰尘、蛛网、蒙尘的弹珠"；有途中的"电线和鸟窝""人去楼空/长荒草的寺庙"，有"喜马拉雅山谷/忙碌的蜂箱"，更有终点的"孤石、素颜/冷寂的心"。

易飞说——

阿毛认真，这一"说"成了掰诗以来最长的一"说"。哈，也是，读了她的创作缘起和体会，我差不知她犯了一样的错误，我也只是大概知道一点 318 国道肯定不限于湖北，但我也和她一样认为，湖北境内应该是其最重要的一段，或者是最长的一段。这说明，做功课是很重要的，想当然就会有误读的可能。如此说来，阿毛此诗有一些"实写"成分，我还是愿意将其虚实相间地读，或者完全虚读。这样，此诗的出口无疑就大了许多。

"以前不能，现在不能，以后也不能"，从阿毛的回忆中，我们看到 318 国道给诗人童年带来了甜蜜和欢乐，也带来了莫测的风险与苦难。惊险的记忆往往伴随着苦痛的经历，有一些东西已深深结痂在诗人心上，所以"318 国道"一方面成为诗人某种越不过去的精神高地，一方面成为诗人敬畏的精神归宿。

正像诗人最后的叹喟："把我的出发、行程与归途和 318 国道位于都市的起点、山谷的终点重叠吧！"

麻雀

涂 拥

南普陀寺前的麻雀幸福
与人们宠爱的鸽子为伍
后有佛光普照，前有游客抛来精致食物
随鸽子一起飞飞落落
与旁边睡莲眉来眼去
观看放生池中鱼儿和乌龟赛跑
一点也不恐慌，不像家乡泸州的麻雀
为了啄得一粒稻谷，要翻山越岭
还要警惕一根竹竿，是否稻草人举起
我真后悔出来时太匆忙
没带一群麻雀出来，也认识下厦门

【作者简介】涂拥，四川泸州人，现供职于川江都市报。有组诗发表于《诗刊》《中国作家》《星星》《作家》《诗歌月刊》等刊，有诗作入选多种年选。

如果我没有记错，涂拥先生有着和我相似的经历：新闻从业者、中断诗歌写作数年后，又重新写诗。估计我们年龄也差距不大。所以，读他的作品，有一种亲近感。

这首小诗，我当时看到就存在了收藏夹中，后来又读到他一些诗，但总是丢不下这首诗——好像那群神性的麻雀一直在我眼前飞，总想说点什么。

全诗没有分节，也没必要分节，非常自然地推进，从容不迫。

南普陀寺前的麻雀幸福

与人们宠爱的鸽子为伍

　　我的老家在江汉平原，诗中出现的麻雀太寻常不过了，这是我小时候常见的鸟儿。我以为麻雀是可爱的，一是其体量小，娇小轻盈，多褐色，飞起来像天上的小黑点；二是它叽叽喳喳，声音短促，像快节奏的鸣唱；三是麻雀总体来说是一种益鸟，现在已成为"三有（生态、科学、社会价值）保护动物"，具有较好的人间形象。

　　麻雀在江汉平原是寻常的，在广大的乡村也是寻常的。如何写麻雀才不那么寻常？诗人第一句就将麻雀置于一种特定的环境——南普陀寺前，意由境生。刘川先生说，诗人跟读者之间的关系不是词汇，而是经验，"是你设一个场，让读者进入你的场就 OK 了"。在这里，诗人就是设一个场——一个戏剧化的场景，必定带来某种关系的深刻改变，从而导生出不为人知的诗性。当然，这需要诗人的观察与思考。

　　现在，这群麻雀被放了"南普陀寺前"——一个特定的场景，一群麻雀在乡村的某片树丛里，与在"南普陀寺前"肯定是不一样的，这样看起来是位移，其实是"关系"的改变。韩东先生甚至说，关系比形象重要，"最重要的关系是形象之间的关系"。"南普陀寺"，无须赘言，一定是某种神性的所在。让"麻雀"与"南普陀寺"产生关系，才能生发可能的诗性。

　　"南普陀寺前的麻雀幸福/与人们宠爱的鸽子为伍"，诗人似乎在感叹，这些南普陀寺前的麻雀幸福，因为它们"与人们宠爱的鸽子为伍"。这里面又产生的新的关系，人们与鸽子的关系。显然，这是两组关系，如何处理？处理得好，后一组关系的出场才有意义，才能加分；处理不好，则成了多余的添加或画蛇添足。

　　草树先生非常佩服张执浩先生处理"关系组"的能力——无论是词语、句式，还是情感的呈现，都是以关系组（生与死、黑与白、顺从与抗拒）的方式出场——复杂的世界被张执浩简化为一种相反相成的关系，"不是简单对立，而是互为因果，互为前提"。

　　显然，涂拥在前两行就建立起一种关系，一种对等的关系："南普陀寺前的麻雀幸福/与人们宠爱的鸽子为伍"。如此看来，前者此前是不能与"鸽子为伍"的，鸽了从体型、体态、颜色、风姿和在人们心中的美誉度，岂是麻雀可比？但经过诗人情感能见度的内化处理，它们成了"为伍"的全新关系。

> 后有佛光普照，前有游客抛来精致食物
> 随鸽子一起飞飞落落
> 与旁边睡莲眉来眼去
> 观看放生池中鱼儿和乌龟赛跑

麻雀晋级了！所以"后有佛光普照，前有游客抛来精致食物"，"随鸽子一起飞飞落落"。不仅如此，还"与旁边睡莲眉来眼去/观看放生池中鱼儿和乌龟赛跑"。不要忘记，麻雀享受这样的待遇，全因前面的前提——因为它们在南普陀寺前。此处的睡莲、鱼儿、乌龟等，也均为南普陀寺前可见之物，诗人的笔抓得很牢，并无过度的大幅摇摆。现在，睡莲、鱼儿、乌龟等的出现，已经发生情感的倾斜——它们均成为麻雀的陪衬，甚至成为其享受之物——可见，诗人在不动声色中，仍在固执且用力地抬升麻雀的形象——要改变它们的命运！我们好奇的是：诗人的执念从何而来？诗人将麻雀不断抬升的背后，仅仅是为了改变一群麻雀吗？——一种潜藏的诗性，正在诗人老练而悄然的推进中生发。

> 观看放生池中鱼儿和乌龟赛跑
> 一点也不恐慌，不像家乡泸州的麻雀
> 为了啄得一粒稻谷，要翻山越岭
> 还要警惕一根竹竿，是否稻草人举起

我以为从此处开始看到了精彩，也看到了诗人的老谋深算。诗到此处，非常自然地引进了一个新的角色："家乡泸州的麻雀"——通过对"南普陀寺前的麻雀"的抬举与艳羡后，联想到自己家乡的麻雀，再自然不过了，由此也产生了一组新的关系。作者的口吻似乎有一点调侃，家乡的麻雀似乎没有见过世面，小家子气，与前者相比，带着恐慌，这样的恐慌不过是为了"啄得一粒稻谷"，其过程也艰辛——要翻山越岭，泸州地处四川盆地与云贵高原的过渡地带，当为平坝之地，但也足够艰辛。"还要警惕一根竹竿,是否稻草人举起",这样的场景我们是见过的,麻雀也为一些人餐中之物,其一不小心就会落入某种圈套,成为烧烤烹炸之物——这样的一群麻雀,也足够辛酸的,为了一粒稻谷,翻山越岭,穿越盆地与高原,只为觅食果腹,还时刻有性命之虞。

将诗人老家的麻雀,与"南普陀寺前的麻雀"进行比较,读者会有什么感受呢?同为麻雀,却有截然不同的生活与命运!

读到这里,相信读者和我一样,认为麻雀应该飞走了,一群与麻雀同生同长的人,成了我们要关怀的对象——一种悲怆的情怀陡生——原来世世代代陪伴我们的麻雀,我们从来没有想过它们的生活与命运,只是诗人一个偶然性的遇见——一群飞临"南普陀寺前的麻雀",才有了全新的生命际遇,是因为什么?是神赐?是天恩?是我们平常的生活缺少改变还是心中少有敬畏之心?还是某种带着地域宿命的必然?诗人和我们也是生活在某一个区域的"麻雀",我们也一直在翻山越岭,不知道要飞向哪里。

此几行,诗人的语调看起来像是在赞美"南普陀寺前的麻雀"的优雅、大方,羞涩于家乡麻雀的小家子气,其实是对家乡的麻雀怀着深切的关爱与悲悯,其浓烈的家乡之爱、之苦、之殇,让我感到喉头一紧,感同身受。

> 我真后悔出来时太匆忙
> 没带一群麻雀出来,也认识下厦门

最后略带冷幽默的语调和离奇的构想,是全诗的基调。在前面的沉重之后,突然明亮起来,似乎诗人只是和你开了一个玩笑,所有苦痛一笑而过——如果"我"把家乡的麻雀带来长眼,认识一群全新的同类,知道麻雀还有这样一种待遇,似乎就可以改变家乡麻雀的命运——果真如此吗?平静的语调之后,依然是满怀的伤感与惆怅。

此诗看起来很小,也不怎么刻意,其实有大悲深藏——一群小小的麻雀,也有"鸿鹄"之志,寄托了诗人对故乡深切的梦想与祝愿,具有过目不忘、长久回旋的深沉力量。

陈超先生说,一个自我完全消失的文本是失败的。作者要在处理与这个世界的各种关系中，完成一种个人品格的塑造。此诗中，麻雀其实是一种化身，一种代指，麻雀也许就是我们自己。超越自己，张开翅膀，凌空飞翔，才是一只麻雀应该完成的使命！

涂拥说——

经常在朋友圈读到"易飞掰诗"，这种写作课一般的文本解读，让我颇感兴趣。

这首诗写于2016年，当时我在厦门度假，应该是从厦门大学出来后，顺道去了南普陀寺，看到寺前小广场上，游人如织，一群群鸽子散落其间，鸽子队伍中，竟然出现了许多麻雀。麻雀天性胆小，可在这儿却受到鸽子般的待遇，并与其他生灵和谐共存。我知道这就是诗了，于是当晚一气呵成，没作什么修改（我写诗中很少见），便写下了这首小诗。记得当时正在拜读张执浩先生诗集《欢迎来到岩子河》，对他博客所说"我不与无中生有的人为伍，我不与看不见的事物为敌"也耳熟能详，所以诗中第二句很自然就出现了"为伍"一词。其实写《麻雀》时，我并非刻意想表达什么，只想将这个难见的景象记录一下，当然"我们想要的不是一张照片，而是一部电影，和与之完全匹配的音乐，音乐才是最重要的"（特德·休斯）。那时我也热衷于罗伯特·勃莱、詹姆斯·赖特的诗作，现在回头再看《麻雀》，多少有点受到"深度意象诗"的影响。

琴键一样的羊排

离　离

在草原上，看到的每一只羊
和它们的羊排一样让人心疼
草原上的夜晚，篝火点起来时
有人在跳锅庄舞，有人静静地等着
吃烤羊排，琴键一样的羊排
那人的刀子在上面轻轻划过
就发出了动人的乐声
让每一根草惊慌的声音响起来
白天来来回回还拿蹄子踩过它们的羊
夜里却像琴键一样
只是被敲了几下
就发着悲恸的音

【作者简介】离离，中国作家协会会员。曾参加诗刊社第29届青春诗会、两次入选"甘肃诗歌八骏"。曾获2013年《诗刊》年度青年诗歌奖、2014年度华文青年诗人奖、《飞天》十年文学奖、第二届李杜诗歌奖新锐奖等奖项。

我喜欢诗人自然书写的状态。离离女士的写作，并无有些诗人的刻意用力，却通透精敏，灵气十足，于澄澈中闪耀着盎然的诗性。我以为，于男性诗人的写作，用力一些甚至用力过猛，都是可以接受的；于女性诗人，如果刻意用力，或用力过猛，总有些"违和"和不适感。仅靠语言是撑不起一座大厦的，宏阔的视野和粗大的思想筋骨，并非人人都有，女性作者虽有，但却不多，难为自己的写作，不仅声调、声音会变，可能整体风格和拼装器材也难以匹配、难于周全，不免捉襟见肘。

我甚至认为，捏着别人的嗓子发出高音，毫无必要。夏汉先生说："一个写作者要与自己的身份匹配。"我深以为然。且诗歌的力度、思想深度，并非取决于题材、语言和言语姿态。我之所以喜欢离离女士的写作，很大的原因是因为她的"恰到好处"——小入口，大出口，如小河流水曲径入海，却可以在潜流处波诡云谲，浪花飞溅。

这首小诗可以充分展示她诗歌的风格：灵性、通透、精敏、精致。

题目《琴键一样的羊排》多么有诗意啊！羊排的形状的确像琴键，整齐、白洁、排列有序，羊排像琴键，读者肯定没有疑问，有意思的是，在羊排前加上一个偏正结构的定语，强调其"琴键一样"。在没有看到文本之前，我们只能猜测可能有作者的某种"企图"，"羊排"和"琴键"的并置或互喻，恐怕不是那么简单——这种大众都能想到的比方或形似，并没有什么特殊，诗人意欲何为？

> 在草原上，看到的每一只羊
> 和它们的羊排一样让人心疼

这两行一读，让人立马心里一紧。"在草原上，看到的每一只羊/和它们的羊排一样让人心疼"，很快呈现出情状的两极——离离的迅捷无须赘言，其如闪电，将某种诗性的成分迅速洞开。在草原上看到的每一只羊，是多么可爱，沿着这条路径写下去，把人带到梦幻一般美丽的草原，显然不是作者想干的事，第二行在不动声色中快速转向，从"羊"说到了"羊排"，从整体说到了部分——显然，部分是从整体中剥离的，羊排是从羊身上切割下来的，所以，也从生说到了死。其运行的速度之快，构思之奇，也无须赘言。

请注意，此处的"每一只羊"和"它们的羊排一样让人心疼"，也是很有深意的，其实前者并不能马上产生"让人心疼"的感觉，应该是美好、安详，但当它与后者联结后，"让人心疼"的感觉便充溢其中，足以驱散前者的快感，只剩下触目惊心的痛感。"让人心痛"也可以看出作者的悲悯情怀。

此两行显示出离离作为优秀诗人的特质：在平凡的事物中，通过深度凝神思考，产生超拔的诗性锐角，展示出超过一般人的洞见力量——

大体上，我们在草原上看到一只羊时，更多会去欣赏，每一只羊都融汇在草原之中，成为草原上美丽景色的一部分，在这样的休闲心境下，是很难想到"羊排"的。也许晚上在某个蒙古包餐饮时会想到，但也并非要将看到的鲜活的羊和已成为盘中餐的羊联系在一起，普通人没有必要，但诗人、精敏的诗人却可以在瞬间发生关联，生发神奇的诗性之光，从而唤醒我们麻木的神经。

> 草原上的夜晚，篝火点起来时
> 有人在跳锅庄舞，有人静静地等着
> 吃烤羊排，琴键一样的羊排

此三行在营造一种美好的场景：草原的夜晚，点起了篝火，人们跳起了锅庄舞，他们最后的诉求是什么？吃烤羊排。此处和标题一样重复，琴键一样的羊排，似乎听到了某种节奏，像音乐的复调，或者说是本诗的主旋律。琴键本是一种乐器，此处重复，更有某种神韵暗合。这些人多么会享受生活啊，吃"琴键一样的羊排"前，先要来一段"前戏"，点篝火，跳锅庄舞，有动作、有画面，似乎在履行一种仪式感，好像不这样做就吃得不爽、不香。不知道他们吃的时候，会不会有人在现场用琴键弹奏一首优美的曲子助兴——也许有的，因为他们太聪明了，太会享受了！

> 吃烤羊排，琴键一样的羊排
> 那人的刀子在上面轻轻划过
> 就发出了动人的乐声
> 让每一根草惊慌的声音响起来

这一节，将离离的凌厉展示到了极致，似乎要在羊身上弹奏一首乐曲，"刀子在上面轻轻划过/就发出了动人的乐声"，本是动物本能的饱腹之举，却刻意展示了某种音乐节奏的轻盈与欢快，可以想象"那人"因为技艺高超，大有庖丁之术，应该颇为得意吧。然后，在漫溢的音乐氛围之后，我们想到了什么？是谁成全了这一切？是谁的殉难与奉献，成就了此曲？又是谁在弹奏"琴键一样的羊排"？诗人展示的依然是两极：欢快与悲伤，轻盈与深重，幸福与苦难。如果只是从自然万物的自然法则去解读此诗，那就太简单了！其中有深切的悲痛与谴责，有强烈的自省与愧疚。虽然我们不是现场的饕餮之客，但只要条件允许，我们可能也会是其中一员，并且不一定自知，甚至在美妙音乐的伴奏之下，我们会胃口大开——这可是本能啊。

"让每一根草惊慌的声音响起来"！是诗人发出的警示，吹响的警笛。这动人的声音之后，是让可爱的羊成为人的下酒入腹之物。"惊慌"可以成为理解本诗的基本路径，越往前走越恐怖、越血腥。另一层理解：也许此时的音乐是一种送其远行的安魂曲，或者是神父在其临终前念的一段神曲，祝这些可爱的羊得道升天，以殉道者的奉献精神成就人之美食。

离离把一种血腥的场面写得充满诗意，乐音弥漫，但悲悯而凛冽的诗意冲决而来，如果人与羊换位考量，更是不忍卒思，这种剧痛，作为人，我们会不会感同身受?!

> 白天来来回回还拿蹄子踩过它们的羊
> 夜里却像琴键一样
> 只是被敲了几下
> 就发着悲恸的音

结尾的到来是水到渠成的，作者强压悲愤，深怀剧痛，其悲悯情怀浩荡难抑，跃然纸上。此节仿佛是痛定思痛后的余音回旋，"只是被敲了几下／就发着悲恸的音"，也是冷静客观的陈述，语调依然平静，并无高蹈和指责，但愈是如此，愈是如深海波涌，让我们难以轻易脱身。

读者诸君，读过这首诗后，下次吃羊的时候还会不会心安理得呢？

离离说——

诗人之间的相识都是先从发现诗开始的，我和易飞老师之间也是这样，当时他在他的刊物选载了我的一首诗，后来加了微信，我们就算认识了。把一首诗从众多诗歌中挑出来，就像把一个人从人群中找出来一样，也是我把自己的心从一群逐渐消失的羊群中剥离出来的过程。这些过程都极其艰难。

想起我第一次近距离看一只烤全羊，是在关山草原，大概是2007年。那一次，我很兴奋，还拍了照。一只羊，活着的时候吃足了草，后来被烤了，被一块一块轻轻分开，我看到它的肋骨排得整整齐齐。那一刻我突然心痛，但还是吃了一根还是两根它的肋骨。后来，有一年夏天在甘南草原上，一帮人等着吃烤全羊，和我们一起的一位长者说，离离，来一首诗吧，那时候我的心里已经没有多年前的喜悦了，我想我一口都不会吃，我心里只有悲伤。他们非要一首诗那我就写一首，结果是，他们心情沉重，一只羊几乎没怎么动，它的肋骨虽然也被轻轻分开过，似乎还发出了一些悲恸的音。

多年后突然想起那些场景，那些记忆给了我这首诗的基本元素，一首诗一旦被呈现出来，就是我能表达的最终状态，就有多种这样或那样被解读的可能，不管易飞老师怎么办，都是这首诗的荣幸。

易飞说——

"我想我一口都不会吃，我心里只有悲伤。"

看到离离的这段文字，我突然产生了"痛感"，这样的表述，多么诚实。

陈超先生说，必须从普泛的人类感受中提取出真正属于诗的特殊的东西，在现实经验与美感经验中谋求到美妙的平衡——体验和感性，当然要求诗人"能入"，但真正写好感性，其奥秘却还在于审美观照的"能出"。我以为诗人离离的写作，不仅有"立于诚"的写作态度，而且有着精敏而细微的感悟能力，有着超级良好的"感性"，其"入"与"出"之间，流转自然，诗意挥洒，真正写出了"人人心中有，人人笔下无"的让人眼前一亮的好诗。

去车站接朋友

韩文戈

一个多年不见的朋友打来电话
某日他要经过我的城市
转车回他外省的老家
同行的还有另一人
也是多年的好友
只是这些年，老朋友音讯全无
现在，故友重逢
这真是一件开心的事，回忆当初
青春闪亮又模糊
我到宾馆定下最好的房间
备下了好酒，计划故地重游
那一天，我去车站接他们
却只看到了给我电话的兄弟
他独自一人，一脸疲态
背着一个黑色行李
那时白天即将结束
暮色渐渐升起在城市上空
当他看出我的诧异
默默地，把黑色行包轻轻卸下
然后说：他，在这里

【作者简介】韩文戈，冀东丰润山地人，1982 年开始发表第一首诗，出版诗集《开花的地方》《虚古镇》《万物生》《晴空下》等多部，得奖若干，习诗至今。

我几乎可以肯定，韩文戈一定写过小说，这首诗就是一篇小小说。读完这首诗后，我也感觉"暮色渐渐升起在城市上空"，内心无限惆怅，其所表达的生活之痛，让我木然久坐。坦率地讲，我更多的是读到了人生的苦与痛，虽然作者在结尾处，轻描淡写地"轻轻卸下"，但由于过于失重，还是让我久久不能"放下"。安妮·塞克斯顿说："我认为诗歌应该是对感官的一次威吓。它应该是能伤人的。"——老实讲，阅读之初，我确实被这首诗"伤"到了，它过于沉重尖利。我甚至由此想到一个古老的问题：诗歌的功能。一首诗究竟要给读者什么？悲欢离合似乎比花前月下更加切合无常的人世，也许前者只是人生的幻影——如果你曾经被无情的生活折磨，你更加相信生活中不如意事十之八九——韩文戈不过是展示了生活的一个场景，不过是偶尔翻开了生活的一张底牌，但这张底牌过于触目惊心，让人久久难以释怀。是啊，无论多么美好的生活，我们都要心怀敬畏之心。写到这里，我颇为伤感，也相信宿命，我想起一句格言："生活太难了，我们需要付出很大的努力，才能成为一个普通人。"其实这一句格言与本诗关系不大，但其突然浮现在我面前。

《去车站接朋友》，这是此诗的题目，也是一句大白话，毫无诗意，作为散文、小说的题目均可，甚至一个小学生的中文水平也可以写出来。如果我们只是匆匆扫一眼题目，当然可以不予理睬——显然，看不出任何陌生和超拔。但是，如果你对诗人有一些了解，知道他写作经年，经过了规训和长期的写作实验，你可能会想到，恐怕不是这么简单。简单之后一定不会简单。

> 一个多年不见的朋友打来电话
> 某日他要经过我的城市
> 转车回他外省的老家

还是那样，也基本上是大白话，给我们讲了一件事：一个多年不见的朋友来电，某一天要经过"我"所在的城市转车，然后回他外省的老家。如果说有一点什么玄机的话，"转车回他外省的老家"，此一行稍微引起了我们的注意——其实也没什么，这样的生活经验大家都有，我们也有很多朋友，有时候到我们这里停留一下中转，是经常发生的事，依然平淡。

> 同行的还有另一人
> 也是多年的好友

说实话，通读全诗之后，再来看这两行，才发现多么不寻常！这两句显然也像随口说出的。实际上，前五行都可以看成是偏散文化的诗句。在文本的语言势能推动下，这两句继续体现着"平凡"，然而，这样的平凡之下，已经地火潜涌，喷薄欲出。可以想见，作者写作此诗时，已经痛定思痛，内心十分平静，可以想见，他曾经有过的伤痛无法估量，但一直死死地压住，内有波涛汹涌，外却不给出口——作者以超人的腕力，在掌控着情感的推进和故事的节奏，任凭惊涛骇浪，依然以平静的口吻讲述，仿佛与己无关。我想起毕飞宇先生谈小说写作的一段话，大意是要将其死死地"按在水里，不让其露头"。

这里面出现了三个人。最后出场的一个人，似乎是漫不经心的，"同行的""还有""另一人"，"也是"多年的好友，好像是顺带的。如果你这样理解，难免上当。我说过，诗人是以小说的手法在写诗，不经意地带出了文本的主人公——他的出场，才让整个剧本开始了精彩的演绎。

> 只是这些年，老朋友音讯全无
> 现在，故友重逢
> 这真是一件开心的事，回忆当初
> 青春闪亮又模糊

这几行，有一点轻微的转折，其实也还是很正常的情状——朋友之间疏于联系，音讯全无，回忆当初，"青春闪亮又模糊"。唯一值得一说的可能是"模糊"。只有"模糊"能带给我们一点阅读的期待和遐想。"闪亮又模糊"是一组矛盾关系，充满着活力又茫然面对不可知的未来，符合青春时代的特征。"故友重逢/这真是一件开心的事"，是一种很自然的表达，强调"是一件开心的事"的背后，一定隐藏着什么。"只是这些年，老朋友音讯全无"，因为"音讯全无"，所以埋伏着大故事。

　　我到宾馆定下最好的房间
　　备下了好酒，计划故地重游

　　故人前来，"我"高兴，订房间，备酒菜，这些动作均在情理之中。"最好的房间"，说明我多么看重这次老朋友多年后的一次相聚，也许有很多的话要畅叙。"计划故地重游"——这里面有故事，"重"字，说明故人在"我"的城市待过。

　　行文至此，每一行均如流水，自然熨帖地向前涌动，没有冲激的浪花，几乎可以说"水波不兴"——诗人牢牢地把一切按在"水底下"。

　　那一天，我去车站接他们
　　却只看到了给我电话的兄弟
　　他独自一人，一脸疲态
　　背着一个黑色行李

　　故事自然发生了，这四行显露端倪："只看到了给我电话的兄弟"——他显然是独自一人，诗人再补一句："他独自一人"，后面接着："一脸疲态"，还"背着一个黑色行李"。疲态尚可理解，长途出差，舟车劳顿，但"背着一个黑色行李"，似乎有某种不祥的预感。如果是一个红色或蓝色的行李，我们心里应该踏实——黑色，玄色，让我们感到不安！但诗中最后呈现的结果，我们依然不敢想，只是一种模糊的不好的感觉，像湛蓝的天空突然卷起了乌云，至于乌云之下究竟会发生什么，不能确定，也不敢确定——凡普通读者在阅读时，一般不会超越自己的心量极限去推测，所以不会一下子看到深渊，但先感受到了黑暗的影子在匍匐。"独自一人，一脸疲态"，显现的是身体状态，也是心理状态。

　　那时白天即将结束
　　暮色渐渐升起在城市上空
　　当他看出我的诧异
　　默默地，把黑色行包轻轻卸下
　　然后说：他，在这里

全诗都是线性叙述，有人以为线性叙述略显单调，个人以为，以题材来论比较客观，不同的题材当有不同的写法，不同的文本也是，比方说短诗与长诗。人为地阻断、扭断，刻意制造断裂，无端地生发新的叙述视角，于一首小诗是没有必要的，最高级的写作一定是最自然的，下意识的，将有形化于无形之中，绝没有多余的动作。诗人在此节才宕开了一下，写了两行当时的天气，语气和内容上的联结天衣无缝——"那时白天即将结束/暮色渐渐升起在城市上空"，显然，这两行对习诗经年的诗人们来说，无须我来解读，一定是实虚交织的。"白天即将结束"，那到来的将是什么？"暮色渐渐升起"，光线渐渐黯淡，黑暗即将登场。是天气，也是心境，一片一片的暮色，已经悄悄爬进了我们的心房。他"默默地，把黑色行包轻轻卸下/然后说：他，在这里"，似乎是一件平常之事，"默默地""轻轻"——似乎不想打扰"他"，"他"在里面安睡。朋友很从容——然后说："他，在这里。"十分平静的语调，似乎什么也没有发生——是啊，什么也没有发生，一个人，一个多年的老朋友来看你后顺便回家，他就在这袋子里。就在恍惚之间，他与我们阴阳相隔了——他悄悄地走了。

此诗中，所有普通的文字，到了最后，通过回光逆照，像接通了电流，统统透体发光，每个字都熠熠生辉，像一个本来毫不起眼的村姑，突然摇身一变，站到了聚光灯下的 T 台上，光彩照人。作者于草蛇灰线中展示"平不而浅"（陈超）的功力，让人叹为观止。

这是一首让人欲哭无泪的诗。我们之哭，先是为主人公的朋友而惊悚，而悲切，到后来，我们知道是为生活而哭，为自己而哭。人世无常，各位兄弟好自为之，让我们"度一切苦厄"——在这疫情久久不能祛除的艰难时刻，这首诗让我们看到了生活的真相，翻阅了生命的底牌——它并非只给我们伤悲、慨叹——明天和意外，不知道哪一个先来！也让我们客观面对人世，不再为一己之得失伤筋动怀，从容承受我们该承受的人世之痛。从这种意义上看，它可是一首警醒之诗，平静之诗——对人世的一切无常淡然处之，生活依然如流水，哗哗流向远方。

悬空寺

邱红根

把寺庙和菩萨安置在悬崖峭壁上
是危险的
也是疯狂的……

住寺的，都是些得道高僧
只有他们才知道
自我囚禁，在高处叩拜
更利于观察天象，更利于领受神恩

停顿的白云和
悬空的心。这本身就构成一场考验

让进寺庙普通香客
每一脚战战兢兢，都得保有足够的
虔诚

【作者简介】邱红根，湖北汉川人，中国作家协会会员，外科医生，供职于宜昌市中心人民医院。出版有诗集《萤火虫研究》《叙述与颂歌》，小小说集《窗外的玉兰花》，主编《2021中国精短诗选》等。

多多先生说，要尊重多义性，让每个读者建立不同的感受与理解。"不要规定它，作者本人也没这个权力。"是啊，对一首诗的感觉，每个人都是不一样的。有时作者本人自己觉得写了一首很牛的诗，但是石头丢到水里，却没有声响；有时觉得自己随便划拉了一下，就那么写了，没想到有很多人喜欢。

我估计邱红根对这首诗也是这样。去了山西的悬空寺，也就那么一写，写得怎么样也说不上来——我却认为这首诗很有意思，精巧而机智，老练而通达。虽然并没有完全摆脱同类诗的类型化，但在自然的拉伸中，诗意盎然，颇有别趣。

　　《悬空寺》这个题目太好了！它一定可以生发出一首好诗，——不写出一首好诗，实在是枉顾其名、枉到此地，"悬空"和"寺"，天生就是诗的好料。寺的名字取"悬空"，本身就是一种诗性的表达，"悬空"的是"寺"相，更显其神秘与神性。实话说，我是不敢轻易下笔的，因为太考验诗人的出离能力了，一不小心，必落入某种类型诗的窠臼，甚至自认为有些创念，其实入蛊他人，甚至是一堆废话！所以，诗人的形象思维能力是一个方面，心灵深度和精神视域的广度才是基石。

> 把寺庙和菩萨安置在悬崖峭壁上
> 是危险的
> 也是疯狂的……

　　需要注意的是，作者的起笔，并没有关于"悬空寺"的任何介绍，何时，何地，与何人，为何，均没有。诗人一下笔就摆脱了旅游诗的俗套，直接抓起了"寺庙和菩萨"。记游诗要进行场景的剔除，解套必须用浓墨来抒写景色的规训。臧棣先生称为，要"发明一种重新观看世界的角度"。张执浩则解释为，要"盲人摸象"——只取片面。显然，这首诗并没有对悬空寺进行全景式的关注，只是取了一个截面。

　　悬空寺位于山西省大同市浑源县恒山金龙峡西侧翠屏峰峭壁间，原叫"玄空阁"，"玄"取自于中国道教教理，"空"则来源于佛教的教理，后改名为"悬空寺"，是因为整座寺院就像悬挂在悬崖上。在汉语中，"悬"与"玄"同音，因此得名。其始建于北魏后期（491），距今已有一千五百多年，是佛、道、儒三教合一的独特寺庙。"悬空寺"建筑极具特色，以如临深渊的险峻而著称。

　　看了以上介绍，"把寺庙和菩萨安置在悬崖峭壁上"，应该是实写，其本身的确存放于"悬崖峭壁上"。其本来放在现实的某个空间里，但我以为，虽然只是第一句，由于事象本身所自带的丰富诗意，作者已经进行了位移——从客观意象移到了主观意象，从心灵的视域去进行观照，真如此，这样的速度和转换，应当是高手所为。我以为其干净利落，暗藏深趣。

"把寺庙和菩萨安置在悬崖峭壁上／是危险的／也是疯狂的……"，很明显，诗人一开始提出了一个结论，并不需要我们回答，也先让其处于一种"悬置"状态。

美国批评家韦恩·布施认为，对现代文学来说，"技巧就是观点"——作者运用观点的产物。我觉得这句话也可以反过来说，观点也是技巧。善于提出观点，在当代诗人那里，也成为某种突破叙述困境的一种有效手段。一些高明的诗人善于在叙述的推进中聚合观点，或者如里尔克所言，进行"自我争辩"。邱红根的《悬空寺》，一开始，就鲜明地呈现了观点。

> 住寺的，都是些得道高僧
> 只有他们才知道
> 自我囚禁，在高处叩拜
> 更利于观察天象，更利于领受神恩

诗人在自问自答，这本身是在他下笔之初就确定的路径，其演绎的方向其实也决定了诗人能力的高下。"得道高僧"应为泛指，因为此寺是佛、道、儒三教合一的独特寺庙。"自我囚禁"，显然是作者的判断，但非常切合场景中的事物本身，而"在高处叩拜"，才是作者将"寺庙和菩萨安置在悬崖峭壁上"的良苦用心。"高处"是实写，悬崖峭壁上，当然谓之高，但也是虚写，有高洁、高迈、高远等意寄托其中，最直接的理解可以为高僧大德之"高"。总之，自然环境的悬崖峭壁之高与修身立德的心灵之高，在此处巧妙汇合，浑然一体，诗意随即弥漫开来。"更利于观察天象／更利于领受神恩"，此处用了两个"更"，语气肯定。前者是因自然环境高峻产生的举动，后者是朝圣者心灵的领受与修行，两者虚实相合，十分贴切。更深入地想象，"观察天象"与"领受神恩"之间，也是有关联的，以天象之高远、神秘、博大、幽深喻神恩，两者几乎可以全部打通互用——"观察天象"是在"领受神恩"，"领受神恩"也是"观察天象"。两者之间很好的关联度，充分体现了这首诗的精巧与某种"神遇"。

停顿的白云和

悬空的心。这本身就构成一场考验

白云有时停顿有时流动，但在此处它停了下来。作者故意让其驻足，意欲何为？我想大概"白云"在天空之上承担了更多的使命，其也不是"白云"本身，而成为某种"领受神恩"的代指，甚至是某种"神器"，它的停顿是在凝思吗？还是为天空布陈爱与善意，然后将其布洒到高天之下广袤的人间？"停顿的白云和/悬空的心"，都在半空中，它们都凝滞不动，是在沉思默想，还是沉默不语，或者感受到某种修行者的顿悟？要么上升，要么下降，这对它们是一场考验。上升和下降并不是物理的呈现，更多是精神层面的跃升与沦陷。

让进寺庙普通香客

每一脚战战兢兢，都得保有足够的

虔诚

因为这些高僧大德孤悬于悬崖峭壁上，观天象，悟天道，究佛理，穷禅道，看破人间日月，深谙入世与出世之妙，高高在上，鸟瞰人间尘世，所以"让进寺庙普通香客/每一脚战战兢兢，都得保有足够的/虔诚"。"普通"二字值得注意，其意在与上面的得道高僧相对，空中与地上，高与低，一目了然。什么是要仰视的，什么是要匍匐在地的，似乎早已划定了界线。也许保持敬畏之心，顺其自然，无论处于什么阶段，我们都能领受浩荡的"神恩"。

此诗可以看出作者写作经年，受过良好规训，行文干净利落，抓住喻象之间的某种相似性，对其中的关系协调有方，怡然相扣，并且高低盘旋，张弛有度，在每个可能的点上，适当地撬起，让诗意盎然闪烁。把寺庙和菩萨安置在悬崖峭壁上，本是实有之举，其进入诗人的心灵视域后，演绎了关于问道修禅的深沉思索。诗人摆脱一般游记诗的规训，以干净利落的笔法，让悬空寺成为自己内心的一道风景。

未钓者

陆 岸

　　河边的步道上
　　行人稀稀落落
　　行道树笔直地指引着远处
　　斜阳里落满了松针
　　一只黄雀孤单地站在枝头
　　不群者习惯于形单影只
　　就像桥头那个垂钓的人
　　一无所获又一动不动
　　天空有看不见的飞鸟痕迹
　　平静的水面犹如平静的生活
　　也有看不见的钩子和暗流
　　而我注视这河边的暮晚
　　冬日是那么安静、博大又慈悲
　　仿佛一个鲜红的浮标
　　站在暮色的水中
　　渐渐下沉渐渐入定
　　世间有多少尾鱼
　　像我，仅仅张了张嘴
　　又从看不见的一日之钩中
　　侥幸游过

　　【作者简介】 陆岸，浙江桐乡人。作品见于《诗刊》《星星》《诗潮》《草堂》《江南诗》《绿风》《西部》《西湖》等刊，入选《天天诗历》《〈中国诗歌〉年度精选》《中国跨年诗选》等多种年度选本，出版诗合集《无见地》，创办诗媒体《一见之地》。

全诗一气呵成，没有分节，为掰扯方便，我试着分下。

> 河边的步道上
> 行人稀稀落落
> 行道树笔直地指引着远处
> 斜阳里落满了松针
> 一只黄雀孤单地站在枝头
> 不群者习惯于形单影只

这几节像是素描，在往远处延伸，这是"斜阳里"的一幕，但有几个词在着意渲染什么——"稀稀落落""孤单""一只""形单影只"，似乎一直在显示"孤单"和"不群"。

这一节出现了"行人""松针""黄雀"，也都是"斜阳里"的景致。开局看起来平淡，但显然也是从容的，甚至成竹在胸的。只有有底气的书写者，才有这样的勇气与耐心，以看似平凡甚至朴实无华的语言徐徐推进，并不在意每一句、每一行的出离与超拔。高明的写作者，追求的一定是整体性的效果。于诗，则表现为一场戏剧化场景的隐喻。

很显然，这几行写得非常本分，特别是前两行，在诗行的渐进中，诗人刻意营造了一种落寞的氛围。但可以肯定的是，诗人一直以描写推进叙述，前五行全部是描写，到六行才有了"不群者习惯于形单影只"的带观点的叙述。此处有场景，有景深，也有时间和空间的挪移。如果说有什么过人之处的话，应该是一种精敏的取舍——对"斜阳里"物象的取舍。

> 就像桥头那个垂钓的人
> 一无所获又一动不动
> 天空有看不见的飞鸟痕迹
> 平静的水面犹如平静的生活
> 也有看不见的钩子和暗流

"就像"的转移和接续，是最自然不过的流转，流水拐弯并不需要喧哗，连泡沫也不需要泛起——这就是高手所为，体现了较好的掌控力和空灵的摆脱感。与本题相关的那个主人公现身了，"桥头那个垂钓的人"，让他以"他"出场，是最冷静且具有距离的客观叙述方式，制造了某种荒芜感和莫名的神秘感。这个"垂钓的人"有个性，"一无所获又一动不动"，两个"一"相对应，显示这个人的执念和某种姿态。"一动不动"是双关语——浮标一动不动，他也一动不动，因为前者不动，所以后者也不需要动——似乎有某种必然的关联与结果的暗示。"天空有看不见的飞鸟痕迹"，这一句显示出诗人的高明，一个垂钓者似乎不需要仰头看天，而更应该关注水里的事情。但作者在此处进行了拉伸，将视线高抬至天空，让我们看看"飞鸟痕迹"，虽然看不到。其不仅扩大了空间，境界也得到了提升，同时，诗的张力也明显增强。所以，此句绝非闲笔，或者说，高手往往体现在闲笔上。"平静的水面犹如平静的生活/也有看不见的钩子和暗流"，语义相关中，虚实对接中，自然揭示了生活的奥义。"平静的水面"对应"平静的生活"，"钩子"和"暗流"是水中的设计与风险，也是日常生活中的复杂图景，精准、贴切、自然，彼此浑然一体。

> 冬日是那么安静、博大又慈悲
> 仿佛一个鲜红的浮标
> 站在暮色的水中
> 渐渐下沉渐渐入定

这首诗越到后面越精彩！前面看似平淡的铺垫，都成为闪光的跳板。到了第十三行，作者才交代了时间——"冬日"，我们才知道，这一场景是在"冬日"的"斜阳里"，到此节后面的"站在暮色的水中"，也充分体现出作者娴熟的诗艺。许多的诗作者往往一上来就交代具体的时间、地点什么的，显得呆板小心，生怕读者看不懂，这是初学者不自信的表现——他就想多介绍一点，但信息化一定伤害了诗性，使诗变得像流水账一般。

此节写出了神性与肃穆，"安静、博大又慈悲""一动不动"是安静的体现，也是一种"入定"。"冬日""仿佛一个鲜红的浮标"，一下子让场面阔大起来，让孤独的"垂钓的人"，立于寂寥的初冬天空之下，显得高远庄严。"站在暮色的水中/渐渐下沉",有某种失却和放弃的意味,但"渐渐入定"又进行了拉回和固守,不至于沉沦。

世间有多少尾鱼
像我,仅仅张了张嘴
又从看不见的一日之钩中
侥幸游过

结尾俏皮,也很有意味。至此,那个一动不动的垂钓者成了某种象征。他究竟在钓什么?转过身来——谁不是一尾鱼?那谁在钓我们?在时间和日常的暗流中,不知有多少钩子,有多少风险在觊觎我们。是啊,"我们又从看不见的一日之钩中/侥幸游过","仅仅张了张嘴",某种幸运中,我们是应该感谢还是应该后怕这险象环生的生活?!

这落寞的冬日,这一言不发的孤独的垂钓者,让我们对生活充满警惕,而心生敬畏。他是一位未钓者,也许下的是直钩,不求收获,只是表达一种姿态;但我们读完此诗,还是沉思良久,心有余悸。

一碗米饭

王家新

在平昌
中午，一碗米饭
傍晚，米饭一碗

有时配上大酱汤
有时配上一碟泡菜

或是一碟小鱼
或是几片油渍芝麻叶

而我不得不学着盘腿而坐
我的低矮餐桌
我的乌木酱碗

我也从来没有像现在这样
注视着一件事物

我的筷子在感恩
我的喉结蠕动

我必然的前生
一碗米饭
我偶然的来世
一碗米饭

我在远方的托钵僧
一碗米饭
我的囚牢里的兄弟
一碗米饭

似乎我们一生的辛劳
就为了接近这一碗米饭

碗空了
碗在

我的旅途，我的雨夜
我的绿与黄
我的三千里阳光
在这里
化为了一碗米饭

【作者简介】 王家新，诗人，诗歌评论家，翻译家，教授，湖北人，现为中国人民大学文学院教授。著有诗集《楼梯》《纪念》《游动悬崖》《王家新的诗》《未完成的诗》，诗论随笔集《人与世界的相遇》《夜莺在它自己的时代》《没有英雄的诗》《坐矮板凳的天使》《取道斯德哥尔摩》《雪的款待》《为凤凰找寻栖所：现代诗歌论集》，翻译集《保罗·策兰诗文选》。

王家新是一位优秀的诗人，他早年的许多名作我记忆深刻。其中最有名的应该是《在山的那边》《中国画》等，入选过许多中学读本。我一直以为，王家新的语言有某种魔力和辨识度。是的，有些诗人就是有一种语言的魔力，他一开口，他的起调、语态、某种金属物质、某种黏稠度——也许根本就是说不明白的一些神秘的语言信息，就会莫名其妙地吸引你。

我一直认为，如果要在现代汉语诗歌界中，找到一位联结古今、中外，特别是在现代汉语诗歌和西方诗歌之中，以优秀的诗人身份，构建平台和注重诗性翻译的人，非王家新先生不可。他也应该是承接中国古典诗歌与新诗传统、打通现代汉语诗歌与西方诗歌道路的集大成者。

回到此诗。

> 在平昌
> 中午，一碗米饭
> 傍晚，米饭一碗
>
> 有时配上大酱汤
> 有时配上一碟泡菜
>
> 或是一碟小鱼
> 或是几片油渍芝麻叶

显然，这是一种日常写作，更大的可能是诗人的亲身经历，简笔勾勒之后，"米饭"显然已经呈现于我们面前。主人公在平昌吃饭，中午晚上吃的都是"米饭"，"一碗米饭"与"米饭一碗"的顺序改变，除了语感的变化以外，还有强调之意。这七行的日常性叙述，非常节俭，没有一个形容词，也显然没有任何修辞，体现了王家新一贯的素朴——语言的素朴和中餐、晚餐的素朴，进行了对位。酱汤、泡菜、小鱼、油渍芝麻叶，就没有一个正儿八经的菜。一碗、一碟、几片的数字叙述，似乎也是不经意的、自然的，体现的还是"素朴"。这自然的、平实的，似乎又有些刻意的描写，渲染了某种"调性"，意欲何为？

> 而我不得不学着盘腿而坐
> 我的低矮餐桌
> 我的乌木酱碗
>
> 我也从来没有像现在这样
> 注视着一件事物

我以为，王家新的写作，几十年来一直延续着此种风格——冷水泡茶慢慢浓，越往后读越有意味，似乎王家新的写作起笔都是"素"的，有时甚至"素"得像乡下老头，穿着老式棉袄，在秋天的田野边、堆满落叶的大道上慢慢踱步。绝无华丽的辞藻，绝无纷繁和修辞，即使他写西方题材的诗歌，也不会出现欧化的长句和瑰丽的色调。我以为这是王家新"立于诚"写作的某种姿态和"王氏"范式——素朴中不乏丰沛的诗性与沉潜的力量。在"清晰"与"含混"之间，他找到了一种属于自己的独特的语言。这样一种写作的姿态可能与王家新对古典、中外诗歌的精深研究与旷日持久的浸染有关，与其个人的诗歌美学有关。

　　"而我不得不学着盘腿而坐"是承接上句而来的。接下来的一句说明了"盘腿而坐"的原因，是因为"低矮餐桌"。我以为，可能是当时的餐桌低矮是实情，也可以一步将其移景入"室"——快捷地将"本事"通过心灵视域的感受之后进行"位移"——可以理解为亦实亦虚，甚至虚比实更好。我愿意将"低矮"理解为一种姿态，是啊，前述的米饭无论是"一碗米饭"，还是"米饭一碗"，都是素朴的，然"米饭"所指一定饱含生存、劳动与崇高，难道我们不该饱含谦卑如捧斋饭般面对"盘中餐"吗？所以面对"低矮餐桌"，"盘腿而坐"是实际需要，也是某种笃定的姿态。"乌木酱碗"的颜色也是趋于暗淡的、内敛的，有某种深沉的光泽在其中，甚至有某种神秘与佛性在其中。"我也从来没有像现在这样/注视着一件事物"，主人公注视的依然是此诗的主体——"米饭"。

> 我的筷子在感恩
> 我的喉结蠕动
>
> 我必然的前生
> 一碗米饭
> 我偶然的来世
> 一碗米饭
>
> 我在远方的托钵僧
> 一碗米饭

> 我的囚牢里的兄弟
>
> 一碗米饭

在"我的筷子在感恩/我的喉结蠕动"的语言势能推动下，出现了四次"一碗米饭"的复沓，均占一行，将"一碗米饭"从语言到占位，均进行了放大和彰显，"三尺神明"上只见"米饭"，带来了某种"神恩"与"天赐"，其对应"前生""来世""托钵僧""兄弟"，此四者前面均有限定性的界定：必然的前生、偶然的来世、远方的托钵僧、囚牢里的兄弟。"前生"已过，当可用"必然"；"来世"未知，或为偶然；"囚牢里的兄弟"体现某种"异质"性和兄弟情怀；"远方的托钵僧"则要稍微展开一下。托钵僧，也就是托钵修士，可以舍弃一切财产，富于奉献精神。显然，此处展示了一种虔诚的宗教精神与情怀，里面当有丰富的内涵，比方说善与爱，感恩与回报。

> 似乎我们一生的辛劳
>
> 就为了接近这一碗米饭
>
> 碗空了
>
> 碗在
>
> 我的旅途，我的雨夜
>
> 我的绿与黄
>
> 我的三千里阳光
>
> 在这里
>
> 化为了一碗米饭

"似乎我们一生的辛劳/就为了接近这一碗米饭"，到最后的结句，全部指向了神圣的"一碗米饭"。"似乎"的语气，令人觉得看起来就是这样的，是生存之需，可其实也不是"似乎"那么简单。"一碗米饭"让我们果腹之后，在生存之上，它承载了更多的东西。"碗空了/碗在"当为两种不同的状态，其意味也各有所指——我们此生需要不停地劳作，换来殷实的"一碗米饭"，稻田上、禾场上、饱满的小麦、雪白的棉花、结实的黄豆、滚圆的土豆……它们都承载了"一碗米饭"的使命。"碗"早已成为某种象征之物——我们一出生就会本能地抓住碗，到死也是，吃永远是所有动物和人类的根本之需，头等大事，它是生命之基，生存之本。所以，"我的旅途，我的雨夜/我的绿与黄/我的三千里阳光/在这里/化为了一碗米饭"。

因此，接近"一碗米饭"，也是接受神灵，接受洗礼，感受恩惠，聆听神谕！

王家新说——

《一碗米饭》是我 2017 年 9 月在韩国平昌写的一首诗。当时，平昌为来年将要举办冬奥会的所在地。为迎接这一盛事，韩国文化部和韩国诗人协会提前在平昌举办了有近百位诗人参加的国际诗歌节。

同中国的一些奢华的国际文学活动不同，平昌的国际诗歌节较为俭朴，或者说"很传统"。几天下来，我们每天的中餐和晚餐都是"一碗米饭"或"米饭一碗"，配上简单的大酱汤、小鱼小虾和泡菜，而且没有酒水（当然，诗歌节的主人会在晚上请我们去酒吧，喝韩国啤酒，吃韩国有名的炸鸡）。

这对我触动很深。我为什么不写写这"一碗米饭"呢？有了这个念头，我几乎很快就写出了这首诗。

这首诗对我来说，就是一个"礼物"，也是我对平昌的一个回报。当然，不只是平昌之行，在写这首诗时，我把我在韩国其他地方的经验也纳入了诗中，比如我在韩国洛山寺盘腿吃斋饭时吃到的"一碟油渍的芝麻叶"。洛山寺之行，真正给我了一种虔敬和感恩的感觉。我们是冒着细雪去访问的，你可以想象，打在我们雨伞上的雪的细粒，是怎样打在千年前的那些托钵僧的斗笠上的……

回到这首诗上，有的读者说它写得"克制而又动情"，当然，不能不动情，但这不是浮泛的印象或抒情，它把我生命更深层的东西都调动起来了。

诗中表达的东西，人们不难理解。它发表后，也受到人们的喜欢和好评。这里我愿引出诗人李以亮的一段评论：

"朴素的诗句，诗人的思绪在打开和收拢之间，自如转换，有着作者一贯的沉郁的特质。而作为读者的我，尤其出神于这短短的两行——

碗空了

碗在

我相信这就是所谓神来之笔。这是真正感恩的时刻，没有什么夸张或使足了劲的语言能够超过这质朴的呈现本身。碗在，就在提示着一种存在的勇气，以及必要。从作者故意拈出的这个事实里，读者不难揣摩出诗人不乏犹疑却真实可感的对生活的一种小心翼翼的肯定。而接下来的诗行，则不过是对此意义的延续和加强。"

我感谢他这种感觉："没有什么夸张或使足了劲的语言能够超过这质朴的呈现本身"。真实、有力、质朴、独到的呈现，这正是我在写这首诗时想要达到的。

这种"质朴"，也应是一种有难度的质朴，它同样和李以亮在文中所说的"存在的勇气"深刻相关。

一次一位女诗人告诉我，她听我在一次讲座中引用了帕斯捷尔纳克的一句话："终其一生，达到质朴。"她说她很受震动，说这使她受益一生。

帕斯捷尔纳克讲过这句话吗？我真的想不起来了。但我想在很多真正的诗人和作家那里，尤其是在他们创作生命的中后期，都会响起这样的声音。

至于说"碗空了/碗在"为"神来之笔"，我不敢当，我只能说它是"有来历"的。它来自存在的悖论，它也来自杜甫（"国破山河在"）。一个"在"字，有了语言的千钧之力，也使我们在凝视它时内心战栗。

就像我不说我在感恩，而是说"我的筷子在感恩"，诗写到这种程度，它就这样出现了。

另外我也想说，追求质朴并不是说不需要技艺，我需要的是和这种诗的真实、质朴、虔敬、内在深度和容量相称的技艺。比如怎样在语言的呈现和转换之间留下更多空白，怎样以少胜多，怎样处理"在与不在"、语言的物质性和身体性、精神性和想象力的张力关系，等等。这一切在写这首诗时都涉及了。

这是一首看似即兴式的、有感而发的诗，其实它也来自一生。诗的最后一节就暗含了这一点："我的旅途，我的雨夜/我的绿与黄/我的三千里阳光/在这里/化为了一碗米饭。"旅途、雨夜都好解读，"我的绿与黄"，这是我看到韩国的一处又一处青黄稻田的感受，但也是我们生命本身的"绿与黄"——最后它们都被带向了一首诗，化为了一首诗。

易飞说——

我将掰诗文本发给王家新先生审正，只过了两天，王先生发来了上述不短的文字，感谢王先生的认真与严谨！李以亮先生的评论我此前也看过，这次不免重新再看一遍，受到诸多启发。我在拙文中用了"素朴"，李以亮先生用了"朴素"，在这一点上我们看法趋同。我也想过用"朴素"，后来有些故意，但潜意识中还是觉得"素"更加神似，或者我更愿意强调其"素"。

王家新先生的创作谈，说明了此诗的创作有"本事"——实有其事，《一碗米饭》是作者 2017 年 9 月在韩国平昌写的一首诗。当时，平昌即将在第二年举办冬奥会。为迎接这一盛事，韩国文化部和韩国诗人协会提前在平昌举办了有近百位诗人参加的国际诗歌节。

王家新先生认为，这种"质朴"，也应一种有难度的质朴，它同样和李以亮在文中所说的"存在的勇气"深刻相关。我很受启发。

当代现代汉语诗歌的创作，"清晰"是一种难得的能力和勇气，也是一种引领。在庞杂、离奇、晦涩莫名的"含混"中，我更愿意去领受"清晰"的澄明与美妙。

向日葵

张文捷

秋风系紧纽扣
云彩的衣角依然被翻动
踮起脚尖，与太阳比高贵
一群引诱我们挺起胸膛的植物
疯人院细腰的抑郁症患者
扬起火焰的头颅
仿佛手执金黄的盾牌
呼啸声蜂拥而至
光芒长成我们心中的钉子

阳光使万物深陷其中
向日葵身体里跑出来一群人
我看到身后无数垂下头的背影
流年风雨的吸盘
抖动的漏筛，卡住的都是带壳的言语
唯有临近凋零，才能等到盛开

【作者简介】 张文捷，中国作家协会会员，高级注册会计师。1987
年开始在《诗刊》《星星》《诗选刊》《诗歌月刊》等报刊发表作品，著
有诗集《青草与火焰》《风声》，曾获《诗选刊》2016年度优秀诗人奖
等数十种全国性奖项。

这首诗给人的第一感觉是：精准、丰厚。作者的描写功夫很不一
般，可以判断，不是多年的写作者，难有这样的功力。"向日葵"这个
题材不好写，因为古今中外的诗人写过的太多。当然也有一些精彩的篇

章，比方芒克的《阳光中的向日葵》，引用一段：

> 你看到了吗
> 你看到阳光中的那棵向日葵了吗
> 你看它，它没有低下头
> 而是把头转向身后
> 就好像是为了一口咬断
> 那套在它脖子上的
> 那牵在太阳手中的绳索

芒克的开笔是精彩的，很快呈现出向日葵的个性，使其成为芒克笔下的一株独有的向日葵。"就好像是为了一口咬断/那套在它脖子上的/那牵在太阳手中的绳索"几行，也成为此类诗的金句。

但综观绝大多数诗人的写作，还是难以摆脱同类题材的窠臼，千篇一律的角度使人厌倦，甚至有时候向日葵成了惰性的符号，它可以置换成诸如追求、光明、仰望、崇高等一系列东西，因而丧失了"具体特指性和形象的独立自主品质"（陈超语）。也就是说，它的能指反而消失了，剩下的是固定的所指。

所以，写作此诗的难度可想而知，诗人必须从普泛的感受中，提取出真正属于自己的特殊的东西，提供新鲜的审美体验和诗学价值。张文捷挑战这样的题材，足见他的勇气。

全诗分为两节。

> 秋风系紧纽扣
> 云彩的衣角依然被翻动

诗人选取的时令是秋天，以一种深沉悠远的描写基调进入，娴熟的开笔体现出极好的手感，在"系紧""翻动"中，秋天在整理自己的妆容，动感十足。秋天是肃杀的，有了一些寒意，"系紧"也在情理之中。"纽扣"是衣服上的，但此处的拟人化有一种依次的排列感，会让我们想起"纽扣"所关联的意象，比方说森林、花朵之类。"云彩"是美好的，其虽然高企，但秋风到处，"衣角依然被翻动"。"衣角"也是我喜欢的，且与上文的纽扣互搭，熨帖自然，可见作者的精细。"翻动"也是双关的，"云彩的衣角依然被翻动"，还显示出此诗的某种气质与风度。

> 踮起脚尖，与太阳比高贵
> 一群引诱我们挺起胸膛的植物

从此两行开始，张文捷先生开始了精彩、精准的描写与情感投射。向日葵娉婷之姿，与主人公"踮起脚尖"十分切合，"与太阳比高贵"更是自然而然升腾起的联想，何谓"向日葵"？其一心向日而望，在一些诗人正常而流俗的表述里，一定是某种崇拜之态：向日葵一定是太阳的追随者，甚至是崇拜者，但此处诗人大胆"冒犯"——要"与太阳比高贵"，一下子大大提升了向日葵在我们心中的形象，与光芒万丈、普照万物的太阳对等，并且还要一较高下——这是一种何等的气度与自信？如此看来，沉静谦卑的张文捷先生的外表之下，内心也有地火般燃烧的欲望——一首诗就是作者或主人公气质或人格的一种塑形。好诗人从来都是深藏不露的。

"一群引诱我们挺起胸膛的植物"，是"与太阳比高贵"的延续，充分显示向日葵作为一种植物对我们产生的影响和引领作用。"引诱"，增加了表达的日常性，本来我们并没有什么信心与头上的神明——太阳去作比，但向日葵"踮起脚尖""挺起胸膛"，让我们蠢蠢欲动，信心倍增——一株植物尚且如此，作为自称为人类创世之灵的——人，何以萎靡不堪？!

> 疯人院细腰的抑郁症患者

此一行，突然有些变调，改变了前面的叙述基调与积极色彩，甚至完全相反，凸显诗歌的异质性与前行的阻塞感，我以为更显张文捷的老到与辛辣。从形态上看，一株常年被风雨摧残的"向日葵"，的确有着细弱的腰身，耷拉着头（因为过于沉重），显得有某种病态，像个"抑郁症患者"。诗人对一个意象进行了两种完全相反的关联与伸展，但想来却并不违和，因为其形态可以给人带来两种截然不同的感觉。但我以为，这些也只是表层的，诗人真正想表明的是生活的一种真相——任何事物都不是一面的，任何追求都是要付出代价的，都是要经历苦与疼的。

> 扬起火焰的头颅
> 仿佛手执金黄的盾牌
> 呼啸声蜂拥而至
> 光芒长成我们心中的钉子

诗人对词与物的描写非常精准，这里又一次佐证。"扬起火焰的头颅"，各位想象一下，在秋天，金黄的向日葵在秋风中摆动的样子，因为头很沉所以一般情况下会低着，但秋风一吹，它就随着"扬"起来了，连绵地摆动，看起来就是火焰一般的"头颅"。再看"手执金黄的盾牌"，那就更神似了——见过向日葵的人都知道，它的身体是细小的，头是大而有重量的，所以它总是吃力地弯着腰举着花盘，"盾牌"更"绝"，向日葵是圆的，与"盾牌"何其形似。更令人惊叹的是——"盾牌"还是一种虚指，代表某个精神层面的坚守与对抗。所以，"呼啸声蜂拥而至"，较量很激烈，至深至高的追求总是代价很大，为的是"让光芒长成我们心中的钉子"，楔入我们的身心。

此处的"光芒"，依然照拂了向日葵要与之较劲的太阳，全诗随处可见作者的细密与精审。

> 阳光使万物深陷其中

第二节的第一句，不仅承接上文的"光芒"，而且为全诗打开通道，境界霎时变得宽阔起来。"阳光使万物深陷其中"，而非"万物深陷阳光之中"，这里有太阳的伟力，太阳可以裹挟一切，向日葵只不过是万物之一。这里有不可抗拒的规律与接受。"深陷"是存世的一种状态，是向日葵的，抑或也是我们的。我们也是"万物"的一部分。

向日葵身体里跑出来一群人
我看到身后无数垂下头的背影
流年风雨的吸盘
抖动的漏筛，卡住的都是带壳的言语

如上述，此处已将向日葵与人合二为一，向日葵与人同体。作者强调从"向日葵身体里跑出来"，说明这群人是经过向日葵洗礼的，具有其品质与个性，"无数垂下头的背影""流年风雨的吸盘""抖动的漏筛"是其形体性的具体表现，也是精神状态的体现。我想再一次对作者表示敬意，因为其描写实在太精准了，"垂下头的背影""流年风雨的吸盘""抖动的漏筛"——只要一闭眼的工夫，一株鲜活的向日葵就兀立于眼前了。而"垂下头""流年风雨""抖动"之类的形容词，既是对其形态的准确描写，又是对其精神状态的精心描摹。

显然，张文捷的用语都摆脱了单一性的表述，每个词都值得我们深究，都有"受孕"的可能性——这是现代汉语诗歌最高级的语言。其有益的探索，让我们建立起某种自信。

我以为，张文捷先生是被低估的诗人。其功力不仅表现在全诗的构架与开笔，更体现在细微之处的精审绵密。此作也可略见一斑。

唯有临近凋零，才能等到盛开

最后的结尾也是干净利落的，其指向也无须我赘述。"凋落"也许隐含了某种"悲凉"意味，但也是生活的真实或底牌，然灿烂的"盛开"总是会来的。

张文捷说——

作为江汉平原地域性写作者，我试图以内敛的激情和语言，寻找、记录、挖掘本土传统文化的内涵，捕捉和发现地域历史长河和现实中的美好事物。土地、河流、湖泊，民俗及风土人情等，平原生活中多元的元素都将被我作为重要的不可或缺的意象引入诗歌创作，而写平原上的植物，是我绕不开的写作题材，很多植物我会反复去写，力求既不重复别人，也不重复自己，让词语在陌生的语境中探险，形成诗人对生命或事物直接的情感体验。仅对芦苇这一最普通的植物，我就写了近百首诗，油菜花等也写了十几首，而《向日葵》，我只写了这一首。

对该诗本意的补充：（仅供参考）

"秋风系紧纽扣"

从高处远眺，向日葵仿佛一粒粒纽扣

"疯人院细腰的抑郁症患者"

写疯狂到极致的状态

"阳光使万物深陷其中
向日葵身体里跑出来一群人"

寓言从"阳光"阴影里的某种"逃离"

"流年风雨的吸盘
抖动的漏筛，卡住的都是带壳的言语"

经历流年风雨，所有的言说只能是"欲说还休"

"唯有临近凋零，才能等到盛开"

等到成熟才完全盛开花朵，而成熟即将临近凋零。

易飞说——
张文捷是江汉平原上的诗人，有"芦苇"诗人之称。他似乎对平原上的植物非常着迷，"平原上的植物，是我绕不开的写作题材，很多植物我会反复去写"。"仅对芦苇这一最普通的植物，我就写了近百首诗，油菜花等也写了十几首。"有意思的是，"《向日葵》，我只写了这一首"。——而我居然就选了这一首。

张文捷对自己作品的补充解读，让我们离作者更近了一步。虽然每个阅读者都在创造自己心中的一个文本，但作者肯定是最近的，因为一些"私密"的感受与体会，隐藏在作者的心灵深处。

在绝顶上

阎　安

后来我渐渐喜欢上了登山

每次在山顶　我都能感受到世界在高处

沉默的力量　和沉默中

头发被风拔起来又落向地面的声音

在山的不同的等高线上

时间在一天之中变幻着四季

草木越往高处走越稀疏

鸟也变幻着颜色和种类

像智者一样　在最高处

世界在它的巅峰上削尽了草木

裸露出秃顶　仿佛它一直在那里等我

当我登临绝顶

想到自己脱发不止的头顶已掉了一小块

其他地方也在渐渐稀落着

不禁悲从中来　但我还是坚持

站在呼呼鸣叫的山风中

听沉默中落下的头发

来不及落地就随风而去

与一望无尽的虚无一同沉没

把潮水般泛上喉咙的声声长啸

吞咽甘露一样一个个咽进肚子里

【作者简介】阎安，现居西安，陕西省作家协会副主席。先后出版个人专著《与蜘蛛同在的大地》《玩具城》《整理石头》等十余部，英文版诗集《玩具城》《自然主义者的庄园》，在全球 37 个国家上架销售。

第六届鲁迅文学奖诗歌奖获得者。此外先后荣获"2008年度中国十佳诗人"、2013两岸诗会桂冠诗人奖、首届"白居易诗歌奖"等。

阎安的诗我读到的不多,这与阎安先生孤绝、高标、内敛,不愿意靠近公众平台,以求安静面对自己的内心,坚守个人品质,保持与现世的疏离的写作姿态有关。如此,面对大众诱惑不为所动,无过誉之得,也无毁誉之失,最重要的是可以规避"大众审美趣味"的侵蚀,潜流深稳,宁静致远。顾炎武称:"才由性生,唯有尽其性才能尽其才也",阎安即是。

阎安的作品深沉博大,势大力沉。今天要掰的《在绝顶上》,也许并非他最有代表性的作品,但肯定是一首技巧纯熟、掌控精到的佳作。

全诗没有分节。题目《在绝顶上》也很好理解,无须赘言,且爰爰读来。

> 后来我渐渐喜欢上了登山

"后来"的开篇见过不少,中外诗人都有。这是一种高级写法,即以时间的横截面切入,可以过滤掉前面很多信息性的东西,使文本越过庞杂,大踏步走向舞台中央。臧棣先生称此为"强力横截的画面,干净利索"。这种于时间之中"掐断"式倒叙的写作方法,当代诗人经常会用。

我相信,这样的写法对于卓有成就的诗人阎安,只是信手使然。但开篇依然让我们看到了时间的景深之后呈现的纵深感,"后来""渐渐""喜欢上了",一句中有三个这样带有时间属性的词,有很强的过程感,也显然表现出主人公并不是一开始就喜欢"登山",甚至可能反感。

> 每次在山顶　我都能感受到世界在高处
> 沉默的力量　和沉默中
> 头发被风拔起来又落向地面的声音

语气是连贯如一的。山顶之高,必然产生人在高处的感觉,"世界在高处"，是被主人公带到了高处。其实，有经验的读者，现在就可以虚读了——其身在高处，心也会升起在高处——精神层面的东西一直在抬升，后面出现了"沉默的力量""落向地面的声音"，作者的力道在加强。"沉默的力量""落向地面"，是深沉的回响与撞击。我可以想象主人公一人独自登山，其一览众山与宽阔浑茫的风景，让人禁不住无语，肃穆是一种敬畏。山顶风大，"头发被风拔起来"很正常，"落向地面的声音"则偏虚，然头发的立起与下落的动作，只能在山顶完成，此处应该有某种象征意味。

> 在山的不同的等高线上
> 时间在一天之中变幻着四季
> 草木越往高处走越稀疏
> 鸟也变幻着颜色和种类

这四行尤其体现了阎安的功力。看起来这几行非常平常，却深藏隐形的功力，我以为普通的诗写者在此往往最缺乏耐心——如果没有深度凝视，作者肯定写不出这样的层级和梯度。当代诗人大都没有"凝神"的耐心，往往草草了之，在该着力的地方用不上力。在山顶上望下去，时间、草木和鸟随着高度的不同，都在发生微妙的变化。时间在一天之中变幻，草木越往高处走越稀疏，鸟变幻着颜色和种类，我以为非常精准。如果你在山顶有过这样的鸟瞰与体察，会感同身受的。其中，尤以"草木越往高处走越稀疏"最为绝妙。

此四行从三个角度进行了精彩、精准的描写。

> 像智者一样　在最高处
> 世界在它的巅峰上削尽了草木
> 裸露出秃顶　仿佛它一直在那里等我

这三行，只从一个角度"草木越往高处走越稀疏"进行了延伸，如上所述，这也是最打动人的一个角度。至此，一个拟人化的山顶凸显了。人们常说，智慧的大脑不长毛——此处也可取其俗义。然而，细读之下，更有新的高拔的意义在其中，因为"高处""巅峰"已然是一种高度引领，一种精神气度，且"削尽了草木"，深含经过岁月洗礼和淬火之经历，之阵痛，"裸露"是经历之后的呈现，是成长之后的真相。

"仿佛它一直在那里等我"，体现出主人公的介入意识和融汇意识，一定是此中有一种可贵的东西（品质）吸引了主人公，使他产生了被"知己"等待的欣喜和精神契合的祈愿。

夏汉先生说："在传统的诗学里，所谓的无我之境，并不是说不是自我的感受，这里可以理解为一个感觉状态，或者也是一种写作的技巧性偏离。"此处，作者就进行了"技巧性偏离"，将主人公或"我"向"绝顶上"进行了偏移，或者说将"绝顶上"向主人公或"我"进行了偏移。其目的还是为了完成对主人公性格和品格的塑造。

> 当我登临绝顶
> 想到自己脱发不止的头顶已掉了一小块
> 其他地方也在渐渐稀落着
> 不禁悲从中来　但我还是坚持
> 站在呼呼鸣叫的山风中
> 听沉默中落下的头发
> 来不及落地就随风而去

读到此处，相信大家和我一样可以感觉到，作者在上面紧扣着"头发""秃顶""裸露"，到此处写到了"脱发"——其实一直死死拽着"头发"在进行诗意的精心构建和悄然提升，但过程和描写的手段，都是极其精准和高明的。其"绝顶上"的视角并无半点偏移，一直咬定"绝顶"不放，但视线在咬定中却有轻灵移动，比方说高度、色彩、光线的位移和变化。

上节"仿佛它一直在那里等我"留下的约定，此节迅速赴约，并很快让"绝顶"和主人公两者合二为一。"当我登临绝顶"，其实也是"当我登临'我'"，成长为一个崭新高度的"我"。于实看，形似悖论；于虚看，两者同体，"我"就在不断超越"我"的过程之中。

"站在呼呼鸣叫的山风中/听沉默中落下的头发/来不及落地就随风

而去"中，有某种深切的悲凉意味，头发的落下，一定是人之将老的晚景到来，其身心都会逐渐走向暮年，这是生命规律，也无须过多伤感，"但我还是坚持"，体现了姿态和勇气。

"沉默中落下的头发"与开篇的"头发被风拔起来又落向地面的声音"，又形成回扣呼应。大诗人对小活儿的精细可见一斑。

> 听沉默中落下的头发
> 来不及落地就随风而去
> 与一望无尽的虚无一同沉没
> 把潮水般泛上喉咙的声声长啸
> 吞咽甘露一样一个个咽进肚子里

"随风而去"，有某种开怀，也有某种无奈。"一望无尽的虚无"，依然是"绝顶上"的视角——只有在绝顶上，眼前方无遮挡之物，可以视通万里，望尽苍穹。"虚无"有豁达和释然在，是一种心境，"沉没"也是，此处偏消极、感伤。而"把潮水般泛上喉咙的声声长啸/吞咽甘露一样一个个咽进肚子里"，又旋即明亮高亢，"声声长啸"如"甘露一样"，"甘露"是一个美好温暖的所在，虽然最后的姿态是内敛的，"咽进肚子里"——不着言语，甘于承受，尽在心中，但指向依然可感、可信。

全诗深沉蕴藉，以绝顶写主人公，以主人以写绝顶，彼此互喻，直到二者合一，有苍凉、伤悲，亦有明亮、豪迈。而"头发"是此诗的引擎，所有的语词与修辞都沿其滑翔，并上升为某种伟力和精神的高地。

读经

傅元峰

师父把蜗牛从台阶上扫下来
扫得很细致
像是拂去尘埃

扫得很慢
像是多余的

像是要在
舍利塔下垒砌什么

像是，并不在为生忙碌
为死准备之间

逼你在清扫之中，怀有蜗牛的詈骂
层层结茧
在内心高危的地方
又暗自摞上一层蜕变

每次诵读，它都变成一间屋子
每次，都无经可读

【作者简介】傅元峰，山东兰陵人，南京大学文学院教授，博士生导师，著有《月亮以各种方式升起》等作品。

我的印象中，当代诗人写此类的诗很多了，不好写，稍不小心，就会滑入类型化写作之中，但仍有不少精彩之作。刘年的《游大昭寺》，将一个敲鼓唱经的喇嘛和一个沉默的诗人进行对位，在类同与反向中，以互拗、互移、互换，构成反差和趣味，生发诗意。张二棍的《雨夜，借宿山寺》轻拿轻放，但那个僧侣的形象，却印在我脑子里久久不去。

我以为刘年的《游大昭寺》是"对位"，张二棍先生的《雨夜，借宿山寺》是"轻淡"，而傅元峰展示的是"缓慢"，或者说"虚无"——三者各有所长。

之所以说此作是"虚无"，那是因为傅先生的整体写作始终处于"灰白色"（杨键语），似乎更乐于翻人生的底牌，对生命、生死发出终极之问。

> 师父把蜗牛从台阶上扫下来
> 扫得很细致
> 像是拂去尘埃

以描写开篇，干脆，动作性强，并无观念引领，更无说教，开笔即体现了傅元峰打开场域的出色手感。第一节的"吸睛"之处在"蜗牛"，我以为这一意象可以统领全篇——全篇表达的就是"蜗牛"之行、之思。作者并没有交代"扫"的地点，让诗作有了更宽阔的走向。

"蜗牛"诸君皆知，"慢"是它的特点。其栖于阴暗潮湿的地方，常见于菜园、果园、灌木林等地。一般蜗牛身上都会有一个硬壳，属无脊椎生物。

"蜗牛从台阶上扫下来"，意味在哪？我关心的是它怎么爬上去的。蜗牛上树，是用其腹足吸附着慢慢蹭上去的，台阶似比较陡峭一些，难度更大。莫非此蜗牛有某种神性，可以跳跃而上？为此我做了功课，答案是可以的，不过花的时间更长——这就更有意味了——我以为所花时间越长越有意味。或者我们可以换一种思维来读，这只蜗牛就是有神性，可以凌空飞翔——它也有一步一步向上，靠近佛堂，修炼真身的正念。

"扫得很细致"，依然在强调其"慢"，细致中有领悟，有虔诚，联想到题目，口里可能还在"喃喃"诵经。

　　我以为第一节的"师父把蜗牛从台阶上扫下来"的截面很棒，这一动作本身就很有佛性，我在想，"师父"与"蜗牛"之间是一种什么关系呢？其间可以借体互喻吗？诸君以为如何？

　　　　扫得很慢
　　　　像是多余的

　　这两句写得多好啊！扫得很"慢"，"慢"到我们现在可以先喝一杯茶，再来读这首诗。茶喝完了，他还在慢慢扫。"像是多余的"——这就"扫"进了另外一个层面了，动作在游移中进行了抽离，师父的动作成了"多余"，扫与不扫有什么区别？有和无有什么区别？这里一下了让我们进入到"空"的层面了——五蕴皆空。
　　柏桦先生认为，只有诗人的世界是最"慢"的。此诗就在充分体现其"慢"，"慢"是一种出色的功夫，"慢得"让我们屏住呼吸，在"慢"中去感受去领悟。其沉厚的诗意也在这"慢"中溢出。

　　　　像是要在
　　　　舍利塔下垒砌什么

　　舍利塔，是存放佛祖释迦牟尼或后世高僧舍利子的塔，也是存放经书的塔。师父那么专注而缓慢地扫台阶上的蜗牛，原来是要将其扫到"舍利塔下"。舍利塔是人们表达对诸佛皈依和感恩的方式。这里我注意到一个方位介词"下"，我以为很重要——这是位置的取向，也是礼佛和心的角度。所以，我们不能僭越取位在"舍利塔上"，如此多有不敬，冒失的也许不只是蜗牛自己，也许也有我们芸芸众生，还是让我们从"舍利塔下"出发，修己利人，弃恶从善，不断超度，一级一级往上攀爬吧！

　　　　像是，并不在为生忙碌
　　　　为死准备之间

既不"为生忙碌"，也不"为死准备"，师父的动作并无什么特殊的意义，只是将那些僭越高处冒冒失失的蜗牛扫到"舍利塔下"，而已而已，与生死没有什么关系，此处陷入一片"空无"——其是傅元峰作品中经常出现的状态。"之间"是个极好的位置，也成了此处的"诗眼"，诗意汩汩而出，仿佛卡在那里，卡在生死之间。从长远看，从归宿看，行或止都已没有实际意义。此诗也悄然走向超然与虚无。

> 逼你在清扫之中，怀有蜗牛的詈骂
> 层层结茧
> 在内心高危的地方
> 又暗自摞上一层蜕变

此节第一次用了四行，作者有所倚重。此处也第一次出现"你"，"你"是何人？也许前面早就出现了，是你、我、他均可。作品在此处走向了普适与泛众，警醒每个读者。"蜗牛的詈骂"是一种发明，其大概只能发出一种腹语吧。此语不必细究，大概只是对一种状态的批判。在清扫之中，我们内心体悟到更多的东西，世事如磋，"层层结茧"之后，依然怀有敬畏与神明。"内心高危的地方"并不在其"高"，而在其没有领会其中的"教义"，所以，回归内心的清纯，满怀谦卑之态才是根本，虽只是蜗牛之快，但姿态和方向才是重要的。

> 每次诵读，它都变成一间屋子
> 每次，都无经可读

提请注意此诗的题目《读经》，师父的动作都是在《读经》后产生的，其实也就是描写读经带来的视觉画面，其反映的实际上是心灵的嬗变与洗礼。"每次诵读，它都变成一间屋子"，这间"屋子"不一般，里面潜藏了玄妙与神性，让我们难于靠近，所以我们的磨砺之路还很长，顿悟之路还很长，但最后又指向了"空无"：

> 每次，都无经可读

并非无经可读，或许早已存于心中，或化为身心，乘鹤而去。空即是色，色即是空。有与无是相对的，到一定的时候，有就是无，无就是有。受想行识，皆为一体。

此诗言近意远，深含谦卑与领受，深怀修己利人之正见，其指向其实是一致的。文学作品和佛教教义之间，可以互通，无上、正宗、正觉——佛的最高境界，也是远离颠倒梦想，照见五蕴皆空，深赋般若以至波罗，其最终的指向也是真善美。

剃须刀

唐小米

父亲闭着眼旋转剃须刀
左一圈　右一圈
像开着拖拉机游走于大平原
这每周两次的打磨和剔除
他想把自己的下巴
磨成真正的良田

突然　嗡嗡的声音
有几秒停顿
喘息了两声
过不去

再冲
还是过不去
这不过是一个普通的下巴
长满了
童年的饥荒青年的苦读
中年的松弛以及
老年的慌张

父亲生气了
"锋利有什么用?!"他说
恶狠狠地　他用剃须刀
剃着空气
好像在剃着
神的下巴

【作者简介】唐小米，居河北唐山，中国作家协会会员，出版诗集两部。

唐小米的诗很有质感，显然，她早已祛除了公共经验和大众文化，对惯常的个人经验也进行了遮蔽。所以，个人气质独特而饱满，读后令人印象深刻。

剃须刀一般为男性用品，用在题目上，感觉有了一道寒光。没有读此诗之前，它的走向是无法预测的。

父亲闭着眼旋转剃须刀
左一圈　右一圈
像开着拖拉机游走于大平原
这每周两次的打磨和剔除
他想把自己的下巴
磨成真正的良田

以描写开笔，是最好的进入方式。"父亲闭着眼旋转剃须刀/左一圈　右一圈"，"闭着眼"，感觉陶醉其中，很熟练。我的体会是，大概还是要睁开眼睛的，这样可以检查哪些地方没有收拾干净。但"父亲"做这些的时候，可以"闭着眼"，其熟练的程度不一般，而且他很享受，"左一圈　右一圈"，像完成日常性的工作。

　　像开着拖拉机游走于大平原

精彩从第三行开始出现了。场景从脸上挪移到了"大平原"，"剃须刀"变成了"拖拉机"，动作也有变化，前者是"剃"，后者是"开"。试想一下，这种对位是多么精准而又富于想象力，似乎越想越有味道：父亲的脸突然开阔起来，成了一望无际的大平原——那这张脸一定不是一般的脸，以平原之宽阔之纵横之情貌，父亲的这张脸该有多少内容啊！

读到此处，一种可以预见的浩荡的诗性，已然生发——高明的作者，只用了一个场景的转换，实现了两者的对位，让前者很快出离本体，有了全新的内涵。

胡弦先生说，诗是什么？是诗之外的那个东西，是"另一物"。此诗中，父亲旋转剃须刀，已然指向了"另一物"——打造良田。

> 这每周两次的打磨和剔除
> 他想把自己的下巴
> 磨成真正的良田

这三行承接了诗本身的势能，进行补强，强调了动作的日常性，也具有一定的个人性。"他想把自己的下巴/磨成真正的良田"，则进行了直接的对接，就是要把下巴磨成真正的良田。"真正"体现笃定、确认，上升到精神层面的执着与执拗。

> 突然　嗡嗡的声音
> 有几秒停顿
> 喘息了两声
> 过不去
> 再冲
> 还是过不去

如果你有过使用剃须刀的经验，这样是习以为常的。一个重要的事实是，人到了一定的年纪，经过岁月的风化，脸上不会再像年轻时那么光洁，甚至凸凹不平，剃须刀推行至此处，一定会感到阻力。此处非常形象且生动。我以为，作者虽为女性，也必定经过了精心的观察，否则难以捕捉到如此精准的细节。剃须刀面对阻力的时候就是这样的，其力度变小，嘶鸣声也会变弱，甚至你会怀疑其电量不足，所以"喘息"。"过不去/再冲/还是过不去"，我以为此处聪明的作者有意在渲染这种"对峙"，强调其遇到的难题和困境，为下文的延展和生发埋下"灰线"。此节像描写某次冲锋，有阻碍，有抗衡，有对峙，饶有趣味。

> 这不过是一个普通的下巴

　　　　长满了
　　　　童年的饥荒青年的苦读
　　　　中年的松弛以及
　　　　老年的慌张

　　行文如流水，汇流至此，形成了浪花的冲击与深潜的回旋，其内核浮出，一个较为全面的父亲形象跃然而出——其长满了"童年的饥荒青年的苦读/中年的松弛以及/老年的慌张"，对一位老父亲四个年代的人生状态，进行了简笔勾勒。纵深感和历史感兼具，活生生一部成长史。"这不过是一个普通的下巴"，作者强调文本的主人公是一个平常人，有了更广的普适性和代表性——这一张父亲的脸，成了一代人的喻体和象征，其会产生广泛情感认同和共鸣。饥荒——苦读——松弛，如实呈现了父亲那一代人的社会生存状态的变化。

　　　　父亲生气了
　　　　"锋利有什么用?!"他说
　　　　恶狠狠地　他用剃须刀
　　　　剃着空气
　　　　好像在剃着
　　　　神的下巴

　　这一节是很精彩的。也许，诗人在前面的推进中，早就想好这样的峭拔与跃升。诗歌写到一定的时候，能够"虚"起来，并让读者感到陌生的自然，出人意料的有理，这需要多年的历练和潜心的钻研，是作者功力综合性的体现。从下巴，到大平原，到空气，最后到神的下巴，作品进行了逐步腾挪，"肉身"越来越轻，主体不断弱化，喻体不断跃升，冲积终至开阔地带，渐至飞翔升腾，与神相接。
　　此诗没有这一段，很容易陷入平淡的结局和同质化的困境，而结尾对一首现代汉语诗歌的重要性，何其重要。英国著名文学批评家弗兰克·克默德在《结尾的意义》中称："最好的智慧大约和如何结尾有关。"结果好就是一切好，"结尾就是顶点"。所以很多时候，我们都在找那个"顶点"，写那个结尾——那个要命的结尾。对写作经年，具有深厚功力的诗人唐小米，当然深谙此道——结尾决定一首诗的成败。

"锋利有什么用?!"——我以为这句大有深意。其本是刀的特性，此问一出，意义全然转向，并向刀发问，还向谁? 谁读了这首诗就问谁。你"锋利"吗? "锋利有什么用?!" 仅仅有锋利够吗……

我以为唐小米的《剃须刀》中的父亲形象，有你、有我、有他，当然也有作者自己。

唐小米说——

最初写这首诗的时候是看到父亲在刮胡子，他大概想变得年轻些，但期间总有皱纹阻挡他，刮不到的地方，胡茬还在，父亲还在和它们做斗争，仿佛剔除了这些，就能使他离完美的自己更近。

我就想，即便是锋利的剃须刀也剃不掉光阴和岁月，命运和人生的痕迹。后来就随手写了这首诗。好几年前写的了，其实还有修改的余地，可惜我懒些。感谢您的评论这么精彩，让我又从中获益!

易飞说——

观察一个与自己不太相关的人刮胡子，是比较少见的。应该认定为是比较亲近的人，亲人的可能则更大。如果是亲人，对写作者则提供了一种考验，主观感受如何偏移，从亲情中走出，因为"距离"相对较近，容易"肉身"沉重。此诗则完全摆脱了近距离的纠缠，变得轻盈，出脱，小切入，大通道，体现了作者较为深厚的诗学修养和腾挪功力。

父亲和我

吕德安

父亲和我
我们并肩走着
秋雨稍歇
和前一阵雨
像隔了多年时光

我们走在雨和雨
的间歇里
肩头清晰地靠在一起
却没有一句要说的话

我们刚从屋子里出来
所以没有一句要说的话
这是长久生活在一起造成的
滴水的声音像折下一枝细枝条

像过冬的梅花
父亲的头发已经全白
但这近似于一种灵魂
会使人不禁肃然起敬

依然是熟悉的街道
熟悉的人要举手致意
父亲和我都怀着难言的恩情
安详地走着

【作者简介】吕德安，20 世纪 80 年代初期与诗人画家同仁创建星期五诗社，并加入南京"他们"诗群。20 世纪 90 年代初旅居美国纽约，以画谋生，创作长诗《曼凯托》。2020 年出版《傍晚降雨：吕德安四十年诗选》。曾获首届他们文学奖，十月文学奖，及南方文学盛典 2020 年度诗人等多项国内重要的诗歌奖。

吕德安先生写诗四十年，一本《傍晚降雨》中有很多厚重之作，但我个人喜欢这首《父亲和我》，盖因其真诚、亲切、朴素、动人。

现代汉语诗歌写此类题材的太多了，要写出自己心中独一无二的父亲，殊为不易，在一首短诗中，写出一个父亲的形象和个性，还写出"我"与父亲相处的独特感受，则更加困难。我以为这首诗做到了，一个头发全白、寡言少语、略带威严的父亲形象，跃然纸上，仿佛在我们身边。

父亲和我
我们并肩走着

"父亲和我／我们并肩走着"，开句即确立了整首诗的切入点和运行方式——就是"我"和父亲一起走。

这样的经历我们都有，陪老父亲一起走。随着儿子的长大，儿子与父亲在不知不觉中，有了隔膜和阻塞，甚至对抗，父亲的形象肯定再也不是童年和少年时期的简单认定。随着儿子更多涉世，很多复杂的东西加入进来，儿子对父亲的感情变得越来越复杂。如果是在乡下，父子之间承载着更多的苦难记忆，但随着儿子视野的不断打开，男性气质的不断增强，父子间共同的话题会越来越少，交流越来越难，其实，很多时候是以另外的方式进行——沉默是其中一种。

所以，一般来说，儿子陪父亲走路，本身就带着某种不适和抵触。如果是儿童时期，则可以骑在父亲身上，尽情享受单纯的父亲之爱；如果处在少年时期，也可以陪父亲在田埂上抓鱼摸虾，甚至可以父子嬉闹，但请注意文中"父亲和我／我们并肩走着"，说明主人公身高和父亲已可比肩，应该是进入青年时期了。

我也注意到，当代很多优秀的诗人，在写父亲时，也经常将与父亲同行，作为一首诗的场景，我以为是非常聪明的。将父子也是两个男人，置身于没有选择的场景，他们的片言只语、一举一动，更有生活的质感和本能的真诚，既有融合也有对峙——并非完全二元对立的状态，却能观照出父子之间最真实、最动人的关系——写出独有的个人经验和生活质感，一定是一首好诗的方向。

> 秋雨稍歇
> 和前一阵雨
> 好像隔了多年时光
> 我们走在雨和雨的
> 间歇里
> 肩头清晰地靠在一起
> 却没有一句要说的话

这几行全是和"雨"有关的，所以交叉绑在一起。"和前一阵雨/好像隔了多年时光"，此句显示作者流转的功力，将"雨"进行了腾挪，一下子打开了"隔了多年时光"，时间感和空间感骤然张开，诗作走向了深远和阔大。值得注意的是，作品始终体现了"日常化"——我与父亲在路上走，碰到下雨是最正常不过的了，自然贴切，但"雨"在时间的闪回和空间的拉伸中，有了某种特殊的意味，悄然成为某种象征。

作者又将其定位于"秋雨"，便让读者感觉有了一丝凉意，也许其正是此诗的基调。

"我们走在雨和雨的/间歇里"，诗意在腾挪流转中生发，雨和雨，此雨和彼雨，有没有分别，凭感觉有，也许下在"我"身上的雨点和下在父亲身上的雨点是不一样的，其力度和分量也不一样。这几句有一种指向，似乎在父子行进的路途中，一直在下着雨，晴朗的日子很少，我们一直在雨点中承受着浇注，也承受着泥泞。雨和雨的间歇里，是难得的晴空吗？是天空露出的明媚吗？是生活的某种不期而至的幸福或者安抚吗？可以肯定的是，"雨"才是我们面对的常态。还可以肯定的是，虽然"我"和父亲"肩头清晰地靠在一起"，却各人想着各自的心事，雨雾浑茫，"却没有一句要说的话"——形体上的"近"与言说欲望的"远"，形成某种比照，并非父子无情，正好相反，父子间的语言正在失去意义，父子两个男人之间的无语，正是亲情过于浓郁以致无法表达所造成的。其触动也正在于父子之间的"无言"，"无"比"有"显示出更加动人的力量——开口即变得浅薄，"肩头清晰地靠在一起"就是父子之间最好的表达。

"肩头清晰地靠在一起"，作者成功抓取了这一细节，让我们在混沌的雨雾中，看到一对父子比肩而来，其亲密、亲切、彼此的心灵感应、男人式的交流，比任何语言都有更大的伟力。

> 我们刚从屋子里出来
> 所以没有一句要说的话
> 这是长久生活在一起造成的
> 滴水的声音像折下一枝细枝条

这几句似在解释父子之间为什么"没有一句要说的话"，因为"我们刚从屋子里出来"，原来父子是从屋内走出屋外，走到雨中。顺便说下，作者开篇没有交代地点、时间什么的，而是将其糅合在语言的行进中，此点也可说明，作者习诗经年，技巧纯熟，避免信息性的交代，已成为其一种自觉。

我特别喜欢"这是长久生活在一起造成的"这句，朴素得不能再朴素了，却大有生活的质感和哲理，作者的高明，已经不需要任何修辞了。这是独有的人生经验，饱满、结实，诚恳。这样的表态也许有一定公共经验的成分，却不是一般人所能道出。

陈超先生在点评美国著名诗人赖特时说，他的诗歌语境是透明的，其文辞含义一般不难理解，甚至可以说有一定的"公共性"，但也恰好是在文辞表层含义的可理解性背后，赖特让我们一次次感到"陌生"。我以为用在此处非常适合，吕德安先生在平静的叙述之下，充分展示了一个好诗人的聪明和沉稳，在公共性的经验中进行了个人化的表达，其内敛沉着、"平而不浅"的功力，非同一般。

像过冬的梅花
父亲的头发已经全白
但这近似于一种灵魂
会使人不禁肃然起敬

此诗的场景始终是在雨中，父子在雨中行进，虽然偶有拉开流转，但一直紧紧锁定在雨中。此两行又将画面拉回我们眼前，滴水的声音像折下一枝细枝条，像梅花，可以想象枝条、梅花在雨中摇曳，带着某种凉意。"过冬的梅花"中的"过冬"，大概有某种特指，如前文所述的"秋雨"，总体形成了作品深沉宽厚的基调。

父亲的头发已经全白
但这近乎于一种灵魂
会使人不禁肃然起敬

我估计，父亲加快了脚步，可能走到了"我"的前面，否则不会出现"父亲的头发已经全白"的总体印象，应该是在后面观察到的结果。当有此发现后，"我"对父亲的理解进入了灵魂的层面，在精神上与父亲靠得更近，对父亲"肃然起敬"。至于"头发已经全白"的含义，无须细说，但由头发触及灵魂再到"肃然起敬"，依然体现了一定的情感深度和陌生化。

依然是熟悉的街道
熟悉的人要举手致意

作者用非常从容的语调，对父亲的感觉进行了延展。"我"之外，熟悉父亲的人与事都向他"举手致意"，父亲与这熟悉的一切，一定发生过很多不平凡的故事，父亲的影响力和威望可想而知——这是一位特殊的父亲。其中，"熟悉的街道"似乎更有所指。

父亲和我都怀着难言的恩情

安详地走着。

结尾真好！作品如流水流到最后，其所指像石头浮出水面，"难言的恩情"成为本诗之眼，此"恩情"不限于父子，与父亲相关的、熟悉的人与事，熟悉的一切过往，都是"恩情"播洒之处，作品的出口豁然变大、变重。而我与父亲始终在雨点中行走，像在经受一场洗礼，行走的过程是成长的过程，也是感悟的过程，也是领受"恩情"的过程。

多好！我们也想与我们的父亲这样一起行走，在雨中感受苦痛与悲欣，接受上天赐予的这一份恩情。

可是……

在低处

杜　涯

在低处我看见牵牛花
看见野菊花、蓝蝶花和星星草
在低处我看见种地人、卖菜人、抽粪人
一个收废品人和一个拾荒人在街上擦肩而过
他们早已互相熟识，但其实互相并不认识

我总是背对高处，背对坚硬的高岸
面向这些低处的人和物，看着他们和它们
如何在微暗里各自发着小小的微弱的光
如何在风雨飘摇里晃动，又无声无息地熄灭

关于高处和低处
我现在是这样理解：我可能
高于那些在高处的人
但决不高于那些低处的人、事物
甚至，我有时还低于这些低处的事物
我的心，总是不由对他们和它们低伏、低垂

在低处，我感到我是垂柳，是柔软的流水
我深情而又无悔地任由自己柔软下去
直至成为——柔软本身

【作者简介】杜涯，河南省许昌人，毕业于许昌地区卫校护士专业。
12岁开始写诗，出版有诗集《风用它明亮的翅膀》《杜涯诗选》《落日
与朝霞》《记忆与追寻》。先后获"新世纪十佳青年女诗人"称号、刘

丽安诗歌奖、《诗探索》年度奖、《扬子江》诗学奖、鲁迅文学奖、《诗刊》"陈子昂诗歌奖"年度诗人奖等。

为了准确把握这首诗的分节，我在百度上输入"诗歌《在低处》"，没想到跳出数个诗人的作品，题目大同小异，可见这类题材写得太多，要写好、写出新意是一件极具挑战性的事。这首诗在花与人的对位中，以轻写重，饶有诗趣。

题目《在低处》，可以看出其是一首具有思辨性的诗，这种题材的诗很难写。思辨而不是说理，说理不是诗歌的任务。诗性的思辨需要两个前提条件，以保证它们的合法性和可信度——具体语境和形象性思辨。也就是说，在诗歌的行进中的思辨，需要符合一首诗的具体语境，脱离了具体语境的言说，就显得空洞而失真；形象性思辨，则是诗歌本身的体裁所决定的，要体现"诗之思"，要以此写彼，找到其客观对应物。如果能够在主客体之间获得一种平衡，那就相当令读者感到愉悦了。

全诗分为四节。

> 在低处我看见牵牛花
> 看见野菊花、蓝蝶花和星星草
> 在低处我看见种地人、卖菜人、抽粪人
> 一个收废品人和一个拾荒人在街上擦肩而过
> 他们早已互相熟识，但其实互相并不认识

此诗的取位非常明确——在低处。题目本身就显示了一种姿态——不是鸟瞰或俯视的视角，而是贴地飞行，低眉颔首，谦卑之态。

前两行首先进入我们视野的是牵牛花、野菊花、蓝蝶花和星星草，此四种花大概只有蓝蝶花比较少见，其又叫蝶豆花，属热带蔓藤植物。可以断定，这四种花都是生长在低处的，大概也属于草本灌木类，不会长得很高壮。整体上，它们显示出低处的某种生态和物种，其形状、形态、颜色各异，四种花则显示它们是一个群体，都在低处生存。

作者的开笔我以为是现代汉语诗歌最好的方式——描写式呈现，而

非议论，更非某种高音式的宣示性的发声，从而没有落入此类诗歌写作的窠臼——以理论进行逻辑性的推演，从而使"诗本身"失去应有的主体地位。

"在低处我看见种地人、卖菜人、抽粪人／一个收废品人和一个拾荒人在街上擦肩而过"，种地人、卖菜人、抽粪人、收废品人、拾荒人，此处有五种"人"从面前"擦肩而过"，作者始终把自己的视角设定在低处，绝不高抬——"在低处我看见"，其在低处看见的这群人，也显而易见是生活在社会底层的人。这五种人，越到最后越低微，可以说，他们可以充分代表这个社会的最底层。"他们早已互相熟识，但其实互相并不认识"，此句另有意味。"早已互相熟识"，说的是他们的工作没有技术含量，都是劳动密集型的体力活；"互相并不认识"是一种实写，这是个庞大的群体，他们不可能互相认识。此句写出了这群人的特点：麻木、粗鄙、简单，他们认识与不认识意义不大，只限于简单的生存与低层次的交流。

四种花与五种人的比较，意味何在？我以为花虽开在低处，依然鲜艳芬芳；人在低处，却难掩不堪，他们匆匆"擦肩而过"的身影，给我们留下了冷峻的背景，勾勒了生存于社会底层的人物群像和现实图景；又或者是虽然他们处于低处，生活在困苦之中，但仍通过传统的美德、勤勉的劳动来获得自己的生活，他们有着四种花一样的生存图景，如藤蔓植物，顽强地展示着自己的生命力和对生活的热爱与坚持。

> 我总是背对高处，背对坚硬的高岸
> 面向这些低处的人和物，看着他们和它们
> 如何在微暗里各自发着小小的微弱的光
> 如何在风雨飘摇里晃动，又无声无息地熄灭

一般来说，在日常生活中，不可能出现诗中"总是"和"背对"的情况，此处显示了诗人"专制性"的口吻，带着"不由分说"的一种认定，显示了诗人的执拗与坚持。当然，此处的"高处"与"低处"，已经不是实指，人与物的联结意义也发生了位移，是某种精神性的认定。"高"和"低"的能指消失了，随之而来的是所指。在大众文化的指向

易飞
附诗
——当代诗人佳作解读

中，"高"与"低"几乎不用去进行诠释了。

"如何在微暗里各自发着小小的微弱的光/如何在风雨飘摇里晃动，又无声无息地熄灭"，此两句逐渐显现此诗的指向和作者情感的偏移。如果说在第一节，作者的表述还比较中性的话，此节则开始指引方向。"微暗里""各自""小小的""微弱的光""风雨飘摇""晃动""无声无息地熄灭"，这些精致的描写极富耐心，我以为深怀悲悯与怜惜。作者只用了一个场景、一幅画面，就对底层人民的生活进行了精致而形象的概括式总结。作者的站位也在看似近距离的细节描写中，进行了悄然袒露。作者无视于高处，倾心于低处，甚至从决绝中可以看出，其对高处的某种抵触与厌恶；反之，则对底层生活和人民进行了同情与拥抱，赞美与歌颂也在其中。

> 关于高处和低处
> 我现在是这样理解：我可能
> 高于那些在高处的人
> 但决不高于那些低处的人、事物
> 甚至，我有时还低于这些低处的事物
> 我的心，总是不由对他们和它们低伏、低垂

此节作者更是进行了直接的"表白"，经过前两节的描写和对位之后，作者直取要义，"我可能/高于那些在高处的人"，则是一种自信的宣称，此处可以得出结论，"那些在高处的人"一定不会真正在"高处"，他们的精神与人格可能正好相反，地位之高、职务之高，正好反衬其精神与人格之低。此句也可以看出作者的精神洁癖，不愿与其为伍，对其所谓的"高"不屑一顾、嗤之以鼻。"但决不高于那些低处的人、事物"，则是对自己的一种精神要求，也是心理上的一种认定。那些看起来在低处的人，生活在社会底层，为了生存，从事着最繁重的体力劳动，他们简单、纯朴、善良、坚韧，有着"我"所不具有的许多宝贵美德，他们赓续了古老的传统，从事着最原始的劳作，却有着当今社会最稀缺的一种品质。"甚至，我有时还低于这些低处的事物/我的心，总是不由对他们和它们低伏、低垂"，这里，作者放低身段到极致，为

自己定"调"——自己虽然认识到自己的浮浅和庸常，但依然不够彻底，"我"其实比"这些低处的事物"还低，它们脚踏实地，保持着泥土的沉厚与博大，"我"是那么的渺小。心怀虔诚，感念大地，让自己如一粒尘土，"低伏、低垂"，千古功名付流水，才是"我"的人生应该有的状态。

> 我的心，总是不由对他们和它们低伏、低垂
> 在低处，我感到我是垂柳，是柔软的流水
> 我深情而又无悔地任由自己柔软下去
> 直至成为——柔软本身

最后三行重复用了三个"柔软"，就这么一直"柔软"到结束。垂柳本身就是"低伏、低垂"，"垂柳"和"流水"是一对，构成某种风景，在低处的风景。"垂柳"和"流水"不是坚硬之物，此处当有一定的象征意义。坚硬，往往带着自负、自恋和隔膜，柔软则有着随物赋形、融通世界、参透人生的意味——所有的骄傲与成功，在人生的长河和生活的低处，都不值一提。它不过是一丛草，一尾花，是"垂柳"，也是"流水"，从亘古的时间和浩瀚的空间看，它只是开在幽谷，自生自灭而已。

此诗到最后，结尾变得"轻逸"起来，写出了某种禅慧，如化身为风，轻灵飞升，看似柔弱无骨，实则庄重如钟。卡尔维诺称，"庄重"的轻才有价值。我以为此处即是"以轻写重"。

惭愧

草 树

今晚枕边没人
我还没有睡
她来到我床头
依然青春又美貌
死神保鲜了她

三十年过去我双眼
有了疲沓的眼袋
幸存乌发也不能掩饰
头脑里幻想缺失
她似乎看见了我
无形的累累伤痕
我下意识扯拢衣襟

当初我们无话不说
现在只有眼神交流
没有声音。窗外秋风
吹动窗帘的影子

【作者简介】草树，本名唐举梁，著有诗集《生活素描》《勺子塘》
《马王堆的重构》《长寿碑》《淤泥之子》，评论集《当代湖南诗人观察》
《文明的守夜人》。曾获首届国际华文诗歌奖、当代新现实主义诗歌奖、
第五届栗山诗会年度批评家奖。

得承认，草树的诗歌评论具有广泛的影响力，但其诗歌创作，我以
为也达到了相当的高度，其写作的"直觉"也"打"到了评论的高度。

最近看到朱庆和先生的一段话，颇有同感，也为之触动——"草树写诗多年，但以评论名世。重读草树的诗歌，甚至觉得比他所评论的一些对象还要出色。但，谁又去评论草树呢？这的确是一个问题。"

诗题《惭愧》，是一种谦卑的语调和姿态，决定这首诗带有一定的自省、自觉意识。

> 今晚枕边没人
> 我还没有睡
> 她来到我床头
> 依然青春又美貌
> 死神保鲜了她

开笔呈现日常性的场景，"今晚枕边没人"，显见淡淡的失落，伊人何去？下笔"轻"而"小"。有感伤，似乎并不浓郁——我喜欢这样轻微的情感倾斜，趋于"零"度视角，显得没有温度。"我还没有睡"的原因可能与"今晚枕边没人"有一定的关联，但可能并非全部，也许只是生活的一种常态，从作者的随和语言中可以看出，"我"似乎漫不经心。"没有睡"只是在"此时"的状态，也是诗的节奏运行的一种状态。

> 她来到我床头
> 依然青春又美貌
> 死神保鲜了她

这三行在平静中刮起了大风，把我们固定的思维吹乱。"依然"一词，体现了作者腾挪的高明，一下子将时间和空间拉回到了过去——也许非常遥远，她却"依然青春又美貌"。"死神保鲜了她"，有些直接、凌厉，"保鲜"很有意味，不仅是她的容貌。

显然，这里出现了另外一位主人公，女性，"青春又美貌"；显然，她生前与"我"是伴侣或亲人，否则不会"来到我床头"；显然，她已不在世，因为"死神保鲜了她"。这几行提供了这些信息，但作者的表述并没"信息化"，而是通过不动声色的描写，将情感蕴含其中。

诗写中，信息化的交代是初学者的通病。通过描写和语言的自陈，让读者领悟语言形式的内涵，才是诗本身要做的事情。对于足够老练且深谙其道的草树先生，自然不在话下。

> 三十年过去我双眼
> 有了疲沓的眼袋
> 幸存乌发也不能掩饰
> 头脑里幻想缺失
> 她似乎看见了我
> 无形的累累伤痕
> 我下意识扯拢衣襟

这一节，诗歌循着语言势能往前推进，出现了一个时间"三十年"，可见"我"不再年轻，也证明"我"和"她"之间，有着多年的感情积淀。这一段的重心看上去是主人公的"苍老"，外在的是：双眼有了"疲沓的眼袋"，头上有"幸存乌发"。显然，这些都是老的标志，有点感伤。"头脑里幻想缺失"，说明主人公的激情与理想在消退，进入到了心理层面。这时"她似乎看见了我"，作者依然在冥想，她似乎有穿透力，可以看见我"无形的累累伤痕"。外在的只是表象，心里的重创才会达到"累累伤痕"。一个人反省幻想的丧失何尝不是返回自我的一种自我拯救。

在此，草树采取了佩德罗·巴拉莫式的书写，将一种幻觉作为真实加以描述，让记忆和历史性的存在转为视域性的存在。如此打开语言的"共时性"，让读者进行更为直接的"语言的观看"，其高级在于其营造了一种"恍惚之境"。

"我下意识扯拢衣襟"，再一次体现主人公的羞愧与谦卑。岁月无情，凭衣襟如何也难掩不堪的"肉身"，其本身也无"观看"的价值。此处，有不忍对方逼视的某种躲避和愧疚。

> 当初我们无话不说
> 现在只有眼神交流
> 没有声音。窗外秋风
> 吹动窗帘的影子

现在回想起来，似乎是这首诗的结尾一下子打动了我。"没有声音。窗外秋风/吹动窗帘的影子"，是无语的感觉，是轻盈的感觉，有深切的感伤，却并无哀伤。"窗帘的影子"在晃动，在秋风中，秋风趋于冷峻肃杀，"窗帘的影子"却趋于轻盈，灵动，若有若无，难以捉摸，甚至了无痕迹。了无，某种意义上，是"有"，也是"无"。诗作最后将阅读者带向了神秘。

"当初我们无话不说"也许是本诗的一个重要线索，从中看出两者之间的感情非同一般，到了"无话不说"的地步，所以才有了此诗，才能写出此诗的质感和温度。

草树在评价韩东的诗歌时说，韩东的高明之处是，从诗歌的开篇开始，就一直在写"有"，活色生香的"有"，但写到最后，不知不觉进入到了"无"，并且了"无"痕迹地结束。这首诗到最后也"没有声音"，只有"窗外秋风/吹动窗帘的影子"，引人无限遐思。

诗要求抵达，不一定真的有所抵达，或者，所谓的抵达，已经饱含在某种流向的运动中了。一首诗最好的抵达，是通向神秘。

此诗即是。

草树说——

诗的"写"与"读"，本身就是一种对话。批评的功利化和诗人的自恋癖其实不是当代仅有，自古以来如此，中外概莫能外。易飞的批评显然是真诚的，因而格外珍贵。我的《文明守夜人》（包括下一部已经完稿的《莫道君行早》）对当代诗人的细读的热情，源于对诗的爱，甚至信仰。当代诗人的出色写作也给予我营养，他们的杰出文本是一面面清澈的镜子，让我能反观自身的写作，并由此建立写作的信念。我始终认为真正的诗人是至为珍贵的，他们构成这个世界的无用性一极，从而使一个有用性压倒一切的时代不至于大厦将倾。当然伪诗人不在此列，事实上在这个发表门槛不断降低的时代，非诗写作太多，鱼龙混杂。对诗人的分辨，与其说是基于诗的友谊，更是分别诗之真伪，弘扬诗性正义。因此特别感谢易飞兄的垂爱，这犹如在大雪封冻的寒夜独自在荒原上取暖之时，迎来一双伸向篝火堆上的手。

顶点

张远伦

> 诸佛寺的顶点，和严家山的顶点
> 形成了对峙之美
> 夹缝里是小小的诸佛村
> 我在这里生活了十年
> 发现对峙是顶点和顶点之间的事情
> 我只能在谷底仰望
> 有一次，我登上诸佛寺
> 看到了更高处的红岩村和红花村
> 它们的顶点加进来
> 就形成了凝聚之美。这点发现
> 让我突然忘却了十年的鸡毛蒜皮
> 和悲伤。竟然微微出神
> 把自己当成了群山的中心

【作者简介】张远伦，苗族，1976 年生于重庆彭水，重庆市作家协会副主席，重庆文学院专业作家。著有诗集《和长江聊天》《白壁》《逆风歌》等。曾获骏马奖、人民文学奖、诗刊陈子昂青年诗歌奖、徐志摩诗歌奖、谢灵运诗歌奖、重庆文学奖、巴蜀青年文学奖等奖项。入选诗刊社第 32 届青春诗会。

显然，作者写的是自己的人生经验。里尔克说："诗是经验"，而往往偏向经验的诗可以拔得头筹。当代汉语诗歌，"体验和经验，一直在争夺想象力的主导权"（臧棣）。

此诗不长，13 行，离 14 行只差 1 行。当代新诗绝大部分以此为中轴，数量最多。一般来说，超过 30 行的诗，就会有令人阅读疲劳的风险。所以，我以为，国外的"十四行"诗，是有它的合理性的。

《顶点》的标题，显然已有某种哲思或者禅意的指向，让读者在阅读中形成某种期待。

全诗没有分节，我稍微切割一下。

> 诸佛寺的顶点，和严家山的顶点
> 形成了对峙之美
> 夹缝里是小小的诸佛村
> 我在这里生活了十年
> 发现对峙是顶点和顶点之间的事情
> 我只能在谷底仰望

诸佛寺在哪里其实并不重要，但为了还原现场和精准理解，我还是做了该做的功课。它是重庆市彭水苗族土家族自治县的一个景点，以寺内佛像众多知名。此番之后，其实我还不能确定，直到查到诗人的出生地——重庆彭水苗族土家族自治县，方得以确认。后面的严家山就没有查找的必要了，一定是与之邻近的一座山。既然是山，也起码会有一定的高度。

第一行，诗人提到了两个地名，应该都是其家乡附近的寺与山，可以理解为此诗"发生"的第一现场。两地应该说有很多景致，但作者"排他"性地只取"顶点"言说。从面积和体积来说，寺与山都可大而化之，但作者偏要"盲人摸象"，只截取"顶点"——最高峻的地方来展开。显然，作者有自己的理想和野心，也许是匠心。

第一行，作者将家乡的两个地名进行了并置，将两处的顶点也进行了并置，后者才是目的，使其"形成了对峙之美"。一座山和一座寺的对峙，有过中国传统诗歌熏陶的人，自然会由此生发古典情怀，此种类型化的诗歌可以说数不胜数，且看此诗如何"脱臼"，如何将自己的个体生命体验融注其中，写出新鲜的审美感受与体验。

"夹缝里是小小的诸佛村/我在这里生活了十年"，寺与山之间，有一个"小小的诸佛村"，因为在两者之间，且两者均有一定的高度甚至巍峨之姿，所以它处在"夹缝里"，因而也是"小小的"。有经验的诗歌阅读者，此处一定感到了某种隐而不露的逼迫与挤压的味道。也就是说，作者在不动声色的如实摹写中，已经悄悄实现了从实到虚的流变，使阅读者的心境蒙上了某种难以言说的阻塞感。"我在这里生活了十年"，是一句大实话，很"真"，非常可信。时间是十年，地点是寺与山之间，这是主人公生存与言说的基点。

"发现对峙是顶点和顶点之间的事情/我只能在谷底仰望"，因为我生活在"夹缝里是小小的诸佛村"，我的立足点与眼光均会受阻、受限，仰望是自然不过的事。"对峙是顶点和顶点之间的事情"，似乎与"我"无关。作者此处表现了谦卑与敬畏，"仰望"者，必定有高洁之性、高迈之志，有某种不甘蛰伏的期待与冲动。

> 有一次，我登上诸佛寺
> 看到了更高处的红岩村和红花村
> 它们的顶点加进来
> 就形成了凝聚之美。这点发现
> 让我突然忘却了十年的鸡毛蒜皮
> 和悲伤。

"我"果然做到了！"登上诸佛寺"，"看到了更高处的红岩村和红花村"——这说明红岩村和红花村处在更高的位置上，可能在某一片高山上或山腰里，高耸于此前的诸佛寺与严家山。主人公登高后，看到了"更高处"，在"顶点"看到了新的"顶点"。随着站位的升降，带来了视野的改变，过去认为高不可及的顶点，现在可能成了起点，

"红岩村和红花村"，我愿意相信实有其村，也应该就在诸佛寺和严家山附近，其进一步强化的现场感和现实性，使可信度进一步增强。

"它们的顶点加进来/就形成了凝聚之美。这点发现/让我突然忘却了十年的鸡毛蒜皮/和悲伤"，主人公有了第二次"发现"，带来了主人公的嬗变与突破。更高的两个顶点与此前"我"自认为的两个顶点之间，"形成了凝聚之美"。它们的加入，使顶点有了更丰富的内容与内涵。作者虽然没有明说，但后面的发现可以补充佐证。每个人的生活场受场所、环境所限，形成了自认为的顶点，但随着向上的跋涉探求，视

线不断抬升，视野不断放大，眼光、心胸和认知也会同步放大，所以，"让我突然忘却了十年的鸡毛蒜皮/和悲伤"——所以，"十年的鸡毛蒜皮/和悲伤"，再也不值一提。

> 让我突然忘却了十年的鸡毛蒜皮
> 和悲伤。竟然微微出神
> 把自己当成了群山的中心

最后两行挺好玩。主人公在更高的顶点上凝望，一时出了神，豪气干云，"把自己当成了群山的中心"。看起来是对自己的调侃甚至嘲讽、内省，但也有野心与高迈之态——"我"也站成了某一个顶点，成为"群山的中心"。信，便是；不信，也别当真。"当成了"是一种谦卑的语调，也体现一种深沉内敛的力量。

张远伦说——

诗歌因景象而传达心象，因意象而抵达气象，因空间变化而传达微妙的情绪变化，历来是中国传统美学趣味——情景交融中的常见手法，也是我在努力的写作途径之一。这首《顶点》企图用景象的变化来呈现隐藏的内心景观。

诸佛村是重庆市彭水苗族土家族自治县的一个苗族聚居村寨，因在诸佛寺脚下而得名。诸佛寺的顶点占据着一座山峰，至今残存遗址。严家山则与之呼应，相对而出。诸佛村的风车坝，是一个狭长的平坝，就在两山之间。我在诸佛村的小学教书十年，不仅在地理上落于低点，人生也长期闭塞，便生出一些仰望之心，当然也裹挟一些小小的失落，并不完全具备悠然见南山的隐逸心态。

有时候，登山会排遣一些负面情绪，首选便是诸佛寺。当我登上寺庙遗址，看着四处奔涌而来的山峰，会突然有醍醐灌顶的空明，一些生活的不如意便会烟消云散，"把自己当成了群山的中心"。此刻我会获得一些诗意，一种"我在"而又"我消失"的感觉，颇有点像是物我两忘的境界。

生活经验成诗，会真切鲜活地击中我自己，并勾连起诸多追怀，但是这种隐藏的抒情性，不能热切表达，不然会损伤诗歌的微妙之意，而显得表白过度。所以我在此诗中尽量冷抒情，内敛，引而不发，将强烈的情绪控制在诗歌的意象和意象变化中。

易飞说——

处理经验（个人经验、外来经验），比处理词汇、意象更接近诗歌的本源。赵浔先生认为，并不是所有的生活经验都有价值，都值得表现，"直接经验能否直接转化为一种艺术经验和或一种文学经验"，需要在"历史"中寻找它的对应。当个体生命经验具有特殊性的时候，才可能成为有价值的诗性"经验"，从而形成作品独有的质感。此诗即是证明。

男人的曲线

沈浩波

火车上坐我旁边的哥们儿

肚子圆滚滚，鼓胀胀

看上去有八个月的身孕

我真想伸手去摸一摸

而我自己的，大约也有三个月

我们肩并肩坐在一起

却无法分享孕育生命的喜悦

在我们之间的空气中

也没有一种可以被称为

母性之爱的东西流淌

所以我们没办法

为我们的曲线感到骄傲

不能彼此伸手，温柔地抚摸对方

【作者简介】沈浩波，江苏泰兴人，诗人、出版人。橙瓜见证·网络文学 20 年百位行业代表人物，世纪初席卷诗坛的"下半身诗歌运动"的重要发起者，北京磨铁图书有限公司创始人。出版诗集《心藏大恶》《文楼村记事》《蝴蝶》《命令我沉默》。曾获第 11 届华语文学传媒大奖，人民文学奖之诗歌奖，十月诗歌奖。

我读到这首诗的时候，脑子里快速闪出陈超先生的话："一首诗好在哪里？第一反应是充满趣味。"趣味性的写作，也是某种活力和技巧的展示，体现着作者的写作状态带有某种"欢愉"性，它有效地避免了"滥情"和"说教"两大宿疾，作者的良好性情和心智也在其中，也可以断定作者是一个有生活情趣和情调的人——沈浩波的很多诗可能都有这样的特点。如果说他的诗偏向于口语诗，我以为带着某种诙谐、调侃、机智，还有相当一部分带着反讽——我以为，口语诗不带着反讽、揶揄，可能会"含糖量"过高，失之于浅。

题目《男人的曲线》，即对此诗的风格、语调进行了设定，显然，其不是一首"正"诗，一定是一首"歪"诗，也一定有反讽色彩。其反讽的主角，更多地指向了作者本人或本文的主人公。

一般来说，女人讲究"曲线"是正常现象，男人也可适当讲究，但以男人的"曲线"入诗，入诗题，显然有作者的"阴谋"在。对于沈浩波这样"诡计多端"的写作经年的老手，一定是别有用心的，且看他如何倒腾。

全诗简单、明了，不分段。

> 火车上坐我旁边的哥们儿
> 肚子圆滚滚，鼓胀胀
> 看上去有八个月的身孕
> 我真想伸手去摸一摸

有过坐车经验的人，对这样的情景怕是司空见惯，这样"圆滚滚，鼓胀胀"的哥们儿随处可见，不足为怪，是一种生活的常态。如果作为火车上的邻座，还是有点小烦恼的，因为他"占地面积"太大，那也没办法，现实已经呈现，身体自然挤占，并非出自他的本心。至于"圆滚滚，鼓胀胀"是否影响了公共形象，大概也不会有人站出来指责一番——因为这是人家的个人选择，甚至可能是遗传所致。其实，这样好奇的深究，会陷入站在道德的高地苛求别人的风险，于文本意义不大。然作者或主人公对这位哥们儿并没有嫌弃的意思，相反语调中还透露着某种欣赏、羡慕、好奇，所以才有"伸手去摸一摸"的冲动。

应该说，这种日常图景，在生活中随处可见，几乎所有的人都习以为常，甚至可以认为主人公产生这样的冲动，有某种变态——去抚摸一个同性者的"圆滚滚，鼓胀胀"的肚皮，肯定不是一个正常的偏好，不以社会公序良俗论，也是某种身体反常甚至性取向不正常之举。然而，我们应该关心的是——这种反常之下，作者意欲何为？

> 而我自己的，大约也有三个月
> 我们肩并肩坐在一起
> 却无法分享孕育生命的喜悦

作者仍在有意无意地言说，他当然是有意的，但看起来是无意的，甚至漫不经心的。"而我自己的，大约也有三个月"，我没有见过沈浩波，但看过照片，似乎其体形尚可。中国男人过了中年发福是普遍现象，如果只是"大约也有三个月"，还算是控制得比较好的吧。

老谋深算的沈浩波，依然在制造超级反常——男人的体形"圆滚滚，鼓胀胀"，像受孕。这种反常的背后，是扭曲、变形、变异、怪异、撕裂，是生活中的某种人群生活形态的象征。"肩并肩坐在一起"是实写，也有了虚写的味道。两个体形相似的哥们儿，像一个战壕中的战友，此处有了某种兄弟之谊，但并非同病相怜。从语调上看，正好相反，可能引为同好、同类，互相欣赏与爱怜。"却无法分享孕育生命的喜悦"，有性别意识，更有对生命意识的崇拜与礼敬。此诗的语调始终是揶揄的，带一点儿调侃，却感觉不到反讽，甚至有互相欣赏、羡慕之情——这才是这首诗有意思的地方、不一样的地方，或者说超拔之所在。对过于肥胖的男人，进行直接的讥讽甚至批评，则会落入大众认知的俗套，泯然众人的见识于写作者，当为无效写作。"无法分享"，似乎带着某种遗憾，因为"我们"都是男人，"我们"没有受孕的功能。这里有一种错位、颠倒和混乱。以沈浩波多年的诗写经验和胸中丘壑，此举也一定是别有用心的。

> 在我们之间的空气中
> 也没有一种可以被称为
> 母性之爱的东西流淌

此段非常自然地走向了开阔和深远，作者自然上浮的功力很不一般。"在我们之间的空气中"句，借助于空间进行了伸展。"我们之间的空气"，可以理解为实的——火车车厢里的空气，更可以理解为"我们"生活的某一个空间，或者"我们"处在社会中的某一个层面、群体，甚至"我们"的生活方式。无论"我们"外形上多么像一个怀孕的女人，"我们"都不可能违背科学和客观规律，惊世骇俗地孕育生命。这里面潜藏着更深的意味——"我们"这样的另类、怪物，有着某种反人类、反科学的离经叛道的冲动，但也只是冲动而已。此处主人公以自己体形的臃肿，做某种无谓的消极的自嘲式抵抗。也许主人公心中有大苦存焉，方欲变身异类，实现自己在现实中实现不了的荒诞与错位。"流淌"，是一个美好的词，体现出某种向往的感情色彩。"母性之爱"永远是美好的，只是它发出的主体是错误的，是不可能的。但也许主人公借形立意，内心中确有一份温暖的母爱，或者他特别希望自己也变换性别，给人世带来一份"母性之爱"——如此看来，作者或者说主人公，肯定是一个心中有爱和温暖之人，并且具有母仪天下的胸怀，因为他想要与人"分享孕育生命的喜悦"。

> 所以我们没办法
> 为我们的曲线感到骄傲
> 不能彼此伸手，温柔地抚摸对方

结尾顺着本诗的势能，自然扣合，得出了结论："我们没办法/为我们的曲线感到骄傲"，似乎有一种面对现实的无奈。其实，这哥俩的所谓曲线并非苗条之一种，而是肥胖如怀孕之一种，所以所谓的"曲线"并不是那么美，甚至谈不上什么曲线，特别是同坐者"看上去有八个月的身孕"，则只有水桶之形，断无曲线之美了。

"不能彼此伸手，温柔地抚摸对方"，结尾大好！其中有感情的纹理，也有着某种安慰的互别。如果是同性，都是女人，当可以彼此伸手，抚摸对方，还可以交流一下即将为人母的感受，但两个男人不过是因为身体变形，看起来像怀孕的女人罢了。其实质与本性并无改变，所以事物也并不能按心中臆想的荒诞与怪异去演化。从语气上仔细体会，主人公仍有对同座仁兄惺惺相惜的互怜——"我们"在一条歧路上走得太远，误入某一个怪圈已久。"我们"所谓的骄傲不过是因为放纵带来的身体的失重。"我们"彼此有爱，但并不是彼此需要的奇怪之爱。"我们"都有生活的苦痛，但这样的方式永远得不到安慰，只会在某种古怪的泥潭里深陷，不能自拔——因为"我们"打开世界和爱的方式出了问题，或者，这个世界本身出了问题，需要"我们"去变形、变异、变态。

其实，真正变形的是"我们"的内心！

我以为，这首诗看似简单，其实大有深意。我读出了某种深切的悲凉与失落——"我们"都是错的，"我们"一直在错误的道路上远行，连相遇也是错的。相怜可为笑料，相爱更是"乱伦"。"我们"以怪诞无端的奇思异想，无力地对抗着固常的现实。"我们"无法牵手，只能各自承受荒诞的命运与冷峻的现实。

显然，这是一首口语诗。我读一首诗的时候，并不关心它是属于哪一种类型的诗歌——诗歌的类型之说意义不大。我认同王志军先生的观点："诗歌的各种类型都有好诗，某一种诗歌不会是唯一正确的。"大家知道，沈浩波写口语诗经年，这个也不重要——写得好才是重要的！

我又一次跌入了自己的深渊

陆　健

早起晒被褥
把夜的皮屑拍掉
我的影子从晾衣绳上悄然而落

我要把"我"从今天里抠下来
让你们和他们布满大街

远处的山水寄情于自己
波涛用头颅走路
天鹅的黑蹼在水的脊背上划过

望着天鹅眼中的淡定
你就知道高孤的那颗星
白日里待在什么地方

她想说，谁的膝盖
都不比别人的肩膀高
巨石有时比羽毛轻

年迈者伸出的手掌间
疯长着热烈的草
他虽然没抓住什么
却在期待着什么

我的心忽然狂跳如正午的鼓点
我又一次跌入了自己的深渊

【作者简介】陆健，中国传媒大学教授，写诗40余年，出版诗集20余部，文艺评论集2部。

老实说，选中这首诗很快，但当真正要靠近这首的时候，很有些茫然。我读了好几遍，不知道从哪里下手，但读诗的第一感觉往往是对的——这是一首好诗，而一首好诗往往是这样：你无法用言语去精确地拆解它；反过来说，如果能像教科书那样精确地拆解，那可能这首诗不是一首那么好的诗。所以我的掰扯，只能是盲人摸象。

几遍之后，我在"我要把'我'从今天里抠下来"这一行上，停留了很久，这可能是某个线索或者指引，可以肯定，这是一首关于"我"的诗歌。

不得不承认，这首诗无论从语言、叙述和陌生化、新鲜的审美体验等诸方面，都是相当完美的。显然，它彻底摆脱了线性叙述，每一个横截面都是立得住的，且越往后越显示出某种高迈的情怀。

> 早起晒被褥
> 把夜的皮屑拍掉
> 我的影子从晾衣绳上悄然而落

陆健先生灵动的手感，在第一节就表现得淋漓尽致了。全诗写关于"我"的诗，对"我"的勾勒和塑造，是非常考验诗人的功力的。因为类型化的关于"我"的写作，或因凌空虚蹈显得空洞，或因过于自我而喃喃自语，甚至有的一上来就进行某种结论式的宣示，步入思辨式或雄辩式的高举高打。我以为真正诗性的表达，应是不动声色的叙述，当然能够进入描写状态则为更佳。此诗显然摆脱了类型诗的惯性，从其中抽离出来，以鲜活的描写、生动的场景进行演绎。

"早起晒被褥/把夜的皮屑拍掉"——为什么要选取"早起"，选择"晒被褥"？完成一个关于"我"的形象的塑造，从哪里下手，是比较困难的一件事，像一个摄像头，可以取位的地方太多了。似乎深睡了一晚，因为一起来，要"把夜的皮屑拍掉"。"皮屑"是一种精审之后的选择。夜晚是抽象的，皮屑是具体的。两者的虚实搭配，产生了某种况味。"皮屑",我们可以理解为废物吧,头皮屑就是这样的废物,但其有某种寄托。我们要问"皮屑"是怎么产生的呢?是身体方面的原因,还是心理方面的原因?估计都有。专业一些,当有生理性和病理性,总之,是头部的生态遭到破坏之后的状态。好,这里应该是夜晚的生态了,我以为更多指向某种精神层面或者某种病理性也未可知。拍掉的皮屑,应该是某种不洁之物,或者是某种颓废和困顿,甚至是不良恶习。早起和夜,是一个时间的过程,也是一种历程,而被褥里面的"皮屑",也是有意味的,可能是某种苟且或者混乱的生活。

"我的影子从晾衣绳上悄然而落",此处进行了空间位移,从室内移到了室外。是因为纷乱而落下的"皮屑"把被子弄脏了,所以要去晒。"我"从被子里出来了,被子上当然会有"我"的影子和印记。也许,这是"我"某种现实生活的写照。

> 我要把"我"从今天里抠下来
> 让你们和他们布满大街

当"我"从被子里出来,抖落满身的"皮屑",迎来新的一天,"我要把'我'从今天里抠下来",就有了某种告别过去的味道,从"今天"开始,是给自己时间上的增压。当然两个"我"肯定有着身份的不同,后者更有渗透和扩散的趋势。"让你们和他们布满大街"印证了"我"与我的不同,你们与他们如何对应,不必较真,可以继续扩充至无限,问题是"布满大街"意欲何为?"大街"是指都市中的大街吗?是,也不是,"大街"可以被看成某种要面对的处境或者人世。

> 远处的山水寄情于自己
> 波涛用头颅走路
> 天鹅的黑蹼在水的脊背上划过

这几句真好啊!特别是后两句,有言之不出的诗性美。"远处的山水寄情于自己",这一句往远处的拉伸和词语的弯曲都极好、极美,到此处,境界也忽然阔大起来。诗人不说"我寄情远处的山水",而是将顺序倒置，"远处的山水寄情于自己"，味道马上不一样了，除了呈现一定的陌生化以外，意味和旨趣也大不相同，似乎"我"成了某种担负者，将山水托付于人，寄情于人，可见这个人肯定不是一般人，因为他有了某种使命感和庄严感。"波涛用头颅走路"，很快体现了庄严和悲壮的情怀，波涛汹涌于前，引领的头颅是瞭望的风口，远方的道路和航程，需要付出艰辛甚至生命，头颅在热血中豪迈歌唱。"天鹅的黑蹼在水的脊背上划过"，这一句有点冷，还是在描述状态之困、奋斗之艰。"黑蹼"，的确是天鹅脚掌的颜色，甚至有些天鹅的嘴巴都是黑色的，是实写，更是虚写。这样的黑色"在水的脊背上划过"，笼罩了一层冷色调的暗影，寓示着生活的冷峻与沉重。

> 望着天鹅眼中的淡定
> 你就知道高孤的那颗星
> 白日里待在什么地方

这一节我以为文本有了"抬头"的味道，温暖和明亮在闪烁。虽然有黑色的暗影匍匐，汹涌的波涛举着头颅在艰难地挺进，但"天鹅眼中的淡定"，可以为之消解。此处，"高孤的那颗星"完成了文本情绪的悄然转换，"高孤"甚至让我们有某种仰望的寄托。这里，提出了问题："高孤的那颗星/白日里待在什么地方"？

> 她想说，谁的膝盖
> 都不比别人的肩膀高
> 巨石有时比羽毛轻

这里突然出现的"她"，让我一时困惑，我不由得又重新再读了几遍文本。我在混沌不清的情况下，先用排除法吧——用"他"行不行？似不无不可，但细究下去——我妄度一下：似乎"她"更好——语言的温婉是一个方面，作者的男性视角换成异性，使其带有某种异质性，可以增强文本张力。此处的"肩膀""巨石"与高低、轻重，其实也在体现这种不协调。不是简单对立，而是互为因果，互为前提。"膝盖"和

"巨石"的意象关联也是自然的，我想到了跋涉、艰辛、奉献、悲壮。

> 年迈者伸出的手掌间
> 疯长着热烈的草
> 他虽然没抓住什么
> 却在期待着什么

上面出现"她"，此处出现年迈者，再加上"我"，看起来有三个代表人物出场，各有言说的方向和内容，承担着各自的使命，一起完成对主人公品格的塑造。他们也许是三个人，也许是一个人，是"我"的化身。这一节有一个词引起我的重视——"热烈"，我似乎一下子感觉到温度，"年迈者伸出的手掌间/疯长着热烈的草"，可以相见，这一双大手，经受过岁月的风霜洗礼，也许皲裂，布满老茧，但依然葳蕤，有一丛丛"热烈的草"蓬生其中，梦想不灭，心中仍有理想与远方，依然在深切地"期待着什么"。

> 我的心忽然狂跳如正午的鼓点
> 我又一次跌入了自己的深渊

最后的结尾又接续了时间，一夜醒来，已是早上，抖掉满身皮屑，"正午的鼓点"是急促的，带来某种紧张感，正是我们处于某个困境的写照，不禁引发我们的困惑之忧。一阵恍惚之后，已是中午。诗人突然被某种习惯似的隐疾抓住，遭到袭击——"我的心忽然狂跳"，过去的不堪与陈腐，就像陈年的"皮屑"，不知还会不会照常落到自己身上，自己还有可能在浑浑噩噩之中沉睡，依然不能从自己过去的窠臼中摆脱慵懒，破除腐迁，重塑一个崭新的我。

显然，从这个意义上讲，它是一首自省之诗，也是一首勉励之诗。我们只有在跌下深渊里的那一刻，才会猛然惊醒，从而认清自己，解救自己，使自己获得根本上的救赎！

也许谢默斯希尼的话，"我写诗，是为了看清自己，使黑暗发出回声"——可以表达此诗的深刻寓意。

小镇

刘益善

绿褐色的山水
流泉绕着白练
粗心的画家
遗下的浓墨一点

青的屋瓦
青的砖墙
燕子的翅膀
翘起的飞檐

一截小街
三家铺子
杂色的鹅卵石
铺成凸凹的路面

在遥远的山里
坐着的老祖母
黑色的衣衫
慈祥的笑颜

【作者简介】刘益善，湖北省作家协会原副主席，《长江文艺》杂志社原社长、主编、编审，湖北省有突出贡献专家。发表诗歌、小说、散文600余万字。曾获《诗刊》优秀作品奖，《诗选刊》年度诗人奖、全国青年读物奖、湖北文学奖、中国长诗奖等奖项。有诗文译介海外并入选中小学课本。

刘益善先生成名甚早。多年前我就认识到，他是一个职业作家，写作成为他的一种自觉行为，不像我等的写作，想起来就往灶膛里丢几根柴火，冒几点火星，让锅里的水偶尔翻腾一下，半生不熟。我以为，益善先生的添柴燃薪，是本能的，日常的，自觉的，所以他的写作，从20世纪70年代开始（我跟踪阅读了40余年），他的那口大锅，始终是热气腾腾的，且从蒸笼中取出的，不仅是热乎乎的一道道菜或小吃，而且都品相俱加、色香诱人——诗歌、小说、散文、非虚构，样样称手，不服不行。

益善老师走上文坛，成为全国的著名诗人源于其于20世纪80年代创作的一组诗《我忆念的山村》（笔名易山，也是其现在的网名）。估计我等60年代出生的诗歌爱好者，对此都不会陌生，其显露的语言才华、感悟力和精神能见度，非同一般。

全诗四段：

绿褐色的山水
流泉绕着白练
粗心的画家
遗下的浓墨一点

题目是《小镇》，应该一首清新雅致的小诗。第一节似乎也朝着这个方向运行。既然是小镇，应该不在大城市里。结合作者的出生地，我能想到的是江汉平原，或者某个城乡接合部，这个不重要，怎么写才重要。

"绿褐色的山水/流泉绕着白练"——色彩、声响，加"白练"般的舞动，作者体现了极佳的手感。我一直固执地认为，当代新诗的最好开篇，一定是描写。描写能够带来一种现实场景和场域，呈现活色生香的人间烟火气。鲜活的手感一定是描写带来的，也才有最好的代入感，避免了宣示性的宏论语调与强制性的指认。同时，我以为它也是一种谦逊的及物之态。

作者作为一个语言的倾听者，竖起谦卑的耳朵，"粗心的画家/遗下的浓墨一点"，语言俭省，仿佛一幅山水画。有意思的是，这不是画家的精心勾勒，而是"粗心的""遗下的"。巧的是它是一点"浓墨"——可不可以是一点"淡墨"呢？我觉得可以从两个方面去理解，一是它是因"粗心"而"遗下的"，既然"粗心"，就不会讲究力度，而"淡墨"往往体现精心的布局与构思；二是作者为湖北的诗人，荆楚大地江汉平原上的小镇，一般来讲，是绿树环绕、河流奔涌的，虽然没有高山大川，也算棱角分明。我们远远看到的每一个村镇和村庄，首先看到的是墨团浓厚的树丛，不算高耸，却也蔚成当地一景。

此处画家的出场，平添了小镇的无限风光，"粗心的"画家"遗下的"一点"浓墨"，构成了小镇的风景，一切都是毫不经意间自然天成的。

> 青的屋瓦
> 青的砖墙
> 燕子的翅膀
> 翘起的飞檐

"青的屋瓦/青的砖墙"——"青"，无疑是小镇的好色调，远看一定是如梦似幻的青黛色。接下来的两句体现了作者的灵动与虚实技巧。"燕子的翅膀/翘起的飞檐"，"屋瓦""砖墙"写的是小镇的房舍，所以"燕子的翅膀翘起的飞檐"是多么贴切而生动。"翅膀"与"飞檐"相映成趣。燕子带来的一定是春的消息，所以一定有美好的事情会发生。

> 一截小街
> 三家铺子
> 杂色的鹅卵石
> 铺成凸凹的路面

这一节对小镇的街道进行了简笔勾勒，依然俭省而精巧。"一截小街/三家铺子"，两个数字的出现，我愿意概读。"一截小街"有可能，也许有三六家铺子也未可知——这个不重要，其让我们感受到小镇之小，之简。而后面接下来的两行："杂色的鹅卵石/铺成凸凹的路面"，大体上也有两层意思：一是江汉平原上小镇的路面，大体也以"鹅卵石"为主，其石在河边滩涂随处可见；二是"鹅卵石"也隐含着某种古意和情怀。"杂色"与"凸凹"，应该是作者的某种设计，意在体现某种美好之中的"异质性"，使之对峙、丰厚，甚至有一些生活中苦难的味道。

> 在遥远的山里
> 坐着的老祖母
> 黑色的衣衫
> 慈祥的笑颜

这是一个好的结尾，至此迎来的此诗的主人公——"老祖母"，也是作品中唯一的主人公。不言自明，如水流至此，于作者的层层铺排的浪花迸溅中，主人公自然而然地浮出了水面——全诗之眼也呼之欲出。需要指出的是，作者在写法上和第一节进行了某种呼应，出现了雕塑性的画面或者说剪影；作者一直在以中国画般的高级技法，精心地勾勒腾挪，在物与人之间，在实与虚之间。

"在遥远的山里/坐着的老祖母"，也许可以实读，我更愿意虚读，也许是一片群像。我注意到"遥远"，也许是空间的，也是时间的，似乎有某种伤感与慨叹。念其"遥远"，也许老祖母已不在人世，而她"在遥远的山里"坐着，像一个智者思考着，体现了一种坚韧和博大。

"黑色的衣衫/慈祥的笑颜"中，再一次体现出"异质性"，"黑色"，一定是沉重之色，苦难之色；"笑颜"，体现的是乐观放达、坦然面对。"黑色"与"笑颜"的对位，也许是我们生活的两个方面。以乐观的心态，坦然面对所有的苦与痛，这是生活的现实，也是"祖母"的教示。

通读全诗，你会发现作者"精审"高明的写作技巧，每一节、每一行，都如行云流水，张弛有度，且前仰后合，错落有致。如果你知道作者这首诗写于 20 世纪 80 年代，你肯定会感到惊愕。虽然诗歌具有极强的时间性和当下性，但今天看来，这首小诗与当今许多诗人的所谓大作相比，并不逊色。其文本的意义在今天看来，依然具有强大的生命力和启示性。在看似传统的表达中，体现着诗歌的本质和经久的流传性。

全诗精巧、雅致、内敛、优美，显然，还有一大特色：押韵，特别是每节的最后一个字。全诗读起来朗朗上口，虽然当代汉语新诗更讲究内部的气韵，但在不自觉中体现某种动人的节奏与律动，还是可以形成更强的感染力。

除此之外，本诗还有另一个特点，对"名词"的运用。当代新诗，更多的诗人在动词上使劲，往往用力过度，并且低估读者的阅读能力，显得武断而霸道。而名词看起来是没有观点的，是最有弹性的，最有味道的——因为没有过度的装扮，所以维持了词的原生性，其所指更加扩张，潜藏的意义也更加丰富。本诗 16 行，除了"流泉绕着白练"，其余都是以"的"连接的名词（主语），以名词结尾。本诗四节的落脚全是名词，动词不能直接修饰名词，但变性后成了动名词，可以作为名词的修饰语（定语），都以偏正结构（词组）呈现，强调状态而非动作，比如"遗下的浓墨""翘起的飞檐"。

也许，"流泉绕着白练"亦可以变为"流泉绕着的白练"，"一截小街/三家铺子"也可以变为"一截的小街/三家的铺子"。

我挑毛拣刺，作者也许想体现"参差"之美，也未可知，毕竟一"的"到底，未免单调。

远方的绵羊

向天笑

你信不信，一个女人的枕头是一座山
她在孤独中把思念变成一只只洁白的绵羊
在寂寞里又把绵羊一只一只地赶上山岗

九只、九百九十只、一千九百九十九只绵羊
在泪水无声的滚落中无望地前进
赶到最后一只绵羊时，那个牧羊人还没有出现

只有她一人静静地坐在山顶上
无助地看着那些绵羊冲下山岗
没有一只绵羊愿意陪伴在她的身旁

她耐心地守候在那里，直到变成一只绵羊
在她的眼里，离去的绵羊变成了兔子
一只一只地抽打，直到满腹的思念变成怨恨

【作者简介】 向天笑，湖北大冶人，中国作家协会会员、湖北省作协全委委员，出版诗集和散文诗集 12 部。

向天笑写诗 40 年，总体来说，始终秉承现实主义的创作方法，绝大部分诗作带有"及事"性的色彩，这使他的写作，显得质感饱满，诚实可信。我一直以为，在真善美之间，后两者较易，大多数诗人都在操持，然"真"最为不易——它需要诗写作者本身所具有的个人品质和面对自己的勇气。我偏爱带着"真"的写作，即使它们在某些时候显得过于靠近生活，有将"一片树叶"拿得太近之嫌，有日常生活的琐碎之

嫌，有消解张力之嫌，但比起凌空高打的伪饰、故作病态的呻吟和云山雾罩的"空心化"写作，还是让我心里踏实很多——文贵于诚，"我手写我心"，诚实才能广大，永远是至理。

《远方的绵羊》不是日常性写作之一种。以我所知，向天笑长期蜗居黄石，黄石总体上也属于江汉平原，虽有一山叫东方山，但并无草原，更无成片可放羊之地，所以《远方的绵羊》写的也只能是远方的，或者是心中虚拟的，也许是作者到某地一游产生的图景。由此可以确定，这首诗本身的"现场"存在可疑之处，但诗之所指趋向象征意味，"现场"的指证就没那么重要了。

> 你信不信，一个女人的枕头是一座山
> 她在孤独中把思念变成一只只洁白的绵羊
> 在寂寞里又把绵羊一只一只地赶上山岗

开笔采取了第二人称的写法，语气显出婉转、商榷之意味，其实"你信不信"是可以不要的，但后面的"一个女人的枕头是一座山"便显得武断、宣示，没有商量的余地。所以"你信不信"并不是真的问你，管你信不信，但谦卑的语气所显示的态度才是重要的。"枕头是一座山"是一个好句子，"枕头"与"山"比，有一些形似，但细究差距大矣！再大的"枕头"也无法与"山"相比，但这是一个"女人的枕头"，就不啻是物体形态方面的了。"女人的枕头"有多大？回答起来是很有意味的。说它可以大过一座山，不会没有人不相信，因为早已超过物理层面去理解它。这里面还有一层巧妙的意味：枕头一般来说是软的，它是保证睡眠的东西，体现某种催眠、熨帖、柔软、舒服的功能；山则一般被视为高大、笔直、高峻、阳刚之物。这里面已经暗含着男性与女性的属性。"她在孤独中把思念变成一只只洁白的绵羊/在寂寞里又把绵羊一只一只地赶上山岗"，"孤独中""寂寞里"属于同一种语义，并且互证，孤独的人寂寞，寂寞的人孤独，也就是说，她处于一种寂寞孤独的状态。此中，她"把思念变成一只只洁白的绵羊"，"又把绵羊一只一只地赶上山岗"，把思念变成绵羊，是造物，把思念的抽象变成具体的绵羊，通过诗人思念的点点投射，思念"变成一只只洁白的绵羊"。

试想绵羊的形态，这思念产生的产品——可爱的绵羊，其茂密的毛发，憨厚的形态，一步三摇的步姿，思念就相当有质感了，且有"洁白"上色，使思念更有了高迈的品性。"又把绵羊一只一只地赶上山岗"，则是顺势造景。这并非无聊之举，只因"思念"难排，只得不断重复这个动作，每一次赶羊之举，都是思念之旅。

> 九只、九百九十只、一千九百九十九只绵羊
> 在泪水无声的滚落中无望地前进
> 赶到最后一只绵羊时，那个牧羊人还没有出现

"九"寓意"久"，"九九""久久"，羊在不停地增加，从个位到千位，一只羊对应的是一次思念，也对应对某一个人的思念——这样延展下去是很有意思的。次数在不断增加，人数在不断增加。如此推演，这首诗开始变得开阔了。但具体到一只绵羊，其对应的一定是某个隐身的"牧羊人"。执着的赶羊者，"赶到最后一只绵羊时，那个牧羊人还没有出现"，可见思念多么悠长而使人备受煎熬，也可见数羊者的投入、执着、笃信。自然，数的过程也是苦苦期盼的过程，"泪水无声的滚落中"的"滚落"，非常贴切，是一个梦中情人的最正常不过的流露，此处词与物、情与景的精准，都显示出作者的写作功力。

现在，我们形成了阅读期待——那个"牧羊人"是个什么人呢？竟有如此魅力让一个女孩子苦等，数到"一千九百九十九只绵羊"还没有出现！

> 只有她一人静静地坐在山顶上
> 无助地看着那些绵羊冲下山岗
> 没有一只绵羊愿意陪伴在她的身旁

此段承接诗的语言势能顺流而下，但也有曲折。女人数累了（她内心应该有一些怨恨了吧），索性"一人静静地坐在山顶上"，"无助地看着那些绵羊冲下山岗"，那些"冲下山岗"的羊可都是她的思念熬成的啊，她就让它们放任自流。这里面有失望、悲愤、责怪、无助……"没

有一只绵羊愿意陪伴在她的身旁"是加强句，也是某个结论的收缩。试想，女人好不容易在相思中赶出的绵羊，一直赶到"一千九百九十九只"，现在竟撒手不管，任其"冲下山岗"，这里面有锥心之痛，心如死灰之弃。

> 她耐心地守候在那里，直到变成一只绵羊
> 在她的眼里，离去的绵羊变成了兔子
> 一只一只地抽打，直到满腹的思念变成怨恨

我以为向天笑最后一段是很高明的，他没有沿袭前面的势能继续惯性地言说，而是让主体干脆化身客体，"她"变成一只"绵羊"，这种"质变"是有前提的，因为"她耐心地守候在那里"，并无奈地看着"那些绵羊冲下山岗"，思念的人等待的人由于时间的久远，也幻化成为一只绵羊。如果她还要数绵羊，那就是数自己。这里面的意味与上又有不同。

> 离去的绵羊变成了兔子
> 一只一只地抽打，直到满腹的思念变成怨恨

这两行是本诗的结尾，也是"脚尖点地"。此处，作者将她眼里"离去的绵羊变成了兔子"，显然，这"兔子"是她眼里离去的那些绵羊，是那些没有唤来负心人回报的思念。

本诗四节全是三行体，作者可能有意为之，但并无不适之感。以诗本身的节奏，一节一节往前推进，如水推波，很是自然，颇为老练。只在结尾处有了明显的转向，为全诗定调。

有意味的是，"兔子"这一可爱的动物成了受难者和接盘者，成了主要责任人，"绵羊"则成为思念的载体。也许兔子的敏捷和腾挪闪躲，切合了男性的某些特点，否则可爱的小兔子，为什么要承受这些高等动物本该承担的一切啊！

何况今年正是兔年，何况作者本人也属兔，也是一只老大不小的兔子！

李浔说——

从向天笑这首诗中我们可印证他是一个"充满音乐感"的抒情诗人，同时他也是一个"深入地观察、深刻地体验"的诗人。向天笑长期写爱情诗，他的诗描写细致，也常常用贴切的场景铺垫，使诗全方位表达他的立意。这首《远方的绵羊》就是如此，作者把思念比作一群羊，每晚在梦境中等待牧羊人。诗的场景与意象都优美，语言的表达上慢慢展开，这是向天笑创作情诗惯用的写法。（李浔，曾获《诗刊》《星星》诗赛奖、闻一多文学奖、杜甫诗歌奖、第五届中国好诗榜奖、第六届中国长诗奖等奖项。）

易飞说——

事实上，在当代语境下，要做一个"充满音乐感"的抒情诗人是很难的，"乐感"在当代诗中似乎更多指向内部气韵；另外，"长期写爱情诗"，也是令人钦佩的，毕竟我们都不太年轻了，所以，它也是一种"诗歌发生"的能力——出色的能力。

伊犁，祭三舅

飞　廉

> 很小的时候，我读到母亲写给你的信。
> 少女的天真。
>
> 每当日子困窘到烧雪，
> 她就遥想丰衣足食的伊犁，就用缝衣针
>
> 挑亮煤油灯，斗室大放光明
> 三十多年后，我第一次见到的，却是
>
> 白杨下你的长满了野蒿、琵琶柴的小土坟，
> 一条老狗，两个怯生生的表妹……

【作者简介】飞廉，本名武彦华，1977年生于河南项城，毕业于浙江大学区域与城市规划系，现居杭州。出版诗集《不可有悲哀》《捕风与雕龙》，与友人创办民刊《野外》《诗建设》。

　　飞廉的这首诗，我第一次读到，就毫不犹豫地决定掰扯一下。这里面还有个小插曲，我将原文发给飞廉后，他将修订后的文本给我发了一份。其实新的版本只是删掉了原来一节（两行）。在本文的结尾，我会续上这两句，探讨一下也是很有趣的。

　　我后来读到楼河先生分析这首诗的文章，他的解读很精彩，我简直不敢再下笔。一段时间后，我又调整好自己，重拾勇气，决定彻底忘掉楼先生的文字，还是按自己的笨办法来整，只说自己感受到的部分。个人认为，这首诗在飞廉的写作中比较重要，否则他不会再修订。

　　《伊犁，祭三舅》的诗题，提供了扎扎实实的"事实性"诗意。我

相信实有其事，实有三舅其人。如果这样的事实是虚构的，则是对三舅和母亲的不敬；抑或是朋友或旁人的遭遇，这样的可能性不是没有，但我宁愿相信是作者自己的——这份感受才更真切，个体生命体验才更强烈。

> 很小的时候，我读到母亲写给你的信。
> 少女的天真。

开篇是日常性的表述，口语化，但也透露出母亲并非一般的家庭妇女，可能受过一定的教育。母亲给舅舅写信的年代，应该在 20 世纪，联想到作者是 70 年代生人，这种可能性是很大的。这是很温馨的家庭生活场景。一般来说，母亲与舅舅的感情是很深厚的，因为他们一起长大，哥哥对妹妹的关爱可想而知，后者同样也是。那个年代，兄妹之间的感情，有更丰富的生活内涵，因为他们共同承受着生活的重压，面对着生活的诸多困苦，所以感情更深，更动人。主人公的舅舅是什么原因远在伊犁，文本中没有交代，我们可以猜想。这里面一定有故事，因情因事或因不可抗因素，等等，也许还有不为人知的难以言说的部分。

可以说，这首诗的题材本身已具有足够的"事实性"诗意，更有某种可遇而不可求的先天性题材优势，但要真正写出一首优秀的诗，却并非易事。如果不加以掌控，很容易陷入情感黏稠至难以脱身的困境。陈超先生说，即兴的灵感只是跳板："诗人依然伴以清醒的头脑，久经磨炼的手艺。直到耐心地刻画或挖掘出生命中经久而内在的经验的纹理。"所以，此诗考验的是诗人的抒情掌控力。

"少女的天真"印证了上文"很小的时候"，母亲年纪不会很大，还带有"少女的天真。"这里没有提到三舅的回信，但显然兄妹之间的书信往来一直是存在的。盖因作者的口吻是对着三舅言说，对着遥远的难得一见的三舅的言说，所以感情色彩又大有不同。

> 每当日子困窘到烧雪，
> 她就遥想丰衣足食的伊犁，就用缝衣针

挑亮煤油灯，斗室大放光明

此诗第二节和第三节都是互嵌型的，所以引用上延伸到了下一句，这种写法非常常见，是为加强勾连顾盼，形成张力。

"日子困窘到烧雪"，这个比方很新奇，大概穷到什么都没有了，只有"烧雪"了。然而，"雪"有什么可烧的？雪靠近火立马就变成一摊水了，何须去"烧"？这已经穷到"天上"去了，雪并不是经常会用的，大自然降雪你才有得烧。"烧雪"本是无奈之举，本身是无意义的动作，然而即使如此，也很稀缺，可见这"困窘"已到极致，非这个无意义的动作不足以表述。如果在北方，常年雪飞，尚有可烧之雪；于南方，则是奢望了。

"遥想丰衣足食的伊犁"，可见三舅的生活条件和状况不错，但请注意，这是母亲的"遥想"。母亲如何得出"丰衣足食"的结论？母亲去伊犁亲眼看到，这种可能性不大。结合诗人的出生地河南项城，在那个年代，交通非常不方便，所行花费也不是小数目，去伊犁的可能性更小。那么只有一种可能——三舅给母亲在信中的描述，但请注意第一节最后一行"少女的天真"，这里隐隐有伏笔在。

"就用缝衣针/挑亮煤油灯，斗室大放光明"，母亲的这些动作，是在深信三舅"丰衣足食"感到快慰之后发出的。"缝衣针/挑亮煤油灯"，印证了上述的猜测——这是一个清贫之家，过着艰辛的日子。"斗室大放光明"中的"光明"是由三舅带来的，是三舅带来的好消息，让母亲和一家人感觉到，至亲的亲人三舅在遥远的西部边陲生活得很好。这里面写出了温暖与满足，写出了深厚的亲情和动人的分享，也写出了亲人在每个人心中的沉甸甸的分量，这"光明"照亮着每个人，温暖着每个人——此诗带来了难以言说的动人亲情与血缘共振。我们的生活虽然清苦，但三舅在遥远偏僻的地方过得尚好，这是对我们最大的安慰！此处少伤感，多温情，斗室的光明已经透进每个人的心中，像一抹温暖的阳光朗照。

三十多年后，我第一次见到的，却是

> 白杨下你的长满了野蒿、琵琶柴的小土坟，
> 一条老狗，两个怯生生的表妹……

三十年后，生活进行了揭秘，三舅那些善意的谎言，终于真相大白。"白杨下你的长满了野蒿、琵琶柴的小土坟"——原来现实并非三舅信中描述的"丰衣足食"。其实对20世纪的中国西部发展略有了解的人，在第一段中应该对"丰衣足食"保持一些警惕，当然我们不能对拥有"少女的天真"的母亲苛求，也许除了"天真"之外，她更愿意相信三舅信中所描述的生活，或者她希望是这样的，否则，又能怎么样呢？不让亲人牵挂伤神，徒添烦忧——这才是三舅报喜不报忧的真正意图。作品的感人之处，也正在于此。

深究一下，时间过去了三十年，也许三舅有过一段"丰衣足食"的生活，但长久的"丰衣足食"是不可能的，时间流逝之后，河流露出了河床，真相浮出。这真相饱含着对亲人的呵护、深爱、倾诉的隐忍和自己的坚持、抗争，饱含着血和泪，有着宁可自己受难也要让亲人安好且不被惊扰的决绝与悲壮。此处有境界——三舅不是一般人，是一个宁可伪饰生活，宁可自己受苦也决不向亲人吐出半个"苦"字的"大写"的三舅。

诗歌是时间的艺术，此诗短短八行，却有三十年时间之跨越，空间上也有几千里之距。我在读的过程中，一直在想，三舅究竟是一个什么样的形象？身材、表情，甚至他信上的字迹，也许冷峻，也许豁达，也许兼而有之，但可以肯定他一定有超迈的情怀和为兄的担待，也可以肯定他在生活中一定是一个有担当、有情义的汉子，一位真正的男子汉——因为隐藏在文本后的真正的三舅太伟大了，太感人了，他生活得太苦了。可就是这样的三舅，演绎了世界上最深厚、最动人的兄妹之情和血缘亲情。

现在回头说被作者修订后删掉的最后两行。

> 伊犁河暴涨，
> 我在你劳作大半生的土地上走动了一个下午……

坦率地讲，刚开始读此诗时，我特别喜欢"伊犁河暴涨"这一句，它让阅读者无法排解的情绪找到了宣泄的载体，"伊犁河"和"暴涨"，都成为某种象征。也许一条"伊犁河"经历过的苦难和悲欣，正是三舅坎坷的人生写照，每一朵浪花都有无法言说的伤痛。河水的"暴涨"是某种生存境遇的凌厉的逼视，让我们感到未来的生活深不可测，无法把握，也感到亲人之间的无助与无奈。"我在你劳作大半生的土地上走动了一个下午……"则体现了主人公的主动介入，也许"走动了一个下午"可以更"精审"些。

总体而言，修订以后，除掉了我认为最过瘾的那一节，特别是我为之叫好的"伊犁河暴涨"——仔细体味后，个人认为，这正是飞廉异于普通诗写者的开始，凝绝、隐忍、自净、素朴，避免大众经验和文化"哗众"，留下更多空白，体现出某种大师的决绝之态。

异名者

张泽雄

有多大的孤独，需要自己
给自己写信，自己做自己的亲戚
有多大的孤独，需要用七十二张脸
隐身。费尔南多·佩索阿
一个内心测量员，一个孤独大师
依靠无与伦比的诗歌
去实现心灵的分身术，终身沉溺于
内心的探险。异名者
不是一个人的笔名与网名
他们各有各的外形、个性与出身
他们在各自的世界里
用不同的诗歌悲悯、厌倦、懊悔与自责
他们有各人的立场。他们相信
感觉与虚无。他们热衷于
想象里的世界，只与作品里的人旅行
爱恋和生活。他们多次转身
更换面孔，仍游离于社会。和老佩一样
他们都是单身，都出版诗集
他们互相品评，彼此翻译作品
熟得又像长在同一个
身体上的手足，在不停地使用
同一个躯体。他们才华出众
诗歌是他们共同的粮食。"成为诗人
只不过是我孤独的方式"
"我的心略大于整个宇宙"。合上书卷

窗外，那些肮脏的星宿

正被谁擦洗、关闭。此刻

我仿佛找到了同谋。一个人的孤独

被无数黑暗降落

【作者简介】张泽雄，中国作家协会会员，作品发表于《诗刊》《星星》《诗潮》《扬子江诗刊》《绿风》《散文诗》《长江文艺》等。曾获 2012 年《诗刊》全国诗歌大赛二等奖、2014 年《诗歌月刊》全国爱情诗大赛特等奖、2018 年首届全国绿风诗歌奖二等奖、2020 年首届泪罗江文学奖现代诗歌九章奖等奖项。

　　大道多歧，深度写作的过程不会一帆风顺，其间充满了纠结、焦虑和彷徨，这是对诗人的考验。"领受痛苦，方得真诗。"据我所知，张泽雄的写作经历了漫长的磨砺和淬炼，兴趣和诗学认知在不断微调中，趋于稳定，形成了比较固定的风格和呈现方式。《异名者》虽然不能称为难度写作，但依然保持了作者一贯的难度和多维。

　　题目《异名者》，其并不完全是费尔南多·佩索阿的笔名，一个人的笔名往往贯穿一生，然"异名者"则是他当时的化名——并非笔名。同一个人在不同的时候，可能有很多化名，但笔名相对稳定。"异名写作"和笔名的不同之处在于前者拥有独特的人格。我在大学时代故作深沉也起了几个化名，那也可以算是我的几个异名。革命战争年代，很多人为了工作方便和安全，会用一些化名，改变自己的某种"身份"——在这一点上，大致是相通的。

　　费尔南多·佩索阿出生于葡萄牙里斯本，父亲在他不满 6 岁时病逝，母亲再嫁葡萄牙驻南非德班领事。佩索阿在南非生活的 10 余年间，尽管继父对他们母子都很好，但是敏感的诗人还是养成内心丰富而外表冷酷的性格。佩索阿除了用本名进行创作外，还给自己杜撰了 72 个异名。佩索阿不仅为其中的异名编造了身世，似乎他们确有其人，甚至还为他们创造了思想体系和写作风格，这在世界文学史上，实在是一个独特现象。"从幼儿时代起，我就总喜欢幻想在我的周围有一个虚拟的世界，幻想出一些从来不曾有过的朋友、人物。自从我意识到我之为我的时候起，我就从精神上需要一些非现实的，有形象，有个性，有行为，有身世的人物。对我来说他们是那样的真实，就如在面前。"

由此可知，各个"异名者"存在着不同的个性，其实也是作者多种性格的反映。

全诗没有分节，我跟着语势大致捋下。

> 有多大的孤独，需要自己
> 给自己写信，自己做自己的亲戚
> 有多大的孤独，需要用七十二张脸
> 隐身。费尔南多·佩索阿

此四行中，两次出现"有多大的孤独"，显然是关键词，印证了上面主人公的经历，之所以"需要用七十二张脸"，就是这个原因。孤独的人需要更多的人陪伴，现实世界没有，那就自己造。也许是因为诗人过于孤独的缘故，才会虚构出这些"异名者"，以此抚慰恐惧和不安的心灵。"自己"和"七十二张脸"其实是同义的，"自己"就是"七十二张脸"，"七十二张脸"就是"自己"，但同义的不同表述，成就了语调，也加强了语势。"有多大的孤独"，不是问句，是肯定句，两次反复也夯实了文本的基调。"自己做自己的亲戚"，很有意味，很口语，却陌生，有某种对"自己的"温暖，却透着深切的寂寞与孤独。"给自己写信"和"隐身"同样形成某种对位，但表达了两种完全不一样的情怀，前者有某种自慰般的快感和落寞，后者则有不得已而为之的躲避与逃遁。

我喜欢这样自然贴切的开篇语调。张执浩先生说，写作者必须揣摩出诗歌受众的情感期待，以及情绪波动的强度，由此下笔，才能达到同频共振的效果。"找到一种特别舒展自如的腔调，这样才有望轻松地展开和完成他的表达。"我以为这首诗的阅读引导是很好的，诚然——真正的情感传递总是在不经意间造成的。写作者发出本真自然的声音才是正道，捏着嗓子憋出某个高音或不和谐音，都是对阅读快感的破坏。

> 隐身。费尔南多·佩索阿

> 一个内心测量员，一个孤独大师
> 依靠无与伦比的诗歌
> 去实现心灵的分身术，终身沉溺于
> 内心的探险。

　　这几句依乘语势滑翔，非常自然地带出了作品的主人公费尔南多·佩索阿，但意义较上有了更深的内涵——"一个内心测量员，一个孤独大师"——两者其实都是言说者的命名，十分精准，且进行了适当抬升——"内心测量员"，内心如何测量？抽象的东西如何计量？异名者与内心的变化是一个什么样的关系？我以为这里有某种语言的发明，可能不是作者刻意为之，是其在多年诗歌书写状态下的自然之举——让语言适度地变形，形成诗歌的张力与趣味。艾略特说："一首诗重要的是你写出了什么，又发明了一种什么新的说法。""内心测量员"，我以为是某种语言的发明。"孤独大师"则是对关键词语的定性，说明主人公的孤独并非一般人的心理状态，孤独是有级别的，是高级的，是思想者的奢侈品，是丰富而灵性的孤独——是大师级的！

> 内心的探险。异名者
> 不是一个人的笔名与网名
> 他们各有各的外形、个性与出身
> 他们在各自的世界里
> 用不同的诗歌悲悯、厌倦、懊悔与自责
> 他们有各人的立场。

　　这里有某些陈述和说明，作者表达得非常小心，因为稍不小心，则会流于俗套。当代诗的写作，信息类和新闻类的交代，是很多诗人的痼疾，其往往下意识地陷入某种难以摆脱的境地——分寸和幅度则显示作者的功力。前三行也许稍有某种不得已的成分，第四行果断变向——"用不同的诗歌悲悯、厌倦、懊悔与自责"，此一行即出离了前面的叙述困境，产生了突围和深潜，从异名者的外形进入到灵魂深处的沟通。作者的耐心和果断，体现的是诗写者多年的功力。

他们有各人的立场。他们相信
感觉与虚无。他们热衷于
想象里的世界，只与作品里的人旅行
爱恋和生活。他们多次转身
更换面孔，仍游离于社会。和老佩一样
他们都是单身，都出版诗集
他们互相品评，彼此翻译作品

熟得又像长在同一个
身体上的手足，在不停地使用
同一个躯体。他们才华出众
诗歌是他们共同的粮食。"成为诗人
只不过是我孤独的方式"

　　这里一口气用了七个"他们"，是72位异名者在不同的时期表达的复杂的内容，也是其作为"灵魂分裂者"费尔南多·佩索阿的一种复合性格的化身。但是他们有共同点——"在不停地使用/同一个躯体。他们才华出众/诗歌是他们共同的粮食"，是某种指向，是异名者的身份指认，也是一种精神归宿。"成为诗人/只不过是我孤独的方式"，则体现了孤独可能始终是主人公一种主动的选择，一种高贵甚至孤傲的选择。但72名异名者发出的不会是同一种声音，其中一定有一些不同甚至对立的元素，虽然他们"在不停地使用/同一个躯体"，但生活的丰富，会让异名者发出迥然不同的声音。如果所有的异名者发出的都是同一种声音，那众多的异名者就没有存在的必要，正因为庞杂、纷乱甚至对立，所以才需要这么多异名者来为主人公代言，其中有各种杂音，甚至尖锐之声，则正是异名者的意义——将各种声部和复杂感受，用同一个躯体进行淋漓尽致的表达。
　　由此，我们也可以理解，费尔南多·佩索阿是一位拥有多声部的肺活量极大的指挥家，他大概有两个排的士兵，成为他的影子和化身，他想表演什么，就请麾下的某位气质相近的演员上台，他自己则老奸巨猾

地躲到后台当导演，每一幕的人物和角色都是他导演的——如此看来，
此君是世界诗歌史上的大导演——他用不同的身份获得了不同的视角，
表达了奇异而纷繁复杂的人生感悟，从各个侧面展示了人性和诗歌的可
能性——实为世界诗坛盛景。

> "我的心略大于整个宇宙"。合上书卷
> 窗外，那些肮脏的星宿
> 正被谁擦洗、关闭。此刻
> 我仿佛找到了同谋。一个人的孤独
> 被无数黑暗降落

结尾部分产生了明显的转向。"我的心略大于整个宇宙"是费尔南
多·佩索阿的名言，也证明了此君是一名肺活量巨大的人，所以才驱遣
72 位神君，成为他的信使，他的代言人。《我的心略大于整个宇宙》一
书 2013 年由上海人民出版社出版。"我渴望——默默无闻，因默默/无
闻而享有宁静，因宁静而成为/我自己——让这些填满我的日子。"这首
《我下了火车》，记录了作者生命中一个微小的偶然事件——在火车上，
作者遇到了投机的聊天旅伴。虽然萍水相逢，下车后也不会再记得双方
的姓名，然而旅途中短暂的美好，却化为记忆盒子里的一片美丽落叶。
作者感慨系之——"所有这些，在我心里，都是死亡和世界的悲伤，所
有这些，因为会死，才活在我的心里。而我的心略大于整个宇宙。"

费尔南多·佩索阿写过一些类似的诗句："大自然空寂无人的所有
宁静/来到我身旁坐定"；"让我一个人待在屋里/和我自己巨大的平静待
在一起/这是一个冒牌的宇宙。"一个人的心与整个宇宙对位，显得似乎
自不量力，但该君的心还"略大于整个宇宙"——这是一种气度，狂傲
而博大，也是一种宣示！

"合上书卷"之后的言说者，可以是费尔南多·佩索阿本人，更有
可能是这首诗的写作者张泽雄先生，因为"我仿佛找到了同谋"。"肮
脏"与"黑暗"又是一对关键词，它提供了某种"孤独"的佐证，也印
证了"我的心略大于整个宇宙"的原因——连"星宿"都是"肮脏"
的，"星宿"笼罩之下更是"肮脏"的人间。如此看来，在"无数黑暗

降落"之中，孤独凸显了自身的价值和光芒。我们平常说一个诗人如何高洁，出淤泥而不染，坚守自守，如清流幽谷，尚在身边的世界——费尔南多·佩索阿则是"不与宇宙万物为伍"，因为"整个宇宙"均被污染了——这样宏大的孤独与决绝，则是古今独步，蔚为大观。

所以，此君乃天人，心比宇宙更大，行如椽之笔，着天地之墨，决洪荒之态，角伟岸之力，撼天地之巨，奔浩荡之怀——绝非大诗人不能为！

张泽雄说——

《异名者》是我向欧洲现代主义大师费尔南多·佩索阿致敬的一首诗。异名者是佩索阿身上独有的文学现象和标志性符号，我对佩索阿的着迷，来自他庞杂的现代主义思想，浩瀚、碎片式的文学文本，奇妙的文学表达方式，尤其对他作品中的异名者着迷。在20世纪80年代，费尔南多·佩索阿是个如雷贯耳的名字，直到有一天一知半解地读了韩少功的译本《惶然录》，散文诗式的深渊般的哲思，让我不能自拔。后来又陆续读了其他人更为详尽、全面的译本，对佩索阿有了更深的领悟。

很多开山大师都能找到师承的渊源，极少数的天才系自悟、自我开窍。佩索阿只是一个小小的银行职员，一个酒鬼，47岁时死于肝硬化。他身居斗室，终身未娶，只有他的手稿堆满他的住所，至今也没整理完。佩索阿生前抑郁、籍籍无名，他的手稿一经传播，便成了欧洲现代主义的核心人物。

孤独是诗人独有的品质，真正诗写者的内心大都被孤独照亮过。他们终其一生都在路上，都在寻找自己唯一的路径，寻找自己独特的生命体验，写唯一属于自己的诗。我从费尔南多·佩索阿众多异名者身上，读出了他巨大的孤独。一个人如同神话般分身成72个性格完全迥异、性别不同的异名者，一个人完成了72个人的人生及内心体验。掩卷而思，自己像是找到了知己，又像老友重逢，觉得佩索阿就在我身边，同我说话、一起交流诗艺，我仿佛成了他的又一个异名者。我的一些诗都会改很久，《异名者》几乎一气呵成。

写诗就是发现和擦亮。《异名者》谈不上发现，因为他一直在那里，但至少擦亮了佩索阿沉寂多年的孤独，也擦亮了我的内心。内心宁静的時候，真的觉得自己拥有了整个宇宙。写这首诗时，我与老佩的心是相通的，而更多的时候，是宁静之外的茫然和不知所措。

易飞说——

没有一个写诗的人不与孤独纠缠，不从孤独中获得诗神的加持，因为现代诗的写作越来越呈现个人化和私密性，表达个人的情感和低声部成为主流，而孤独是其中最好的一剂良药，其引领我们在隐秘的时间和空间里，于暗夜中拨开门闩，找到开关，偶遇诗神的突然降临。

米沃什说："一个人只要敢于发声，他就把自己认同于一个业已失踪的人。"——我以为费尔南多·佩索阿与米沃什的内心一样强大，"异名者"的失踪和变换，可能是一个好作家在管制之下，获得的一种相对自由和全新的观看视角。

"异名者"是费尔南多·佩索阿的百衲衣，是其与世界抗衡的一种方式，其延展了人世的触角，获得了多声部的和弦，同时"异名者"也擦亮了诗写者张泽雄一颗孤寂的诗心，几乎达到与主人公心心相印、同病相怜之境——自古圣贤皆寂寞，唯有诗人留其名！

河流本纪

陈巨飞

巡河的母亲，鞋码最大，循着
她的脚印，一个人就可以找到出生地。
剪不断的脐带，一如方言
时常暴露自己的故乡。
从上游到下游，巨石留守，细沙远行，
唯有一滴水见过世面。

唯有母亲的步履，比一条河更长。
她的鞋底曾粘有野花、落叶，
有时，一小块泥土央求他，
想去未知的远方。她携它一程。
第二天，又带它回到原地——
这多像我们缩小后的一生。

河水也会有脾气，只是，渐渐
被我们摸清楚。母亲说，
月圆的时候，可以听见河水的细语。
今夜，月亮像童年时滚过的铁环，
我打开窗户，在潺潺的月光中，
听到了母亲唱过的摇篮曲。

【作者简介】陈巨飞，1982 年生，现居安徽撮镇。曾参加《诗刊》第 34 届青春诗会，曾获十月诗歌奖、李杜诗歌奖、中国青年诗人奖等，著有诗集《清风起》《湖水》和英译诗集《夜游》。

诗题《河流本纪》显得正式庄重，行文却通透、空灵。本纪是中国古代传记体史中的帝王传记。为河流写一部帝王类的传记，让河流等同于帝王，使河流本身具有了某种崇高和史诗价值。这条河叫什么名称，全诗没有出现，结合作者的出生地安徽六安，我估摸着有可能是淠河，其属淮河流域，所以也可以理解为淮河。我的推测源于诗中"巡河的母亲……就可以找到出生地""一如方言/时常暴露自己的故乡"等。

全诗分为三节，先看第一节。

> 巡河的母亲，鞋码最大，循着
> 她的脚印，一个人就可以找到出生地。
> 剪不断的脐带，一如方言
> 时常暴露自己的故乡。
> 从上游到下游，巨石留守，细沙远行，
> 唯有一滴水见过世面。

写母亲的诗很多，充斥着公共经验和大众文化，想要出离，难度非常之大。一味追求情感力量，可能陷入某种单一性，更有可能在叙述中，过于注重因果关系，造成近身的"羁绊"而不能脱身。如果语调过于深重或高昂，则有可能导致语言不能承受之"轻"，出现情真而诗不真的流弊。

陈巨飞的起笔，彻底摆脱了公众经验和惯常的叙述路径。开篇即以"巡河的母亲，鞋码最大"将母亲的出场，凌驾于一条河流之上。这位母亲的血脉归属，也许不值得深究，也许虚比实更好。作者的高迈不止于此，母亲一出场即安置在巡河大堤上——妇人巡河有些反常，但这可能是某个时代或者某些家庭特有的一种生活境况，具有很强的时代特征。作者先以远景描写，母亲在巡河大堤上行进，随即将镜头拉近，来了个特写——"鞋码最大"。鞋码与巡河关联度极高，巡河的人会走来走去检查堤防，所以一双脚引人关注，自然贴切。此处聚集"鞋码"特写，我以为深具作者匠心和笔力。"鞋码最大"，意味着脚也很大，脚是用来行走的，以一双大脚在河流上巡河，则从中生发出丰富的况味。无疑，它历经风雨、泥泞、成长的艰辛，但"大脚"指向了结实、稳健、抗受力强等相关意蕴。"从上游到下游，巨石留守，细沙远行/唯有一滴水见过世面"，则从上面的"一个人就可以找到出生地"的时间跨度，写到了空间纵深。"巨石"与"细沙"，则是河流的简笔勾勒。"巨"与"细"，"石"与"沙"则形成了形状上大与小、硬与软的对位，"留守"与"远行"同样形成动与静、近与远的对位。

文本在第一节中就形成了足够的宽度与张力。显然，这不是一位平凡的母亲，她与一条河流的命运息息相关，让我们产生了敬佩与某种期待。

> 唯有母亲的步履，比一条河更长。
> 她的鞋底曾粘有野花、落叶，
> 有时，一小块泥土央求他，
> 想去未知的远方。她携它一程。
> 第二天，又带它回到原地——
> 这多像我们缩小后的一生。

这一节写得很细腻，体现了作者精细的手感和良好的掌控力，始终在河流与脚相关的意象上展开。步履、鞋底、野花、落叶、泥土等，都是与两者相关的延伸。鲁侠客先生认为："（陈巨飞）在虚实转换中，都有一座'桥梁'维系，避免了断裂风险，呈现出一种必要的柔韧性。"实为精到。"鞋底曾粘有野花、落叶"中的"野花"和"落叶"，则又是一种"花与叶"的巧妙对位，也体现了某种复合的情感。作者在每个点上，都体现出娴熟的笔力与摇曳的风姿，呈现出某种复杂与缠绕。"一小块泥土央求他/想去未知的远方"，诗意盎然中深储情怀，我愿意把"一小块泥土"理解为主人公甚至作者本人，让母亲带我们去河流更远的地方，看到诗与远方的风景。"回到原地"是母亲的某种宿命，也是"一小块泥土"的。这里面有对河流根深蒂固的依附和相守，也有自然的精神家园的回归。无论我们走多远，身上融注的故土成色永远烙在血脉里，缩小和放大，都难以褪色，像"剪不断的脐带，一如方言"。

> 河水也会有脾气，只是，渐渐

被我们摸清楚。母亲说，
月圆的时候，可以听见河水的细语。
今夜，月亮像童年时滚过的铁环，
我打开窗户，在潺潺的月光中，
听到了母亲唱过的摇篮曲。

"河水也会有脾气"，不需要过多解读，一条河流当然会有个性，有风平浪静的时候，也有浊浪翻滚的时候。"月亮像童年时滚过的铁环"，会溅出童年的火花，美好的回忆油然升起。现在，响起了母亲"唱过的摇篮曲"，我们又回到温暖的怀抱，一条河的怀抱。至此，河流与母亲，甚至与主人公早已多而合一，融为一体，一条深沉宽厚的母亲河，一个游子对母亲与故土的刻骨之爱，饱满深沉，让人久久回味。

我特别喜欢最后的结尾。"今夜，月亮像童年时滚过的铁环/我打开窗户，在潺潺的月光中/听到了母亲唱过的摇篮曲"，真好！全诗的写作，一直很有历史感和纵深感，但到最后切入了"今夜"，并且"在潺潺的月光中"，"听见河水的细语"，体现出某种当代感和与现实的勾连。

陈先发先生说："如果不能在当代人心中动一锹土，任何对古典的凝视，都是失效的。"现代诗的当代性虽然没有形成定论，但不置身于当下的现场，多少会出现与时代隔离甚至断裂的风险。以此看来，今夜，"月亮像童年时滚过的铁环"是一种面临现实的写作态度，也是一种诗学价值的选择。至于不与"今夜"勾连，会不会产生文本"失效"的可能，就留给"大咖"们去评说吧。

风中的蟋蟀

周所同

从此，在死去之前
我相信自己还是一个孩子
不谙世事，只爱最小的东西
比如这只蟋蟀，又小又黑的样子
它刚从草叶下醒来，用鸟声和花香
洗脸，有一双爱吃糖果的眼睛
一袭比风还轻的苔衣，像风吹来
从此，我相信它也是一个孩子
比我小一点，叫我更小心地欢喜

从此，我相信会一直跟着它
风中是风雨中是雨，如果落霜
我就是它身后又白又黑又小的影子
像浅水的鱼梦见大海，一只蟋蟀
就是我死去前蔚蓝的深渊

我还是那个比老还老的孩子
又聋又哑又瞎地喜欢最小的东西
相信灯亮起来夜就黑了，相信蟋蟀
低吟，喧哗的世界突然变得简单安静
它是我的真理，又小又黑藏在万物之间

【作者简介】 周所同，大半生做编辑营生，偶尔写作，现居北京。

从周所同先生自己提供的简介，就可以看出他是一个多么低调的人了。这大概是我掰诗以来简介最"简"的诗人了。

　　我很好奇诗人写作这首诗的时间，因为这样的语感和开篇，实在是相当惊艳。我也注意到，很多早年优秀的诗人，写着写着就不见了，或者写成了另一个诗人——与早年的作品判若两人。写作是马拉松，我一直固执地认为，一个诗人三年不写诗，就不能再称为诗人了——也许别的文体可以把时间周期拉得长些，原因只有一个：诗是语言的艺术，诗到语言为止——甚至语言就是一切！

　　经向周先生求证，此诗写于2011年，当时作者应为61岁。按照当今"75岁"的说法，即使现在过了十来年，作者依然是青壮年，还称不上老，我还是为作者精湛而与时俱进的语言而惊艳。我不知道周先生近来的状况，但从诗中可以看出，当时他的心力和气色应该是不错的，因为有心力才有笔力。

　　通过周先生介绍，我又了解到，这是一首配画诗，画是诗人、画家刘畅画的，印在她的名片上，是一幅非常有趣的素描作品。也就是说，作者写这首诗的时候，有应景的意味，甚至有现场作诗的意味，如此，可以说这首诗不是日常性的写作，不是客观意象在心中酝酿很久以后产生的创作冲动，而是朋友小聚时的即兴发挥——果如此，更加显示出诗人的深厚功力和高超的技巧，因为此类诗无法调动自己的个人经验。对画，我是不太懂的，周先生懂不懂我不知道——但懂不懂其实并不重要，重要的是它是一首漂亮的诗，即使对画有解读的局限甚至误读，但它依然是一首值得称道的诗。

　　　　从此，在死去之前
　　　　我相信自己还是一个孩子
　　　　不谙世事，只爱最小的东西
　　　　比如这只蟋蟀，又小又黑的样子
　　　　它刚从草叶下醒来，用鸟声和花香
　　　　洗脸，有一双爱吃糖果的眼睛
　　　　一袭比风还轻的苔衣，像风吹来
　　　　从此，我相信它也是一个孩子
　　　　比我小一点，叫我更小心地欢喜

诗歌是时间的艺术。"从此""此后""后来"的开头，这种直接从后面截取时间的方式，现在来看可能比较寻常，但是在十年前，这样写还是相当具有创造力和语言开拓意识的。如果在诗歌中间的某段这样写，则显得比较平常。我的印象中，近几年有不少这样开篇的诗歌，写得相当漂亮，如"后来，我穿过树木回到家里"（熊焱《一支金光闪闪的钢笔》），"后来，我渐渐喜欢上了登山"（阎安《在绝顶上》）。

这种直接跳过以前（一般会有开始、中间）的写法，速度上更加快捷，把前面的一股脑儿全部切掉，似乎不可言说，或者没有言说的必要。这也是一种很高明的小说技巧，如《百年孤独》中的开篇："多年以后，面对行刑队，奥雷里亚诺·布恩迪亚上校将会回想起父亲带他去见识冰块的那个遥远的下午。"小说则往往采取一种倒叙的方式，把前面省略的部分追回，诗歌则无此必要——因为诗歌是盲人摸象的艺术，它不需要整体性，正相反，它追求的是片面的艺术，是在"点"与"角"上的发力。

> 从此，在死去之前
> 我相信自己还是一个孩子
> 不谙世事，只爱最小的东西

诗人看到一幅画中的蟋蟀，一开篇就发出这样的叹喟，直接写到了"死"，大概与蟋蟀的颜色、形态和属性有关。蟋蟀一身玄衣，争勇善斗，且在打斗中不时发出悲鸣之音。再细观此画，更是别有韵味——画家把蟋蟀画成了身着黑衣的某位捐狂之士，蟋蟀的须、翅已变成其头上的巾、冠，地雪白，枝无叶，大概是冬天的景致，一派萧索——整体上是一种高古、苍凉的感觉。如此，写到"死"也是自然。但此处的关键词应是"只爱最小的东西"——这是从蟋蟀的体态之小引起的关联。"我相信自己"是主人公观蟋蟀之后产生的感受。"死去"是偏阴冷的，但其"不谙世事"之后，"只爱最小的东西"，则体现出某种童真和明亮。

> 比如这只蟋蟀，又小又黑的样子

> 它刚从草叶下醒来，用鸟声和花香
> 洗脸，有一双爱吃糖果的眼睛
> 一袭比风还轻的苔衣，像风吹来
> 从此，我相信它也是一个孩子
> 比我小一点，叫我更小心地欢喜

　　"它刚从草叶下醒来，用鸟声和花香/洗脸，有一双爱吃糖果的眼睛"，体现出作者的描写功夫和鲜活的手感。"用鸟声和花香洗脸"不难理解，蟋蟀流连于此间，但"有一双爱吃糖果的眼睛"让我有些犯迷糊，于是求助于网络，查询得知，蟋蟀的眼有光泽，黑如点漆，突出于额角者为上品，如果眼生于面门，最为名贵。眼角起成方者，其性必烈，落口沉重，超出一般。眼还有许多花色品种，如黄、红、白蓝、绿，还有两眼不同色的日月眼、阴阳眼等。大概一只蟋蟀的身价取决于其眼生长的位置和形状，但此处我愿意理解为作者在给其"染色"，让它带上一点孩子似的饮食习惯，让它带上一点甜，如此推测的原因是上文提到的"只爱最小的东西"，且此节里面又写到"又小又黑的样子"，"我相信它也是一个孩子/比我小一点，叫我更小心地欢喜"，做了进一步的身份认定，此处更有了感情认定——总之，一定要把这只蟋蟀和小东西关联起来，这也许就是全诗之眼，也是诗性所在。

> 从此，我相信会一直跟着它
> 风中是风雨中是雨，如果落霜
> 我就是它身后又白又黑又小的影子
> 像浅水的鱼梦见大海，一只蟋蟀
> 就是我死去前蔚蓝的深渊

　　"从此"的腔调和语言态势在继续，显示出作品某种并列却又各有其表里的参差。"我就是它身后又白又黑又小的影子"，作者已化身为"又白又黑又小的影子"，也就是和蟋蟀合一的某只，只不过出现了"又白"。前面说过，此画当为冬天或深秋之景，蟋蟀在春夏的浓烈的绿色中木有变色之能力，但秋冬之后树草凋零，它也只有一身的褐色，所以

"又白"的出现，体现了主人公与蟋蟀既大体趋同又有分野的异质性。"一直跟着它"体现出某种倾服、认同和追随。"像浅水的鱼梦见大海，一只蟋蟀/就是我死去前蔚蓝的深渊"，则写出了慷慨赴死的大境界。这里面语言的构成也相当讲究，我只是一个"又白又黑又小"的影子，"像浅水的鱼梦见大海，一只蟋蟀/就是我死去前蔚蓝的深渊"，"浅水"之"浅"与大海之"大"，蟋蟀之"褐"与大海之"蔚蓝"，都在朝向博大与高洁，崇高的方向趋势明显。

> 我还是那个比老还老的孩子
> 又聋又哑又瞎地喜欢最小的东西
> 相信灯亮起来夜就黑了，相信蟋蟀
> 低吟，喧哗的世界突然变得简单安静
> 它是我的真理，又小又黑藏在万物之间

这一段写得真好！主人公的情怀落于满纸。最后一段没有再续"从此"，变化中有强化。如果一味"从此"未尝不可，但过于工整，有刻意之嫌。我以为一首现代诗过于体现所谓结构的建筑之美，什么拱桥、闭环、卯榫结构，实在没有必要，如当年裴多菲《我愿意是激流》中的"我愿意"，一"愿"到底，于我是不太喜欢的，过于工整和对称，必然会消解主人公内心的波动与作品的感染力。布罗茨基说："诗歌中最主要的是结构，不是题材。"对此，我心怀敬畏，也心怀犹疑。我更认同陈超先生对诗歌的界定："诗歌是个体生命体验在语言中的瞬间展开，结构非常重要，但还是应该在语言和发现之后。"现代诗写到今天，这样的写法应该值得警惕——我以为，从艺术感染力来看，参差之美一定大于工整之美！这里诗人没有"从此"，我以为是一种自觉和警惕，也是一个好诗人对自己的要求——决不信手而写，任语势跑马。

"我还是那个比老还老的孩子"——从一幅画中写出这样的感觉，欲与画中的蟋蟀合而为一，不得不钦服诗人奇诡的想象力与异于常人的精神强度！"又聋又哑又瞎地喜欢最小的东西"，这一句有点伤神。我可以肯定地说，主人公当时不是这样的状态，但以后可能会出现，这是某种焦虑、茫然、人之将老的仓皇或者某种不堪的现实造成的，并非实景，是一种主观表达，是一种步入老年的生存困境之思。语调略显悲凉，但"我"是那个"孩子"，又拉回了情感色调。诗人娴熟地运用异质化的处理，多次倾斜又"扶正"，把一首应景诗写得丘壑丛生，让读者心绪难平，将自己也融汇其中，于画、于画家、于作者本人、于读者，均从中读出了丰富的况味。

> 相信灯亮起来夜就黑了，相信蟋蟀
> 低吟，喧哗的世界突然变得简单安静
> 它是我的真理，又小又黑藏在万物之间

"灯亮起来夜就黑了"，作者并不悲观，仔细品味画中的一只蟋蟀，其"低吟"有着丰富的潜台词，也许是某种"真谛"之所在。"喧哗的世界突然变得简单安静"，一只蟋蟀也可以给我们教示："我的真理，又小又黑藏在万物之间。"

全诗语调自然，意蕴丛生，从一幅朋友的画中生发奇异的想象，从蟋蟀之小关联到自己也将是一个老小孩，其形、其态、其体、其色，作者都有一定程度的寄寓。作品行进到最后，愈发开阔，从"小"中写出了"大"，写到了万物，写出了真理。

周所同说——

诗人易飞说，"诗歌是盲人摸象的艺术"。我深以为然，既符合诗歌写作抓住一点不及其余的特征，又强调了诗永远处于未完成状态，而由盲目到澄明的过程，几乎所有写作者都要经历。

我一直认为，好的作品都是由作者和读者共同完成的。这首《风中的蟋蟀》，经易飞抽丝剥茧式的解读，给了我许多启迪。我未曾留意的，他替我想到了，读诗如读心，有幸遇到一个好读者，是快事，更是知音，我得赶紧向他说一声谢谢！

《风中的蟋蟀》是一首偶然之诗，源于诗人、画家刘畅名片上的一幅素描，那是一只有趣、好玩儿、拟人、夸张到极致的精灵，其荒诞而超现实的艺术氛围，一下子击中我，笼罩了我，无可名状又不由自主的情绪弥散开来，我老迈的心原来是这样喜欢这最小的东西。现在回想起来，刘畅这只蟋蟀，恰好迎合了我心中隐秘的情绪，大凡喜欢的东西都有催生的作用，这首诗也就自然孕育生成了。一个认真写诗的人都知道，每首诗都应有它生成的秘密，至于如何完篇，每个诗人各有各的手段，千差万别由此分野，但有两点不能忽略，一是你的诗一定要与你保持一致，要见你的个人特点，个性色彩越突出，才越是你的；二是要将日常生活情感上升为审美情感，这个过程十分漫长，要检验一个诗人的综合实力，诗与非诗的界限也在于此。

最后，再次感谢刘畅，诗画同源，我用心记下你的启发与引领；谢谢诗人易飞，你的解读如读心，诗虽然是旧作，经你品评，又唤醒我的新鲜感，如果这首诗还能多活些时日，全赖朋友们记得并认可它，幸甚！幸甚了。

易飞说——

周所同先生的解读，让我们对这首诗有了很深的理解。作为20世纪的著名诗人，周先生活得如此通透，其简介之"简"，在这个简介愈来愈长的当下，显得更加可贵——一颗不老的诗心和独立的品质依然，这才是能够继续写出好诗的"心力"。

"你的解读如读心"，是周先生对我的极大鼓励，我只是尽量靠近，完全靠近是不可能的，并且对一首诗不可能百分之百地解读，也完全没有必要——解读也需要空白。

献诗

何冰凌

蒲塘之水，安静了，一些了断的
波纹。此生已不可重复。
可能很多人都是一个人，
是第一个和最后一个。
请不要试图僭越我们的生活，
古人早已替我们规定好了。

在次日，花喜鹊飞出林梢。
献出贞洁之唇的
有刺槐和棠棣。悬铃木的粉尘，
怀着几颗少女之心。
"这舞女，正失去她的舞蹈。"
当她低头，并不代表她在想念
那些已经失去的。她没有哭。

为什么一定要哭？
你太多情了。这不好。

让他们此消彼长，
而我们，获得呼应。
在过去的十年，
我经历了梦魇、分娩和死亡
在徐河，我是个消失的青年，
是我妈妈的好女儿，
我还要一直做下去。

【作者简介】何冰凌，文学创作一级，现供职于安徽省文联。出版文学评论集《时光沙漏》、诗集《春风来信》等。

这首诗前面也很精彩，但真正打动我的是最后五行。李元胜先生认为，有效的写作，是作品和作者能够直接挂上钩。当然挂钩的方式有很多种，隐身或借物在场也是一种通行且自古有之的搞法，但不如"直接"来得直接。"诗歌是个体生命体验在语言中的瞬间展开（陈超）"，个体生命体验以一种什么样的方式融入，则体现了作者个人的喜好和偏爱。如果从真善美的角度去看的话，相对而言，"美"与"善"要好写一些，特别是前者，大凡初习者都会将诗写得很美，在修辞上下功夫，放眼看去，美诗美不胜收，但我以为这样的诗不会是最好的诗；善者，当然比"美"高级，但写作者本人的修定与心境未必能达到，大凡所见多有伪善——更有一些诗人自恋且缺乏包容度，以佛家自居，动辄写禅诗，多有佛理偈语，劝善他人。不识其人尚可误读，待见了本人，再看作品便发现其写的是伪诗。

我以为真善美中的"真"是最难写的，不仅是表达技巧呈现方式的问题，更有作者的赤诚与勇敢，还要有面对自己打开自己的勇气。如何使作品中弥漫一股"真气"，让读者被这股"真气"包裹，与作者一起共情，从而吐出一口"真气"，如释放了身体和心中的某种郁结之处，则充分体现出作者写作的态度和功力。我以为，一般来说，写出"真气"的作品大概率属于日常性写作。

此诗便是。

题目《献诗》，泛指奉献诗作、进献诗作，一般来说，是对某个对象或事件的歌颂，古时也有讽谏之意。此诗当为前者，当为对一种生活状态的个人表达。

> 蒲塘之水，安静了，一些了断的
> 波纹。此生已不可重复。

书面语与口语糅合，十分自然。从"蒲塘之水"切入，非一般诗人可为，一定是一个习诗多年很有功力的老手所为。作者淡定的语言和鲜活的手感，跃然纸上。最好的一句当为"一些了断的/波纹"，一下子与日常语言拉开了差距，意趣盎然。路也认为，将口语写出"深长"的意味来，把"日常化书写跟文学烈度"结合起来，素朴而不失典雅——这才是优良的诗歌语言。此诗的开篇即可当之。"一些了断的/波纹"之后的句号，我以为大好，再恰当不过了。单独的意义单元，必要的切割与阻断，都可看出作者的精细与老练。关于新诗的标点符号众说纷纭，各有所好，我以为考虑到意义与气韵，自然的就是最好的。此处如果用逗号，不为不可，但显然有些松软，体现不出文本的束紧与张力。

"此生已不可重复"与"一些了断的/波纹"意义上是相关的。"了断"中一定有故事，并且应该是带着比较强烈的情感的故事，大凡要了断的事，都不是轻飘飘的，有的可能是伤筋动骨的，其发生在蒲塘之水上，已经成为过去时。"安静了"则表明了事情的状态，大概一切都烟消云散了。"安静了"还有某种承受的顺从与从容。作者看起来在劝当下世人，其实是在说服自己。

> 可能很多人都是一个人，
> 是第一个和最后一个。
> 请不要试图僭越我们的生活，
> 古人早已替我们规定好了。

此几行，在上面的描写之后转入了言说或者议论。作者将主人公进行了虚化，使受众扩大至无限，也有某种虚无——整体和个人，第一个和最后一个，没有什么区别，大概我们承受着一样的命运，迟和早、快和慢、一个和一群，都在接受、经历，都在"了断"我们的过去。"请不要试图僭越我们的生活，/古人早已替我们规定好了"，则提供了某种结论，没有人能高于、干预我们的生活，这是古老的遗训与陈旧的生活轨迹。作者似在劝谕别人，其实是在说服自己。

> 在次日，花喜鹊飞出林梢。
> 献出贞洁之唇的
> 有刺槐和棠棣。悬铃木的粉尘，

怀着几颗少女之心。
"这舞女，正失去她的舞蹈。"
当她低头，并不代表她在想念
那些已经失去的。她没有哭。

《献诗》里面终于出现了"献出"——"在次日，花喜鹊飞出林梢/献出贞洁之唇的/有刺槐和棠棣。悬铃木的粉尘/怀着几颗少女之心"，动物、植物、人物纷纷出场。"次日"是一种时间的截取，我以为并非实指，或者是一个抽象的时间概念，是"了断"了以后的又一个新的时间概念。此处有某种喜庆、贞洁、纯洁，也有飞出和掉落的动感，大概的指向应为"少女之心"。"这舞女，正失去她的舞蹈"，插入引语，使文本更加活跃，也有强调与点睛之意，其意还在强化"了断"，舞女再也不起舞，甚至彻底失去——也许失去的不只是舞蹈，还有她的某种生活。后两行则写出了一种大气和坦然——面对已经失去的，她没有哭，此处有态度，承受、坚韧、豁达、淡定。"贞洁之唇"具有明显的情感色彩，对过往的生活表达了热爱、敬畏，奉献。这里写出了大境界，写出了某种奉献与高贵。

为什么一定要哭？
你太多情了。这不好。

此处有女性诗人的温婉、敏感和多情，口语式的表态，明确说出"这不好"，和阅读者拉近了距离，亲和感陡升。"你"是谁？是所有"太多情"的人，要哭的人，是所有敏于生活感受的对"痛"形于色的人。

让他们此消彼长，
而我们，获得呼应。
在过去的十年，
我经历了梦魇、分娩和死亡
在徐河，我是个消失的青年，

　　是我妈妈的好女儿，

　　我还要一直做下去。

　　这首诗的人称不停变换——"他""他们""你""我"，其实可能
只有两面——"我"和非"我"，甚至只有一面，"我"和非"我"也
是一体的，"我"也是非"我"，非"我"也是"我"。"他们"又是谁？
那些多情的人、要哭的人吗？"此消彼长"的是悲欣，还是得失？但一
切"此生已不可重复"——过去的时日再也回不来了，也没必要回来，
那是天真、单纯的旧日时光，是磨砺和成长付出的代价。"在过去的十
年/我经历了梦魇、分娩和死亡"，"过去"应为十年，主人公的经历也
可以看出接近中年，经历了噩梦（也许是失眠）的纠缠、分娩之疼和对
生命（疾病）的威胁，"梦魇、分娩和死亡"，从这三个深度苦痛的词，
可以看出主人公的经历非常人所有，经历的巨痛也非常人所有，似乎是
从死亡的边缘回来，带着生活的侥幸和感恩。其平淡口吻的表达，依然
产生了强大的冲击力量。

　　我有理由相信，此处主人公决不会虚构自己的人生经历，以搏得挫
折感、巨痛感，以打动读者——忠实于自己的个人经验，是一个好诗人
的前提，也是写作表达自己的意义所在。在这方面，请允许我妄言一
句：女诗人比男诗人更加令人信任，不只是因为她们的性别决定了她们
要承受更多，还可能是她们在经历了十月怀胎之后的一种母亲的本能
选择。

　　"徐河"，当为主人公出生的地理坐标，也应该是作者的故乡。"我
是个消失的青年"，但"我还要一直做下去"。结尾于平淡中表达了坚
定、执着，表达了深沉的母女之爱。我们也有理由相信，在爱中成长并
懂得感恩的主人公，不仅是妈妈的好女儿，也是一位好母亲。

　　这首《献诗》，不仅是献给大家的，更是献给主人公自己的，是主
人公的青春记录和成长史。其异乎寻常的个人经历和生命印记，在作者
鲜活的语感和从容的转换下，不时散发出真情和纯净的诗性。此诗显然
有方向，但并非指出了终点。

　　作者在语言的游牧中，打开了词语的多义空间，带给我们真诚、感
动和生活的教示。这便已经足够了！

一根线头

梁文涛

一尺多长，细细的一根
从沙发上（准确地说应该是一款时尚的布沙发）
我常坐的位置露了出来
我不想搭理，一直以来
这根从沙发里露出来的一根线头

今夜平安无事。沏茶，打开电视
在彩色电视机里欣赏黑白经典老片
我亲眼目睹他们在30年代的阳光下，谈情
挽手走过灰暗的弄堂，在别人的屋子里做爱

我为这床上的男女担心
害怕主人深夜而归
无意中，我抓住了这根不想搭理的线头
我想把它扯断，当初的想法
是越快越好

故事的情节没有按照我的设想
主人也没有深夜而归
他们在黑暗中喘着粗气，疲惫地消失
然后又在我的视线中反复出现
而我手中的这根线头没完没了
越扯越长

【作者简介】 梁文涛，潜江市作家协会主席。曾在《诗刊》《青年文学》《长江文艺》《星星》《绿风》《诗神》《诗林》《诗潮》《扬子江》《诗歌月刊》《飞天》等多家省级以上报刊发表诗作，在历年举办的省级以上报刊类全国性文学大奖赛中获奖 60 余次，作品入选多种选本。

当代新诗发展到今天，已经从 20 世纪以抒情为主的朦胧诗体，改变为以叙事为主体的当代诗。诗的叙述性作为一种诗的想象力类型，已经被确认并得到广泛的认同。臧棣先生认为，当代诗的叙事性，在优秀诗人那里，主要不是用作对经历和事件的讲述，而是对生存场景的故事性氛围的呈现，即所谓故事性和寓意性互相渗透，双轨或多轨前行。也可以认为，单一性的叙述，失去了诗歌文本的"客观对应物"，已经走向没落。但单一的叙述和线性叙述不是一个概念，良好的线性叙述依然可以展示其寓意性和象征意义。在叙述中，往往会以场景的设置、复原、悬置，使其产生一定的戏剧性。而戏剧性的诗比意象诗更高级，因为更有隐喻的张力；如果整体呈现，则又达到更高的境界，也更考验诗人。

《一根线条》的叙述和场景预设，体现了梁文涛的机智和老道。

> 一尺多长，细细的一根
> 从沙发上（准确地说应该是一款时尚的布沙发）
> 我常坐的位置露了出来
> 我不想搭理，一直以来
> 这根从沙发里露出来的一根线头

梁文涛从《一根线条》中拉出了动人的诗性。主人公"我"处于一种很放松的日常状态，日常的场景是"我常坐的位置"——沙发上有"露出来的一根线头"。"今夜平安无事"，"不想搭理"，说明主人公正在很慵懒很惬意地看电视。作者强调是"彩色电视机"，此处是一种巧妙的对时间或年代的交代，因为如果是当下，这样的交代肯定多此一举——所以可以认定，其年代应该为刚刚可以买到彩色电视机的年代——二十世纪八九十年代。"彩色电视机"和"黑白经典老片"形成了某种色彩的对比，也有一定的背景性交待，因为当代人看黑白片的越来越少了——其再次证明了主人公观看的年代和文化特征。

> 我为这床上的男女担心
> 害怕主人深夜而归
> 无意中，我抓住了这根不想搭理的线头
> 我想把它扯断，当初的想法
> 是越快越好

　　从第三段开始，精彩开始了。作者通过前两节的精心布陈，此节开始绾束，将双方——电视中的情节与主人公手上的线条巧妙地拧结在一起。此时的线条已经成为电线，被作者接通了电源，由物理性的线条变成了有温度的情感显示器。

　　前两节一直在言说主人公的放松和不经意，主人公的状态随着电视里情节的发展，变得紧张起来，于日常中陡然生发出非日常。

　　此处相对于前两节的节奏发生了变化，因为主人公的情绪由放松改变为有一点点紧张或是担心。主人公因为担心走向了文本的前台。

　　这根线条自此成为主人公情感表达的寄托物。"无意中"并非无意，体现了某种神秘与机缘。此处无需进行道德评判，但作者的善意还是明显的——"我为这床上的男女担心""当初的想法/是越快越好"。"我想把它扯断"中的"它"是物理性的线条，也是床上的男女之事，一语双关——此处细品，非常有趣——床上的一对男女关你何事？他们快或慢与何干？主人公吃饱了撑的，显得有些可笑。但诗歌就是没事找事，诗人无端生愁，就是要操一些不该操的心，在"无用之用"中发现独特的诗意与盎然的趣味。

> 故事的情节没有按照我的设想
> 主人也没有深夜而归
> 他们在黑暗中喘着粗气，疲惫地消失
> 然后又在我的视线中反复出现
> 而我手中的这根线头没完没了

越扯越长

故事的发展如主人所愿，成就了一对男女的好事，主人公似乎有一点庆幸。如果只是止于此，这首诗就一定是一首平庸之作——仅止于情节的如期发展，悬着的心放松下来。"反复出现"，体现了主人公开始深入思索这个问题，不再止于担心或庆幸的层面，主人公的责任意识、社会角色、自醒与形而上的思考开始介入。

作者的高明体现在"又在我的视线中反复出现"，可见这件事并不是表面上那么简单，电视剧情反映的是 20 世纪 30 年代的事情，看起来是当时的社会情状、乱象、欲望，却指向更深的社会病灶和人性之贪。"在别人的屋子里做爱"可能是某种隐喻，是当时一些人逃避社会现实、得过且过、满足个人欲望的某种写照，此处有一定的批判意识。这男女两位主人公有没有感情，是不是逢场作戏？作者没有交代，但可以肯定，在别人的屋里做爱，本身就是一件很奇怪的事，体现出荒唐和悖谬。对应现实层面，这样的荒谬之事，也是经常会发生的；即使不出现事实性的荒谬，心理上也一定是有的。

显然，此诗是结构性写作。电视机里面和电视机外面，剧中人与观剧人，故事情节与主人公手中的线头，剧中人的顾虑与观剧人的担心，构成了多处对位。刘川先生认为，用结构写诗比用语言写诗更加有效。后者让读者感受到的是修辞之美，前者则设置了一个场域，让我们共同进入、参与、体验，和场域中发生的一切同频共振，一起感受更多的情绪烈度。

"没完没了/越扯越长"，这里指的早已不是沙发上的线头了，电视剧中这一段情节结束了，但依然在主人公的脑海中反复播放，像无穷无尽的线头，无休无止——这一对男女发生的故事，值得反复咀嚼、玩味。且让这个线头在每个读者的心中，"没完没了/越扯越长"！

锔碗

沉　河

您都已经三次了，这次怕难得
锔了。师傅拿着那只破碗左右察看
好在松菊犹存，梅花也在
破损得恰到好处，裂线从空白中
直直地穿过。感觉正好可以
锔一根竹子。难度太大。钻孔
得靠紧裂口，还密密麻麻
师傅再问：有必要吗？这也就
一只平常人家常见的碗而已
有必要一锔再锔？他漠然地
回答：习惯了它吃饭，舍不得扔掉
您就再帮帮忙，多少钱都行
师傅重拾起收藏已久的工具
戴上锈边的老花镜开始忙活
金刚钻刺耳的声音惊起了院子外
一棵老树上的斑鸠。它咕的一声
飞起。他看着鸟飞走的方向
想象着那根无形的线路，很自由
你去外转转再来吧，一时半会儿
完不了。师傅说。他没有应声
也一动不动。他把自己又想象成
那只摔了四次、锔了三次的破碗
他忍受着一阵阵钻心的痛
这次应该是最后一次了。碗也
无处可锔了。他并没有用这只碗

盛饭，他只是用它喝水。就像
小时候用它从水缸里舀从河里
挑上来澄在缸里的水喝一样
真的是一个坏习惯：笨重、粗大的碗
并不适合盛水喝。第一次摔破
就是不习惯端大半碗开水。第二次
是听到广播里传来一个噩耗
第三次是住上了内有楼梯的房子
这一次是他自己扔掉摔的
好了，还很好看的，不收你钱了
我也不需要钱了。师傅递过来
锔好的碗。竹竿金色，竹叶银色
竹节黑色。他狠狠地盯着
好像要把它们印在眼瞳里
送给您了。他把碗递到师傅手里
转身出门，很快把自己消失
在暮色中。天越来越冷了。

【作者简介】 沉河，本名何性松，1967 年 12 月生于湖北潜江，现居
武汉。供职于长江文艺出版社，长江诗歌出版中心创办人。曾出版诗集
《碧玉》、散文集《在细草间》《不知集》等。

　　沉河是笔名，诗人本名何性松。从他的诗歌文本看，我觉得这个笔
名恰当——其作品"沉"实、厚稳。他写得不多，但似乎出手即有。他
的叙述有小说的特点，从《一轮明月》到《锔碗》，显尔易见。我和他
有过几次酒聚，但没问他是否写过小说。也许有过，他至少作为出版社
的老编辑，免不了要接触和阅读各种文本。

　　先熟悉一下这个手艺活，否则故事没有"本事"，读者也很难完全
领悟语言和叙述带来的玄机。锔碗是将破碎的碗修补好的一种手艺，过
去穷苦人家打破了碗舍不得扔掉，便找个补锅锔碗的，修补好继续使
用。锔，即用一种弯曲的钉（称钯钉、钯锔或锔子），将打破的碗片拼

拢起来，用线扎缚固定，计算一下该打几个钯锔，做好记号，然后用金刚钻在瓷碗外壁接缝两侧分别钻出小孔，接着将铜质或铁质的枣核形钯锔用小槌细心钉入小孔。最后在打了钯锔的地方涂上一种特制的白色灰膏，再用布擦拭，抹去多余的灰膏，一只碗就修补好了。

全诗不短，没有分节，语言和故事咬合得很紧，有多个人物出现，需要反复地阅读，才能找到头绪。

我以为，作者题材的选择就很不一般，锔碗是一个没有很高技术含量的手艺活，碗也是一种简陋的饮食器具——如果用现代人的生活观念来看，恐怕一只碗破了以后，丢掉它是最直接的想法，所以锔碗的这种活计，体现出一定的时代性，至少应该在 20 世纪的乡村才会有这样的图景。但显然作者的用意并非要体现其时代性，体现节俭和怀旧——那等于是无意义写作，其中的象征意味，才是本诗的方向。"师傅"应是有某种特殊修复功能的人。

> 您都已经三次了，这次怕难得
> 锔了。师傅拿着那只破碗左右察看
> 好在松菊犹存，梅花也在
> 破损得恰到好处，裂线从空白中
> 直直地穿过。感觉正好可以
> 锔一根竹子。难度太大。钻孔
> 得靠紧裂口，还密密麻麻

沉河当过多年的诗歌编辑，其间也坚持诗歌写作数年，在良好的诗学修养中保持创作的手感，对于一个好编辑，是十分重要的。"您都已经三次了"——这样的开头，展示了作者的精深功夫。显然，作者摒弃了前两次，直接从第四次写起，避免了琐碎的交代。"您"的叫法，体现了文本的恭谦。"您"，应该是那个要锔碗的人，也许他年岁已高，也许这只碗对他意义特别，也许出于对这位饱经了生活沧桑的老汉的敬畏，因为"已经三次了"——这只碗已被反复地用过，所以才出现"破损"。

我甚至觉得这个"您"，把所有阅读的读者都带进去了，体现出作者的某种谦逊和善意。如果不看后面的那一句，只看"您都已经三次了"——会突然感觉很有意味——似乎有一种被我们忽略的某种生活或某段经历已成过往，反复吟咏有规劝的意味，也有某种不复言说的过程在其中。我以为，它还神奇地具有某种虚化的意味，似乎文中所指已经不只是锔碗之事了——"三次"之后的"本事"，读者可以自行添加。

开篇非常高明，截取的断面和恭敬的语调，都非常老道。快捷穿越，也许后面会有倒叙，追回某些部分，不及其余。且往下看。

"师傅拿着那只破碗左右察看"——师傅出场了，且一直在场。在本文中师傅承担了重要的角色，它也是主人公之一，通过动作、对话，完成了文本的关键部分，将通道不断打开。

"破碗"是对上文的延伸，已经锔了三次了，说"破碗"不为过。"左右察看"是师傅的职业习惯，"松菊"和"梅花"的所指应该属于大众文化的部分，无须琐言，本应规避，然大众文化是碗所依附，并非诗人添加，如果诗人在此"造物"，则有脱离"本事"刻意之嫌。在日常的手艺和大众的文化属性中，写出"本事"的深长意味，才是高手。

穿线和钻孔，可能是锔碗的基本方法，得耐心地用文字进行布陈，在场景复原中自然展开，如此，才不会显得"隔"。"钻孔/得靠紧裂口，还密密麻麻"，似乎产生了某种错综感，看来，一只破碗也丘壑丛生，有万千风景。

"裂线从空白中/直直地穿过"，是破碗的一种状态，也应该是某种生活或某段经历的状态。也许一开始就可以虚读——此处是碗产生了裂缝，然碗的所指可能大于文本本身。裂缝和缝补是生活的常态，其对象可以是手工艺器具、日常用品，也可以是日常生活、工作、项目、故事、情感，能够涵盖各种个人和社会事件，外延极广。以这个思路，重读此诗，发现大有深意。

　　师傅再问：有必要吗？这也就

　　一只平常人家常见的碗而已

　　有必要一锔再锔？他漠然地

　　回答：习惯了它吃饭，舍不得扔掉

　　您就再帮帮忙，多少钱都行

"师傅再问"中体现出某种抛弃的意味。"一只平常人家常见的碗而已"——此句有况味。正因为是"一只平常人家常见的碗",才有铜它的意义和意味在,平常人家才靠一只常见的碗温饱、活命。"习惯了",则有某种历史的接续感、繁衍感,祖祖辈辈都是这样过来的,一只碗完成代谢、交替,完成生命的延续——碗也就有神圣的使命,有如某种神器,如寺中僧众所捧斋饭。这也是作者文本运行方向的中轴——假使非平常人家,可能无需此碗,更无铜之动作的发生。所以,碗,具体来看指裹腹,抽象来看是活命,其早已不只是饮食器具,而是对一种生存状态的隐喻。

由此,我想起诗人王家新在韩国平昌写的一首诗,《一碗米饭》,其中有两行,印象深刻——

　　　碗空了
　　　碗在

我以为诗人在空无中,表达的依然是存在之思,而感恩是显而易见的。毕竟"碗"在中国人的心中,是一个有特殊意义的器具,它的含义丰富:土地、辛苦、劳动、收获、馈赠、裹腹、感恩,等等。

此诗有一个显著的特点:耐心。诗人的叙述没有很大的跳跃,并且基本上也是线性的,但我认为很有必要。急于扯断"本事"去寻求某种复合性,追求跳跃和张力,是一种冒失行为,也是一种不自信的表现。敢于沉浸在"本事"中,不慌不忙,徐徐道来,当你觉得快要陷入平庸之时,突然发现作者看似平静不露声色的叙述之后,其实隐藏了你看不到的玄机,在某种双喻中甚至多喻中,进行蓄意的叙述——才是力道暗发的高手。

　　　师傅重拾起收藏已久的工具
　　　戴上锈边的老花镜开始忙活
　　　金刚钻刺耳的声音惊起了院子外
　　　一棵老树上的斑鸠。它咕的一声
　　　飞起。他看着鸟飞走的方向
　　　想象着那根无形的线路,很自由

你去外转转再来吧，一时半会儿

完不了。师傅说。他没有应声

也一动不动。他把自己又想象成

　　这一节精彩的地方在于："金刚钻刺耳的声音惊起了院子外／一棵老树上的斑鸠。它咕的一声／飞起。他看着鸟飞走的方向／想象着那根无形的线路"，作品在此处进行了拉开、拉抬，通过"金刚钻刺耳的声音"，非常自然地引出了一只"斑鸠"。为什么是"斑鸠"，而不是乡下常见最易惊飞的麻雀？我以为有作者的匠心在。我也在江汉平原上长大，似乎在我们的认知中，黑色的斑鸠如它的颜色一样，带有一些沉重和灰暗，这可能是苦难乡村的某种生活写照，特别是在 20 世纪的江汉平原。所以，我愿意妄度作者是故意的，即使误读，我也愿意把它定格在冷色调上，因为这是苦难的乡村给我烙下的记忆。我以为，"斑鸠"的出现，使作品带上了某种冷色调，也更切合当下中国乡村的实际，虽然江汉平原只是一个缩影。文本自此走向了厚重与广大。

他把自己又想象成

那只摔了四次、锔了三次的破碗

他忍受着一阵阵钻心的痛

这次应该是最后一次了。碗也

无处可锔了。他并没有用这只碗

盛饭，他只是用它喝水。就像

小时候用它从水缸里舀从河里

挑上来澄在缸里的水喝一样

真的是一个坏习惯：笨重、粗大的碗

并不适合盛水喝。第一次摔破

　　"他把自己又想象成／那只摔了四次、锔了三次的破碗"，此节碗与人已然合一。"摔了四次、锔了三次"与前文呼应。文本的席卷能力很强——"钻心的痛"不只是碗痛，主人公也是，我们日常中的人也是，全部可带入。"他并没有用这只碗／盛饭，他只是用它喝水"，此句改变了阅读预期，产生了新的方向，"喝水"这个动作的象征意义不会低于吃饭，水比饭更重要——渴比饿更可怕。也许这碗在"摔了四次、锔了三次"之前，还是拿来盛饭的，现在用无可用了，只能用来盛水喝了——这个最简单的功能也是最要命的，最救命的！"就像/小时候用它从水缸里舀从河里/挑上来澄在缸里的水喝一样"，写出了一只碗和主人公的成长史和逼真的生命图景。"真的是一个坏习惯"在语气上进行了调侃和适当变形，不一定是一个坏习惯，可能只是贫寒生活中一个无奈的选择；"笨重、粗大"并非只是指碗，还有简陋、粗糙、泥沙俱下的生活。

> 第一次摔破
> 就是不习惯端大半碗开水。第二次
> 是听到广播里传来一个噩耗
> 第三次是住上了内有楼梯的房子
> 这一次是他自己扔掉摔的

  这一节说了三次摔破，各有所指。结合作者的年龄和地域，我愿意理解为主人公经历过的重要生活，这三次在其人生中，一定留下了深刻的生命足迹。其中第二次"听到广播里传来一个噩耗"，可否理解为二十世纪七八十年代的时候——噩耗，我愿意理解为重大伟人如巨星般陨落。"内有楼梯的房子"，可以实解，物质生活改善，房子大了，有楼梯；虚解似乎更好，主人公的内心可能找到了某种支撑，沿着楼梯拾级而上，看到更高处的更神性的东西。"自己扔掉"则有了某种放弃过往，重塑自我的味道。

> 这一次是他自己扔掉摔的
> 好了，还很好看的，不收你钱了
> 我也不需要钱了。师傅递过来
> 锔好的碗。竹竿金色，竹叶银色
> 竹节黑色。他狠狠地盯着
> 好像要把它们印在眼瞳里
> 送给您了。他把碗递到师傅手里

这一节重新将读者拉回到现场，聆听师傅和要锔碗的人的极简对话。"不收你钱了/我也不需要钱了"，体现了师傅的境界，也许是师傅对执着要修碗的人的一种尊重和致礼。可以看出，师傅的年龄应当不小，一定有着大师级的手艺和胸襟，否则一只修了多次的破碗如何能妙手天工？如此艰难的工艺——竹竿金色、竹叶银色、竹节黑色，如何一文不取？"他狠狠地盯着/好像要把它们印在眼瞳里"，要锔碗的人感到，也许这是师傅最后一次锔碗，也许这是他此生最后的杰作，所以耗尽了心力。结尾有些出人意料——那个坚持要修碗的人，面对一只已经复原、堪称精美的碗，却"狠狠地盯着"，似乎要将它刻进自己的记忆与生命里。也许在修碗人看来，师傅对修复这只破碗耗尽了心力，将它送给师傅更有意义。自己执念修复这只碗，其实意义不大，不如与过去的生活与生存方式做个了断。一只看上去复原的碗，其实能修复的只是外表，创伤与苦难永远存在，不如让它封存，启开新的生活。

作者通过场景复原、回溯过往与现场修复图景的交织，在极有耐心的叙述中，完成了所有入场人物的境界跃升与心灵升华。

此处，师傅与一只修复的碗，也同样达成了二者的合一。叙述到此，作者完成了要修碗的人、修碗的师傅、碗、主人公的四者合一。我以为此中有神气贯注，蔚然大观，作者功力显然非同一般。

> 他把碗递到师傅手里
> 转身出门，很快把自己消失
> 在暮色中。天越来越冷了。

一个轻拿轻放的好结尾！"天越来越冷了"——其再一次证明了偏冷的基调。一个执意要修碗的人，"转身出门，很快把自己消失/在暮色中"，此中有果敢、决绝，他把过往全部抛在了身后——一只破碗足够残缺，不值得反复去修，我们靠固执、怀旧、死守没有意义——毕竟我们面临着日新月异的生活。就让一只破碗，盖住过去的窘迫和苦难。现在要做的是：重启我们的明天，看到新鲜的朝阳。

双向奔赴

林东林

我像它看着我那样看着它
它的眼睛，眼睛里的那个光点
皮毛覆盖着的一张脸
我只能看到正在看着的这些
再也看不进更里面去了
屋子里暖烘烘的，柴禾
在炉子里燃烧着，噼啪作响
外面是一个寒冷的冬夜
它蹲在地上，望着我
它应该也有跟我一样的努力

定定地蹲在那里
它被它的狗形困住了
那股向我投来的热切目光
被一层虚有而又实在的膜阻挡着
或者对我来说也同样如此
最终它急了，一圈圈地打转
嗅我，舔我，蹭我，尾巴摇来摇去
这是它撑破那层膜的方式
我报之以一只手的抚摸
我也只能报之以一只手的抚摸

【作者简介】林东林，小说家，诗人，武汉文学院首届签约专业作家，现居武汉。著有《出门》《灯光球场》《迎面而来》《三餐四季》《人山人海》《跟着诗人回家》《线城》《身体的乡愁》《谋国者》等各类作品多部。

当代新诗已经脱离一味"求义"的窠臼,进入语言行走的森林。语言大于文本,成为当代新诗的某种共识,但《双向奔赴》依然提供了某种路径。一首有意味的当代新诗,也许不需要意义,不需要认定,但必要的走势和运行的方向,某种命名或语言的发明,则是确保一首好诗的前提。很显然,此诗提供了两种方向。

全诗也是两段。

> 我像它看着我那样看着它
> 它的眼睛,眼睛里的那个光点
> 皮毛覆盖着的一张脸
> 我只能看到正在看着的这些
> 再也看不进更里面去了
> 屋子里暖烘烘的,柴禾
> 在炉子里燃烧着,噼啪作响
> 外面是一个寒冷的冬夜
> 它蹲在地上,望着我
> 它应该也有跟我一样的努力

"我像它看着我那样看着它",作者的开篇,是极有意味的。在我看来,"我"和"它"完全处于一个并置的地位,"我"看着"它","它"也看着"我"——但现在我们并不知道"它"是谁,或者不完全知道。当然,全诗通读之后,我们都知道了,"它"是一条狗。

"我"与"它"并置,人与狗并置,在世俗眼里,似乎让"人"有些不适,但在好诗人、好作家眼里,世间万物没有高下优劣之分,所有的生灵都是平等的——人并不比其他的生灵更高贵,甚至还要低下。以谦卑之心看待一切,万物平等,应该是一个好诗人、大诗人的襟怀。英国桂冠诗人休斯以写动物诗著名,其"以精确、鲜活的质感呈现动物的体态,又以奇崛刚劲的隐喻写出它们的灵魂(陈超语)"。显然。所有的动物只是一种隐喻,表现的是作为人的生存状态和生命的的真实。从本源的意义上看,不能认为哪种生命方式是必需的、可爱的,哪种是不必需的、可恨的。

"我像它看着我那样看着它"，起句就确定了姿态，我们有可能是一样的同类，至少"看"起来是一样的。甚至"它"也可转换成"他"或"她"。有了这样的认识，这首诗读下去就有了很好的亲和感和同理心。作者有意将"我"与"狗"类型化，才是此诗的关键和高妙之处，其并非自贬，反而有某种相怜，如此，才有言说的况味以及语言运行所提供的各种可能性。

"它的眼睛，眼睛里的那个光点/皮毛覆盖着的一张脸/我只能看到正在看着的这些/再也看不进更里面去了"，也许"我"看到的不止这些，但全部周详地去看似无必要，诗歌向来只需要部分，不需要整体。于作者而言，截取一段或一节足矣。"眼睛里的那个光点"——狗的眼睛大家都是见过的，那个"光点"一定只是狗才有的，"狗通人性"是共识，所以其"光点"一定带着某种表情，至于是什么表情，作者没有说明，留给读者。随着诗歌语势的推进，这个"光点"的表情自然会呈现——是的，呈现比说出的艺术劲道更足，更有宽阔的伸展。"皮毛覆盖着的一张脸"是有意味的，说明它的表情并不是一眼或很直观就能看出来——这只狗有它的"覆盖"。其"覆盖"之下才是真实的表情，作者不让我们看到，至少不是一眼就可以看到，似乎是要让其深藏不露。

> 屋子里暖烘烘的，柴禾
> 在炉子里燃烧着，噼啪作响
> 外面是一个寒冷的冬夜
> 它蹲在地上，望着我
> 它应该也有跟我一样的努力

诗歌在此处进行了场景切换，巧妙地点出了时间、地点、气候，此处表现出作者的功力——信息性的交待，是诗写者的一个困惑，如何有效避免，如何在语言的运行中自然嵌入文本，让读者几乎看不出来，对一般的诗写者是困难的。如果放在文本最前面可不可以？当然可以！但效果可能要大打折扣，文本的速度和张力不可同日而语。

我很喜欢这一小节。有动感，有声响，有气味，外面是冷的——寒冷的冬夜；屋里是温暖的——暖烘烘的，柴禾在炉子里燃烧着，噼啪作响。这里呈现的屋里和屋外的两个世界、两个空间，冷暖有别。

> 它蹲在地上，望着我
> 它应该也有跟我一样的努力

在这寒冷的冬夜，在这一间斗室里，在这个寂静的人世，现在，只有"我"和"它"，或者是"我"和"你"（狗）。炉子里燃烧着的柴禾噼啪作响，看起来制造了一些热闹和光亮，作者其实在以闹写静，以亮写暗，以热写冷——其实就是在写最深的孤独——孤独到寒冷的冬夜里，只有"我"和心爱的狗相依相守。在孤独这个层面上，"我"和狗是一样的——各有各的孤独，并不存在谁比谁高贵。狗在"望着我"的同时，"我"应该也在"望着它"，似乎我们没有别的选择，我们都想，也只能在对方身上感受到一些什么，以抵御这个寒冷的冬夜。想感受到什么，作者并没有说，此处体现了作者良好的控制能力，只说："它应该也有跟我一样的努力。"至于怎么努力？努力为了什么？并不知道。

> 定定地蹲在那里
> 它被它的狗形困住了
> 那股向我投来的热切目光
> 被一层虚有而又实在的膜阻挡着
> 或者对我来说也同样如此
> 最终它急了，一圈圈地打转
> 嗅我，舔我，蹭我，尾巴摇来摇去
> 这是它撑破那层膜的方式
> 我报之以一只手的抚摸
> 我也只能报之以一只手的抚摸

"定定地蹲在那里/它被它的狗形困住了"——"狗形"是个什么样子？人形呢？此处的狗与人似乎也不分彼此。狗被"狗形"困住，有深一层的意思，即生理特征其实和生命的方式是密不可分的。狗困惑于自己的形，困惑于形的同时一定是神形的抽象的偏移，具体向抽象的偏移。狗在打量自己的前世今生，在审视自己，这里有对某种生物起源的质疑，抑或是有对自己的厌倦和自怜。人困于形呢？则更加丰富，有存在和虚无的恍惚，生存的苟且。

> 那股向我投来的热切目光
> 被一层虚有而又实在的膜阻挡着
> 或者对我来说也同样如此

此中的"膜"可能是本诗之核。狗眼睛有一层浑浊的膜是正常现象，这层膜被称为犬膜。犬膜是狗眼睛的一部分，位于瞬膜后面，起到保护和润滑眼球的作用。它是一种透明的薄膜，有时候可能会看起来有些浑浊。浑浊的膜看着主人，本身就带着较强的情愫，有时候会让人情动于衷。而此时的"膜""虚有而又实在"，可能狗的眼睛里泛着某种白光，也可能是泪光——这只是猜想，因为被"膜阻挡着"，但热切的目光说明了情感烈度。"或者对我来说也同样如此"，"我"是不是也对狗投入了热切的目光呢？也许形式上有异同，但下意识已经形成了趋势，因为在寒冷的冬夜，彼此只有一个表达对象，只有狗陪着主人公，只有主人公陪着狗，互为陪同，彼此应证了情感和精神上的需求。

"最终它急了，一圈圈地打转/嗅我，舔我，蹭我，尾巴摇来摇去"，可能主人公没有及时应和它，或者处于迷茫中，狗没得到主人的回应，不得已做出了一系列动作——嗅"我"，舔"我"，蹭"我"，尾巴摇来摇去，得到回应是一种方式，但有另外一种——这是它撑破那层膜的方式，也许更重要。"撑破"意味着洞开，直面。"膜"可能是某种掩体，也许是某个结要解开，那些生活中可以隐藏的部分，现在不再回避，狗要面对现实生存的境况，人也是。撑破的方式是用一串动作表示的，这些动作都是强化感情的交流。那作为此境中对等的人，应该做出什么动作，来表达自己的感情，以引起情感的抒发与交流并从中得到缓解呢？狗的表达对象是人，人的表达对象则同样是对方。那人的"膜"在哪儿？如何去撑破呢？也许比狗更难，因为狗的表达更直接、简单，人则要复杂、纠结得多。

我报之以一只手的抚摸
我也只能报之以一只手的抚摸

对狗的充分表达，主人公并没有热烈地应和——"报之以一只手的抚摸/我也只能报之以一只手的抚摸"，主人公似乎心有所属，一只手抚摸着狗，安抚着不断示好的狗，目光却飘移到了远方，也许是因为窗外寒冷的冬夜，凛烈的风摇曳着树枝，主人公寂惆怅，心绪难改，心里有一些树枝在纷纷折断，悠远的往事使其陷入一时难入表达的空茫之中，随着对狗的抚摸，狗会慢慢安静下来。最后的结尾是十分高明的，人毕竟作为高级生物，具有更强的克制与隐忍能力，不会如狗那样简单、直接，甚至粗浅。在对一只被引为同类的狗的抚摸中，我们和主人公一起安静下来，安静下来——世界如此博大，人世如此苍茫，在寒冷的冬夜，我们各自守护着自己，各自存在于彼此的生存之旅中，奔赴在自己的使命或者宿命之途上，至少现在——彼此宁静而又安好，虚有而又实在，简单而又丰盈。

林东林说——

前年（2021）春节——这个时间点能说明的问题我们应该都明白，我留在武汉过年，更准确地说，是留在一座人口超过 1400 万的城市过年，一句话，要一个人张灯结彩——每一个在异乡独自过过年的人都能切身体味到其中的孤寂之意。春节期间的一天晚上，我到郊区的朋友那里玩，他养了一条叫"芭比"的土狗，它一直在蹭我、舔我，或者定定地蹲坐在那里望着我，我也望着它。人狗互望，这让我感受到某种陪伴，尤其那种陪伴中永远无法再进一步的部分，于是以诗记之。多谢易飞老师"掰"诗，掰碎了，才更见诗。

小环境

李龙炳

雨突然停在半空中，
我正在洗碗，白色的泡沫迅速散开
时间就过去了三年。

一件外衣挂在身后，
几朵跪下的云在田野认亲戚，
我口中的雏燕试飞。

内部小环境，已经不去计较
人为什么这么胖，
理想暂缓，星期天要纹身。

一个人在一本书里，
担二百斤恒河之沙。文字在推磨，
粮食不停地旋转。

世界微苦，机器尝了一口，
会计在计数：一个指头，两个指头……
第十一个指头从天上落了下来。

【作者简介】李龙炳，生于20世纪60年代末，四川成都人，客家人。著有诗集《奇迹》《李龙炳的诗》《乌云的乌托邦》《现实先生》等。常驻成都青白江乡间，做梦，酿酒，出游，回忆，写诗。

这首诗刚开始读到，被作者的语言和文本的张力吸引，觉得大好；

几日后再读，感觉似乎又没那么好，我对词与物是否精准产生了怀疑——语言的灵动有无信步跑马的惯性？甚至想到放弃；隔几日又读，觉得还是好，于是不再犹豫。

一方面我比较愚笨，总是把一首诗读来读去，不得要旨；一方面我比较轴，也比较警惕，怀疑可能不是我的问题——这首诗是否"溶质"太高？如果一首诗是一片溶液的话，在溶剂固定的情况下，溶质越高则浓度越高。陈仲义先生认为，浓度太高就会造成文本"浓度"过高——当文本的晦涩度近于极致，浓度直抵饱和，会造成文本格外"辎重"。而当文本浓度无限稀释至趋近于零时，文本则接近透明的"白开水"。我们总是强调诗要有张力，但张力太大也是问题。所以，现代诗看似门槛低，但要写好一首诗，获得某种高妙的平衡，实在是很难的事。

我认为这首诗，进行了很有趣味和深度的探索。

黄梵先生说，一首诗写到第五行，还没有主观意象介入，是有问题的——一个好的诗人，会懂得在诗中曲折行事，"一般不会让诗意不浓的客观意象孤身行进超过四行"。这大体可以被我归纳为黄梵的"四行为止"理论。这首诗我认为第一行就带主观意象的味道——这当然是当代新诗最高级的一种写法，但风险也很大，需要作者有高超的平衡技术，并且"脚尖点地"更难。我以为，大体上只有胡弦、陈先发这样深怀古典情怀和玄学气质，具有极高掌控能力的少数诗人可以做到。李龙炳的努力相当有效。

题目《小环境》，体现了作者的想法和作品的指向，强调其"小"，读完却觉得一点不小，个人的"小"是千万个有生命的个体之小，是有血有肉之小。所以，"小环境"中，有着世界之大；个人之小中，有着群体之大——以小写大，当然是诗歌的一种基本行之有效的方法。

> 雨突然停在半空中，
> 我正在洗碗，白色的泡沫迅速散开
> 时间就过去了三年。

开始即出现了场面或画面的悬置——"雨突然停在半空中"，"突然"让我们感到"突然"，雨突然来了，停在半空中。作品一开始进行了某种情绪和场景的展开，偏于伤怀，其后略带忧郁。主人公应该在室内，因为接下来"我正在洗碗"，在室内洗碗——一个日常性的动作，本来带有某种温暖，但"白色的泡沫迅速散开"中的"白色"令人感觉有些微凉。泡沫本来是白色的，不错，但进入诗中的"白色"一定点染了主人公的某种情愫。洗碗与下雨、雨水与泡沫都存在某种相似性。现代诗解套了"属性"的"严格相似"以后，带来了汉语的活力与跨越，过去选对应物时有一种教条思维，就是追求观念事物（情感或思想）与对应物的严格相似，主要是属性上的相似。20世纪以来，对观念事物与对应物的传统关系有所"松绑"，但"隐约"的相似或"转接"的相似依然有效，否则，就会成为意象毫无关联的胡乱拼接。我以为，此处的转接十分自然贴切。"停在……""正在……"的句式有时间的截取，"半空""散开"则是空间的延展，"时间就过去了三年"，则完全进入时间的序列，"就"显得很快，一下子过去了三年，有某种感慨在其中，有回味、纵深感，更有历程感，至于经历了什么，不可知，但从情绪上看，一定有某种不堪回首的意味在。

作品开始三行，事与物基本上都不搭界，前两行略有相似性，到第三行有归纳之意味在里面。作者用笔灵动，发散性点染扫描，尽显张力。

> 一件外衣挂在身后，
> 几朵跪下的云在田野认亲戚，
> 我口中的雏燕试飞。

这三行依然故我，保持着前者的语调和风格。"一件外衣挂在身后"作何解？"身后"可能是一个有意味的指认，行者比较匆忙，未及收拾好已在出发的路上；抑或是"外衣"也有可能是某种不必要的装饰；抑或是"身后"已成过往之人、之事——此解可能有点过，本无此意，但联系下面"几朵跪下的云"则有。"跪下的云"的表达展现出作者奇特、高迈的想象力，云是天上的，将天上之物按下，让其跪下认亲，这样的"亲"绝非一般人，一定是主人公心中值得敬重的人。"亲戚"并非实指，可以有更多外延。"我口中的雏燕试飞"中的"雏燕"有所指，"雏燕"在"口中"比较令人费解，这里面要找到作者表述的主人公——如

果"我"也算一只"雏燕",加入成长中的行列,则"我"在自己的口
中试飞,似乎有些不好理解;但如果"我"不算一只"雏燕"的话,他
者在"我"的口中试飞,则多有不妥——所以,"我"更倾向前者,倾
向于对自己的警醒与劝导。

这三行有平行的悬挂,有向下的跪下,也有向上的高飞,都是一种
历程感的展示,有出发者、下跪者、试飞者,历程艰辛,涵盖丰富。

内部小环境,已经不去计较
人为什么这么胖,
理想暂缓,星期天要纹身。

诗题是《小环境》,这里加上了"内部",有作者的想法在,强调其
"内"意却在外。"已经不去计较",似乎懒得计较,或者没有计较的价
值与必要,可见小环境显然不好。小环境不好的潜台词是大环境也出了
问题。"人为什么这么胖"中的"胖"有提问之意,"胖"已成为事实,
成为时代病——胖的隐喻可能有多种——臃肿、肥大、虚胖、夸张、变
形、失真、虚脱。"理想暂缓,星期天要纹身","暂缓"与"星期天"
是一种有想法的搭配,星期天一般来说是休息日,要放下手头的一些东
西,也放下心里的一些想法,所以让"理想暂缓"。"星期天要纹身"的
表述,从身体层面上看则有些惊悚,应该是精神层面的——我们在精神
层面上出了毛病,星期天也要行动起来,对自己的精神肉体进行装修、
整修、修复。

一个人在一本书里,
担二百斤恒河之沙。文字在推磨,
粮食不停地旋转。

这一节,作者的笔墨对准了主人公或自己,"担二百斤恒河之沙。
文字在推磨"写的是文字工作者或是作家这样一类人的宿命,有元写作
的意味。"推磨"可以看出其强度、难度。佛陀一生弘法的主要地区在
印度恒河流域,其支流众多,而佛度化众生的脚步踏遍恒河两岸,每每

可以感受细如面粉的"恒河之沙"。佛总是以沙来形容数量庞大、难以计算。这样看来，佛陀说法与恒河之沙就始终成为相互的一种依存，两者互喻。如此，"沙"就带上了浓厚的佛性。此诗中的"沙"与"文字"已经成为一体，生命也是一粒沙，文字也是。"一切诸相，皆是非相"，写作也自然带上了一种神性，写作的过程也是一种修炼、修为，也是唤醒、修复、通神、通灵的过程。"粮食不停地旋转"则进行了转喻，写作者也像在种地，在纸上、键盘上种地，谷粒和文字都可以进行"旋转"，同时"粮食"又有粒粒、字字皆辛苦的意味，也暗含劳动的艰辛、深沉的收获，有善自珍重之意。

> 世界微苦，机器尝了一口，
> 会计在计数：一个指头，两个指头……
> 第十一个指头从天上落了下来。

"微苦"大概是整首诗的基调，有时候可能超过了"微苦"，有大苦存焉。比方担沙、推磨、旋转，恐怕不只是"微苦"。"微苦"的表达看似淡化，其实是真苦。"教人忧郁，复以宽怀"是写作的一种善意，以轻写重更是一种高明的写法。接下来的一部分，我一时不明就里，情急中找到作者本人求援。原来——"有人告诉我，某企业每年都有大量的打工者的手指被机器切掉……"如此说来，这是打工者的一种生存状态，相当险恶。也许这是一个小概率事件，但事件本身足够惊悚，手指连心，手对于正常人是多么重要的一部分，它联结的是这个世界。"机器尝了一口"的表述够"冷"，简直让人冷得发抖。机器本为冷血的硬物，生命在其面前何其脆弱。"机器"的强大、无情和冷血，是一个隐喻，告诉我们作为人，作为生者，在强大的"机器"面前多么渺小，不堪一击——我们活得多么侥幸，随时有被"切割"的可能。

诗作在最后推向了极致，"会计"轻描淡写的流程式的计数，更加显示强权者的冷血——对弱者、对生命的漠视。这样的"小环境"，让我们感到不寒而栗。

如此，可以看出作者写作此诗的野心和批判精神。这样的写作，值得我们尊敬。